녹슨 도르래

살인곰 서점의 사건파일

SABITA KASSHA
by WAKATAKE Nanami

Original Japanese edition published by Bungeishunju Ltd., in 2018.
Korean translation rights in Korea reserved by Friendly Books
under the license granted by WAKATAKE Nanami,
Japan arranged with Bungeishunju Ltd.,
Japan through JM Contents Agency Co., Korea.

녹슨 도르래

살인곰 서점의 사건파일

와카타케 나나미 장편소설 | **문승준** 옮김

나도 별들을 바라볼 거야.
별들이 모두 녹슨 도르래를 달고 있는 우물이 될 거야.
별들이 모두 내게 마실 물을 부어줄 거야…….

《어린 왕자》 생텍쥐페리

1

인생은 선택의 연속이다. 우리는 매일 선택하고, 그것을 기반으로 다시 선택한다. 선택한 끝에 일어난 일에 대해 혹자는 자신의 선택을 칭찬하고, 혹자는 후회한다. 그리고 다시 선택한다.

그해 11월은 유난히 세찬 바람이 불었고 한겨울처럼 차갑게 식었다. 각지에서 정전이 발생해 동사자까지 나왔다. 그 지독한 추위 속에서 나는 앞이 보이지 않는 몇 가지의 선택을 했다. 그 결과, 아오누마 히로토와 만나 한 지붕 아래 살았다. 이미 많은 이들이 선택을 마쳐 거대한 톱니바퀴가 돌아가고 있던 그때, 내가 무엇을 어떻게 선택하든 그 회전을 멈출 수는 없었으리라.

……그렇게 믿고 싶다. 그러지 않으면 내게 구원은 없다.

2

내 이름은 하무라 아키라. 국적은 일본, 성별은 여자. 기치조지의 주택가에 있는 미스터리 전문서점 '살인곰 서점 MURDER BEAR BOOKSHOP'의 아르바이트 점원이자, 이 서점 2층에 사무소를 두고 있는 '백곰 탐정사'의 탐정이다.

탐정으로서의 경력은 길다. 예전에는 프리랜서 탐정으로 탐정사무소와 계약해서 일했다. 그 사무소 폐업 직후에 살인곰 서점의 오너 겸 점장 도야마 야스유키를 만나, 서점 일을 도우며 탐정을 계속한 지 3년이 지났다.

하지만 살인곰 서점은 현재 금토일 사흘밖에 열지 않는다. 오너 겸 점장 도야마 야스유키가 "미스터리 서점에 탐정사무소가 있으면 재미있지 않을까요" 하면서 만든 백곰 탐정사에는 좀처럼 의뢰인이 찾아오지 않는다.

그런 데다 "백곰 탐정사는 탐정 일이 천직이라는 하무라 씨에게 전적으로 맡길게요. 점포 2층의 안쪽 방을 마음껏 쓰세요. 대신 서점 잡무를 좀 부탁해요"라며 도야마 점장에게 부탁받았다. 서점 일보다 탐정 일을 우선한다는 조건으로 이 이야기를 받아들였더니 서점 아르바이트 비가 반으로 줄었다. 이렇게 된 이상 탐정 일로 벌지 않으면 굶어죽겠다는 생각에 탐정사무소에 손님을 끌어들이기 위해 열심히 노력했으나, 결과는 헛웃음이 나올 정도로 형편없었다.

별 수 없이 최근에는 전부터 인연이 있던 대형 조사회사 '도토종합리서치'에서 하청을 받아 입에 풀칠을 하고 있으나, 이런 식으로 하청을 맡기는 일은 돈도 되지 않고 힘든 일이 태반이다. 고작 일당 5천~8천 엔에 밤을 꼬박 새우는 잠복 조사의 보조, 미행 보조, 법률적으로 회색지대인 위험한 정보수집 보조 등……. 갱년기에 한쪽 발을 들이댄 40대 중반의 여자가 기쁨에 겨워 춤을 추고 싶어지는 듯한 일은 절대로 들어오지 않는다.

그것은 문화의 날(일본 국경일. 11월 3일—옮긴이) 다음 날의 일이었다.

나는 그 전 주에 있었던 가와사키에서의 일 때문에 감기에 걸려 앓아누웠다. 주말에 서점 당번을 서고는 다시 앓아누웠다가 간신히 회복해서 일어나려던 참이었다. 가와사키에서의 일이란 차 안에서의 잠복이었다. 밤 10시에 교대 예정이었으나, 차도 교대 요원도 나타나지 않은 채 열두 시간 넘게 옥외에서 홀로 온몸이 차갑게 식을 때까지 버티고 버틴 끝에, 목표와 목표의 공동 경영자의 지나치게 사이가 좋아 보이는 투샷 사진을 찍을 수 있었다.

일이 성공한 것은 기뻤지만, 앓아누운 만큼 지출이 늘고 수입이 줄었다. 아무리 탐정 일이 천직이라도 목숨까지 바치고 싶다고는 생각하지 않는다. 아예 마트의 파트타임 아르바이트라도 찾는 편이 좋지 않을까 이불 속에서 멍하니 생각하던 중 전화가 왔다.

"하무라, 시간 좀 어때. 지금 한가하지?"

사쿠라이 하지메는 도토종합리서치의 탐정이었지만, 쉰 살이 넘은 후로는 관리직이 되어 하청 일을 알선해주고 있다. 오랫동안 불륜 조사나 그 밖의 조사로 인간의 어두운 뒷면을 지켜봐온 주제에 아직도 선량한 근본을 유지하고 있다. 선량하기 때문에 낙관적이고 밝다. 내게 빚을 졌다고 느끼기 때문에 매번 본인 왈 "싼 대신 편한 일"이라며 하청을 주는데, 실제로 그랬던 적은 없다.

"……덕분에."

"어라, 아직도 화 안 풀렸어? 가와사키 건은 미안했어. 모치즈키 녀석, 배차된 차로 그 주변을 돌았는데 하무라를 발견 못해서 포기하고 주차장에 차를 넣고 자버렸다더군. 상황이 그랬음에도 제대로 결과를 내다니 역시 베테랑은 다르다며, 사장님도 하무라에게 감사인사를 전해달랬어."

"어라, 그렇다면 이 전화는 금일봉을 주겠다고 알려주는 전화인가요?"

"잘 알고 있겠지만 우리는 예산이 정해져 있어서."

사쿠라이의 말투가 갑자기 느려졌다. 나오지 않을 보너스를 기대한들 결국 실망할 것은 나라는 사실을 알고서 빈정댄 것이었지만, 멈추지 못한 채 계속하고 말았다.

"차라리 그 쓸모없는 모치즈키의 월급 일부를 떼서 내게 주는 건 어때?"

"그러니까 이렇게 새로운 일거리를 주는 거잖아. 도청에 근무하는 공무원이, 따로 사는 어머니의 행동을 확인해달라는 의뢰야. 어머니는 무릎 관절통이 있는 일흔네 살이라고 해. 완전 거저먹기지."

고령의 여성이 쏜살같이 달려서 도망치는 일은 '거의' 없기는 하다. 하지만 행동 범위가 비교적 좁은 데다 병원이나 마트, 은행 등 어디에 가도 시간이 걸리기 때문에 미행하는 쪽도 같은 곳에 오랫동안 머무를 수밖에 없다. 당사자에게는 들키지 않더라도 주위에서 수상쩍게 여긴다. 집에 틀어박혀 있는 경우도 많고, 방문하는 곳이 개인 주택인 경우에는 안의 상황을 확인할 수가 없다.

일반적인 불륜 조사라면 방문하는 곳과 체재 시간만 확인되면 충분하다. 그러나 나이 든 부모님의 조사라는 것이 좀 미묘해서, '혼자 사는 여자의 집을 방문했습니다. 두 시간 후에 그 집에서 나왔습니다'라는 보고로는 만족하지 않는다.

"그래서 아버지는 그 여자의 집에서 뭘 했나요? 육체적인 관계가 있었나요? 아니면 차나 마시는 단순한 친구 관계인가요? 그 점이 중요한데 대체 뭘 한 겁니까, 라며 멱살을 잡거나 하거든."

"우와."

"나이 든 부모의 행동 확인은 그러니까 의외로 어려워. 게다가 의뢰한 사람이 공무원이라며?"

도쿄 도청에서 근무하는 공무원이라면 연봉 800만 엔 이상은 될 것이다. 현재 내 처지에서 보자면 눈부실 정도지만, 그 돈으로 가족을 부양하고 있다면 그리 여유가 많다고는 볼 수 없다.

"본가가 부자야. 아버지가 대기업 이사 출신인 데다, 퇴직금으로 부동산에 투자했거든. 그 아버지는 버블이 터진 직후에 사망했는데, 세타가야 구 오쿠사와의 호화 저택과 도쿄 가나가와에 다섯 채의 연립을 남겼어. 그 임대 수입 전부가 사랑하는 아내에게 돌아간 거지. 아들 가족도 니시신주쿠의 맨션에 살면서, 외제차에 아이들 학비까지 어머니에게 도움을 받고 있어."

그렇다면 그 아들은 어머니에게 받은 돈으로 어머니의 행동을 조사한다는 것이다. 조사 비용이 어느 주머니에서 나오든 탐정이 신경 쓸 일은 아니지만 말이다.

"공무원에 부잣집 도련님이라 돈에 쩨쩨하지 않아. 착수금으로 50만 엔을 두고 갔을 정도니까. 이렇게 훌륭한 고객은 거의 없다고. 그런 손님의 의뢰를 지금까지의 인연으로 하무라에게 맡기는 거잖아."

"부모의 뒷조사에 거금을 쓸 정도라면, 구체적인 고민거리가 있을 텐데?"

"그렇기는 하지. 의뢰인의 이름은 이사와 고. 어머니는 이사와 우메코. 우메코는 여대를 졸업한 직후, 아버지뻘 되는 남자와 결혼해서 쭉 가정주부로 살았어. 가정부를 두고, 집안일도 바깥일도 하지 않은 채, 미망인이 된 뒤에도 임대 수익으로 우아하게 살았지."

여행을 가고, 식사나 공연 관람을 원하는 대로 하고, 선생님을 집으로 불러 이것저것 배우고, 옷이나 보석에는 돈을 아끼지 않고, 명품 백화점의 방문 판매 VIP이기도 한 모양이다.

"그런데 올 여름 이후 여행을 취소하고, 외출도 배우는 것들도 그만두고, 가정부에게 휴가를 줬어. 치매 예방이라는 이유로 직접 정원을 가꾸거나 요리를 시작하고, 자주 외출을 하게 되었지. 그 때문인지 전보다 젊게 보인다고 해."

새로운 친구라도 생겼냐고 물어보았지만, 우메코 여사는 웃기만 하고 별다른 대답은 안 했다는 모양이다. 그러는 사이에 보석을 지인에게 팔았다는 사실이나, 자택에 기모노나

명품을 매수하는 업자가 출입했다는 사실이 아들의 귀에 들어갔다. 길거리에서 젊은 남자에게 매달리다시피 하는 우메코를 보았다는 소문도 들었다.

"말하자면 어머니의 남자가 누구인지 정체를 밝혀달라는 거네."

"그렇지. 세상 물정 모르는 어머니가 돈을 갈취당하고 있다면 막고 싶고, 만에 하나의 경우, 재혼이라는 사태가 벌어지기 전에 어떻게든 하고 싶다는 거겠지."

사쿠라이가 이 일에 열심인 이유가 이해되었다. 우메코의 상대를 찾아내면, 이번에는 그 상대의 신변 조사 의뢰를 제안한다. 문제점을 찾아서 쫓아낼지, 다른 방법으로 두 사람의 사이를 갈라낼지. 그러기 위한 조사나 교섭이나 뒷거래 등으로 오랫동안 끌고 갈 수 있는 안건이라고 본 것이다.

잠자코 있으니 사쿠라이가 간살맞게 말했다.

"하무라, 내가 행동확인팀의 팀장인 이상 지난번 같은 일은 일어나지 않을 거야. 조사 기간은 3일. 경우에 따라서는 일주일. 일당 8천 엔. 관절통이 있는 할머니를 미행하는데 8천 엔이라고. 지난번 일을 이 쉽고 편한 일로 없던 것으로 해주면 안 될까?"

그래도 잠자코 있자 사쿠라이가 헛기침을 했다.

"알았어. 그럼 어쩔 수 없지. 만 엔."

"오케이."

반사적으로 대답하고 말았다. 그러자 사쿠라이가 지체 없이 말했다.

"좋았어. 지금 바로 오쿠사와로 가서 팀과 합류해줘. 자료를 보내둘게."

"……뭐? 지금 바로?"

시계를 확인했다. 오전 10시 10분 전. 아직 세수도 하지 않았고, 아침도 먹지 않았다.

"인원이 부족해서 말이지. 일을 맡긴 게 모치즈키와 다른 한 명인데. 둘 다 경험이 부족해서. 잘 부탁해."

기다리라고 말할 틈도 없이 전화가 끊겼다. 사쿠라이와는 프리랜서 탐정 시절부터의 인연이니 이래저래 15년 정도 알고 지냈다. 나는 상대의 수법을 알고, 상대도 이쪽을 움직이게 하는 방법을 안다.

서둘러서 세수를 하고, 간단히 화장을 하고, 옷을 갈아입고, 집을 뛰쳐나왔다. 다행히 센가와 역에서 모토야 행 급행을 탈 수 있었다. 전철을 이리저리 갈아타고 도요코 선 덴엔조후 역에 내려서 도보로 이동했다. 사쿠라이의 전화를 받은 지 약 한 시간 후, 조사 대상자인 이사와 우메코의 자택 앞에 도착했다. 직후, 현관문이 열리고 여자가 나왔다.

올해 정월에 촬영했다는 우메코의 사진과 비교했다. 사진 속의 우메코는 매화 모양 띠에 크림색 기모노를 입고, 거대한 에메랄드 오비도메(기모노에 다는 장식—옮긴이)와 반지를 끼고 있었다. 정월답게 검게 물들인 머리를 틀어 올리고, 갸름한 얼굴에 기품 있는 화장을 했었다.

눈앞에 나타난 여자는 사진 속의 우메코보다 훨씬 뚱뚱했다. 핑크색 니트 위에 회색 모피 망토를 걸치고, 밝은 감색 가발을 쓰고, 눈과 코 정도만 강조하는 화장을 했다. 장갑을 낀 손으로 계단 옆 벽을 짚으며 한 걸음씩 내려오는데, 그때마다 뺨과 뱃살이 출렁출렁 물결쳤다.

다른 사람인가 했지만 간신히 알아차렸다. 사진 속의 우메코도 눈앞의 여자도 엄청난 복귀였다. 혹시 몰라 촬영한 뒤 두 사진을 확대해서 비교해보고 확실히 알았다. 다시 여자 쪽을 살펴보니, 집을 나서는 여자의 넘치는 살 속에 갸름한 우메코가 파묻혀 있었다. 우메코는 정월 이후로 살이 찐 것이다.

거센 바람 속을 엉금엉금 걷기 시작한 우메코를 미행하기 시작했다.

미행하기에는 최악의 날씨였다. 기온이 낮은 데다 바람 탓에 체온을 빼앗기기 쉽다. 먼지 탓에 눈을 제대로 뜨고 있기도 힘들었다. 코트 안에서 몸이 움츠러든다. 세타가야 구 오쿠사와라는 일본 굴지의 고급 주택가 주민들도 아마 집에 틀어박혀 가장 따뜻한 곳에 웅크리고 있을 것이다. 한적한 주택가에서는 바로 의심의 눈초리를 사게 되는 탐정에게 그것만큼은 고마운 일이었다.

우메코는 덴엔조후 역과는 반대 방향인 북쪽을 향해 도보로 이동했다. 아마도 도큐메구로 선 오쿠사와 역으로 향하는 것이라 판단하고는 우메코의 특징이 포함된 정보를 팀에게 보냈다.

잠시 후, 우메코가 걸어가던 길에 정차해 있던 흰색 밴 차량이 흔들리더니 운전석에서 양복 차림의 '쓸모없는 모치즈키'가, 조수석에서는 미니스커트 차림의 젊은 여자가 서둘러 내렸다. 두 사람은 위험하게도 이사와 우메코에게 부딪힐 뻔했다. 두 사람은 눈에 띄게 고개를 홱 돌리고 밴 뒤쪽으로 돌아갔다가, 우메코가 지나가자 팔짱을 끼고 그녀 바로 뒤를 쫓기 시작했다.

'하여튼…….'

밴은 사쿠라이가 준비한 도토종합리서치의 암행 차량일 것이다. 케이블이나 공사용 컬러콘을 싣고는 공사 차량으로 위장해서 고급 주택가에서의 잠복 때 자주 사용한다. 하지만 차가 공사용이어도 타고 있는 사람이 양복과 미니스커트 차림이면 수상하기 그지없다.

내 앞을 걷는 여자가 스마트폰을 만지작거릴 때마다 '요네'에게서 메시지가 들어왔다.

"진짜로 저게 그 할머니?"

"사진과 달리 뚱보잖아."

"다른 사람 아니야?"

"복귀를 봐. 사진과 똑같아"라고 문자를 보냈다. 그러자 갑자기 요네가 달려서 우메코에게 다가가더니 옆얼굴을 살펴보는 것이 아닌가. 심장이 입으로 튀어나올 것 같았다.

찬찬히 살펴보고는 그제야 납득했는지 요네가 돌아와 모치즈키의 팔에 매달리며 다른 한손으로 능숙하게 스마트폰을 조작했다.

"정말이네. 귀가 똑같아."

"왜 그딴 사진을 제출한 거람."

"실례잖아."

불평할 시간에 그 쓸모없는 눈이나 어떻게 하라고 말하고 싶었지만 그만두었다. 아무리 한심해도 그들은 도토의 정사원, 나는 임시 하청업자. 일당 만 엔에 교육비는 포함되어 있지 않다.

이사와 우메코는 오쿠사와 역에서 니시다카시마다이라 행을 탔다. 메구로가와 역에서 내려 그대로 거리로 들어갔다. 백에서 흑사탕과 카메라가 장치된 커다란 수첩을 꺼내, 렌즈를 우메코 쪽을 향한 채 사탕을 빨면서 촬영을 개시했다.

우메코는 곤노스케 언덕을 내려갔다. 최적의 입지 조건임에도 오래전 향취를 그대로 간직한 동네를 곁눈으로 살피면서 메구로 강 쪽으로 들어섰다. 강을 따라 조금 나아간 곳의 상업 빌딩 1층이 카페였다. 창 근처에 있던 양복 차림의 남자가 일어서서 우메코를 맞이했다.

촌스럽고 딱딱한 양복이었다. 30대 후반에서 40대 중반. 안경. 넓적하고 큰 얼굴. 눈꺼풀이 무거운 듯이 축 처졌고, 이마선이 후퇴를 시작했으며, 배가 나오기 시작했다. '미스피기' 같은 패션의 이사와 우메코가 사랑을 느낄 만한 상대로는 보이지 않았지만, 남녀 간의 문제는 도무지 예측할 수가 없다.

메구로 강에 접한 오픈 테라스는 날씨가 쌀쌀한 탓에 닫혀 있었다. 급히 검색하니 가게 안의 자리가 열두 석밖에 안 된다는 사실을 알았다. 안으로 들어가면 빼도 박도 못한다는 생각을 하며 고개를 들었다가 깜짝 놀랐다. 모치즈키와 요네가 팔짱을 낀 채 카페 안으로 들어가는 것이 아닌가.

건물에서 좀 떨어진 벚나무 그늘에서 기다렸다. 요네에게서 띄엄띄엄 정보가 들어왔다.

"우와, 이 할머니, 진심인가."

"남자의 손을 잡고 있어. 나이 차가 너무 심한데."

"할머니, 울어."

"돈이 어쨌느니 하고 있는데."

"뭔 말인지 알 수가 없네."

'거기가 중요한 장면이잖아!' 하면서 요네의 멱살을 잡고 싶었다.

정오가 지났을 무렵, 이사와 우메코와 남자가 카페에서 나왔다. 우메코가 울었다는 정보는 사실인지 눈가가 빨갰고 화장도 꽤나 벗겨졌다. 양복 남자의 팔을 잡고 올려다보며 한 "버리지 말아줘"라는 한마디가 바람에 실려 들렸다.

남자는 쓴웃음을 지으며 우메코의 손을 살짝 풀어낸 뒤 거리를 두고 "이만 실례하겠습니다" 하고 떠났다. 모치즈키와 요네가 남자의 뒤를 쫓는 모습이 보였다.

'그쪽을 조사하는 것도 중요하지만 메인을 떠넘길 거라면 한마디 정도는 해야지!'

속으로 불평하며 우메코의 뒤를 쫓았다.

우메코는 메구로 역으로 돌아왔다. 역 빌딩의 화장실에서 오랜 시간을 보낸 뒤 밖으로 나왔을 때는 화장이 더욱 진해졌다. 야마노테 선 외선을 타고 시부야에서 내렸다. 도큐 백화점 식품관 화과자점에 들러 선물용 고급 모나카를 사서 이노카시라 선 완행전철을 탔다. 왔던 길을 되돌아가기에 놀랐지만, 단순한 우연이었던 모양이다.

우메코는 메이다이마에 역을 지나 미타카다이 역에서 내렸다.

바람은 많이 잦아들었다. 구름 사이로 햇볕이 내리쬐어 기온이 올랐다. 역 뒤쪽과 앞쪽, 양쪽에 있는 고압 전선도 흔들림이 없다. 날씨가 회복되기를 기다려 외출한 것으로 보이는 사람들의 모습이 눈에 많이 띄었다.

이 주변은 오래된 주택가다. 전에 지방에서 살던 사람이 상경해서, 지리도 잘 모르는 도쿄 주택가에서 강도짓을 벌인 사건이 있었다. 도쿄는 이웃 간의 왕래도 뜸하고 개인주의 성향이 강하니 목격자도 잘 나서지 않을 것이다, 그러니 들키지 않고 도망칠 수 있다고 생각한 모양이다. 하지만 그 사건 때는 피해자의 비명을 듣고 근처 주민이 바로 달려 나왔고, 그 결과 도주하는 범인의 목격 정보가 상당히 많이 수집되었다. 오랫동안 한 지역에 살고 있는 사람들을 얕보면 안 된다.

아직까지 우메코 본인에게 미행을 들키지는 않았다. 그녀는 택시를 잡으려는 기색도 보이지 않은 채, 모나카가 든 쇼핑백을 들고 다리를 건너는 노인을 제쳤다. 내 쪽에서도 콧김을 확인할 수 있을 정도의 기세로 릿쿄여학원 옆 언덕길을 올랐다. 나는 조심스레 뒤를 쫓았다.

막다른 골목의 메밀국수 가게 앞에서 우회전, 잘 정비된 주택가 길을 다시 좌회전해서 직진, 다시 우회전했다. 길은 전망이 확 트였고, 주택의 정원도 잘 관리되어 있었다. 지은 지 40년은 넘을 듯한 건물이 눈에 많이 띄었지만, 오래된 집도 나름대로 손질이 잘 되어 있었다.

우메코가 멈춘 것은 그런 오래된 집 앞이었다. 문가에 산다화가 가지를 한껏 뻗치며 흰 꽃을 틔웠다. 녹슨 우편함에 매직으로 쓴 '아오누마'라는 글자가 눈에 띈다.

부지 내에 보이는 안채는 외벽의 페인트가 여기저기 벗겨지고, 에어컨 실외기가 벽을 지탱하는 듯이 보이는 오래된 함석지붕 가옥이었다. 다음에 큰 지진이 닥치면 단숨에 무너져 내릴 것 같은데, 주택 부지 안이나 그 주변은 깨끗하게 정리되어 있고, 길가 하수구 뚜껑 위에는 비질 자국이 선명하게 남아 있었다. 부지는 넓고, 안채의 남쪽, 그러니까 길에서 약간 안쪽으로 들어간 곳에 '블루 레이크 플랫'이라는 팻말이 달린, 여섯 세대가 살 수 있는 2층 목조 연립이 세워져 있었다.

우메코를 추월하여 다음 골목에서 꺾어서는 상황을 지켜보았다. 우메코는 숨을 고른 다음에 휴대폰을 꺼내 전화를 걸었다. 처음에는 차분했던 어투가 점점 거칠어지더니 "지금 댁 앞에"라든가, "부디 향을 올릴 수 있게"라든가, "일부러 여기까지 왔으니" 같은 말들이 띄엄띄엄 들렸다.

승강이질이 5분 정도 계속되었을까, 갑자기 회색 머리를 똥머리로 묶은 노부인이 나타났다.

왜소한 몸에 블루 그린과 흰 튜닉을 입고, 타이트한 바지를 입고, 두터운 회색 롱 카디건을 걸쳤다. 독특한 센스를 자랑하는 마담 같은데, 입은 화난 듯 꾹 다물고, 처진 뺨은 붉게 상기된 채 눈을 번득였다. 정원과 연결된 통창으로 나와서 맨발로 댓돌 위의 샌들을 찾아 신으면서도 시선은 우메코에게서 떼지 않았다. 그 모습은 사냥감의 목덜미를 노리는 불도그를 연상시켰다.

"어머나, 미쓰에. 오랜만이야."

순간 움츠러들었던 우메코가 마음을 다잡고 다가가자 불도그는 밀려나지 않겠다는 듯이 손을 뒤로 돌려 창을 닫았다. 뭐라고 짧게 말하고는 블루레이크 플랫 2층을 향해 일직선으로 뻗어 있는 녹이 슨 외부 계단을 먼저 올랐다. 우메코는 상대의 기운에 눌린 듯 잠시 머뭇거리다가 바로 뒤를 따랐다. 두 사람은 그대로 2층 안쪽 집으로 사라졌다.

아오누마 미쓰에에 대해 조사해달라고 사쿠라이에게 주소와 사진을 보낸 뒤, 코트 주머니에 넣어둔 손난로로 손을 데우며 근처를 산책하는 척하며 기다렸다. 조용했다. 너무 조용한 탓인지 누군가가 지켜보고 있는 듯한 느낌이 들었다. 이따금 통행인이 스쳐 지나갈 뿐, 주위에 다른 사람의 모습은 없었다. 선향 냄새가 나고, 멀리서 텔레비전 소리가 들렸다. 깜박했다는 듯이 돌풍이 불고는 어딘가에서 창문이 닫혔다.

얼마나 기다렸을까 생각했을 때 벌컥 문이 열리며 평온이 깨졌다. 그와 함께 신음소리도 들렸다. 모퉁이에서 고개를 내밀어 살폈다. 블루레이크 플랫 2층 외부 복도에서 우메코와 아오누마 미쓰에가 고성을 지르며 드잡이 중이었다. 주로 우메코가 미쓰에에게 뭐라고 하는 듯했는데, 미쓰에도 결코 지지는 않았다.

어딘가에서 "무슨 일이지" 하는 여자의 목소리가 들렸다. 창이 열리는 소리도 들렸다. 두 사람의 싸움은 근처의 이목을 끌었다. 이렇게 되면 다가가서 싸움 내용을 들어도 수상쩍게 생각하지는 않을 것이다. 나는 블루레이크 플랫 부지 안으로 들어가 외부 계단을 올려다보았다.

그 순간, 두 사람이 뒤엉킨 채 내 위로 떨어졌다.

3

눈앞으로 강이 흐르고 있다. 강 건너편 꽃밭에서는 돌아가신 할머니가 손을 흔들고 있다. 나도 손을 흔들고 싶었지만 어째서인지 엎드린 채 쓰러져 있었다. 일어나지 않으면 손을 흔들 수 없으니 일어나려 했지만 머리가 무거워서 움직일 수가 없었다. 이리저리 손과 발을 움직여 간신히 일어났다고 생각한 순간 새된 고함이 귓가에 울려 퍼지며 강도 꽃밭도 할머니도 안개가 걷힌 듯 사라져버렸다.

"이 사람 잘못이야. 내 탓이 아니라고."

주저하며 눈을 뜬 내게 현실이 엄청난 기세로 되돌아왔다.

외부 계단 바로 아래 흙 위에 이사와 우메코가 주저앉아 있었다. 아까보다 화장이 많이 벗겨지고, 가발도 벗겨지고, 스타킹은 구멍투성이. 좀 떨어진 곳에 쓰러져 있는 아오누마 미쓰에를 가리키며 부들거리며 외쳤다.

"내 탓이 아니야. 이 사람이 나를 밀었어. 그래서 난 이 사람 팔을 잡은 거라고. 정당방위야. 나쁜 건 미쓰에야. 나는 잘못 없어."

엎드린 상태에서 고개를 드니 무언가가 뚝뚝 떨어졌다. 이상한 감촉에 놀라 살펴보니 손이 피투성이였다. 어딘가에 부딪혀 찢긴 모양인지 뿜어져 나오는 피가 멈추지 않았다. 백을 뒤져 스툴 같은 천을 잡아당겨 상처에 갖다 대었는데 천이 순식간에 새빨갛게 물들었다.

고개를 들었다. 우메코는 내 뒤에 있는 누군가에게 호소하듯이 생기 없는 눈동자로 계속 중얼거렸다.

"나는 그저 아드님에게 향을 올리고 싶었을 뿐이야. 그래서 일부러 찾아왔는데, 미쓰에는 옛날부터 다른 사람의 마음 씀씀이를 이해를 못해. 괴로울 때에는 친구들에게 신세한탄이라도 할 법한데."

아오누마 미쓰에는 쓰러진 채 꿈쩍도 하지 않았다. 나는 묵직해진 스툴을 땅에 버리고 백을 뒤져 손수건을 꺼내 상처에 갖다 대었다. 출혈이 심했지만 걱정할 필요까지는 없을 것 같았다. 오랜 세월에 걸친 불행 덕에 심각한 상처인지 아닌지는 구분할 수 있다.

상처 주위가 쿵쿵 요동치는 것도 조금씩 줄어든 덕에 어떻게든 일어나서 미쓰에에게 다가갔다가 깜짝 놀라 숨을 들이켰다. 우메코가 당황할 법도 했다. 미쓰에는 코가 부러졌다.

머리를 움직이지 않게 하고, 미쓰에의 어깨에 손을 올리고 "괜찮으세요?" 하고 물었다. 괴로운 듯했지만 숨은 쉬고 있다. 안구가 눈꺼풀 아래에서 미세하게 떨렸다. 나 스스로도 놀랄 정도로 안심했다.

"잠깐, 아오누마 할머니잖아."

갑자기 대각선 위쪽에서 쉰 목소리가 들렸다. 색이 바랜 세이부 라이온즈 야구모자를 쓴 노인이었다. 깡마르고 검은 얼굴에는 깊은 주름이 파여 있었다.

나는 지나가던 길에 계단에서 할머니들이 떨어진 일에 휘말렸다고 서둘러 말했는데, 노인은 내 말을 끝까지 듣기도 전에 혀를 찼다.

"젠장, 이게 무슨 일이람. 할머니가 히로토를 돌보고 있다고. 그런 할머니를 다치게 한 건가. 히로토는 어쩔 거야. 다 늙은 할머니를 죽여서 어쩌자는 건지."

'아니, 아직 안 죽었거든요.'

그렇게 말하기 전에 이사와 우메코가 자리에서 일어났다. 뒤로 물러나며 "내 탓이 아니야. 미쓰에가 나쁜 거야" 하며 고개를 저었다. 나는 어딘가로 날아가 버린 스마트폰을 찾았는데 보이지 않아, 백 안쪽에 넣어둔 예비 휴대폰을 꺼내 구급차를 불렀다.

구급차가 당도하니 구경꾼이 몰려들었다. 그들은 피로 물든 나를 만족스러운 듯이 바라보고, 사진을 찍었다. 이 정도의 유혈은 있어야 일부러 보러 온 보람이 있다고 생각하는 듯했다. 한편 구급대원은 클립보드 위의 용지에 필요사항을 기입하면서 사무적으로 말했다.

"저쪽의 여성, 아오누마 미쓰에 씨 맞나요? 그녀를 병원으로 이송할 테니 함께 가시죠. 상처도 꿰매는 편이 좋을 것 같고요. 얼굴에 상처가 남는 것도 싫으실 테고, 기절하셨다면 검사도 필요하니까요."

"아뇨, 크게 안 다친 것 같네요."

'그럴 돈도 없고.'

거절하면서 문득 주위를 살펴보니 이사와 우메코가 구경꾼들 사이로 살금살금 빠져나가 도망치려던 참이었다. 내가 쿠션이 된 덕인지 미쓰에와 같은 높이에서 떨어졌다고는 생각할 수 없을 정도로 멀쩡해보였다.

구급대원이 내 시선을 느끼고 뒤로 돌려고 해서 내가 큰 소리로 말했다.

"역시 병원에 갈게요. 잘 부탁드립니다."

아오누마 미쓰에와 함께 구급차에 탑승했다. 라이온즈 모자를 쓴 할아버지가, 미쓰에의 손자가 '이노카시라에지마 병원'에 있을 거고 미쓰에도 그 병원에 다니고 있다고 말했다. 어느 병원으로 갈 것인지가 결정되자 구급대원이 바로 병원에 연락을 취했다. 직선거리로 2킬로미터 정도 떨어진, 평소 이용하는 버스가 다니는 길목에 인접한 그 병원에는 약 5분 만에 도착했다.

들것에 실려 응급실로 이송되는 미쓰에를 지켜본 뒤 사쿠라이에게 전화를 걸어 지금까지의 상황을 보고했다. 사쿠라이는 놀랐는지 기분 나쁜 듯이 말했다.

"하무라, 실력이 줄은 거야? 이유야 어쨌든 목표를 놓치다니 대체 무슨 일이야. 구급대 따위는 속여 넘기고 바로 뒤쫓아야 하는 거잖아."

"일부러 그랬어."

"뭐?"

"일부러 내버려뒀다고. 그보다 아오누마 미쓰에에 대한 조사는 끝났어?"

"시간이 부족해서 일반적인 것들만."

아오누마 미쓰에. 결혼 전 성은 미야모토 미쓰에. 일흔네 살. 남편인 다카히로는 제약회사의 영업사원으로 20년 전에 병으로 사망. 부부 사이에 외아들 미쓰타카가 있었다. 미쓰타카는 게이론 대학교 의대를 중퇴하고, 전 세계를 방랑하다 알게 된 여성과 함께 귀국해서 결혼. 기치조지의 레스토랑 '여우와 바오바브'에서 부부가 함께 일을 했었다. 1993년에 아들인 히로토가 태어났는데, 아내는 갓 태어난 히로토를 버리고 가게의 단골손님과 행방을 감췄다. 당시 미쓰타카 부부는 본가의 부지 안에 있는 연립에 살았다.

"그 미쓰타카와 히로토가 올해 3월에 교통사고를 당했어.

기억 안 나? 게이오 사가미하라 선 스카이랜드 역 교차로에서 노인이 액셀과 브레이크를 착각해서 버스 정류장으로 돌진한 사고."

들은 적이 있는 것도 같지만 잘 기억이 나지 않았다. 고령 운전자가 일으키는 사고는 슬픈 일이나, 요즘 시대에는 흔한 일이다.

"그 사고로 근처에 사는 50대 주부와 아오누마 미쓰타카가 사망했어. 히로토도 중상을 입었고."

라이온즈 야구모자를 쓴 노인의 말이 기억났다. 우메코가 한 말들도. 난 한숨을 쉬었다. 사쿠라이가 말했다.

"일흔네 살이라는 말은 이사와 우메코와 아오누마 미쓰에와 같은 나이야. 오랜 지인일지도 몰라."

"역시나 사쿠라이 씨. 한 시간도 채 안 되는 시간에 상당히 많은 것들을 조사했네."

"음, 그야 뭐. 그래서? 이런 게 우메코를 일부러 쫓지 않은 이유가 돼?"

"두 사람이 계단에서 떨어진 사건은 우메코 쪽에 잘못이 있는 것 같아. 당시 아무도 경찰에 신고를 하지 않았는지 경찰은 오지 않았지. 그래도 미쓰에가 신고를 하겠다면 틀림없이 경찰 문제로 번질 거야. 그 경우, 어떻게 대응할지 사쿠라이 씨와 상담하고 싶었거든. 우메코를 뒤쫓지 않았던 건 그러기 위한 시간벌이용이고."

"잠깐, 잠깐."

사쿠라이가 초조한 듯이 말을 자르고 들어왔다.

"할머니 두 명이 싸우다 함께 떨어졌잖아. 그게 왜 이사와 우메코 탓이 되는데?"

"모치즈키에게 연락 못 받았어? 우메코가 메구로에서 만난 양복 입은 남자."

"뭐? 아, 신원을 특정하기는 했는데."

"금융 쪽이었어?"

"아니. 부동산 관리회사에 근무하는 나카무라 히사시. 이사와 우메코가 소유한 부동산을 관리하는 담당자였어. 우메코 쪽은 마음이 있는지도 모르지만, 나카무라는 우메코를 성가신 고객으로밖에 생각하지 않는 모양이야. ……그러니까 하무라, 내 질문에도 대답하라고."

구급 외래 대합실에 진료 기록부를 손에 든 간호사가 와서 내 이름을 불렀다. 나는 재빨리 말했다.

"급히 이사와 우메코의 경제 상황부터 확인할 필요가 있을 것 같아. 또 연락할게."

상처를 봉합받고, 몇 가지 검사도 받았다. 그때마다 대기 시간이 길어 기분이 안 좋아졌다. 이동 중에 흑사탕을 빨아 먹었을 뿐 아침도 점심도 먹지 못했다. 그런 데다 원치 않게 아드레날린까지 대량으로 분출되고 말았다. 검사를 받는 중에 긴장이 풀려 대량 분출된 아드레날린의 처리에 원래 조금

밖에 없었던 혈당이 사용되고 말았다. 피를 흘린 만큼 탈수 상태이기도 했다. 기분이 좋은 편이 더 이상하다.

검사를 기다리는 벤치 옆에 자판기가 있었다. 목발을 짚은 청년이 서툰 움직임으로 동전지갑을 꺼내 떨리는 손으로 동전을 찾았다.

자판기 옆자리로 이동해 자판기가 비는 것을 기다렸다. 생각하지 않으려고 할수록 부정적인 정보만 머릿속에 떠올랐다. 오늘 일당은 받을 수 있겠지만 검사비로 상쇄, 아니 더 들겠지. 내 예상이 맞다면 이사와 우메코 건은 이것으로 끝이다. 일주일 동안 7만 엔의 수입은 꿈과 함께 사라졌다. 또 다시 저축한 돈에서 빼내 써야 한다.

'최근 돈만 생각하고 있네' 하고 쓴웃음 지었을 때 맑은 금속음이 연속해서 들렸다. 동전이 바닥에 떨어져 구르고, 목발을 짚은 청년이 자판기에 기댄 채 굳은 손을 접었다 폈다 하면서 그 자리에 멍하니 서 있었다.

주위를 둘러보니 좀 떨어진 곳에 청소부와 대화중인 간호사 두 명, 그리고 왼팔에 팔 고정대를 하고 워크부츠를 신은 갈색머리의 거칠어 보이는 남자가 앉아 있을 뿐, 다른 사람은 없었다. 어쩔 수 없이 자리에서 일어났다. 현기증을 느끼며 웅크려 앉아 바닥에 떨어진 동전을 줍는데 머리 위에서 커다란 소리가 났다. 청년이 자판기를 손으로 친 것이다.

동전을 들고 청년 곁으로 갔다. 그가 기척을 느끼고 이쪽을 보았다. 피부가 희고 고운 탓에 눈가가 붉게 달아오른 것이 똑똑히 보였다. 왼쪽에서 보니 가늘고 긴 외꺼풀이 인상적인 얼굴이었는데, 오른쪽에는 커다란 상처가 남아 있었다.

"그 자판기 나도 써야 하는데, 부술 거라면 내가 쓴 다음에 하면 안 될까?"

말을 하고 나서야 내가 생각했던 것 이상으로 대미지를 입었다는 사실을 깨달았다. 평소라면 모르는 사람에게 이런 식으로 말을 하지는 않는다.

청년은 놀란 듯이 눈을 깜박였다. 나는 손에 든 동전을 그에게 보여주었다.

"내가 넣어도 될까? 뭐 살 거야?"

"물."

청년이 퉁명스럽게 말했다. 물의 가격을 보고 깜짝 놀랐다. 일반 상점보다 100엔이 더 비쌌다. 주운 동전이 딱 그 금액이었다.

동전을 넣었다. 버튼은 청년이 눌렀다. 목발로 몸을 지탱하면서 자판기에서 음료수 병을 꺼내는 것은 힘들겠다고 생각하면서 어떤 음료수가 있는지 살폈다. 커피는 포기하고 스포츠 음료를 선택해야 하나 고민했다. 역시 저혈당인 모양이다. 이런 간단한 것조차 생각이 잘 정리되지 않는다.

"저기."

날 부르기에 고개를 들었다. 청년이 자판기 앞에서 어중간한 자세로 웅크린 채 화가 난 듯이 이쪽을 보고 있다. 내가 그의 얼굴을 똑바로 바라보니, 그 또한 말없이 내 얼굴을 바라보았다.

물병을 꺼냈더니 그가 목을 내밀어 내가 내민 물병의 뚜껑 부분을 입으로 물고는 목발을 사용해 옆의 벤치에 털썩 앉았다. 나도 시중보다 비싼 스포츠 음료를 사서 약간 떨어진 벤치에서 홀짝홀짝 마셨다. 청년이 앉은 쪽에서 이따금 코를 훌쩍이는 소리나 목이 메어 꺽꺽대는 소리가 들렸다.

당분 흡수에 전념하고 있으니 청년이 목발을 사용해 다가왔다. 그가 다소 떨리는 목소리로 말했다.

"아까는 실례했습니다. 감사했습니다."

청년의 눈가와 코는 붉게 상기되어 있었다. 얼굴 근육을 제대로 움직일 수 없는지 오른쪽 상처 주위가 경련을 일으키듯 뻣뻣했다. 그는 송구한 듯이 말했다.

"여기서 종일 재활 치료를 받느라 피곤한 상태였는데, 가족이 크게 다쳐 병원으로 실려 왔다는 연락까지 받아서……."

"몸 하나 건사하기 쉽지 않을 텐데 지나가던 인간에게까지 신경 쓸 필요는 없어. 별 일도 아니었는걸. 잠깐 앉을래?"

옆자리를 가리키니 그가 순순히 자리에 앉아서는 긴 한숨을 내쉬었다.

"가정교육을 잘 받았구나. 제대로 감사도 할 줄 알고."

"인사와 감사는 최대의 방어라고 할머니가 말했거든."

나는 웃고 말았다. 청년은 마음을 가라앉히려고 몸을 으쓱하고는 "고맙습니다, 안녕하세요 같은 말을 제대로 하느냐 하지 못하느냐에 따라 사람들의 분위기가 바뀌거든. 간호사나 물리치료사는 감사하다는 인사를 할 만한 정신상태가 아닌 사람에게도, 자신들을 깔보는 사람들에게도 익숙한 상태라 상대에게 감사 따위를 바라거나 하지는 않을 테지만서도."

"뭐, 간호사도 인간이니까."

"할머니도 그렇게 말씀하셨어. 아무리 일이라도 자기에게 잘해주는 사람과 그렇지 않은 사람이 있으면 잘해주는 사람에게 더 친절하게 대해주는 법이라고. 거드름 피우며 상대를 무시하거나 하면 결국 손해를 보는 건 자신이라고."

"할머니가 현명하시네."

"응."

청년이 입을 다물었다. 다시 눈가가 빨개졌다. 나는 화제를 바꿨다.

"그런데 그 상처는 어떻게 된 거야? 사고?"

"응. 차에 치였어. 뼈가 열일곱 개 부러졌는데, 그중 다섯 개는 피부를 뚫고 나왔지. 그쪽은?"

"뭐?"

"옷이나 얼굴이 피투성이인데."

옷은 어쩔 수 없지만, 얼굴은 상처를 꿰맬 때 닦아주었을 거라고 착각을 했다. 놀라 백에서 거울을 꺼냈다. 이마에는 붕대가 감겨 있지만, 그 상처 아래쪽 뺨에 피가 검붉게 말라 붙어 있었다. 손으로 문지르니 때처럼 후두둑 떨어졌다.

"이거 심하네."

중얼거리니 청년이 말했다.

"응, 상당히."

"네가 할 말은 아닌 것 같은데."

청년이 웃었다. 반쯤은 일그러진 얼굴이었지만, 웃으니 꽤 어리게 보였다.

"간호사에게 부탁해서 물티슈 같은 거라도 빌리면 어때? 인사와 감사를 잊지 않으면 그들도 싫다고는 안 할 것 같은데."

"뭐야, 그게."

그때 응급실 쪽 문이 열리고 엷은 핑크색 간호복에 마스크를 한 간호사가 잰걸음으로 나타났다. 그녀는 청년에게 "아오누마 씨?" 하고 물었다.

"할머님, 의식이 돌아왔어요."

청년은 목발을 상대로 허둥대며 일어서서는 그녀에게 물었다.

"할머니는 괜찮으신가요? 정말로 괜찮은 건가요?"

"당신을 만나고 싶어 하세요."

간호사가 이쪽을 힐끔 보고는, 마치 어미 새가 새끼를 지키는 것처럼 크게 팔을 벌려 청년을 유도했다. 그는 뒤를 돌아보지도 않고 앞으로 기우듬하게 떠났다. 오히려 다행이었다.

물론 아오누마 미쓰에와 이사와 우메코의 싸움에도, 미쓰에가 다친 일에도 나는 전혀 관여하지 않았다. 내가 우메코를 미행하지 않았더라도 두 사람은 싸웠을 것이고, 계단에서 굴러 떨어졌을 것이다. 내가 밑에 깔리지 않았더라면 이사와 우메코가 더 크게 다쳤을 가능성이 있지만 말이다.

그러니까 내가 죄악감을 느낄 필요가 없다. 어쩌다 우연히 대화를 나눈 청년이 라이온즈 야구모자를 쓴 노인이 말했던 아오누마 히로토였다고 해도 말이다. 7개월 정도 전에 교통사고를 당해 아버지를 잃고, 몸이 불편한 상태로 생활을 할 수밖에 없는데, 그런 그를 돌봐주던 할머니까지 크게 다쳤다. 이렇게 되면 안쓰러움을 넘어 생명의 위험까지 느낄 수 있는 상황이지만, 그런 것들은 나와는 전혀 관계없는 일이다.

내가 죄악감을 느낄 여지 따위는 정말로 하나도 없다.

4

CT 검사 결과, 뼈에도 뇌에도 문제는 없지만, 조금이라도 불편함을 느끼면 바로 병원으로 오라는 의사의 말을 듣고, 일당보다도 훨씬 비싼 돈을 지불하고 병원에서 나왔다. 바람은 잔잔해진 지 오래였다. 공기가 놀랄 정도로 맑아 멀리 가나가와 현의 단자와 산이 가깝게 보였다. 기치조지로 가는 버스를 기다리는 동안에 가을 해가 빠른 속도로 서쪽 하늘로 기울었다.

기치조지에 도착하자마자 편의점으로 뛰어들어 원재료 표시에 화학약품명이 즐비한 빵을 샀다. 먹으며 번화가를 빠져나와 주택가 안에 있는 살인곰 서점에 들렀다.

가게의 간판 고양이는 사료 그릇 앞에 웅크리고 앉아 왜 이렇게 기다리게 했느냐는 듯이 화를 내며 나를 노려보았다.

"너, 서예교실의 스도 씨에게 밥을 얻어먹고 있잖아. 계단 아래에 사료 캔이 나와 있는 거 봤거든."

사료를 접시에 부어주며 그렇게 말하니, 오렌지 털의 고양이는 놀랄 정도로 "흥" 하고 세게 콧김을 내뿜었다. 이렇게나 파괴력이 있는 "흥"은 전에 어떤 중년 여성이 내뿜은 이래 처음이었다. 그녀는 친구들 집에서 이런저런 것들을 슬쩍 했었다. 그녀의 짓이라는 사실을 밝혀내 추궁하자 끝내 적반하장 격으로 역정을 냈다.

고양이가 핥으면 자동으로 물이 나오는 장치를 깨끗하게 닦고, 서점과 2층 살롱의 창문을 열어 환기를 시키고, 컴퓨터를 체크했다. 인터넷 서점에 올려놓은 책이 몇 권 팔렸기에 발송 준비를 마치고 집으로 돌아왔다. 고작 이 정도 작업을 했을 뿐인데 돌아오는 길에 몸 여기저기가 쑤셔서 비틀거렸다.

내가 살고 있는 곳은 조후 시 센가와의 셰어하우스다. 고슈 가도에 인접한 커다란 농가 부지 안에 있는 오래된 목조주택으로, 옆에 포도밭이 있고, 그 이름 또한 '스타인벡 장'이다.

센가와 역까지 걸어서 5분. 광열비 포함 월 7만 엔. 집주인인 오카베 도모에가 키우는 신선한 채소는 덤이다. 걸으면 바닥에서 소리가 나고 외풍도 심한 낡은 집이지만, 타인과의 거리감이 나와 별 차이가 없는 사람들과의 공동생활이 마음에 든다.

그런데 작년 봄, 오카베 도모에가 살던 안채가 반파되고, 장마철에는 포도밭이 우박에 의해 괴멸적인 피해를 입었다. 오카베 도모에는 안채 터에 빌라를 짓기로 결심했다. 스타인벡 장은 내년 초에 철거하고, 빈 땅을 매각해서 건설 비용을 충당하기로 했다.

"이쪽 사정으로 나가달라고 하는 거니, 퇴거 비용으로 5개월 치 월세를 줄게."

두 달 전, 오카베 도모에는 그렇게 말하고 적당한 연립을 소개해주겠다고 했다. 셰어하우스의 주민들은 속속 떠나, 나와 사사키 루우,둘만 남게 되었다.

루우 씨는 자신이 디자인한 가방을 자신이 만든 사이트에서 팔아 생계를 꾸리고 있다. 재택근무인지라 짐이 많다. 이사할 곳도 정해지지 않았는데 이삿짐 정리를 시작해, 현관 부근은 현재 루우 씨가 쌓아놓은 골판지 박스가 거의 점령하다시피 해서 지나다니기 힘들지만 불평은 할 수 없다. 짐을 빼는 날까지 두 달도 채 안 남았는데 아무런 준비도 되어 있지 않은 나보다는 나은 편이기 때문이다.

내 방으로 돌아가기 전에 거실에 들렀다. 험악한 표정의 루우 씨가 웅크린 자세로 만두를 빚고 있었다. 일이 생각처럼 풀리지 않을 때 그녀는 항상 만두를 빚는다.

"어서 와."

루우 씨는 이쪽을 보지 않고 말했다. 오늘은 만두피도 직접 만든 모양이다. 핑크 밴드로 질끈 묶은 머리가 작업할 때마다 이리저리 흔들린다.

"만두, 맛있겠다. 혹시 내 것도 있어?"

"얼마든지 먹어. 도모에 씨는 조카와 '후쿠주'에서 마파두부를 먹는다고 했으니까."

만두에 대한 답례로 불평을 들어주기로 했다. 성실한 성격의 그녀는 일찍부터 이사할 곳을 찾았는데 좀처럼 좋은 곳이 나오질 않아 스트레스가 쌓여 있다.

"도모에 씨가 소개해준 집을 보러 갔었어. 처음 집은 넓고 환경도 좋았지만, 월세와 관리비가 지금의 두 배. 다른 한 집은 버블 때 지어진 관리가 안 된 낡은 물건으로, 이렇게 추운데 하수도 냄새가 날 정도였어. 로카 공원에 있는 물건은 역에서 너무 멀고 낡았는데, 집주인이 리모델링할 생각도 없고, 셀프 리모델링은 불가라며 웃더라고. 뭐, 도중에 계란을 파는 직판장을 발견한 건 다행이었는데. ……하무라 너, 그 붕대 어떻게 된 거야?"

숨 쉴 틈 없이 불평을 늘어놓던 루우 씨의 마지막 말은 비명으로 끝맺음되었다.

"넘어졌어."

"또? 탐정은 자주 넘어지는구나. 괜찮아? 옷이 피투성이인데."

방으로 돌아와 옷을 갈아입고, 얼굴을 씻고, 피가 묻은 머리카락을 닦고 돌아왔다. 루우 씨는 걱정된 나머지 꼬치꼬치 캐물었지만 오늘 일은 기억하고 싶지도 않다. 화제를 억지로 부동산 이야기로 되돌렸다.

"그러고 보니 근처에 여성 전용 셰어하우스가 새로 생길 거라는 이야기를 했잖아. 그쪽은 알아봤어?"

"그건 논외."

루우 씨가 쌀쌀 맞게 대답했다.

"완성 예상도를 봤는데, 모두가 모일 공간도 욕탕도 없고, 샤워실뿐. 셰어하우스라기보다 공용 화장실과 욕실을 나눠 쓸 뿐인 하숙에 불과해."

루우 씨는 회사에 다녔다고 하는데, 인간관계에 지쳐 그만두었다. 결혼했던 적도 있는 것 같은데 오래 지속되지는 못했다. 이러한 공동생활에서는 서로의 프라이버시를 침해하지 않는 것이 철칙이라 그 이상의 일은 알지 못한다. 사실은 나이조차 모른다.

"재택근무에는 셰어하우스가 참 좋았는데."

루우 씨가 다 빚은 만두를 프라이팬에 늘어놓으며 말했다.

"계속 방에서 작업을 하다가 정신을 차리고 보면 3주 넘게 아무하고도 제대로 된 대화를 하지 않을 때가 있잖아. 친구들은 다들 출세했거나, 육아나 부모님 간병으로 바쁜 나이다 보니 연락은 라인이나 문자로 대신하고. 그걸 대화라고 부르기는 힘드니까."

'밖에서 일을 한다고 제대로 된 대화를 나누는 건 아닌데.'

오늘 하루를 돌이켜보았다. 대화 내용은 거의 사건과 관련된 것이나 부상 관련. 아오누마 히로토와의 대화는 다소 개인적이었을지도 모르겠지만…….

미역과 빻은 깨와 시로다시(백간장, 맛술, 다시마 등으로 맛을 낸 조미료의 일종—옮긴이)로 간단한 국물을 만들고, 무와 셀러리를 소금에 살짝 버무린 후 참치 캔을 곁들이고 레몬즙을 뿌렸다. 루우 씨는 술을 못하고 나는 네 바늘을 꿰맨 직후라 이사한 사람이 두고 간 보이차를 끓여, 잘 구워진 군만두를 먹었다. 하나 먹었더니 멈출 수가 없었다. 루우 씨의 만두는 채소가 듬뿍 들어 있어서 위에 부담이 덜 가 잔뜩 먹을 수 있다. 맛있다고 칭찬하며 아침밥과 점심밥의 원수를 갚듯이 마구 먹었다.

평소라면 식후 바로 방으로 돌아가는 루우 씨가 오늘은 그대로 부엌에 남아 있었기에 감을 깎아 먹었다. 안채와 스타인벡 장 사이에 솟아 있는 감나무에서 따온 것이다. 공사를 하게 되면 건물과 함께 베어질 운명인데, 그 운명을 알고 있는지 올해에는 놀랄 만큼 많은 감이 열렸다.

이 씨앗을 챙겨둘까 생각하면서 원래 대화로 돌아갔다.

"그러면 루우 씨는 역시 셰어하우스를 찾을 생각이야?"

"글쎄. 셰어하우스는 나보다 더 힘든 사람들이 모이는 곳인 것 같더라고. 어르신이나 아이를 키우는 사람들이 있는 셰어하우스도 알아봤는데 왠지 마음에 안 들어서."

루우 씨는 찻잔을 감싸 손을 데우면서 뭔가 말하고 싶은 듯이 나를 보았다.

"그래서 하무라는 어쩔 거야?"

"어쩔 거냐니?"

"이사 말이야. 전혀 알아보고 있지 않잖아. 뭔가 기댈 곳이라도 있어?"

"전혀 없어."

"정말로?"

"정말로 없어. 앞으로 일을 어떻게 할지 고민 중이라, 그게 결정되지 않으면 살 지역과 월세의 상한을 정할 수가 없을 뿐."

"그런 거야? 정말로 뭔가 기댈 곳이 있어서 기다리는 거 아니고?"

놀란 얼굴로 루우 씨를 바라보니 루우 씨가 고개를 돌리며 말했다.

"그러니까 함께 살자는 말을 꺼낼 만한 남자가 있다든가."

그녀의 얼굴을 빤히 쳐다보고 말았다. 말하자면 이 내가 남자가 있어서 결혼이나 동거하자는 말을 기다리고 있는 것이 아닌가 하는 것인데, 그럴 리가 없다는 것은 루우 씨 역시 잘 알고 있다. 그런데 왜 그런 바보 같은 말을 꺼냈나 하면…….

"그 말인즉슨, 루우 씨가 그런 문제로 고민하고 있다는 소리?"

"문제라 할 정도는 아닌데."

루우 씨가 손을 내저었다. 얼굴이 빨개졌다.

"그리 대단한 이야기는 아닌데, 신경이 좀 쓰인다면 쓰인달까."

잠자코 다음 말을 기다렸다. 루우 씨는 잠시 혀로 뺨 안쪽을 이리저리 문지르다 다리를 의자 위로 올려 책상다리를 하고는 결심한 듯이 입을 열었다.

작년 봄, 자작 가방이 시모키타자와의 한 잡화점에 입점하게 되어 커다란 봉투에 가방을 잔뜩 집어넣고 집을 나섰다. 환승역인 메이다이마에 역 홈에서, 발치에 놓아둔 가방이 담긴 꾸러미를 행인이 발로 차서 안에 든 것이 튀어나오고 말았다. 남자는 정중히 사과를 하고 가방을 주워주고는 떠났다.

"잡화점 주인이 내 가방이 맘에 들었는지 전부 받아주기로 했어. 혼자서 축하를 하고자 요요기하치만의 양식 레스토랑에 갔거든."

주인장과 오랜만에 인사를 나누고 넷이 앉는 테이블에 혼자 앉아 요리를 기다리고 있으니 가게는 금세 만석이 되었다. 그때 본 적이 있는 남자가 들어왔다. 가방이 담긴 꾸러미를 발로 찬 그 남자였다.

"합석을 하게 되었고, 대화를 나눴더니 마음이 잘 맞는 거야. 시부야까지 걸어서 갔는데, 도켄자카 근처에 있는 핑크 판다 표시가 있는 호텔 앞에서 유혹하기에 그대로 외박. ……그렇게 된 거야."

"루우 씨……."

"아니, 처음이야. 정말로. 내가 그런 짓을 하다니, 상상해 본 적도 없었어. 그것도 이 나이에."

루우 씨의 귀부터 목덜미까지 새빨개졌다. 나는 천장을 보았다.

"어떤 남자였어?"

"꽤 연하. 30대 초반일지도. 전체적으로 선이 가는 느낌인데, 운동을 해서 몸은 탄탄하고, 왼쪽 귀 뒤쪽에 찹쌀떡 모양의 원형 탈모가 있고, 위약을 먹고 있고, 양복 차림에 건실한 일을 하는 사람 같았어. 하는 말은 그리 재미있지 않았지만, 남의 말을 잘 들어주는 편이었어. 막상 침대 위에서는 그쪽도 꽤 긴장을 했나 봐. 다음 날 아침, 서로 인사는커녕 눈도 제대로 못 마주친 채 이노카시라 길에서 헤어졌는데……."

루우 씨가 말끝을 흐리며 고개를 숙였다.

그 남자가 잊히지 않는 건가. 나는 루우 씨 모르게 탄식을 했다.

"이름은 들었어?"

"듣지 못했어. 내 이름도 묻지 않았고."

자기보다 훨씬 어린 남자에게 주눅이 들었던 것이다. 더불어…….

"그런 일이 있을 거라는 생각을 못했기 때문에 속옷은 후줄근한 거였고, 아직 춥기 때문에 속바지도 입고 있었고. 들키지 않게 옷을 입느라 신경을 써서. 뭐라 해야 할까. 그때 속바지를 입으며 생각했어. 내 인생, 이런 밤을 보낼 일은 두 번 다시 없을 거라고."

집에 와서 입고 있었던 것을 전부 버렸다. 그 후 얼마간은 이따금 그 일이 떠올라 부끄러운 나머지 혼자 방 안에서 소리 지르거나 했는데, 금방 기억에서 지워졌다. 그런데…….

"이사가 결정된 후 갑자기 생각이 나는 거야. 생각해보니나, 그에게 센가와의 셰어하우스에 살고 있다는 이야기를 했거든. 역에서 5분 거리고, 고슈 가도 변의 농가 부지 안에 있고, 옆에 포도밭이 있다고."

그 정도의 정보가 있으면 '스타인벡 장'을 찾는 것은 어렵지 않을 것이다. 그런데 아무런 기별이 없다는 것은…….

"나 같은 것에게 흥미는 없었겠지. 그건 나도 알아. 하지만 여기 살고 있으면 다시 만날 수 있을지도 모른다고 어딘가에서 기대했다는 사실을 이제야 깨달은 거야. 여기가 철거되면 모든 게 다 끝이라고. 그래서 생각했는데, 퇴거 비용도 받았고, 최근에 만든 가방이 팔려서 다소 돈에 여유가 생겼거든."

루우 씨가 갈망하는 듯한 눈빛으로 나를 보았다. 나는 바로 이마에 손을 대고는 “미안. 이야기 도중인데 갑자기 두통이”라고 말했다. 루우 씨는 걱정스러운 듯이 자리에서 일어섰다.

“괜찮아? 구급차 부를까?”

“아니, 자고 나면 괜찮을 거야.”

“그래? 다친 사람에게 이상한 이야기를 해서 미안해. 그만 가서 자.”

루우 씨의 권유대로 나는 손에 난 땀을 셔츠에 문지르며 내 방으로 돌아왔다.

문제의 남자를 찾아달라는 거라면 방법이 없지는 않다. ‘도겐자카 근처의 핑크 판다 표시가 있는 호텔’을 써먹을 수 있다. 남자가 호텔비를 카드나 스마트폰으로 결제했을 경우, 정확한 일시만 알고 어느 정도의 돈만 찔러주면 지불한 사람의 정보를 손에 넣을 수 있다.

그런 식으로 신원을 밝혀낸들 이 일이 행복한 결말을 맞이할 거라는 생각은 들지 않았다. 물론 조사하든 하지 않든 루우 씨가 결정할 일이기는 한데, 솔직히 휘말리고 싶지는 않다. 아무리 탐정 일이 필요하다고는 하나 이런 것은 사양이다.

부상 후유증과 루우 씨에게 받은 충격이 합쳐져 다음 날 나는 꼼짝도 못했다. 계단 사고 때 잃어버린 스마트폰을 찾으러 갈 마음도 들지 않을 정도였다. 꼭 필요한 상대에게만 스마트폰을 쓸 수 없게 되었으니 연락은 이쪽으로 달라고 예비 휴대전화로 연락한 후 그대로 몸져눕고 말았다. 그래도 이틀 후 금요일부터의 주말에는 살인곰 서점으로 일하러 나갔다. 정오가 되어 문을 열자마자 손님이 들어왔고 그 뒤로도 끊이지 않았다.

손님의 태반은 주오 선 역 주변에 위치한 서점이 공동으로 개최한 11월 이벤트 '주오 선 BOOKSHOP 스탬프 랠리'가 목적이었다. 주오 선 역 주변에 위치한 서점, 고서점을 돌며 정해진 용지에 그 서점의 오리지널 스탬프를 찍는다. 기한 내에 모아서 실행위원에게 우편으로 보내면 오리지널 토트백이나 북커버나 책갈피 열 장 세트를 받을 수 있다.

스탬프가 목적인 손님이 끊임없이 찾아와 살인곰 서점의 오리지널 스탬프—니시 에쓰코의 《고양이는 알고 있다》를 우리 간판 고양이가 추천하는 그림—를 용지에 찍고는 귀엽다고 칭찬함과 동시에, 이 서점은 평일에는 문을 안 여는 데다, 여기만 멀리 떨어져 있고, SNS로 정보 공개도 그다지 하지 않는다며 불평을 늘어놓고 떠난다. 찾아오는 손님의 수에 비해 책 판매는 거의 변함이 없는 알 수 없는 주말이었다.

일요일 폐점 시간 무렵, 손님의 발길이 끊어진 타이밍에 사쿠라이에게서 연락이 왔다. 내가 부탁한 대로 이사와 우메코의 경제 상황을 조사해보았더니 엄청난 사실을 알게 되었다고 했다.

“이사와 우메코의 남편이 버블 시기에 세운 연립은 노후화되어 현재 공실률이 60퍼센트 정도. 그 나카무라 히사시가 있는 부동산 관리회사의 권유로 오쿠사와의 자택을 담보로 은행에서 융자를 받아 재작년에 가와사키의 연립 한 채를 개축했는데, 개축을 했어도 교통이 불편한 데다 대출금 상환 때문에 집세를 높게 설정한 탓에 세입자가 나타나지를 않았대. 덕분에 대출 이자가 연체되어, 이대로라면 담보로 잡힌 자택을 압류당할지도 몰라.”

“그 사실을 이사와 우메코의 아들에게는 알렸어?”

스탬프 랠리용 용지의 숫자를 세면서 물었다. 용지가 많이 줄었다. ‘북퍼스트 아트레 기치조지 점’의 스즈키 씨에게 연락에서 여분을 더 부탁하는 편이 좋을 것 같다.

“이사와 고와는 함께 자료를 세밀하게 살피고 있어. 어제는 둘이서 우메코의 집에 들이닥치기도 했고.”

“맞아. 그러고 보니 그녀는 무사해?”

재빨리 도망친 탓에 미처 신경을 못 썼지만, 생각해보면 그녀는 일흔네 살. 더불어 혼자 사는 신세다. 당시에는 움직였어도 나중에 이변이 발생했을 가능성도 있었다. 이제야 식은땀이 흐르기 시작했다.

“몸 여기저기 붕대나 반창고투성이로, 파스 냄새를 엄청 풍기기는 했는데 건강했어. 오른손 손가락이 꽤 부은 것 같은데, 그날 돌아오는 길에 주치의에게 진료를 받은 모양이니 걱정 안 해도 돼."

"오른손 손가락을 쓸 수 없으면 꽤 불편하겠네."

"상냥하기도 하시지. 그 노파에게 깔린 거 아니었어?"

그렇기는 하다. 그 덕에 다시 지출이 수입을 상회하고 말았다.

"계단에서 굴러 떨어져서 얼이 빠졌는지 모조리 다 불었어. 은행 대출 건도, 임대 수입보다 경비가 더 들어서 힘들다는 것도, 가지고 있던 금붙이도 상당히 처분했지만 언 발에 오줌 누기였다는 것도 전부. 좀 더 일찍 아들에게 상담했다면 좋았겠지만, 그 말투를 보건대 며느리에게 약한 모습을 보이고 싶지 않았던 것 같아. 손이 불편함에도 며느리 신세는 지지 않겠다고 고집을 부려서, 결국 손녀딸이 얼마간 동거하기로 했을 정도니까. 이렇게까지 사태가 악화된 건 본인의 자업자득이기는 하나, 불쌍한 면도 있기는 해."

우메코의 남편은 죽기 직전 우메코에게 "당신은 아무 걱정할 것 없어. 부동산 관리회사에 맡겨두면 매달 꼬박꼬박 돈이 들어올 테니"라고 말했다고 한다.

"그런 말을 들었으니, 우메코는 연립 경영에 관한 책임은 전부 관리회사에 있다고 믿었나 봐. 공실 대책도, 임대인이 퇴거한 집의 리모델링도, 수리 비용도, 청소도 전부 관리회사가 할 일인데 왜 자신이 돈을 내야 하냐고 생각할 법도 하지. 덕분에 관리회사와의 트러블도 끊이지 않아서, 우메코가 해고하거나 그쪽이 계약 해지를 하거나, 담당자 변경이 자주 있었던 듯해. 본인은 관리회사를 잘못 만났다, 계속 속기만 했다며 울부짖더라고. 남편의 말을 액면 그대로 받아들여서 연립 관리를 쉽게 생각했다고밖에 할 말이 없어."

올해 여름부터 은행 대출금의 상환이 어려워졌다. 아무리 세상 물정을 모르는 귀부인이었어도 가정부를 해고하고, 스스로 가사를 하며 절약하는 한편, 돈을 마련하기 위해 이리저리 궁리를 했다. 그것이 제대로 풀리지 않은 탓에 스트레스는 심해지고, 스트레스를 풀고자 자신이 좋아하는 버터가 잔뜩 들어간 요리를 많이 해먹은 탓에 순식간에 살이 찌고 말았다. 무릎 통증도 체중 증가 후에 시작되었다고 하니 미루어 짐작할 수 있다. 그것을 남자친구가 생겨서 젊게 보인다고 말도 안 되는 착각을 할 정도니 우메코가 아들에게 기대지 않은 것도 무리는 아니다.

"지난번 메구로가와의 카페 데이트는 대출금 상환 관련 미팅이었던 듯해. 그런 걸 이야기한들 나카무라도 곤란할 뿐이지. 어디 돈을 빌릴 만한 사람은 없냐고 말했나 봐."

"그래서 아오누마 미쓰에를 만나러 간 거군."

아오누마 미쓰에의 아들이자 히로토의 아버지인 아오누마 미쓰타카는 올해 3월에 교통사고로 사망했다. 그렇다면 배상금이나 보험금 외 기타 등등, 유족에게 거금이 들어왔을지도 모른다고 생각한 걸까. 곳간이 비면 바보가 된다는 말도 틀린 말은 아닌 모양이다.

"애당초 미쓰에 씨와 이사와 우메코는 어떤 관계인데?"

"둘 다 가와고에 출신으로, 중학교 동창생이라고 해. 사이는 별로였던 것 같은데, 우메코는 동창생 교류 사이트를 통해 미쓰에의 소식을 알았던 거지."

본심을 숨긴 채, 죽은 아드님에게 향을 올리고 싶다며 갑자기 들이닥쳤다. 거절하는데도 밀어붙여서 억지로 연립 2층의 아오누마 미쓰타카의 집으로 들어갔다. 위패에 합장을 하고 난 직후, 자신의 상황을 호소하고는 돈을 빌려달라고 고개를 숙였으나 단칼에 거절당했다. 빌려줄 때까지 여기서 나가지 않겠다며 버티니까 밖으로 끌려 나갔다. 너무 심하지 않냐. 그래서 싸움이 벌어졌다. 계단에서 떨어진 것은 둘 다 마찬가지인데, 곤란한 상황에 처한 동창생에게 매몰차게 대한 마음이 좁은 미쓰에가 전적으로 나쁘다. 이것이 이사와 우메코의 주장인 듯하다.

"싸움은 쌍방과실이라고는 하나 크게 다친 쪽은 미쓰에뿐이고, 우메코의 행동은 무엇 하나 잘한 게 없어. 대화 도중에 이사와 고가 가족을 잃은 사람에게 그 보험금을 빌려달라고 찾아가다니 몰상식한 거 아니냐고 엄청 화를 냈어. 그랬더니 그 할머니, 진지한 얼굴로 교통사고로 사망하면 보험금이 엄청 나온다고 들었대나 뭐래나. 어이가 없어서 입이 안 다물어지더라고. 미쓰에 할머니에게도 같은 말을 한 게 아니면 다행인데."

아니, 분명 말했을 것이다. 아무리 불도그 같은 여자라 해도, 뻔뻔하다는 이유만으로는 집밖으로 끌어내거나 하지는 않을 테니까.

"일단 이사와 고는 미쓰에가 고소하기 전에 사죄를 하고 치료비 전액을 부담하겠다고 말을 꺼내보겠다고 해."

사쿠라이가 다소 말을 빨리했다.

"모친의 자산에 대해서도 전문가를 고용해 자세히 조사한 다음 은행과 상담할 생각인데, 이쪽은 결론이 나올 때까지 시간이 좀 걸릴 거야. 그러니까 배상금 청구를 당한다 해도, 그걸 지불할 수 있을지 없을지는 나중의 일이기는 한데, 저쪽에는 교통사고 후유증으로 도움이 필요한 손자도 있고. 하지만 이쪽도 도와주고는 싶지만 도리가 없고. 반대로 역성을 사서 형사 고소를 당하는 건 피하고 싶고. 그래서 말인데……."

사쿠라이가 헛기침을 한 후 단숨에 다음 말을 말했다.

"하무라 너, 이사와와 상대 사이를 중재해주지 않겠어?"

나는 깜짝 놀랐다.

"뭐? 왜 내가."

"사정을 잘 알고 있는 데다, 이사와의 대리인으로서가 아니라 일반인으로 아오누마에게 접근할 수 있는 건 하무라뿐이니까."

"그게 무슨 뜻인데?"

"말 그대로의 의미야. 애당초 이사와 우메코의 남자를 찾기보다 경제 상황을 확인해보라고 말한 것도 하무라잖아. 덕분에 문제점이 확실해졌고. 그러고 보니 어떻게 우메코가 파산 직전이라는 사실을 알아차렸어?"

무릎에 통증이 있는 자산가가 세찬 바람이 부는 날 외출할 경우에는 차를 부를 것이다. 하다못해 택시 정도는 잡을 것이다. 걸어서 미행한다는 시점에서 이상하다고 생각했다. 게다가 이사와 우메코는 그날 핑크색 니트를 입었다. 집을 나서기 전부터 조문을 구실로 돈을 빌릴 생각이었다면, 아무리 그래도 핑크색은 피했을 것이다. 이런 전후의 사정을 생각하면, 그날 우메코는 갑자기 생각이 나서 미쓰에를 방문했다고 보아야 할 것이다. 그녀의 행동은 남자에게 속아 금품을 바치고 있다고 보기에는 꽤나 절박했다.

"생각해보면 우메코가 소유한 건물은 버블 시기에 지어진 거라 지은 지 사반세기잖아. 관리, 보수가 잘 되어 있지 않다면 낡고 하수도 냄새가 날지도 모를 정도의 물건이라는 거지. 그렇다면 현재 주위에서 생각하고 있는 정도의 수입이 우메코에게 있을지 없을지 의심스럽다고 생각했을 뿐."

"정말 대단한 통찰력이군."

사쿠라이는 감정이라고는 느껴지지 않는 말투로 내 말을

가로막았다.

"역시 교섭의 중재역으로 하무라가 딱이야."

"그러니까 이야기가 왜 그렇게 되는 건데."

"직접 교섭하라는 게 아니라 어디까지나 교섭의 중재 역할. 하무라와 아오누마 미쓰에는 같은 사고를 당한 피해자 입장이잖아. 병문안을 가서 함께 우메코 악담이라도 해서 거리를 좁혀 봐. 뭣하면 겸사겸사 미쓰에의 가족에게도 접근하든가. 다친 손자를 돌봐주기라도 해봐. 그 집안사람들에게 신뢰를 얻지 않을까."

정리 중이던 스탬프 랠리 용지 뭉치를 집어던질 뻔했다.

"말하자면 상대의 품안으로 들어가서 같은 편인 척을 하며 댁들 편리하게 그들을 컨트롤하라고?"

"말귀를 잘 알아듣는군."

어이가 없어서 숨이 막힐 정도였다.

탐정 일이란 깨끗한 일이 아니다. 상대가 감추고 싶은 것, 약점을 밝혀내 의뢰인에게 보고하는 것이 일이다. 의뢰인의 이익을 우선한다는 것은 불이익을 입는 사람이 나온다는 뜻이기도 하다. 그것이 이 일이다.

그러나 경찰의 잠입수사 같은 이 일이 과연 탐정의 일이라 할 수 있을까.

"하무라, 듣고 있어?"

정신을 차렸을 무렵에는 사쿠라이가 전화기 너머에서 소

리를 지르고 있었다.

"저기 말이야, 뭘 주저하는지 모르겠지만, 아오누마를 속이라는 말이 아니잖아. 미쓰에가 화를 참지 못해 고소하거나, 이야기도 듣지 않고 사죄나 화해 권고안을 감정적으로 거부하거나 하는 일이 발생하지 않게 해달라는 것뿐이야. 아오누마 쪽에도 나쁜 이야기는 아니야. 냉정한 상태로 대화를 해서 타협점을 찾는 편이 서로의 스트레스도 적고 손해도 없어. 이게 말도 안 되는 주문은 아니잖아?"

말도 안 되는 주문이다. 나는 로비스트도 교섭인도 아니다. 그런 일을 내게 맡기다니 어떻게 된 모양이다.

뭐라고 거절해야 할지 생각하며 입구 쪽으로 시선을 돌렸다. 밖에서 익숙하지 않은 소리가 들렸기 때문이다.

"30만 엔 낼게."

사쿠라이가 말했다.

"계약금으로 10만. 화해 교섭이 잘 되면 잔금을 지불하지. 나쁘지 않은 조건이잖아?"

"그런 거금, 누가 내는 건데?"

그렇게 말했을 때 서점 입구 쪽에 그림자가 드리워져서 고개를 들었다. 열린 문 앞에 아오누마 히로토가 서 있었다.

5

"역시 당신이었군. 그렇지 않을까 했어. 병원에서 만난 거 기억해? 아오누마 히로토라고 하는데."

히로토가 나를 똑바로 바라보며 이름을 밝혔다. 나는 휴대전화를 손에서 놓칠 뻔했다. 간신히 사쿠라이와의 통화를 끝내고 그와 마주보았다.

"네가 왜 여기에?"

"할머니가 다쳤을 때 구급차를 불러준 여자가 있는데, 이마에 출혈이 심해서 함께 에지마 병원으로 실려 갔다고 우리 세입자 할아버지에게 들었거든. 응급실에 근무하는 아는 간호사에게 그런 조건으로 알아봐달라고 했더니, 하무라 아키라라는 이름이 나왔어. 그 이름으로 검색을 했더니 이 서점 정보가 나오더라고. 저기, 이거 정원에 떨어져 있었는데 당신 거 아니야?"

히로토가 코트 주머니에서 내 스마트폰을 꺼내 카운터에 올려놓았다. 바로 집어 들었지만 액정에는 금이 가 있었고, 전원조차 켜지지 않았다. 완전히 박살나고 말았다.

그래도 나는 그에게 감사 인사를 했다. 스마트폰을 자주 잃어버리거나 부숴먹기 때문에, 계약한 이동통신회사가 깐깐해져서 스마트폰을 새로 입수하는 일이 점점 어려워지고 있다. 이것이 있다면 '히라마쓰'라는 담당 창구 직원에게 "봐, 부서졌잖아" 하면서 당당하게 내밀 수 있다.

히로토는 내 인사를 한 귀로 흘려들으며 서점 안을 둘러보았다.

살인곰 서점은 모르타르 시공을 한 2층짜리 목조 연립을 리모델링해서 쓰고 있다. 사방의 벽을 맞춤 제작한 책장이 가득 메우고 있다. 문 옆에는 계산대가 있고, 뒤쪽 유리 케이스에는 희귀본이 진열되어 있다. 케이스 위에는 애거서 크리스티, 코난 도일, 콜린 덱스터, 도로시 L. 세이어즈와 같은 유명 미스터리 작가의 사진이 장식되어 있다.

서점 중앙에는 팔각형 평대가 놓여 있고, '주오 선 BOOKSHOP 스탬프 랠리'의 스탬프와 함께 풍선으로 만들어진 자유의 여신상과 현재 전개 중인 '뉴욕 미스터리 페어' 관련 책들이 진열되어 있다.

얼마 전에 다른 한 명의 오너인 도바시 다모쓰가 늦은 여름휴가를 받아 뉴욕에 갔다. '스트랜드 북스토어'나 '미스터리어스 북숍', 그 밖의 다른 고서점에서 도매 거래로 모은 페이퍼백 미스터리가 잔뜩 담긴 박스를 보냈는데, 그것이 최근에야 도착했다. 도착하기까지 꽤나 시간이 걸렸다고 생각했는데, 아무래도 세관에서 내용물을 검사당한 모양이다. 골판지 박스는 우체국 마스코트가 인쇄된 박스 테이프로 꽁꽁 싸매져 있었다.

그 책들에 로렌스 블록, S. J. 로잔, 토마스 체스테인, 엘러리 퀸, 아이작 아시모프, 헨리 슬레사, 코넬 울리치, 도널드 E. 웨스트레이크, 마이클 코넬리……. 뉴욕과 관련된 작가나 작품을 추가해 '뉴욕 미스터리 페어'를 개최했다. 하지만 핵심 상품인 '뉴욕에서 구해온 페이퍼백 미스터리'는 조기에 팔려버려 이따금 찾아오는 마니아를 실망시켰다.

"저기, 여기 간판에 무슨 탐정사라고 적혀 있는데."

히로토도 페어에는 아무런 관심이 없는지 입구 바로 옆에 기대섰다. 스탬프 랠리 때문에 들이닥친 손님들이 마구 만져서 기분이 상해 어딘가에 숨어 있던 간판 고양이가 나타나 아양 떠는 목소리로 그의 발치에 몸을 비볐다.

"백곰 탐정사."

"당신도 탐정? 백곰이라는 네이밍, 당신의 취향?"

"오너의 취향이야."

"미스터리 전문서점에 딸린 탐정사란 말은 책에 대한 것도 조사해주는 거야? 어렸을 때 읽은 책 중에 다시 읽고 싶은데 도저히 제목이 기억 안 나는 책이 있거든. 여름휴가 때 부자가 살해당하고, 녹색 바지와 빵집이 나오는 소설인데. 경찰이 먹는 갓 구운 크림빵이 맛있어 보였는데 말이지."

나는 아동서 책장에서 이와나미 소년문고의《소년탐정 칼레》를 꺼내 계산대 위에 놓았다. 히로토는 목발에 기댄 채 책을 펼쳤다. 팔락팔락 펼치며 잠시 읽고는 "아, 이거다"라고 말했다.

"좀 더 큰 책이었던 듯한 느낌이 들지만. 굉장해. 어떻게 바로 알았어?"

아니, 너무 쉬웠는데. 린드그렌의 '소년탐정 칼레' 시리즈는 아동 미스터리 문학의 기본 중의 기본이다. 하드커버로도 출간되었고.

"당신, 진짜 탐정인 줄 알았더니 미스터리 책 탐정이었구나. 흥미로운걸."

"잠깐만. 나는 도쿄 공안위원회에 등록되어 있는 진짜 탐정인데."

"뭐, 진짜? 그럼 의뢰하면 고용할 수 있어?"

히로토는 반쯤 농담 삼아 말했지만, 손을 파르르 떨었다. 안 좋은 예감이 들었다. 1년에 두세 번쯤 이런 예감이 찾아온다. '이 사람과는 엮이지 않는 편이 좋아. 의뢰를 받더라도 거절해'라며 하늘에 있는 누군가 또는 삼도천 저편의 할머니가 귓가에 속삭이는 것이다.

"탐정 따위는 웬만한 사정이 있지 않는 한은 고용하지 않는 편이 좋아. 돈도 들고. 게다가 간호사에게 개인 정보를 얻어내다니, 네 쪽이 탐정으로 더 유능한 것 같은데."

"간호사는 불쌍한 젊은 남자에게 약하거든."

히로토가 태연히 말했다. 아오누마 미쓰에가 의식을 되찾았다고 알려주러 온 간호사가 그를 지키려는 듯이 팔을 벌렸던 장면이 기억났다.

"그런데 너……."

"그렇게 부르는 거 왠지 기분 나쁘니까 그냥 히로토라고 불러."

나는 가볍게 손을 들어 질문했다.

"할머니는 좀 어떠셔? 히로토?"

"어라, 바로 그렇게 부르는 거야? ……농담이야, 농담. 편하게 부르면 돼. ……할머니는, 왼팔 척골에 금이 가고 손가락도 몇 개인가 부러졌어. 게다가 코뼈가 부러진 데다 얼굴은 새카맣게 멍이 들어 누구인지 알아볼 수도 없을 지경이었어. 처음에 병실에 들어갔을 때는 눈물이 날 정도였지. 의사 선생님이 깨끗하게 나을 거라고 했고, 할머니도 전에 한 번 부러졌던 적이 있었는데 멀쩡해졌다고 하시더라고."

"응. 코뼈가 부러지면 얼마간은 도저히 인간으로 보이지 않지만, 원래대로 돌아가니 걱정 안 해도 돼."

"하무라 씨는 코뼈가 부러진 적 있어?"

"그쯤이야, 뭐."

"역시나 탐정. 어떤 사건이었어?"

히로토가 싱글싱글 웃었다. 나는 화제를 바꿨다.

"그런데 여기까지는 어떻게 왔어?"

"물론 택시를 탔지. 오늘은 컨디션도 괜찮았기 때문에 재활 치료를 받을 겸 할머니 병문안을 갈 생각이었는데, 마음이 변해서 여기서 내려달라고 했어."

히로토가 콧김을 내뿜었다.

"교통사고를 당했다고 말했잖아? 재활 치료를 받으러 가는 거라면 택시비가 나오거든. 사고 때문에 수술을 세 번이나 했어. 처음에는 더 이상 걷지 못할 거라고 했는데, 열심히 노력하니 이 정도는 걸을 수 있게 되었지. 오른쪽 무릎의 가동 반경은 전보다 반으로 줄었고, 악몽도 꾸고, 사고 이전의 기억에도 일부 손상을 입었지만, 장애등급이 낮아질 정도로 건강해. ……미안, 무거워서 더는 안 되겠네."

히로토가 얼굴을 찡그리며 발등에 앉아 있던 고양이를 목발로 쫓아냈다. 고양이는 불만인 듯이 소리를 내지 않은 채 울고는 풀이 죽어 뒤로 물러났다.

"사고로 함께 있던 아버지는 돌아가셨는데 나는 이렇게 살았고, 간신히 걸을 수 있게는 되었고, 그러니까 다들 행운이라는 거야. 소꿉친구에다 절친이라 생각했던 류지라는 녀석도 '살 수 있을 거라고는 생각 못했는데'라고 말한 뒤로는 만나러 오지 않게 되었어. 다른 사람의 고통이라면 몇십 년이라도 참을 수 있다던데 그 말이 사실이더라. 의사는 이제 목발에 의지하지 않아도 된다고 하는데, 일반 지팡이로 바꾸면 지탱이 잘 되지 않아 바들바들 떨리고, 통증도 심해."

자리를 잡고 앉기라도 하면 곤란하기 때문에 세워두었지만 그것도 한계인 듯했다. 계산대 뒤에서 접이식 의자를 꺼내 앉으라고 했다. 히로토는 입구 쪽에 의자를 두고 앉았다.

"오늘도 아파?"

"그 정도는 아니야. 추위가 좀 누그러진 탓일지도. 나 자신도 컨디션을 예측할 수가 없어. 오전 중에는 팔팔했는데 재활 치료 중에 걸을 수 없게 되거나, 아침에는 죽을 정도로 힘들었는데 밤에는 멀쩡해지거나. 집에서 한 걸음도 나갈 수 없는 날도 있고, 술집에 오래 앉아 있을 수 있는 날도 있어. 보험회사에게 들키면 안 되지만. 녀석들, 자신들이 내줘야 할 금액을 낮추기 위해서라면 뭐든 이용하니까."

히로토가 웨이스트 포치에서 물병을 꺼내 마셨다. 일그러진 입가에서 물이 흘러 떨어졌다. 그는 눈을 내리깔고 소매로 닦았다. 나는 알아차리지 못한 척했다.

"뭐든이라니, 예를 들면?"

"그런 건 탐정 쪽이 더 잘 알지 않나?"

히로토는 젖은 소매를 감추며 말을 이었다.

"예를 들면, 아까 일반 지팡이는 두려워서 못 쓴다고 말했잖아? 그것도 의심받았어. 의사가 괜찮다는데 목발을 계속 짚고 다니는 건 자신이 큰 부상을 입은 인간이라고 세상에 어필하기 위해서가 아니냐며."

내가 보험회사 조사원이라도 그렇게 생각했을지 모른다. 전에 보험금 사기가 의심되는 건을 조사한 적이 있다. 조사 대상자는 경추 염좌였을 텐데, 롤러코스터를 연속해서 세 번이나 탔었다.

히로토는 뺨의 상처자국을 가볍게 문질렀다.

"인간은 입장에 따라서 보이는 게 달라진다고 할머니께서 말씀하셨어. 목발로 부상자라는 걸 어필한다는 생각이 틀렸다고는 할 수 없어. 도쿄는 혼잡해. 스마트폰에 정신이 팔려 부딪치는 사람이 얼마나 많은지, 그게 얼마나 무서운 일인지……. 이렇게 되기 전까지는 나도 부딪치는 쪽이었거든. 어필하지 않으면 알아차릴 수가 없어."

히로토가 자신의 몸을 내려다보았다.

"하무라 씨도 교통사고 피해자가 되어 보면 알 거야. 세상이 바로 바뀔 테니까. 의식을 되찾고 일반 병동으로 이동했음에도 아직 머리가 제대로 돌아가지 않을 때 교통과 경찰이 왔거든."

히로토는 불편한 듯 의자 위에서 몸을 비틀면서 말했다.

"피곤하니 조사는 다음에 해달라고 부탁해도 의사가 괜찮다고 했다면서 끊임없이 질문을 해대는 거야. 그리고 마지막으로 '사고를 일으킨 상대에게 엄벌을 바라지는 않는다, 이걸로 된 거죠?'라는 거야. 내 대답을 기다리지도 않고 내 손을 잡고 엄지를 내밀라고 하더라고."

"뭐? 설마 서류에 지장을 찍으려고?"

"아마도 그런 것 같아. 그때 나는 아직 아버지가 돌아가셨다는 사실을 몰랐는데, 왠지 이상한 예감이 들어서 필사적으로 손가락을 굽혀 저항을 했어. 엄청난 신음소리가 나와서 간호사가 와줬기에 다행이었지. 그 교통과 경찰이 보험회사의 끄나풀인지 아닌지는 모르겠지만, 그렇다고 해도 별로 놀랍지 않아."

'가해자에 대한 처벌 감정이 느슨한 건 별로 안 다쳤기 때문이니까'라는 식으로 억지 해석을 해서 배상금에 영향을 끼쳤다는 이야기를 들은 적이 있다. 대다수의 경찰이 열심히 일을 하고 있다고는 하나, 그렇지 않은 경찰도 일부 있는 법이다. 퇴직 후에 보험 조사원으로 전직하는 경찰도 적지 않기도 하니, 히로토의 생각도 괜한 억측은 아닐지 모른다. 허나 진실을 밝혀내기란 쉽지 않다.

생각에 잠겨 있으니 갑자기 히로토가 웃었다.

"달려들 듯한 얼굴 하지 마. 그런 경찰 따위는 아무래도 좋아. 교통사고 건은 할머니가 노력해준 덕에 거의 정리가 되었어. 액셀과 브레이크를 착각한 노인도, 사죄의 말 한마디 하지 않는 노인의 가족도 용서는 안 되지만, 귀찮은 일은 이제 질색이거든. 오늘 하무라 씨를 만나러 온 이유 중 하나는 책을 사줄 수 없나 해서인데."

히로토는 시선을 향하지 않고 평대 쪽을 손으로 가리켰다.

"우리 집 옆에 '블루레이크 플랫'이라는 할머니 소유의 연립이 있어서, 아버지는 그곳에 살며 취미로 책이나 레코드 같은 것들을 모았거든. 컬렉션이 늘어나 방이 좁아지면 빈 집을 창고 대신으로 썼어. 그곳이 가득 차면 다시 다른 빈 집을 창고로 쓰고. 그러다 보니 2층의 두 집과 1층의 한 집이 가득 차고 말았지. 그것들을 빨리 정리하고 싶어."

고서 거래에 관해 알아보았더니, 직접 박스에 꽉꽉 담아 택배로 보내면 된다고 하는데, 그것은 쉽지 않은 일이었다. 업자를 불렀다가 돈이 되는 책만 가져가고, 다른 책들이 남는 것도 곤란하다. 어떻게 하나 했을 때 우리 살인곰 서점을 알게 되었다는 것이다.

책은 기꺼이 인수하고, 그 이외의 유품도 정리하고 싶다면 믿을 수 있는 전문업자를 소개하겠다고 대답하니 히로토는 안심한 듯했다.

"다행이다. 낡은 연립이지만, 지역이 기치조지다 보니 깨끗하게 정리하면 세입자가 나타날 수 있거든. 현재는 세입자가 101호에 레오 할아버지라는, 항상 라이온즈 야구모자를 쓰고 다니는 알코올 중독자 혼자만 있어서 월세 소득은 없는 거나 마찬가지야. 할머니는 아버지의 보험금 같은 건 전부 내 명의로 돌려놓은 채 절대로 손을 대려고 하지 않으니까."

가능한 빨리 일을 진행하고 싶다는 히로토의 말에 그 자리에서 마시마 신지에게 전화를 걸었다. 그가 운영하는 유품 정리 회사 '하트풀 리유즈'와 우리는 떼려야 뗄 수 없는 공생 관계다. 유품 중에 책이 있으면 마시마가 우리 쪽으로 연락을 한다. 유품 정리 이야기가 나왔을 경우에는 우리가 마시마를 부른다.

부모님 집의 관리나 유품 정리가 사회문제가 된 덕에 마시마의 회사도 최근 텔레비전 취재를 받았다. 덕분에 예약이 잔뜩 들어차 있다고 마시마가 피곤한 목소리로 웃으며 말했다.

"예약 취소 건이 생긴 덕에 목요일이라면 괜찮아. 쉴 생각이었는데, 하무라의 소개라면 최근에 들어온 아르바이트생을 데리고 견적을 내러 갈게."

"모집 공고를 내도 전혀 안 온다더니 용케 아르바이트생을 찾았네."

"덕분에. 이제는 그 인건비도 벌어야 하니 레코드는 우리 쪽에서 매입하게 해줘. 아낌없이 돈을 쏟아붓는 마니아를 알게 되었거든."

히로토에게 확인했더니 고개를 끄덕였다.

"내일 할머니가 퇴원하셔. 버리면 안 되는 것들은 할머니에게 확인을 받을 수 있으니 목요일이라면 딱 좋아."

약속을 하고 전화를 끊었다. 어느새 폐점 시간이 지나 있었다. 아슬아슬하게 스탬프를 찍으러 온 손님을 배웅하고 계산대를 잠갔다. 외부 매대를 안으로 들이고 문단속을 했다.

그동안 히로토는 묵묵히 의자에 앉아 있었다. 돌아갈 듯한 기척은 없고, 아직도 무언가 말하고 싶은 것이 있는 듯했다. 애당초 재활 치료를 하러 가는 중에 마음이 바뀌어 이곳을 찾아왔다는 것부터 거짓말이다. 히로토가 온 것은 폐점 직전인 밤 8시 가까운 시간. 재활 치료를 하러 가기에는 너무 늦은 시간이다.

간판 불을 끄고 물어보았다.

"저녁은? 먹으러 갈 기운이 있다면 함께 어때?"

"괜찮겠어?"

"괜찮지 않다면 함께 먹으러 가자고도 안 해. 뭐가 좋아?"

"중국요리가 좋아. 기름기가 많은 걸로."

마치 그 말을 기다리고 있었던 듯했다.

귀찮기는 했으나 이대로 쫓아내는 것도 좀 그랬다. 게다가 신경 쓰이는 일도 있었다. 히로토는 아까 매수 의뢰는 "하무라 씨를 만나러 온 이유 중 하나"라고 말했다. 다른 이유가 있다는 것이다.

택시를 불러 아트레 기치조지 동쪽에 내렸다. 고가 아래의 대만요리점에 들어갔다. 가게 안에 발을 내딛고서야 알아차렸다. 기름 탓인지 바닥이 미끄러웠다. 일반 지팡이가 무섭다고 한 히로토의 말이 갑자기 현실적으로 느껴졌다.

부추계란볶음과 새우칠리와 고추잡채와 단 식초 절임을 주문해서 나누어 먹었다. 히로토가 꼭 먹고 싶다기에 물만두도 주문했다. 히로토는 보고만 있어도 기분이 좋아질 정도로 기세 좋게 먹었다. 히로토의 입가가 기름으로 번질거렸다.

"갓 만든 음식은 완전 다르구나. 이런 거 오랜만이야."

"할머니가 입원해 계시는 동안 밥은 어떻게 했어?"

"이노카시라 길에 있는 편의점이나 배달 음식이나 이웃 주민이나 친척의 도움. 의외로 어떻게든 되더라고."

식사를 마친 히로토는 커피를 마시고 싶어했다. 인파로 붐비는 기치조지 거리를 혼자 걷는 것은 아직도 많이 위험했다. 할머니와 함께 걷는다는 것도 젊은 남자 입장에서는 내키지 않았을 것이다. 나는 새로운 지팡이 대신인 걸까. 이동 중에 그는 조용히 목발을 짚었지만, 어딘가 들뜬 듯이 느껴졌다.

택시 승차장 근처 골목에 있는 낡고 인기 없는 카페에 들어갔다. 탁하고 신맛이 강한 커피였다. 기치조지에는 맛있는 카페가 많지만, 좁거나 멀거나 계단이 많거나 의자가 높이가 있는 스툴이거나 해서 허들이 높다. 젊고 건강하지 않으면 맛있는 커피도 마실 수 없는 것이다.

목소리를 낮추고는 동시에 맛이 없다는 평가를 했다. 나는 히로토가 살인곰 서점에 온 다른 이유에 대해서 물어보았다. 편안했던 히로토의 표정이 살짝 굳었다.

"그건 말하자면 할머니 일인데. 레오 할아버지 말씀으로는 할머니에게 구급차를 불러준……. 그러니까 하무라 씨가 할머니와 함께 계단에서 떨어진 상대를 목격했을 거라는 거야. 상대는 어느 틈엔가 사라졌는데 도망친 게 분명하다며, 누구인지 밝혀내서 치료비를 받아내라고."

표면적으로는 나는 어쩌다 그 앞을 지나가던 인간이었다. 그런 상대를 일부러 찾아오지 않더라도 "누구와 싸웠는지는 할머니에게 물어보면 되잖아?"

"물어봤어. 물어봤는데, 옛날에 알던 사이인데 두 번 다시 관여하고 싶지 않으니 이름을 가르쳐줄 수 없다는 거야. 그 인간 탓에 크게 다쳤는데 왜 감추는 걸까."

확실히 이상하다. 아오누마 미쓰에라면 이미 병원 침대에서 그 불도그 같은 얼굴을 부르르 떨면서 이사와 우메코에 대한 저주의 말을 내뱉었을 거라고 생각했다. 그런데 어째서.

잠깐만.

어떤 사실이 떠올랐다. 그때 먼저 떨어진 것은 우메코 쪽이었다. 우메코가 기세 좋게 떨어지면서 내게 부딪쳤다.

나는 이사와 우메코의 몰상식한 금전 요구가 원인이 되어 싸움이 일어났고, 그 결과, 사고가 발생한 것이라 생각해서 사쿠라이에게도 그런 식으로 보고했다. 하지만…….

"내 탓이 아니야. 이 사람이 나를 밀었어. 그래서 난 이 사람 팔을 잡은 거라고. 정당방위야."

우메코가 한 말이 사실이라면?

만약 그렇다면 우메코가 미쓰에에게 치료비를 지불할 필요는 없다. 오히려 미쓰에가 "고의로 밀어서 죄송합니다"라고 우메코에게 사죄해야 할지도 모른다.

그렇게 생각하니 미쓰에가 우메코의 이름을 숨긴 것도 이해가 된다. 사죄를 하면, 다시 우메코가 들이닥쳐서 용서해줄 테니 돈을 빌려달라며 고자세로 나올지도 모른다. 미쓰에는 모든 돈을 손자를 위해 저금해두었다. 그 소중한 돈을 우메코에게 빼앗기고 싶지는 않을 것이다.

정신을 차리니 히로토가 물끄러미 이쪽을 보고 있었다.

"당신, 목격한 거지? 할머니를 다치게 한 녀석."

"응, 봤어."

나는 크게 숨을 토해냈다. 히로토가 거친 숨을 내쉬며 재촉하듯 말했다.

"그럼 어떤 인간이었는지 가르쳐줘. 연령대라든가 입었던 옷이라든가. 근처 CCTV를 확인하면 그 인간의 영상을 확보할 수 있을지도 몰라. 거기에 사정을 적어 인터넷에 올려 네티즌들의 협력을 받으면 정체를 알아낼 수 있을지도 모르잖아."

"그런 짓을 하면 안 되지."

"어째서? 상관없잖아. 당신 보고 하라는 말이 아니야. 어떤 느낌의 상대였는지만 가르쳐주면 돼."

"하지만 할머니는 말하고 싶지 않다고 말씀하셨다면서? 그렇게 말씀하실 정도면 나름의 이유가 있지 않을까? 할머니에게 폐가 될지도 모르기 때문에 가르쳐줄 수는 없어."

히로토는 잠시 기가 막힌 듯 멍하니 앉아 있었다. 그러다 그의 무릎이 갑자기 부들부들 떨리기 시작했다. 진동으로 테이블이 흔들리고, 커피 잔 위의 스푼이 달각거렸다. 그 소리는 손님이 없는 카페에 기분 나쁠 정도로 크게 울렸다.

"그, 그럼, 요컨대, 할머니를 크게 다치게 하고 도망친 녀석을, 당신, 감싸는 것이나, 마찬가지잖아. 그, 그런 것은, 시, 심하지 않, 나."

히로토는 얼굴이 새빨개졌고, 그 탓인지 상처가 확연히 드러났다. 말도 더듬고, 고개를 계속 흔들었다.

그러고 보니 사고 후에 악몽에 시달리거나, 사고 전의 일 중 기억나지 않는 일들도 많다고 했다. 교통사고로 죽을 뻔하고, 괴로운 체험을 하고, 엄청난 통증으로 고생했다. 그래서 정신 장애가 남는 케이스도 드물지 않다. 나 역시 어떤 사건으로 컨테이너에 갇혔을 때의 정신적인 후유증이 아직 남아 있다. 그로부터 15년이 흘렀지만, 아직도 불빛이 없으면 잠들지 못하고, 좁은 곳은 불편하다. 어떤 일을 계기로 스위치가 켜지면 내 의사와는 상관없이 멋대로 몸이 떨린다.

"진정해."

일부러 차갑게 말했다.

"상대가 어떤 사람이었는지는 가르쳐줄 수 없지만, 네가 납득할 수 있는 설명을 해줄게."

"어, 어떻, 게?"

히로토의 입에서 침이 흘러나왔다. 물수건을 건네주니 그는 입가를 벅벅 닦았다. 그러면서 계속해서 손을 쥐었다 폈다 반복하며 깊은 심호흡을 거듭했다. 이윽고 떨림이 멈추자 히로토는 지친 듯이 물수건을 손에서 놓았다. 나는 그에게 말했다.

"할머니와 이야기를 나누게 해줘. 내일 퇴원하시는 걸 도와줄 테니까."

6

"그래. 내가 그 여자를 밀쳤어."

아오누마 미쓰에는 병원 침대 위에서 자세를 바꿔 나를 쏘아보고는 순순히 인정했다.

"옛날부터 잇속이 빠른 재수 없는 여자였어. 오랫동안 연락조차 없었는데 갑자기 들이닥쳐서 아들에게 향을 올리고 싶다고 하면 누구든 꿍꿍이속이 있다고 생각하지. 아들의 사고사로 번 돈을 빌려달라고 말했을 때에는 예상대로라 웃음이 나왔을 정도였지만."

미쓰에의 병실은 4인실이었지만, 다른 침대에는 커튼이 쳐져 있어 사람이 있는지 없는지조차 알 수 없었다. 나와 히로토가 들어가니, 미쓰에는 그 고요한 병실 창가 침대에 앉아, 대여한 얇은 환자복을 입은 채 창밖으로 아침의 밝은 하늘과 기치조지 길의 느티나무를 내려다보고 있었다.

코에는 아직 반창고를 붙인 채였지만, 사고로부터 5일 정도 지난 다음이라 얼굴에 부기는 보이지 않았다. 왼팔은 깁스로 손가락 끝까지 고정되어 있었다. 걱정한 것보다는 피붓결도 좋고 목소리에도 힘이 느껴졌다.

미쓰에는 당초 나를 더러운 것이라도 보는 눈으로 보았지만, 그 추락 사고에 휘말려 부상당한 사람이라는 히로토의 소개에 여러 가지를 깨달은 모양이다. 재활 치료를 다녀오라며 불문곡직하고 손자를 내쫓아버렸다. 그리고 내가 "계단에서 먼저 떨어진 건 당신이 아니라, 다른 한 명의 여성 쪽이죠?" 하고 묻자, 그 질문만으로 내가 무엇을 의심하고 있는지 알아차렸다. 역시 머리가 좋은 할머니다.

예상하기는 했으나 형사 사건을 고백당해 할 말을 잊은 나를 무시한 채, 미쓰에는 준비된 옷을 갈아입기 시작했다. 팔 고정대에서 왼팔을 빼고 셔츠 소매 깃을 통과하느라 고생하기에 도와주었다. 그러는 와중에도 미쓰에에 대한 악담은 멈추지 않았다.

"중학 시절, 외국에 살았던 숙모가 내게 코트를 선물로 보내줬는데, 유행하던 예쁜 노란색 코트라 친구들 사이에서도 호평이었거든. 그랬더니 우메코가 미처 전해주지 못했다며 7개월 전의 생일 선물이라는 걸 들고 집에 찾아왔어. 실컷 간살을 부린 다음에 그 코트를 빌려달라는 거야. 거절했더니 우리 어머니에게 애걸복걸하더라고. 어머니가 빌려주라고 하니 어쩔 수 없이 딱 하루만이라며 약속하고 빌려줬는데, 그 학기가 끝날 때까지 코트를 돌려주지 않았어. 다음 시즌에는 내가 우메코에게 물려받은 옷을 입고 다닌다며 소문까지 퍼트리더군. 세 살 버릇 여든까지 간다더니, 옛말이 틀린 게 하나 없어."

그로부터 60년이나 지났는데 변함이 없으니 말이다.

"그래도 우메코 쪽이 나보다 반사 신경이 좋다는 건 인정할 수밖에 없겠군. 순식간에 내 팔을 잡다니 방심할 수가 없어."

"지금 그런 말씀을 하실 때인가요."

나는 주위를 둘러본 다음 목소리를 낮췄다.

"계단 위에서 밀치다니, 상대가 별로 안 다쳐서 다행이지, 어엿한 상해죄, 자칫 잘못했으면 살인미수라고요."

미쓰에가 손을 멈추고 나를 빤히 보았다.

"저기 말이지, 당신도 그때 다친 거잖아. 그 이마?"

"……네."

"그렇다면 당신도 치료비를 받고 싶지 않나? 그 여자의 연락처를 알고 싶을 텐데. 그런데 당신은 그 여자의 이름을 물으려하지도 않아. 몇 번인가 우메코라는 이름을 슬쩍 밝혔음에도 말이지. 혹시 당신은 이미 우메코를 알아내서 합의라도 한 거 아닌가. 그리고 우메코 쪽에서 내가 어떻게 나올 생각인지 물어봐달라고 부탁받은 거 아닌가."

우와, 예리해. 거의 다 맞았잖아.

"말씀이 틀리지 않습니다. 교섭에 대한 중재를 부탁받았습니다. 하지만 당신이 우메코 씨를 밀친 거라면 교섭이고 뭐고 없겠군요. 상대 쪽에는 두 번 다시 만나러 오지 않는 걸 조건으로 치료비는 필요 없다고 전하겠습니다."

"우메코가 치료비를?"

"아뇨, 아드님이 낸다는 것 같습니다."

"그렇다면 처음부터 아들에게 부탁할 것이지. 뭐, 우메코라면 며느리에게 약점을 잡히고 싶지 않아서 그랬을 테지만."

미쓰에가 말을 이었다.

"우메코도 나라면 질색일 텐데 그런 내게 이마가 바닥에 닿을 때까지 고개를 숙일 만큼 가족에게는 꿀을 빨게 해주고 싶다는 건가. 고생이 많아. 하지만 일단 주겠다면 받을래. 치료비."

"네?"

"모처럼이니. 게다가……."

미쓰에가 자기 코를 가리키며 말했다.

"내가 밀치기 전에 먼저 우메코에게 얻어맞았거든. 그래서 이렇게 된 거니 치료비를 받는다고 벌은 받지 않을 거야."

나는 입을 떡 벌렸다. 그러고 보니, 우메코의 오른손 손가락이 부은 것 같다고 사쿠라이가 말했었다.

"그러면 그 코는 계단에서 떨어졌을 때 다친 게 아니라, 우메코 씨한테 주먹으로 얻어맞아서……?"

"나이는 정말 먹고 싶지 않아. 옛날이었다면 그런 형편없는 주먹은 얼마든지 피할 수 있었을 텐데."

미쓰에가 팔 고정대에 왼팔을 올리며 얼굴을 찡그렸다.

"그 여자, 화가 치밀었는지 한 번 더 때리려 하더라고. 그래서 순간적으로 피하면서 밀친 거지. 계단 위든 뭐든 멈추지 않은 건 우메코 쪽이었으니까. 나는 내 몸을 지키려 했을 뿐. 더 할 말 있어?"

"그게…… 없습니다."

"그렇지? 이쪽도 이 이상 일을 키우고 싶지는 않으니, 치료비를 가져온다면 경찰에 신고할 마음은 없고, 위자료를 지불하라고도 하지 않겠어. 몰락한 옛 지인에 대한 최소한의 온정이야. 고맙게 생각하라고 우메코에게 잘 전해둬."

미쓰에는 "몰락", "온정", "고맙게"라는 단어를 일부러 강조해서 말했다. 당초 계획했던 바가 바로 달성되어 독기가 빠진 나는 미쓰에가 머리를 정리하는 것을 도왔다. 연두색 카디건을 걸치고 산뜻한 차림이 된 미쓰에가 갑자기 유쾌한 듯이 웃었다.

"그건 그렇고 정말 웃긴걸."

"뭐가요?"

"저쪽이 당신에게 교섭의 중재인을 부탁한 거 말이야. 할머니 둘이 싸우다 운 나쁜 쪽이 입원했을 뿐인 일인데 이 호들갑이라니. 그 사쿠라이라는 당신 지인, 최근에 교섭술에 관한 자기계발서라도 읽은 게 아닐까. 심리적인 속임수를 사용해서 자기 쪽에 유리하게 일을 이끄는 건 비즈니스맨의 로망이니까. 일단 대답은 미뤄둬. 초조하게 만들면서 즐기라고."

음, 그건 확실히 즐거울 것 같다.

미쓰에의 짐을 든 채 그녀가 간호사 스테이션에서 인사를 하고 입원비를 계산하는 것을 거들었다. 그러면서 입원치료비 영수증을 보았다. 생각했던 것보다 쌌다. 이 정도라면 우메코의 아들도 기꺼이 지불할 것이다. 어젯밤 히로토의 '발작'을 떠올리고는 안심했다.

물리치료실로 히로토의 재활 치료를 보러 갔다. 본관에서 별관으로 이어지는 긴 복도에는 유리 진열대가 있었는데, 오래된 온천 여관에서나 볼 수 있을 듯한 의미를 알 수 없는 항아리나 털이 부스스한 곰 박제, 얼룩투성이의 족자가 전시되어 있었다. 다만 온천 여관과는 달리 박제 옆에는 인체 모형이나 골격 표본이 진열되어 있다. 철사로 연결된 채 매달린 해골은 즐거운 듯이 덧니를 드러내놓고 있었다.

히로토는 물리치료실에서 러닝머신을 붙잡고 걷고 있었다. 새빨갛게 달아오른 얼굴로 땀투성이가 되어 앞으로 앞으로 발을 내딛고 있다. 속도는 빠르지 않았지만 상당히 힘들어보였다. 이따금 비틀거릴 때마다 이를 악물었다.

우리는 말을 걸지 않고 그대로 뒤돌아 나왔다. 걸으면서 미쓰에가 오른손 손가락으로 눈가를 가볍게 문질렀다.

현관 근처에서 기다리기로 했다. 비어 있는 벤치에 나란히 앉았다. 미쓰에는 깊이 숨을 내쉬고 눈을 감았다. 나는 옆에 앉아 주위를 둘러보았다.

에지마 병원, 정식 명칭 이노카시라에지마 병원은 종합병원이지만, 이곳의 원장인 에지마 다쿠마는 무사시노 지역에서는 정형외과의 명의로 알려져 있다. 책도 많이 썼고, 텔레비전에 출연해서 자신이 고안한 요통에 좋다는 치료를 선보였다. 덕분에 한때는 전국에서 허리나 무릎이 안 좋은 사람들이 밀어닥쳤다.

대각선 앞쪽에 앉아 있는 할아버지는 복대를 하고 있고, 건너 벤치에는 손가락이 몇 개 없는 남자가 목발에 기대어 있었다. 낮은 벤치에 앉아 있던 노인이 욕지거리하며 잡을 수 있는 것은 무엇이든 잡고 일어서려 했다. 내 오른쪽 벤치에 앉아 있던 백발의 남자는 옆에 앉은 노인에게 이 병원 의사가 명의로, 요통을 단숨에 낫게 해주었다고 친구에게 들었다며 설명 중이다.

파스 냄새와 마찬가지로 충만해 있던 사람들의 웅성거림이 순식간에 잠잠해졌다. 로비 안쪽에 백의의 집단이 이동 중이다. 선두에 서 있는 것은 지금 내가 머릿속으로 떠올렸던 에지마 다쿠마였다. 안경을 쓰고, 새카맣게 염색한 머리를 빗어 넘기고, 윤기 넘치는 얼굴로 환자들의 인사를 받아 주고 있다. 백의 아래로 보이는 구두도 손목시계도 명품이었다.

에지마 원장은 돈 냄새를 풍기며 바쁜 듯이 떠나갔다.

대합실 앞에 설치된 소리가 나오지 않는 텔레비전 화면에 비친 햄버그 육즙에서 눈을 돌린 순간 익숙한 얼굴을 발견했다. 스타인벡 장의 주인인 오카베 도모에였다. 일흔 살이 넘었음에도, 당당한 골격에 발목까지 내려오는 파란색 롱코트를 걸치고 담묵색 스툴을 둘렀다. 발에는 양털 버선에 샌들, 돌아가신 어머니의 기모노 띠로 루우 씨에게 만들어 달라고 한 목에 거는 주머니를 메고 있다. 그녀는 그 주머니가 마음에 드는지 자주 메고 다닌다. 병원 행정직으로 보이는 여성과 이야기를 하고 있었지만 어깨를 축 늘어뜨리고는 이쪽으로 걸어오다 나를 알아차렸다.

"루우에게 들었는데 넘어져서 다쳤다고?"

일어서서 인사를 하니 도모에는 햇볕에 탄 화장기 없는 얼굴을 내 쪽으로 쑥 내밀며 말했다.

"별 일 아니에요. 네 바늘 꿰맸을 뿐인걸요. 걱정을 끼쳤습니다."

"세입자를 걱정하는 건 임대인의 권리거든. 그런 건 됐고, 큰일이네. 아키라에게 소개하고 싶은 집이 있었는데 너는 셰어하우스 쪽이 더 어울릴지도 몰라. 자주 병원 신세를 지는데 혼자 살면 위험하잖아."

고민거리가 있는 듯한데 먼저 이쪽 걱정부터 한다. 오카베 도모에는 좋은 집주인이었다. 안채가 반파된 이후에 함께 스타인벡 장에 살았는데, 좋은 동거인이기도 했다. 이제 와서 드는 생각이지만 스타인벡 장이 폐쇄됨에 따라 잃어버리는 것들이 무엇인지 알 것 같다.

"도모에 씨는 왜 여기에? 설마 어디 안 좋으신가요?"

"아니. 빌라를 짓는 대승부에 나서기 전에 머리에서 발끝까지 싹 훑었으니까. 전부터 먹던 류머티즘 약을 받으러 온 김에 사람을 찾은 것뿐이야. 조카인 이치코는 알지? 그 아이의 시아버지에 대해 묘한 말을 들었거든."

이치코는 오카베 도모에의 죽은 여동생의 딸이다. 덩치가 크고 잘 웃는 워킹맘 같은 느낌의 여자다. 약대 동급생이자 후생노동성에 근무하는 도비시마 겐타와 12년 전에 사내 결혼. 둘 사이에는 1남 2녀가 있다. 이치코 이야기는 무슨 일이 있을 때마다 도모에에게 들었다. 아이가 없는 도모에에게 이치코는 조카 이상의 존재다. 이치코 이야기가 시작되면 좀처럼 멈추지를 않는다.

이치코의 시어머니는 7년 전에 유방암으로 사망했다. 그래서 얼마간 조후 비행장과 가까운 도비시마의 본가에서 시아버지인 도비시마 이치로와 아들 가족, 합계 여섯 명이 함께 살았다.

"시아버지는 아이를 좋아하는 사람이 아니라서. 시끄럽다느니, 조용히 시키라느니 매일 싸움이지 뭐야. 그래서 이치코와 그 아이들을 우리 집으로 피난시키거나, 시아버지가 가출하거나 하는 등 많은 일들이 있었는데, 겐타가 대출을 받아 조후 역 앞의 원룸을 구입해 그곳에 시아버지를 모시고, 아들 가족이 본가인 단독주택에 살게 되었어. 이것으로 사태는 잘 마무리되었는데. 이 주변은 몇십 년 전부터 도심의 베드타운으로, 유입 인구가 많기 때문에 인간관계도 드라이하게 보이지만, 사실은 토착 정보망이 남아 있거든."

도모에가 목소리를 낮추고 말했다.

"이치코더러 시아버지를 쫓아낸 못된 며느리라고 하거나, 시아버지가 여자 관계가 복잡하다는 소문이 돈다며 일부러 내게 전하는 사람도 있어. 여러모로 성가신 일이야. 그저께에도 지인이 그러는 거야. 도비시마 이치로 씨, 에지마 병원에 입원해 계시는 거 아니냐며. 도비시마 이치로로 보이는 백발의 남성에게 간호사가 도비시마 씨, 도비시마 이치로 씨라고 불렀다느니, 병실 입구의 이름표를 봤다느니."

소리 높여 병원에 대한 소문을 늘어놓던 남자가 이야기 상대를 부축하며 벤치에서 떠났다. 대신 워크부츠를 신은 갈색머리의 거칠어 보이는 남자가 와서 벤치에 앉았다.

"입원했다는 말은 난 한마디도 못 들었으니 깜짝 놀랐지 뭐야. 나도 가족이잖아. 다른 일은 모를까 병이나 장례식 정도는 알려줘야지."

도모에는 분개한 듯했다.

"그렇군요. 그래서 이치코 씨는 뭐라고?"

"아버님은 여행 중이라며 웃더라고. 그 시아버지는 허랑방탕한 사람으로, 알게 된 여성을 꼬드겨 함께 온천 여행을 떠난 적이 두 번 정도 있었어. 전화 연결이 되지 않아서 걱정된 나머지 경찰에 실종신고를 했더니 맨들맨들한 피부로 돌아와서 왜 경찰에 신고했냐며 엄청 혼냈다고."

"그렇다면 이번에도 그런 거 아닐까요."

"만약에 시아버지가 가족 몰래 여기 입원한 거라면? 내게 알려준 사람은 거짓말할 사람은 아니거든."

"어쩌다 이름만 같은 사람일지도 몰라요. 그도 그럴 게 병이나 부상을 가족에게 숨기거나 하나요?"

"그 마이페이스 시아버지의 일이니, 이치코 부부에게 이런저런 말을 듣는 게 싫어서 멋대로 입원했을지도 몰라. 그래서 어제 이치코를 재촉해서 함께 시아버지의 집을 찾아가봤더니……."

화분 밑에 숨겨두었던 비상용 현금 50만 엔이 없어졌고, 여행용 가방이나 속옷이나 잠옷 등도 없고, 보험증도 보이지 않았다는 것이다.

"이상하지? 입원 중인 게 분명해."

"아니, 여행 중이어도 똑같은 물건들이 안 보이긴 할 텐데요."

도모에가 고개를 도리도리 저었다.

"아니, 이상해. 내 감은 잘 맞거든. 그러니까 이치코에게 에지마 병원에 문의해보라고 했는데, 시아버지에게 혼나는 건 싫다며 알아봐주지를 않는 거야. 어쩔 수 없이 아까 직원에게 물어봤는데, 환자 며느리의 이모라는 신분만으로는 답변해줄 수 없다지 뭐야. 마치 내가 완전 남 같잖아."

도모에는 상처 입은 듯했다.

"어떡해야 좋을까? 만약 여기에 시아버지가 입원해 있는데 며느리인 이치코가 아무것도 하지 않으면 그 아이는 다시 뒤에서 험담을 듣게 될 거야. 여동생이 죽기 전에 이치코를 부탁한다며, 공부는 잘하지만 세상일에는 둔하다고 걱정했거든. 아키라, 혹시 너."

나는 황급히 도모에의 팔을 가볍게 억눌렀다.

"일단 이치코 씨와 한 번 더 이야기해보시면 어떨까요? 도모에 씨가 그렇게까지 걱정하고 계시다는 걸 알게 되면 병원에 연락을 해줄지도 몰라요. 그래도 가만히 있으려 한다면 내게 부탁하는 일도 검토 중이라며 운을 떼보시면?"

아무리 생각해도 도모에의 억측인 것 같은데, 이렇게 되면 누가 뭐라고 하든 듣지 않을 것이다.

"괜찮겠어? 고마워. 그러면 그렇게 해볼게."

걱정거리를 남과 나눈 덕에 개운해진 듯한 도모에를 배웅하고는 원래 앉아 있던 소파에 앉았다.

지금까지 셰어하우스의 주민에게서 의뢰를 받은 적은 없었다. 그런데 루우 씨도 그렇고 도모에 씨도 그렇고 갑자기 나를 고용하려 한다. 대체 왜 그러는 걸까 생각하다 깨달았다. 스타인벡 장의 폐쇄로 우리들은 한솥밥을 먹는 사이가 아니게 된다. 그 말인즉슨 개인사와 관련되는 조사를 의뢰해서 사이가 거북해진다 해도 연락처를 삭제하고 잊어버리면 된다는 것이다.

한숨을 내쉬고 싶어진 순간, 아오누마 미쓰에와 눈이 마주쳤다. 우리 이야기를 계속 듣고 있었던 모양이다.

미쓰에는 뭐라고 말하고 싶은 듯이 입을 열었지만, 때마침 히로토가 돌아왔다. 나는 아침에 미타카다이에서 운전해온 아오누마 댁의 소형 밴을 주차장에서 가져와 현관 앞에 세우고 두 사람을 태웠다. 그 사이에 미쓰에가 히로토에게 치료비 이야기를 한 모양이다. 아침에는 아직도 굳은 얼굴이었는데, 지금의 히로토는 꽤나 침착해보였다.

미타카다이를 향해 차를 몰고 있을 때 라디오에서 정오를 알렸다. 뒷자리에 앉아 있던 히로토가 말했다.

“배가 고프다 했더니 점심이었네. 점심밥은 어떻게 할까?”

잠시 침묵이 흐른 뒤, 질문 상대가 나였다는 사실을 깨달았다.

“어쩔까요?”

나는 조수석 쪽에 물었다. 미쓰에가 고개를 갸웃했다.

"솔직히 식욕이 없거든. 먹지 않으면 낫지 않고, 그렇다고 외식은 귀찮고, 내가 만든 밥을 먹고 싶은데. 하무라 씨, 당신 요리는 할 수 있나? 잘하는 요리는?"

"계란 프라이일까요."

"……계란, 사서 돌아가지."

기쓰네쿠보 사거리를 우회전해서 미타카다이 단지 근처의 '서밋' 주차장에 차를 세웠다. 미쓰에와 히로토가 말하는 대로 식재료를 카트에 넣었다. 계산은 미쓰에가 했다. 구입한 물품을 봉투에 꽉꽉 담아 가지고 돌아왔는데, 그 집의 부엌도 정리가 안 된 상태였다. 발치에 있는 상자에서는 양파가 싹을 틔웠고, 순간온수기 옆에는 믿을 수 없을 정도로 많은 수의 세제가 늘어서 있고, 싱크대 아래쪽 문을 여니 기름때가 덕지덕지 묻은 프라이팬이 열 개 넘게 쏟아져 나왔다.

남아 있는 아주 좁은 공간에서 요리를 했다. 돌아가신 할머니의 부엌이 생각났다. 옛날 사람인 할머니의 부엌은 설날용, 제사용, 히나마쓰리용(3월 3일에 여자아이의 건강한 성장을 빌기 위해 기도를 드리는 행사—옮긴이), 절분節分용에 초밥용이니 제빵 기구니 하는 식으로 구분된 식기나 집기로 가득해, 누군가가 요리를 하고 있으면 사람 하나 지나다니기도 쉽지 않을 정도였다. 이 집안의 부엌은 그보다 더 심했다. 팔 고정대를 한 미쓰에는 부엌과 식탁 사이를 왕래하는 동안 여기저기에 부딪혀, 고통스러운 듯이 혀를 찼다.

계란 프라이에 야채볶음을 올리고, 된장국, 돌솥밥을 싸구려 식탁에 늘어놓았다. 자리에 앉으니 히로토가 말했다.

"뭐야, 이 계란 프라이."

"뭐냐니?"

"아니, 계란 프라이라고 하면 보통 반숙이잖아. 그런데 왜 이렇게 딱딱해질 때까지 구운 건데?"

"뚜껑을 덮고 뜸을 들여서 제대로 익히는 편이 맛있잖아?"

"뭐? 반숙 상태인 노른자를 야채볶음과 섞어 먹는 편이 훨씬 맛있거든."

"닥치고 먹지."

"먹을 테니 소스 좀 집어줘. ……왜 우스터 소스인 건데? 계란 프라이라고 하면 일반적으로 중농 소스(돈카츠 소스와 우스터 소스의 중간 농도 소스를 말하는데, 우스터 소스보다 조금 더 달다—옮긴이)잖아."

"너의 일반적이라는 건 내 입장에서는 몰상식."

"뭐야, 그게."

히로토는 쌀알 한 톨 남기지 않고 싹 먹어치운 뒤 두 손을 모아 "잘 먹었습니다" 하고 말했다. 그런 다음 냉장고에서 물병을 꺼내 약 먹을 시간이라며 부엌에서 나갔다.

변색되지 않은 찻잎을 찾아 식후의 차를 끓였다. 미쓰에는 찻잔을 손으로 감싸 손을 데우며 태연히 말했다.

"하무라 씨, 생각 좀 해봤는데."

"네."

"당신, 내일부터 여기에 살게."

나는 순간 할 말을 잃었다.

"안채라면 갑갑할 테니, 연립의 빈방을 빌려주지. 아까 주인집 이야기로는 다음에 살 곳을 찾고 있다지? 마침 잘됐잖아."

미쓰에가 담담히 말했다.

"무……슨 말씀이신지?"

"올해까지의 방값은 공짜. 내년에도 계속 살고 싶다면 그때 부동산을 끼고 제대로 계약을 하면 돼. 당신은 사쿠라이라는 사람이 시킨 대로 아오누마와 친해졌다며 거드름부릴 수 있고, 그 덕에 내가 잠자코 있는다면 우메코 쪽도 안심할 거 아닌가. 미쓰타카의……. 아들의 책을 정리할 거라면 어차피 몇 번이나 여기를 왕복해야 할 거야. 게다가……."

미쓰에가 자신의 몸을 내려다보았다.

"당신이 옆에 있어준다면 우리도 큰 도움이 되거든. 쇼핑, 요리, 청소에 세탁……. 해야 할 일은 산더미처럼 있는데, 내 몸이 회복되려면 아직 멀었고. 이 깁스를 풀 때까지 근처에 살며 조금만 도와줄 수는 없을까?"

"그……그런 거라면 가정부를 고용하시는 편이."

"난 말이지, 당신 보고 가사 전반을 해달라는 게 아니야.

탐정 일이 있을 때는 얼마든지 나가면 되잖아. 근처에는 사촌 여동생도 있고, 당신에게 모든 걸 부탁할 생각은 없어. 다만 지금은 내가 이렇고 히로토는 저러니까, 근처에 살며 가끔 도와줄 사람이 있다면 좋겠다는 거지. 내가 바라는 건 그 정도야."

으음.

나는 속으로 신음했다.

제반 사정을 고려하건대, 아오누마 댁 소유의 연립에 사는 것은 나쁘지 않다. 그것이야말로 상대의 품속으로 뛰어드는 것처럼 보일 테니, 사쿠라이에게도 이사와에게도 빚을 지울 수 있다. 성공 보수는 30만 엔. 이사와 일가의 경제 상황이 확실해진 지금, 어디서 그런 거금이 나올 수 있는지는 모르겠지만, 도토종합리서치 쪽에서 명세서를 써주기만 한다면 어느 구석에서 돈이 나오든 상관할 바는 아니다.

게다가 미쓰에의 말처럼 히로토 부친의 장서가 집 세 채 분량이라면 책 인수도 보통 일이 아니다. 살인곰 서점의 창고는 크지 않기 때문에, 선별한 책만을 서점으로 보내고, 나머지는 내가 직접 박스로 포장해서 택배로 보내는 방법을 사용해 인터넷 중고서점에 파는 편이 좋을 것이다. 그렇게 되면 책 구분을 위한 거점과 시간이 필요하다. 블루레이크 플랫에 살면 그 문제를 해결할 수 있다.

시간에 여유가 있을 때 조금 돕는 정도로 괜찮다면. 셰어하우스에서의 생활과 크게 다르지 않을지도 모른다.

아니, 아니. 잠깐, 잠깐.

나는 고개를 저었다.

한손에 깁스를 한 노인과 사고 후유증으로 고통받는 청년을 돕는 일이 쉬울 리 없을뿐더러, 남는 시간에 도울 수 있는 정도의 일도 아니다. 자칫 잘못하다가는 가정부는커녕 그 이상으로 혹사당할 가능성이 있다. 나중에 가서 이야기가 다르지 않냐고 생각한들, 과연 이들을 내버려둔 채 도망칠 수나 있을까?

이런 이야기는 빨리 거절하는 편이 좋다. 시간을 끌다 자칫 기대하게 만들면 상대는 상처를 받을 것이고 뒷맛도 씁쓸하다.

나는 미쓰에의 눈을 똑바로 바라보고 말했다.

"죄송합니다. 약속한 일이니 책 처분은 마지막까지 제대로 할 것이고, 이사와와의 교섭도 돕겠습니다. 그러나 여기에 사는 건 다른 문제입니다. 지금 이야기는 거절하도록 하겠습니다."

7

걸레를 짜서는 다다미를 닦았다. 그 정도로 오래된 다다미가 아닐 텐데도 아무리 닦아도 걸레가 검게 변한다.

청소기를 돌리고, 활짝 열어둔 벽장과 부엌이나 화장실 앞에도 다다미를 꺼내 세워두고는 다시 닦는다.

오늘 아침 블루레이크 플랫 201호의 문을 연 순간, 나는 얼마간 이곳에 살겠다는 결정을 한 것을 심각하게 후회했다.

"오랫동안 빈집이었으니 다소 더러울 거야."

미쓰에가 열쇠를 건네주며 그렇게 말했다. 그러면서 아직 몸 여기저기가 아프니 2층에 올라가는 것은 힘들다며 전기, 가스, 수도 쪽 연락은 해두었으니 나머지는 자신의 눈으로 직접 보라기에 혼자 연립 쪽으로 오게 되었는데, 미쓰에가 따라오지 않은 것이 정말로 몸이 아파서인지 의심스럽다.

201호의 더러움은 다소 정도가 아니었다. 종이쪼가리나 오래된 신문지가 거무스름한 모래나 먼지와 함께 이곳저곳 떨어져 있고, 천장이나 벽에는 여기저기 얼룩이 있었다. 게다가 집 안에는 오래된 냄새가 충만해 있었다.

그래도 환기를 시키고 한 시간 반 정도 들여 청소를 하니, "여기서 자는 것만은 질색이야" 하고 외치며 도망갈 정도로 심하지는 않았다. 아침에 스타인벡 장에서 아오누마의 소형 밴을 빌려서 실어온 짐들을 슬슬 집 안으로 들여놓을까 생각하며, 창가에 앉아 이웃집과의 경계에 자라나 있는 벚나무의 잎이 말라서 땅에 떨어지는 것을 바라보며 쉬고 있자니, 외부 계단을 올라오는 금속음과 함께 현관 앞에 사람의 모습이 보였다.

빛바랜 라이온즈 야구모자를 쓴 노인이었다. 눈이 마주치니 사자보다 원숭이에 가까운 주름이 자글자글한 검은 얼굴로 부엌 싱크대 한쪽에 캔커피를 툭 내려놓았다.

"나는 바로 아랫집에 살고 있는 고구레 오사무. 다들 레오 할아버지라고 불러. 잘 부탁해. 이건 위문품."

나는 황급히 일어서서 현관까지 나와 답례 인사를 했다. 레오 할아버지는 코밑을 문질렀다.

"고작 캔커피 정도로 고마워하지 않아도 돼. 요전에 아오누마 할머니에게 구급차를 불러준 답례도 겸한 거거든. 당신, 미쓰타카의 책을 처분해준다면서? 미쓰타카 녀석, 죽을 때까지 부모에게 민폐나 끼치고. 가능한 비싸게 사줘."

가까이서 자세히 보니, 레오 할아버지는 몸집이 작고 머리가 컸다. 눈가에 나이테처럼 또렷한 주름이 몇 줄이나 새겨져 있다. 지난번과 마찬가지로 낡은 트레이닝복 상하의에 털양말, 건강 샌들이라는 스타일이었지만, 온몸에서는 섬유 유연제 냄새가 풍겼다.

"레오 할아버지는 이 연립에 오래 사셨나요?"

레오 할아버지는 아주 자연스럽게 뒤로 물러나 외부 복도 난간에 등을 기댔다. 나도 신발을 신고 복도로 나갔다.

"이혼하고 집에서 쫓겨난 다음이니 이래저래 30년은 되었을 거야. 이 블루레이크 플랫은 말이지, 미쓰타카가 돌아오기 전까지는 인기 있는 물건이었어. 기치조지에 있는 가게나 미용실에서 일하는 아가씨들에게는 자전거로 통근할 수 있는 거리인 데다 집세가 쌌거든. 그때는 참 좋았지. 그런데 미쓰타카가 한밤중에 음반을 엄청 큰소리로 틀거나, 건물이 기울 정도로 물건을 쌓아두거나 해서 말이지."

레오 할아버지가 팔짱을 끼고 목에 걸린 가래를 떼어내듯 헛기침을 하며 201호를 가리켰다.

"미쓰타카 녀석, 처음에는 이 집을 창고 대신으로 사용했어. 책은 무겁잖아. 덕분에 점차 우리 집 문이나 창문이 잘 안 열리기 시작하는 거야. 결국에는 화장실에 갇히기까지 했지. 탈출하기 위해 문에 부딪쳤다가 갈비뼈까지 나가버렸어. 덕분에 히키타 덴코(일본의 마술사. 물속이나 폭발과 같은 위험한 상황에서 탈출하는 마술이 특기로, '일본의 탈출왕'이라는 별명을 가지고 있다—옮긴이)의 위대함을 새삼 깨달았지."

내가 웃으니 레오 할아버지도 만족한 모양이었다.

"아무리 불평을 해도 미쓰타카는 싫으면 나가라는 식이었으니까. 모든 집을 독점하고 싶었을 테니 내가 방해가 되었겠지. 그러다가 천장에서 우직거리거나 삐걱거리는 소리가 들리는 거야. 그런 건 전부터 있기는 했어. 20년 전에도 어울리지 않게 외박하고 아침에 집에 돌아왔더니 온 집 안에 먼지가 떨어져 있거나 그런 식으로. 그래도 그 정도까지는 아니었어. 점점 무서워질 지경이더라고. 그러다가 동일본 대지진이 일어난 거야."

레오 할아버지가 고개를 저었다.

"무조건 무너질 거라 생각했는데, 이 연립은 그걸 버텨냈어. 그래도 이래서는 정말 위험하다는 생각에 아오누마 할머니와 직접 담판을 지었지. 자고 있는 동안 위층이 무너져 죽고 싶지는 않다며. 그래서 미쓰타카가 안에 넣어두었던 물건을 202호로 옮긴 거야. 덕분에 안심하고 살 수 있게 되었는데, 다다미까지 교체를 했음에도 새로운 입주자가 들어오지를 않는 거야. 게다가 이번에는 102호가 전의 101호처럼 되고 말았고. 지금은 히로토가 사용하고 있지만."

레오 할아버지가 말을 이었다.

"항상 문이 제대로 닫히지를 않아. 그 때문일 텐데 얼마 전에는 도둑까지 들었다고."

"102호에? 언제요?"

"2주 정도 전이었나. 낮에 집에서 나왔더니 옆집 문이 열려 있고 본 적 없는 남자가 거기서 불쑥."

레오 할아버지가 목을 쑥 뻗어 보였다.

"고개를 내미는 거야. 나도 깜짝 놀랐지만, 그쪽도 깜짝 놀랐는지 잠시 서로를 바라보고만 있었거든. 뭐, 그쪽이 나보다 젊었으니 먼저 정신을 차리고 도망쳤지만."

"어머나, 무서워라."

나는 한껏 놀란 척을 해보였다. 레오 할아버지는 만족한 얼굴로 도둑의 특징을 말하기 시작했다.

"마르기는 했는데 탄탄한 몸이었어. 얼굴은 창백했고 배에 손을 대고 있더라고."

"그 녀석, 뭔가 훔쳐 갔나요?"

"아니. 102호는 현재 히로토가 잠을 자기만 할 뿐인 집이니까 아무것도 없어. 안채는 물건이 많아서 위험하니까."

"레오 할아버지 집은요? 괜찮았어요?"

"나는 도둑맞을 물건이 없어도 문은 꼭 잠그니까. 그렇지 않으면 딸내미가 시끄럽거든. 분명 그 젊은이는 지나가다가 문이 닫히지 않은 집을 보고 순간적으로 나쁜 마음이 든 아마추어일 거야."

"우와. 경찰에도 그렇게 말했나요?"

"그게…… 신고 안 했어. 히로토가 경찰을 싫어하거든. 컨디션이 안 좋을 때는 경찰이라는 단어를 들은 것만으로도 흥분해서 쓰러지거나 하니까. 어쨌든 자네가 여기 들어와서 다행이야. 사람이 거의 살지 않는 연립이라 도둑들이 노리는 게 아닌가 했거든."

레오 할아버지가 말했다.

"그러니까 자네도 가능한 오래 살면 좋겠어. 임대 수입이 부활하면 할머니도 약간은 기운을 차리겠지."

"그럼 커피 잘 마시게."

그 말을 남기고 레오 할아버지는 계단을 내려갔다. "오래 살 생각은 없습니다"라고 말할 타이밍은 없었다.

소형 밴에서 침구와 슈트케이스, 골판지 박스 한 개를 201호로 옮겼다. 방구석에 침구를 펼치고, 벽장에 파이프 옷걸이를 설치해 옷을 걸고, 슈트케이스를 방 중앙에 두고, 보자기를 덮어 테이블 대신으로 삼고 스탠드를 놓았다. 머그컵과 전기 주전자를 부엌에 가져다 두고, 화장품이나 세안제가 들어 있는 바구니를 개수대 위쪽 창틀에 늘어놓고, 화장실에 수건과 휴지를 세팅하니 이사 작업은 대충 끝났다.

한숨을 내쉬고 다다미 위에 벌렁 누웠다.

어젯밤, 식사를 마친 후 일시적으로 미타카다이의 연립으로 이사하는 일에 대해 오카베 도모에와 루우 씨에게 이야기했다. 갑작스러운 일이라 두 사람은 놀랐지만, 일 관련이라는 이야기를 하자 이해해주었다. 이사하는 곳의 주소도 묻지 않은 채 나를 놓아주었다. 너무나도 싱거웠다.

스타인벡 장의 방에는 아직 짐이 남아 있다. 앞으로 블루레이크 플랫에 살든 살지 않든, 스타인벡 장에서의 생활은 끝난 것이나 마찬가지다. 모든 짐을 정리해서 이곳으로 이사해야 하는 것이 아닐까. 그런데 나는 미련이 남아 대부분의 짐을 스타인벡 장에 두고 왔다.

어째서일까.

생각을 하다 잠깐 졸았던 모양이다. 대화소리가 들려 잠에서 깼다. 집에서 나와 외부 복도에서 내려다보니 미쓰에가 우체부에게서 짐을 받는 중이었다. 미쓰에는 나를 알아차리고 손을 흔들었다.

"정리는 벌써 끝났나? 점심 때 메밀국수 배달시킬 생각이거든. 이사했으면 메밀국수(일본에서는 이사했을 경우 이웃에게 메밀국수 면을 선물하는 풍습이 있다―옮긴이)지. 내가 살게."

"아, 예. 그거 감사합……."

"그 대신이라고 하기는 좀 미안한데, 에지마 병원에 있는 히로토를 데리러 가주지 않겠어? 오는 길에 쇼핑도 좀. 양파와 종량제 봉투. 여기를 치우지 않으면 나도 히로토도 또 다칠지 모르니 좀 도와줘. 그리고 우리 집 화장실 청소. 히로토는 재활 치료 후 샤워를 하고 오니 상관없지만, 나는 느긋하게 욕조에 몸을 담그고 싶거든. 하려고 하면 한 손으로도 청소를 할 수 있기는 하지만, 오늘만 해줄 수 없겠나?"

미쓰에가 속사포처럼 쏟아냈다. "미안한데"가 붙어 있기는 해도 이것은 모두 명령이다. 나는 쓴웃음을 지었다. 예상했던 대로의 전개이기는 했다.

메밀국수를 먹고, 목욕탕 청소를 끝내고, 부엌 정리를 도왔다. 그럴 생각은 없었지만, 최근 유행한다는 버리지 못하는 부모와 버리고 싶은 딸의 전쟁을 대리 체험하게 되었다.

"하무라, 이 냄비 쓸 생각 없어? 금은 갔지만, 이 크기라면 스모 선수와도 함께 둘러 앉아 먹을 수 있어."

"그럴 예정은 없습니다."

"그럼 우리 집에 놔두지. 이 야마나카 칠기는? 가운데에 흠집이 있지만."

"말씀 감사하지만, 사용하지 않아서."

"이것도 우리 집에 놔둘까. 그럼 이 나무젓가락 묶음은? 설거지 안 해도 되잖아. 가져가."

"나무젓가락 포장지의 가게 전화번호가 아홉 자리네요. 그렇단 말은 30년이 지났단 말이니 버릴게요."

"무슨 짓이야. 아깝게."

"이걸 입에 넣으란 말씀인가요?"

"요즘 젊은것들은 정말로 아까운 줄을 모른다니까. 이 나무 주발 정도는 가져가. 봐, 뚜껑도 있고 예쁘잖아."

뚜껑을 여니 연기 같은 것이 피어올랐다. 나무 주발의 요정이 나타나서 소원 세 가지를 들어줄…… 리가 없다.

숨을 멈추고, 뚜껑을 다시 덮은 뒤 그대로 쓰레기봉투에 집어넣었다. 그 즉시 미쓰에가 다시 꺼냈다.

“씻으면 쓸 수 있어. 아깝게시리.”

그러기 전에 씻지 않은 미쓰에가 문제다. 게다가 곰팡이균이 주발에 얼마나 침투했는지 알 수가 없는 이상 아깝고 자시고 할 것도 없다.

이후에도 계속해서 나오는 필요 없는 물건을 떠넘기려는 미쓰에와 나의 공방전이 계속되었다. 미쓰에는 빨간색이 싫다며 식빵 이벤트 응모로 받은 낡아빠진 빨간 토스터기는 버렸지만, 안에 든 밥이 액체화되어 아무리 씻어도 냄새가 빠지지 않았던 전기밥솥, 오래되어 고무 패킹이 부스러지는 믹서기 등을 떠넘기려 했다. 간신히 사양했지만 그래도 다는 거절하지 못한 채 바코드가 보이지 않는 미사용 랩을 세 개, 은행 이름이 새겨진 누렇게 변색된 수건을 다섯 장, 눈매가 고약한 봉황이 그려진 라면 그릇 두 개를 받고 말았다.

“하무라가 전혀 받아주지를 않으니 부엌을 정리할 수가 없잖아.”

미쓰에가 보란 듯이 한숨을 내쉬었다. 나 때문인가? 그럴 리가 없을 텐데.

그래도 해가 저물 무렵에는 정원에 쓰레기봉투를 산처럼 쌓아놓을 수 있었고, 부엌에는 다소 공간에 여유가 생겼다.

미쓰에의 지시 아래 일본식 햄버그와 돼지고기 된장국을 만들었는데, 점심때보다는 편하게 작업을 할 수 있었다. 점심 때 남은 돌솥밥을 데워서 셋이서 먹었다.

오늘의 히로토는 말이 없었다. 안색이 안 좋고, 몸을 움직일 때마다 여기저기의 근육이 뻣뻣한 느낌이다.

식후의 차를 마신 후, 미쓰에의 깁스를 한 팔을 비닐봉지로 감싼 뒤 고무줄로 묶어서 목욕할 준비를 도왔다. 그녀가 욕조에서 나오기를 기다리는 동안 거실을 정리하고 있으니 물병을 들고 어디론가 가 있었던 히로토가 돌아왔다. 약을 먹은 모양이다. 뺨의 붉은 기가 사라지고, 팽팽하던 긴장감도 사라졌다.

히로토는 거실 구석에 놓인 일인용 소파에 앉아 스마트폰을 만지작대면서 내게 물었다.

"하무라 씨의 스마트폰, 새 건 언제 와?"

"원래 집으로 배달시켰으니, 도착하면 연락이 오겠지."

"배송지를 이쪽으로 했으면 좋았을 텐데."

"저기 말이지, 내가 블루레이크 플랫에 잠시 머물기로 결정한 건 어제오늘 사이야. 모든 일이 그렇게 한번에 다 잘 풀리지는 않아."

"왜 화를 내?"

히로토가 고개를 들어 나를 보았다. 나는 크게 한숨을 내쉬었다.

"미안. 피곤해서 짜증이 좀 났나 봐."

"그뿐이야? 어딘가 아프거나 하지는 않고?"

"어딘가라니?"

"하무라 씨도 다쳤잖아."

히로토가 엄지로 자기 이마를 가리켰다.

"출혈이 꽤 심했다고 레오 할아버지에게 들었어. 실제로 피에 물든 천이 정원에 떨어져 있었고. 부상의 통증이 꽤 오래가는 경우도 있잖아."

"그렇지는 않아. 괜찮아."

"만약 약이 필요하면 말해. 잘 듣는 진통제가 있어. 나, 약은 곤란하지 않을 정도로 풍족해서 말이지. 그런데 스마트폰 없이 일주일이라."

진심으로 안타까운 듯한 목소리였다.

"너희 세대에게는 거의 악몽이겠지."

"그런 게 아니라, 내 것도 교통사고 때 박살났거든."

히로토가 담담히 말을 이었다.

"사고가 발생한 건 3월 20일 정오 무렵. 대학교 3학년 봄방학이었어. 스카이랜드 역 앞 교차로 버스 정류장에 액셀과 브레이크를 착각한 밴 차량이 돌진한 거지. 나는 전혀 기억에 없지만. 게다가 왜 그곳에 아버지와 함께 있었는지도 기억나지가 않아. 상식적으로 오십이 넘은 아저씨와 스물한 살 먹은 아들이 둘이 함께 유원지에 가거나 하지는 않잖아.

나의 상식은 댁의 몰상식일지도 모르지만. 어쨌든 기억나지 않는 게 속이 타서 말이지. 스마트폰만 무사했다면 왜 그런 곳에 있었는지 힌트 정도는 남아 있을 거라고 생각해서."

스카이랜드는 가나가와 현 가와사키 시와 도쿄 도 이나기 시에 걸쳐 있는 유서 깊은 놀이공원이다. 모기업은 메이저 신문사다. 다마 지역에 사는 인간이라면 한 번 정도는 놀러 가서 멋진 추억을 만들지 않았을까. 이렇게 말하는 나도 갔었다. 보험금 사기 조사차 편타 증후군을 앓고 있다는 대상자를 쫓아서. 그리고 그가 롤러코스터를 세 번이나 타는 것을 지켜본 다음 보수를 받았다. 멋진 추억이다.

그때의 기억으로는 스카이랜드 역에서 교차로를 지나 언덕을 올라가면 스카이랜드 입구까지 가는 케이블카 탑승장이 있었다. 버스로도 입구까지 갈 수 있기는 하다.

"스카이랜드로 놀러간 거라면 보통은 케이블카를 타지 않나? 너와 아버지가 고소공포증이 아니라면."

히로토가 눈을 깜박이며 "그렇지는 않을 거야" 하고 자신 없는 듯이 말했다.

"역시 탐정인걸. 고용해서 그날의 일을 조사해달라고 할까. 기억도 안 나고 기억해낼 수도 없지만, 엄청 중요한 약속이 있었던 듯한 느낌이 들어."

가벼운 말투로 말하고는 이내 진지한 얼굴이 되었다.

"사고는 뉴스로 보도되었지만, 보도된 건 돌아가신 아버지 이름뿐. 아오누마라는 성은 흔치 않으니 마음을 써서 연락을 준 사람도 있었던 모양인데, 스마트폰도 나도 망가졌으니 당연히 반응할 수가 없지. 근처에 사는 류지라는 친구는 딱 한 번 병문안을 왔지만 바쁘다며 돌아간 뒤로는 연락 두절이야. 대학교 친구에게는 집 주소를 알려주지 않았고, 굳이 주소를 알아내서까지 찾아오지는 않으니까. 4월이 되어도 내가 학교에 나타나지 않으니 사망설까지 나돌았다는 이야기를 나중에 알았어. 그 말을 들었을 때는 꽤나 낙담했지."

히로토는 상처가 없는 단정한 왼쪽 얼굴을 가볍게 긁었다.

"뭐라고 해야 할까. 나란 놈은 이 세상에 없어도 상관없다는 도장이 찍힌 것 같았어. 그대로 아버지와 함께 내가 이 세상에서 사라졌던들 다른 사람이 알아차리는 건 분명 몇 년이나 지난 다음이었겠지. 그때에는 사이가 좋았던 녀석들도 내 얼굴 같은 건 기억하지 못한 채, 이제 와서 눈물이 나오지도 않은 채, 어중간하게 화제에 오르거나, 술자리에서 안주거리로 이용되거나, 그러다 다들 바쁘니 다음에 또 보자는 식으로 이야기가 나오고는…… 그걸로 끝인 거지. 그 정도인 거야, 나란 놈은."

내가 잠자코 있으니 히로토는 내 쪽을 보고는 말투를 바꿔 "쯧" 하고 혀를 찼다.

"저기 말이지, 지금은 위로의 말을 건넬 장면이라고. 그렇게 슬픈 생각을 하면 안 된다느니, 아무도 너를 잊어버리지는 않을 거야 하면서 불쌍한 청년에게 말해줘야지."

"마음에도 없는 말은 하지 않는 성격이라서."

"너무해. 대개의 여자는 이렇게 하면 나를 내버려둘 수 없게 되는데. 진짜로 사고 전보다 지금이 더 여자에게 인기가 많아."

히로토가 단언했을 때 그의 스마트폰이 울렸다.

"어라, 류지? 이 녀석도 양반은 못 되네."

그렇게 말하며 히로토가 일어서서 나갔다.

히로토가 없어진 거실은 갑자기 춥게 느껴졌다. 방금 전까지 그가 앉아 있던 일인용 소파에 개킨 세탁물을 올려놓았다. 그 탓에 소파에 배인 젊은 남자의 체취와 땀과 약품 등등이 섞인 냄새가 피어올랐다.

문득 창문 너머 정원을 보았다. 목발을 짚으며 블루레이크 플랫 1층으로 향하는 히로토의 모습이 가로등 불빛에 비쳐 그림자처럼 보였다. 그 그림자에게 누군가가 잰걸음으로 다가왔다. 머리가 길고, 키가 크고, 다리가 가늘었다. 두 사람은 멈춰 서서 두세 마디 대화를 나눈 뒤 바싹 달라붙은 채 집 안으로 들어갔다.

8

목욕을 하고 나온 미쓰에가 옷을 갈아입는 것을 돕는 일을 끝으로 이날은 해방되었다.

하루 종일 청소에 이사, 정리에 가사 도우미까지……. 피로는 극에 달했다. 아직 9시도 채 되지 않았지만 욕조에 몸을 담근 뒤 빨리 자려는 생각에 받은 랩과 라면 그릇 외 기타 등등을 감싸 안고 연립의 외부 계단을 오를 때, 내 집의 욕실은 청소는커녕 들여다보지도 않았다는 사실이 떠올랐다.

급히 집 안으로 들어갔다. 좁은 현관을 올라온 바로 오른쪽에 탈의실이 없는 욕실이 있다. 다행히 아직 전구가 나가지 않았는지, 스위치를 누르니 불이 들어왔다.

불투명 유리가 달린 문을 열고는 절망했다.

원체 오래된 가스식 욕조였다. 핸들을 돌려 마찰열로 발생한 불로 가스를 점화시키는 타입의 욕조였다. 오랜 옛날의 아파트 단지에서 자주 보았었지만, 이것이 아직도 현역이었을 줄이야…….

욕조는 스테인리스 재질이라 닦으면 어떻게든 될 것 같았지만, 무엇보다 바닥 타일이 끔찍했다. 석회와 인체 지방과 세월이 합쳐져 화학 반응을 일으킨 듯한 갈색 얼룩이 덕지덕지 달라붙어 있었다.

손톱 끝으로 살짝 긁어보니, 아래 타일이 파란색이라는 것을 알 수 있었다. 블루레이크 플랫이라는 이름에 맞춰 그렇게 한 것일지도 모른다. 그렇지 않을지도 모른다. 확실한 것은 오늘 이 욕조에 들어갈 수는 없다는 것이다.

안채로 돌아가서 미쓰에에게 부탁해 욕조를 빌리려는 생각에 현관문을 열고 밖으로 나갔을 때 안채의 불이 꺼졌다. 나는 떨며 집 안으로 돌아와, 전기 주전자로 물을 끓였다. 주전자에서 삐익 소리가 나는 것을 들으니 어째서인지 따뜻해지는 기분이 들었지만, 생각해보니 찻잎이나 커피 등도 무엇 하나 가져오지 않았다. 보온 물주머니도 난방기구도 스타인벡 장에 놔둔 채였다.

전기난로나 하다못해 모포 정도는 가져왔어야 했다고 생각하며 뜨거운 물을 홀짝였다.

유리창에는 온몸을 둥글게 만 채 맹물을 홀짝이는 내 모습이 일그러진 채 비쳤다. 그 너머에서 벚나무가 어둠 속에 흔들리며 소리를 냈다. 이따금 나뭇가지가 소리를 내며 창문에 부딪히고는 뒤로 물러나며 그때 떨어진 벚나무 잎이 창을 쓰다듬고는 살랑살랑 모습을 감췄다.

응? 아니, 사라지지 않았는데.

재빨리 창가로 다가갔다. 벚나무 잎 몇 장이 새시 틈에 꽂혀 있었다. 그곳을 통해 바람이 새어 들어오고 있다. 창틀이 비틀린 탓이다.

방 안이 검은 먼지로 가득할 만했다. 수수께끼가 풀렸지만, 그것에 기뻐할 때가 아니다. 서둘러 티슈로 틈을 막은 뒤 박스 테이프로 주위를 감쌌다. 바람은 새어 들어오지 않게 되었지만 왠지 좀 불길해 보였다.

안 보이게 하려고 커다란 목욕 수건과 보자기를 박스 테이프로 이어 커튼 틀에 붙였다. 이것으로 창도 시선에서 사라지고, 약간은 따뜻해졌다. 그래도 오지랖이 넓은 사람이 밖에서 목격하면 경찰에 신고할지도 모른다.

그러나 오늘은 이것으로 참을 수밖에 없다. 얼굴을 씻으려고 일어섰다가, 집 안에 세면기도 없다는 사실을 깨달았다. 셰어하우스는 공동욕실이었기 때문에 각 방에 세면기가 따로 있지는 않았다.

라면 그릇을 받아오기를 잘했다는 생각을 하면서, 간단하게 씻었다. 콘센트에 토끼 모양의 상야등을 꽂고는 침낭 속으로 들어갔다. 오래전에 등산용품점에서 할인할 때 산 스위스제로, 잠복용으로 잘 사용 중이다. 그러나 오랜만에 써

보니 어째서인지 감촉이 별로였다. 안감의 숨이 꺼진 걸까.

그래도 어떻게든 그 안으로 들어가 눈을 감았다. 몇 번인가 몸을 뒤척였다. 하지만 발이 차서 도무지 잠이 오지 않았다. 양말을 겹쳐 신었지만 전혀 따뜻해지지 않는다. 발을 비비거나, 발가락을 꼼지락거렸으나 그래도 틀렸다. 별 수 없이 일어나서 손으로 만져보았다. 얼음장 같았다.

라면 그릇을 두 개 받아오기를 잘했다고 생각하며 다시 한 번 더 물을 끓였다. 남에게는 결코 보일 수 없는 모습으로 발을 데우며, 땀이 나기 시작했을 무렵 서둘러 침낭으로 돌아왔다. 스탠드 등을 끄고, 침낭 지퍼를 끝까지 올리고는 눈을 감았다. 숨을 침낭 속에 내뱉었다. 그 아주 작은 온기가 조금씩 쌓이는 것이 고맙게 느껴졌다. 잠기운이 몰려오기 시작했다. 드디어 긴 하루가 끝나려 한다…….

휴대전화가 울렸다. 도토종합리서치의 사쿠라이 하지메가 “하무라, 잠깐 괜찮아?” 하고 말했다.

사쿠라이가 랑데부 지점으로 지정한 곳은 나카노의 꼬치구이집이었다. 나카노 브로드웨이를 빠져나와, 와세다 길에서 아라이야쿠시 쪽으로 향하는 상점가 안에 있다. 이미 영업을 끝낸 가게도 있었는데 상점가에는 아직도 인파가 많았다. 뒤쪽에서 온 자전거의 벨소리에 비키며 걷다 보니 그제야 머리가 맑아졌다.

꼬치구이집은 바로 찾을 수 있었다. 입구에서부터 숯불구이 연기가 모락모락 피어오르고, 떠들썩한 소리가 길가까지 흘러나왔기 때문이다. 길가에 접한 자리에는 벌써 탁상난로가 놓여 있었고, 탁상난로 안으로 하반신을 밀어 넣은 취객이 큰소리로 웃고 있었다.

사쿠라이는 가게 안 카운터 구석자리에 앉아 있다 나를 보고는 손을 흔들었다. 이미 다 먹은 꼬치가 일고여덟 개, 레몬사와 500밀리리터. 사쿠라이의 두피까지 빨갛게 보이는 것은 가게의 조명이 오렌지색이기 때문만은 아닌 듯했다.

재킷을 벗으며 뜨거운 물을 탄 소주를 부탁하고는 옆자리에 앉았다. 사쿠라이는 눈을 껌벅거리며 나를 보았다.

"뭐야. 벌써 다운재킷을 입은 거야? 아직 11월인데 호들갑떨기는. 노숙인도 아니고."

"집 안은 한겨울이거든."

그렇게 말하고 바로 화제를 바꿨다.

"그쪽이야말로 아직 화요일인데 엄청나게 마시고 있네."

"엄청나게는 무슨."

사쿠라이가 손을 휘저었다.

"우리 집, 아라이야쿠시거든. 근처에서 한 잔 하는 정도는 용서받지 않을까? 관리직도 애환이 많아. 날 너무 책망하지 마라, 하무라."

"별로 책망하거나 하지는 않았어. 주초에는 절대로 마시지 않는다고 호언장담했던 건 사쿠라이 씨 아니었던가?"

"사람은 변하는 법이야. 하무라 역시 결국에는 아오누마 일가에 잠입한 데다, 오늘은 이사라 피곤해서 그만 잔다고 말했으면서, 착수금을 건네고 싶다는 한마디에 멀리 여기까지 왔잖아."

"그거 미안하군요. 돈에 눈이 멀어서."

사쿠라이는 뭐라고 투덜거렸지만, 양복 안주머니에서 봉투를 꺼내 내게 건넸다.

"약속했던 착수금 10만 엔. 잊어버리기 전에."

사쿠라이는 내 감사인사를 가로막고는 말을 이었다.

"그래서 아오누마는 어때? 문제는 없어?"

어제 오후, 사쿠라이에게는 이사와 우메코가 미쓰에를 때려서 코를 부러뜨렸다는 사실, 미쓰에가 집을 제공하겠다고 했다는 것, 그리고 정중하게 거절했다는 사실을 전했다. 사쿠라이는 왜 그걸 거절하냐며 크게 호통 쳤다. "그렇게나 신뢰받고 있다니 굉장한걸. 꼭 거기 들어가서 살도록 해. 말했잖아? 성공 보수는 30만 엔이라고, 30만 엔."

우메코의 폭력 건이 경찰 문제로 번지는 것이 좋지 않다고는 하나, 사쿠라이가 말하는 '교섭의 중재역'에 그 정도의 가치가 있을 거라는 생각은 들지 않았다.

"대체 그 돈은 어느 구석에서 나오는 거야? 수상한데."

그렇게 말하니 사쿠라이가 말을 더듬었다.

"그것은, 말이지. 묻지 마. 우리 회사에도 경쟁사가 많아. 여러 사실을 의미가 있게 늘어놓는 것만으로, 정당한 영업 활동을 곡해하게 만드는 게 특기인 녀석들도 있거든."

"그게 뭐야."

"그게 예를 들면……. 우리와 제휴를 맺고 있는 '히이라기 경비SS'의 히이라기 사장은 우리 시라카와 사장과 사이가 좋다든가. 도쿄 올림픽은 경비회사 입장에서는 한몫 잡을 수 있는 기회라든가. 도쿄 공안위원회의 사무국장 자리가 곧 빌 예정인데, 이사와 고가 적임이라든가. 나누어 놓고 보면 다 별 것 아닌 소문에 불과한데, 그걸 열거하면……. 어때?"

이거 잠깐.

말하자면 도청에서 순조롭게 출세 중인 이사와 고의 급소를 쥐고 있으면, 도토종합리서치나 그 친구들이 여러 국면에서 유리하게 작용할 거란 말인가. 이사와 고의 급소란 우메코이자, 그 모친이 소송에 걸리지 않도록 '우리가 이렇게 노력했습니다' 하고 어필할 필요가 있다. 요컨대 30만 엔의 출처는 다름 아닌 도토종합리서치라는 것이다.

'그렇다면 괜찮겠네' 하고 수긍한 것은 아니었으나, 사쿠라이가 어르고 달래는 동안 마음이 변했다. 사쿠라이와는 여러 일이 있었지만, 오래 알고 지냈고, 신세를 지기도 했다. 앞으로도 탐정 일을 계속할 생각이라면 그와의 관계를 양호

하게 유지할 필요가 있다…….

사쿠라이가 술잔 너머로 나를 살펴보고 있다는 사실을 깨닫고 서둘러 대답했다.

"전혀 문제없어. 미쓰에 씨는 이사와 우메코를 싫어하지만 고소할 생각까지는 없어. 손자인 히로토는 교통사고 때의 경찰의 대응 탓에 경찰이라는 단어를 듣는 것만으로도 흥분하거나 하는 것 같으니, 경찰 문제로 번지는 건 싫을 거야. 치료비만 제대로 지불한다면 바로 정리가 될 안건이야."

병원에서 본 미쓰에의 영수증에 찍힌 금액을 전하니, 사쿠라이가 수첩에 기록하고는 "돈에 관한 일이라면 가능한 빨리 처리하지" 하고 말했다. 안심했다. 미쓰에가 치료비를 받고, 미쓰에가 깁스를 풀 때까지 가사 도우미 역할을 계속하면 그것으로 모든 일이 원만하게 수습된다.

종업원이 가져온 따뜻한 소주를 홀짝였다. 따뜻한 액체가 목을 넘어가는 감촉을 즐겼다. 문득 정신을 차리니 사쿠라이는 수첩을 계속 손에 든 채였다. 그가 말했다.

"그래서?"

"그래서라니?"

사쿠라이가 한숨을 내쉬며 몸을 움츠렸다.

"너 말이야, 30만 엔짜리 일이라고. 위쪽에 올리는 보고가 '경찰 문제로 번질 것 같지는 않습니다' 정도로 끝날 리가 없잖아. 이런 일은 보고받는 쪽이 진절머리가 날 정도로 자세한 편이 딱 좋아. 정보에 살을 더 붙여봐."

과연 그럴 필요가 있을까 했지만, 30만 엔에는 저항하기 힘들다. 오늘 하루 내가 아오누마 일가에 얼마나 기여를 했는지 매우 세세한 것까지 다 설명해주었다. 어이없게도 사쿠라이는 진지한 얼굴로 그것들을 다 메모했다.

"연립은 임대인이 한 명밖에 없는 거군."

이야기가 일단락되자 사쿠라이가 레몬사와를 추가로 주문했다. 술을 기다리며 말했다.

"그렇다는 말은 현재 아오누마 일가는 그 단 한 집뿐인 임대 수입과 미쓰에의 연금으로 생활하는 건가."

"그렇지 않을까? 교통사고로 들어온 돈은 전부 히로토 명의의 계좌에 넣었다고 하니까. 치료나 재활 관련 비용은 그 통장에서 사용하는 것 같지만."

"그런 것 치고는 생활이 너무 여유로운걸. 금액을 신경 쓰지 않고 쇼핑을 하고, 집을 공짜로 하무라에게 빌려주고."

"5일 동안의 입원 직후의 쇼핑인데? 집은 계속 빈 집이었던 것 같고."

그 집이라면 공짜라도 사양이다.

"하지만 책이나 음반을 파는 것도 하무라에게 다 일임했다며?"

"장서 처분은 정리가 먼저고, 돈이 될지 안 될지는 그 다음 문제. 대체 뭘 그리 신경 쓰는 건데?"

사쿠라이가 충혈된 눈을 깜박거렸다.

"그 뒤, 아오누마 일가에 대해 좀 더 자세히 파보았어. 사고로 죽은 미쓰타카가 폭행과 공갈로 체포된 이력이 있더라고."

"폭행과 공갈이라니. 언제? 어떤?"

"1993년, 미쓰타카가 점장이었던 레스토랑 '여우와 바오바브'에서 단골이었던 사토 뭐시기가 난동을 부려서 미쓰타카가 제지한 거야. 그랬더니 상대가 되레 폭행을 당했다며 경찰을 부르라고 소동을."

"그래서 폭행으로 체포?"

"더구나 폭행 고소건이 취하된 다음, 이번에는 그 건으로 미쓰타카가 사토를 협박해서 돈을 갈취하려고 했다는 이유로 또다시 체포되었어. 최종적으로는 그 또한 사토가 공갈은 오해였다며 고소를 취하해서 없었던 일이 되었지만."

"이야기만 들어서는 그 사토라는 손님 쪽에 문제가 있는 듯한데."

"그래도 말이지, 공갈 소동 때 사토는 50만 엔의 현금을 은행 봉투에 담아 가지고 있었다고 해. 그래서 공갈이라는 이야기에 신빙성이 생겼지. 더구나 미쓰타카의 아내인 리미와 도망친 상대가 바로 그 사토인 것 같아. 요컨대 상황적으로는 아오누마 미쓰타카가 진짜 공갈을 했더라도 이상하지는 않다는 거야."

이제야 이야기의 맥락이 보였다. 미쓰타카가 공갈범이었다면, 미쓰에나 히로토도 믿을 수 없다고 사쿠라이는 말하고 싶은 것이다. 그러나…….

"그건 22년이나 전의 이야기잖아. 만약 미쓰타카가 그랬다고 해도 아들과 어머니는 관계없고."

"그러게. 내 억측이었을지도 모르겠네. 다만 여우와 바오바브 말인데, 기치조지에서 사반세기나 영업을 계속하고 있으니 인기가 있는 가게일 텐데, 좋지 않은 소문도 있어. 그러니까 하무라, 조심하도록 해."

"뭐?"

"미쓰타카의 집을 정리할 때, 예상치 못한 게 나올지도 몰라."

택시 쿠폰을 받아들고는 가게에서 나왔다. 시간은 10시 반이 넘었다. 돌아오는 도중에 돈키호테에 들러서 한 켤레에 2천 엔짜리 고기능 양말이라는 것을 샀다. 평소에 세 켤레에 천 엔짜리를 사는 나로서는 꽤나 사치인 셈이다. 하지만 이것으로 발 냉증을 신경 쓰지 않고 잘 수 있다.

역 앞 택시 승차장으로 향하던 도중에 세면기를 샀어야 했다는 생각이 들었다. 멈춘 순간 휴대폰이 울렸다. 사사키 루우였다. 휴대폰 회사에서 택배가 왔는데 새로운 스마트폰 같다고 그녀가 말했다.

"내일, 낮에 기치조지에 갈 일이 있는데 괜찮으면 만나지 않을래? 가는 김에 스마트폰도 전달하고."

"그쪽에 가지러 가야 할 게 있어. 나갈 거라면 거실에 놔둬 줘."

"올 거면 저녁에 오지 않을래? 하무라에게 할 이야기가 있어."

결국 그 이야기인가. 나는 살짝 한숨을 내쉬었다. 남자를 찾아달라는 의뢰가 틀림없다.

"저녁은 힘들어."

"그러면 몇 시에 올 건데? 꼭 할 이야기가 있어."

루우 씨는 평소와 다르게 고집을 부렸다. 이번에는 사양치 않고 다 들리게 한숨을 쉬었다.

"그때가 되어 보지 않으면 알 수 없어. 할 이야기가 있다면 지금 말해."

"그 남자의 초상화를 그렸어. 하무라에게 보여주고 싶은데, 스마트폰이 없으니 보낼 수가 없잖아."

가방 디자인은 보여준 적이 있었지만, 그런 특기가 있다고는 생각하지 못했다. 그렇다고는 해도 초상화로 어쩌라는 것인가. 거리거리마다 방을 붙이라는 말인가?

루우 씨는 기쁜 듯이 말했다.

"미국 수사 드라마에서 봤어. 초상화를 얼굴 인증 시스템으로 돌려서 데이터베이스와 대조할 수 있다고. 하무라에게 그걸 부탁할까 해서."

할 말을 잊었다.

"……저기 루우 씨. 드라마는 드라마. 재미있으라고 만든 이야기니까. 그런 일이 가능할 리가……."

"해보지 않으면 모르는 거잖아. 부탁이니, 해줘. 하고도 안 된다면 포기할 테니. 난 진심이야."

"아니, 그러니까."

"부탁이야."

루우 씨는 내 말을 전혀 듣지 않았다.

"솔직히 말하면 그와 다시 만나고 싶은 게 아니야. 그쪽은 기억 못할지도 모르고, 이런 아줌마였다고 실망할지도 모르고, 끈질기다며 기분 나쁘게 생각할지도 몰라. 아니, 분명 그럴 거야. 그러니까 만나지 못하더라도 좋아. 다만 하다못해 스타인벡 장이 사라지기 전에 할 수 있는 노력을 해서 스스로를 납득시키고 싶어. 후회하고 싶지 않아."

루우 씨의 목소리에는 열의가 담겨 있었고 살짝 떨리기까지 했다. 자칫하면 감동할 뻔했다. 그러나 문제는 그것이 아니다. 나는 얼굴 인증 시스템에 대해 설명을 한 뒤, 일개 탐정은 그런 엄청난 시스템과도 '데이터베이스'라는 것과도 인연 같은 것은 없다고 입에서 신물이 날 정도로 설명을 반복했다. 간신히 그녀를 설득했을 무렵에는 목이 아팠고, 역 앞 벤치에서 찬바람을 계속 맞았기 때문에 온몸이 차갑게 식었다.

"그러면 초상화는 쓸모가 없다는 거야?"

루우 씨가 작게 중얼거렸다. 왠지 불쌍했다.

"루우 씨네가 들어간 도겐자카의 러브호텔에서 그가 카드나 스마트폰으로 결제를 했다면 어떻게든 될지도 모르겠지만."

말하고 나서야 '아차, 이래서야 조사 의뢰를 받아들인 거나 마찬가지잖아' 하고 생각했으나, 전화기 너머에서는 갑자기 조용해졌다. 약간 뜸을 들인 후 루우 씨가 말했다.

"호텔비는 내가 냈어. 그가 현금이 없다는 데다, 내가 연상이었고."

"저기 루우 씨……."

"역시 일반적이라면 남자가 내야 한다고 생각해? 그런 거지?"

응. 하지만 나는 굳이 말하지 않았다. 이윽고 그녀는 "하아" 하고 긴 숨을 내쉬었다.

"잘 자, 하무라. 귀찮게 해서 미안."

어느 틈인가 11시가 넘어, 택시 승차장에는 짧은 줄이 서 있었다. 10분을 기다려 택시를 잡았다. 도착할 때까지 나는 괴로운 마음을 어찌할 줄 몰랐다. 내가 루우 씨를 상처 입힌 것이 아니다. 그녀가 멋대로 상처를 입고, 상처 입은 것을 내게 들켜, 그것에 다시 상처를 입었다. 무엇 하나 내 잘못은 아니었지만 뒷맛은 좋지 않았다.

이노카시라 길 편의점 앞에서 택시에서 내렸다. 일회용 손난로를 사서 집으로 돌아왔다. 블루레이크 플랫 앞에 도착했을 때, 102호의 불이 꺼지고 현관문이 열리면서 여자가 미끄러져 나왔다.

반사적으로 몸을 숨겼다. 가로등 불빛에 비친 여자의 얼굴에 깊은 그늘이 드리워졌다. 그렇게 젊지는 않지만 늙지도 않았다. 가슴 언저리에 기묘한 모양의 펜던트가 반짝였다. 긴 머리를 늘어뜨리고 롱코트를 입었다. 아까 연립 앞에서 히로토와 함께 있는 모습을 보았던 여자가 틀림없다.

잠시 동안 그녀는 문을 닫으려고 안간힘을 썼지만 포기한 모양이다. 머리카락으로 얼굴을 감추고는 가느다란 다리를 움직여 미타카다이 역 쪽으로 사라졌다. 얼마 뒤, 그녀가 사라진 방향에서 차 문이 닫히는 소리와 엔진 소리가 잇달아 들리고는 조용해졌다.

그녀가 남긴 인공적인 꽃향기를 맡으며, 발소리를 죽인 채 집으로 돌아왔다. 실내는 나가기 전과 변함없이 냉랭했다. 손난로를 두 개 꺼내고, 새 양말을 신었다. 이를 닦고, 침낭을 푹 덮고는, 그 위에 다운재킷도 덮었다. 손난로 하나를 발 쪽으로 밀어 넣고, 다른 하나로 손을 데웠다.

천천히 손난로를 만지작거리며 몸을 웅크린 채 침낭 안쪽으로 숨을 뱉었다. 희미하게 아주 조금씩 몸 전체가 따뜻해졌다. 나는 눈을 감고 추위에 딱딱하게 굳은 온몸을 녹였다. 길었던 하루가 이번에야말로 정말로 끝나려 하고 있다…….

갑자기 땅 밑에서 신음소리가 크게 울렸다. 나는 깜짝 놀라 각성했다.

9

"어머나. 확실히 이건 좀 심하네."

아오누마 미쓰에가 201호의 욕실을 들여다보고는 고개를 저었다.

"이 집은 20년 넘게 아들의 창고 대신이었거든. 그 때문에 하중이 심해서 아랫집 창틀이나 문지방 등에 영향을 줘서 레오 할아버지에게 폐를 끼쳤지."

나는 나오려는 하품을 참았다.

어젯밤에는 결국 제대로 잠들지 못했다. 간신히 잠이 드나 했더니 휴대폰이 울렸다. 미쓰에였다. 아침 준비를 해야 하는데 도와주지 않겠느냐는 말에 시계를 확인했다. 6시 30분이었다. 201호의 욕실을 사용하지 못한 탓에 몸을 데우지도 못해 제대로 잠들지 못했다고 말했다.

"어머 그래? 나는 푹 자서 쌩쌩하고, 지금이라면 2층에도 올라갈 수 있을 것 같아. 그 욕실, 보러 갈게."

실내복 위에 따뜻해 보이는 모직 가운을 걸치고 왔다.

"내용물을 이웃집으로 옮길 때, 이쪽 집은 책임을 지고 깨끗하게 해두라고 아들에게 말해뒀거든. 다다미는 교체를 했는데, 욕실 공사를 하려면 돈이 솔찬히 들어서 말이지. 이사 올 사람이 정해지면 그때 고치겠다고 하고는 그냥 놔뒀던 모양이네. 아참, 에어컨도 다른 집에는 설치했는데, 이쪽 집에는 나중에 설치할 예정이었어. 난방도 안 되고 욕실도 이래서는 야영 같은 느낌이었겠네."

미쓰에가 깔깔 웃었다. 나는 울화통이 치밀었다. 같은 느낌? 야영 그 자체였다.

"연립 관리는 아드님이 줄곧?"

"공짜로 여기 살게 해준 거니까. 어디 보자, 이왕 왔으니 아들에게 향이라도 올리고 갈까."

미쓰에는 가장 안쪽 집으로 이동해서는 자물쇠를 열고 안으로 들어갔다. 나도 뒤를 따랐다.

일주일 정도 전에 우메코와의 전투의 무대가 된 203호는 생각했던 것보다 깔끔하게 정리되어 있었다.

내부 구조는 201호와 거의 동일. 부엌에는 냉장고와 술이 진열된 장이 있고, 안쪽 창에는 녹색 커튼이 쳐져 있었다. 현관 옆 신발장에는 잘 관리된 신발이 늘어서 있고, 살짝 먼지가 내려앉은 골프백도 있었다. 문이 열린 욕실을 들여다보니, 급탕 계기판이 눈에 들어왔다. 자신이 사용하는 욕조는 새로운 것으로 바꾼 모양이다. 다만 욕실 바닥은 인터넷 쇼핑몰 박스로 가득 차 있었다.

안쪽 방의 한쪽 벽에는 책장이 늘어서 있었다. 벽장 옆의 다다미 한 칸 정도의 공간에도 ㄷ자로 장이 놓여 있고, 텔레비전과 DVD 등이 빼곡히 들어차 있었다.

창문을 열었다. 차가운 공기가 실내로 들어와 곰팡내와 향냄새를 날려 보냈다. ㄷ자 장 중앙 공간에 작은 상이 놓여 있고 위패와 사진과 향꽂이 등이 배치되어 있었다. 미쓰에는 촛불을 밝히고 향에 불을 붙인 후, 자유롭게 움직일 수 있는 쪽의 손을 들어 올려 합장했다. 입속으로 열심히 무언가를 중얼거리고 있다.

합장이 끝나기를 기다리는 동안 사진을 살펴보았다. 아오누마 미쓰타카의 얼굴을 보는 것은 처음이었다. 미쓰에를 닮은 두툼한 볼살, 긴 속눈썹에 짙은 눈썹, 후퇴를 시작한 이마. 줄무늬 셔츠 위에 연지색 조끼를 입었다. 딱히 특징 없는 50대 남자의 얼굴이다. 젊었을 적에는《무민》의 스너프킨처럼 방랑을 했다고는 보이지 않는다.

미쓰에의 권유로 나도 합장을 했다. 바닥에 세워져 있는 노트북 옆에 조의를 나타내는 글자가 새겨진 과자박스가 아무렇게나 버려져 있었다. 우메코가 들고 온 것일 것이다. 치울까 했는데, 미쓰에에게 물어보기가 좀 그랬다.

선향이 조금씩 연기로 바뀌어가는 사이, 미쓰에가 창틀에 앉아 무언가 생각에 잠겼다. 나는 미쓰타카의 장서를 살펴보았다. 도바시가 뉴욕에서 보낸 것과 마찬가지로 페이퍼백이 많았다. 아주 깨끗한 책들은 아니지만, 같은 작가의 책을 제대로 모았다. 렉스 스타우트, 제프리 아처, 딕 프랜시스, 레지널드 힐……. 베스트셀러 작가의 책들이 대부분이고, 그 대다수가 번역 출간되었기 때문에 모여 있어도 그리 대단한 가격은 매길 수 없는 것들이다.

일본 작가의 책들도 비슷한 경향이었다. 널리 알려진 작가의 엄청나게 인쇄된 책만 눈에 띈다. 다만 작가의 모든 작품을 모으는 일에 집착한 모양이다. 예를 들어, 쓰노다 고다이 코너에는《백골 가도》가 있었다. 메이저 출판사에서 포기한 범작을 긁어모아 마이너 출판사에서 출간한 단편집으로 2천 부밖에 출판되지 않았다. 쓰노다 선생님 본인조차 갖고 있지 못한 희귀본이다. 전에 인터넷에서 9500엔에 팔린 적이 있다.

아카네 쇼보의 '소년소녀 세계추리문학 전집'도 전권을 갖췄다. 제11권 필리스 휘트니의《저주받은 늪의 비밀The Mystery of the Haunted Pool》도 있었다. 다른 책은 그리 희귀하지 않지만, 이것은 거의 본 적이 없다.

으음. 조금 고민했다. 아카네 쇼보에서 출간된 이 전집으로 추리소설에 빠진 사람들은 아오누마 미쓰타카와 같은 세

대거나 조금 위의, 고서에 아낌없이 돈을 내는 사람들이다. 그러니 상황에 따라서는 전권 세트로 파는 편이 좋을지도 모른다. 어렸을 적 푹 빠져 읽었던 전집이라며 반가움에 사려는 사람이 있을 가능성이 높다. 반면 우리처럼 전문성이 높은 서점이라면 이 제11권만을 사려는 사람도 많다.

페이퍼백의 평가도 쉽지 않다. 퇴직해서 시간이 생겨, 영어 공부 겸 젊었을 적에 읽었던 원서를 다시 한 번 읽어보려는 어르신들이 적지 않지만, 오래된 페이퍼백의 글자는 너무 작은 데다, 종이는 누렇게 변색되고, 잉크는 흐릿해진다. 유명한 작품이라면 전자책 쪽이 노안에는 더 좋다. 책을 읽는 맛은 좀 떨어지지만, 공간을 차지하지도 않는다. 그럼에도 종이책에 집착하는 손님이 우리 서점으로 오기는 하지만 말이다.

대체 이 장서의 가격을 어떻게 매겨야 좋을까.

최근에는 도야마 점장이 바쁘기도 해서, 평범한 책은 지금까지의 실적이나 인터넷의 평가를 근거로 내가 매수 가격을 결정할 수 있게 되었지만, 여기는 도야마에게 판단을 부탁하는 편이 좋을지도 모른다. 아이패드로 장서의 사진을 찍어서 보내자.

문득 제정신을 차리고 보니, 미쓰에가 다시 미쓰타카의 사진 앞에 앉아 있었다. 그녀는 내 눈과 마주치자 살짝 미소지었다.

"하무라, 어떻게 생각하나? 미쓰타카에 대해서."

"저 복장은 업무용 복장인가요? 잘 어울리는데요."

"그래, 레스토랑에서 고용 점주를 했거든. 여우와 바오바브라는 가게인데 알아?"

"잡지의 기치조지 특집에 자주 등장하는 인기 있는 가게로군요. 가본 적은 없지만."

잘 모른다는 얼굴로 대답하니 미쓰에가 만족스러운 듯이 웃었다.

"괜찮다면 오늘이라도 점심을 먹으러 갈까. 오랜만이군. ……아들이 죽은 뒤로는 처음이야. 맛이 떨어지지 않았다면 다행인데."

안채로 가서 아침을 만들었다. 반강제적으로 보라색 깅엄 체크무늬의 앞치마를 해야 했다. 가슴 한복판에는 곰 장식이 달려 있다. 수수한 변장은 잘하는데, 이것은 놀랄 정도로 어울리지 않았다.

히로토는 일어나지 않았다. 미쓰에가 버터와 꿀을 바른 토스트를 먹으며 말했다.

"어젯밤에는 그 아이가 시끄럽게 굴었다며? 아침에 레오 할아버지에게 들었어. 자네가 히로토를 깨워줬다고."

한밤중의 신음소리는 일단 진정되나 하면 다시 시작되고, 그것의 반복이었다. 결국 나는 침낭 속에서 기어 나와 외부 계단을 내려갔다. 큰소리가 났다가 신음소리로 바뀌었다가 울음소리가 들리거나 무언가를 중얼거리거나 했는데 상당히 심했다. 그냥 놔두었다가는 히로토는 밤새 가위에 눌렸을지도 모른다.

나는 미쓰에에게서 눈길을 돌리고는 가볍게 고개를 끄덕였다.

"멋대로 집 안으로 들어가 불을 켜고 깨웠습니다."

"자다 가위에 눌리는 일은 전에도 이따금 있었어. 야경증은 어린아이들이 자주 걸리는 것이지만, 드물게 성인이 걸리기도 한다더군. 자네도 많이 놀랐지?"

"역시 사고 후유증인가요? 악몽을 꾼다든가, 사고 전이나 당시의 기억을 떠올릴 수 없다며 신경을 쓰던데."

"오늘은 늦게까지 잘 것 같으니 그냥 내버려둬."

가능하면 나도 그냥 내버려두었으면 했지만, 미쓰에는 청소, 세탁 등을 개의치 않고 내게 주문했다. 그녀는 물건을 버리지 못하는 성격임에도 깨끗한 것을 좋아해서, 실내 청소가 끝난 다음에는 한손으로 정원과 집 앞의 길까지 열심히 청소했다. 어쩌면 이것은 아오누마 미쓰에가 아직 안 죽었다고 주위에 알리는 의식 같은 것일지도 모른다. 지나가던 주민과 "이제 괜찮으세요?", "시끄럽게 해서 죄송합니다", "퇴원하셨군요?"와 같은 대화를 마치 주문처럼 되풀이했다.

이따금 미쓰에가 나를 불러 "이 사람은 고서점의 하무라 씨" 하고 이웃주민에게 소개했다. 아들의 장서 정리를 하는 김에 연립에 살며 집안일도 도와주고 있다고. 곰 앞치마의 위력 덕분인지, 상대는 수상쩍은 기색 없이 자연스럽게 나를 받아들였다.

"어머, 그거 다행이네요. 우리 집 책도 정리해줄 수 있으려나."

친척이 보내준 참마를 가져온 미쓰에와 동년배인 오바 씨가 큰소리로 그렇게 말했다.

"이런 분이 있으니 안심이겠네요. 하지만 히로토의 일도 있고 하니, 도움이 필요하다면 언제든지 말씀해주세요."

히로토와 초중학교 동창생이었던 아들을 둔 가타기리 씨는 그렇게 말했다.

"운전도 할 수 있으시다고? 그렇다면 히로토를 병원까지 태워줄 수 있겠네. 다행이다. 택시비 청구하는데 일일이 서류를 쓰고 영수증을 붙이는 거 힘들었는데."

손수 만든 라따뚜이를 밀폐 용기에 담아온 여성이 그렇게 말했다.

"이쪽은 사촌 여동생."

미쓰에가 쌀쌀맞게 소개하자 여성이 고개를 끄덕였다.

"마키무라 하나에예요. 언덕 아래의 선로 건너편 쪽에 살고 있어요."

하나에는 홀치기염색을 한 파란 롱 튜닉 위에 후드가 달린 롱 카디건을 입고, 목에는 화려한 녹색 코튼 스툴을 감고,

가죽 샌들을 신었다. 피부는 볕에 그을렸고, 화장을 하지 않아 검버섯도 주름도 그대로 드러났다. 나이는 알 수 없었지만 오십 전후가 아닐까. 얇은 눈썹은 문신으로, 코끼리를 삼킨 보아뱀의 등 같은 모양이었다. 그녀는 그 눈썹 탓에 항상 놀란 듯한 표정이 되고 말았다.

하나에는 눈썹과 어울리지 않는 길고 가는 눈으로 나를 훑어보고는 뜬금없이 말했다.

"당신, 황록이군요."

"……네?"

하나에가 답답하다는 듯이 고개를 저었다.

"당신의 오라는 화이트와 블루가 주인데, 어째서인지 가장 눈에 띄는 건 오라를 둘러싸고 있는 그 황록이네요. 그런 사람이 보라색 옷을 입으면 안 되죠. 재수가 없어져요. 머리 회전도 둔해져서 말만 되묻게 된다고요."

"하아……."

"게다가 이 곰은 또 뭔가요."

하나에가 검지로 곰 장식을 콕 찔렀다.

"당신의 영적 토템이 곰이라니, 있을 수 없어. 곰을 토템으로 삼는 사람은 머리카락이 검고 짙고 더 전투적이라고요. 제대로 된 사람이라면 그런 거 바로 알아차릴 텐데. 알아차리지 못한 건 마음이나 몸에 문제가 있기 때문인 거예요. 괜찮다면 오리지널 허브티를 처방해드리죠."

하나에가 길고 가는 눈으로 나를 바라보았다. 홍채가 반짝거려 마음이 진정되지 않았다. 미쓰에가 끼어들었다.

"그만둬. 이 인간의 허브티는 늙은이가 방귀 두세 번 정도는 뀐 욕탕의 남은 물 같은 맛이니까."

하나에가 입을 다물었다. 나는 애매한 미소로 그 자리를 넘겼다. 두 사람이 라따뚜이 밀폐용기를 들고 안채로 들어간 덕에 집으로 돌아와 앞치마를 벗고 미쓰타카의 장서를 촬영했다.

아침에 본 203호는 미쓰타카의 생활 거점이었는지 책장에 책이 제대로 진열되어 있었지만, 다른 두 집은 거의 창고였다. 문을 열고 들여다보았는데, 양쪽 모두 골판지 박스가 산더미처럼 쌓여 있었다. 202호에서 시험 삼아 박스 하나를 박스더미에서 내리려 했더니, 먼지 때문에 재채기가 나올 뻔한 데다 무거운 탓에 위험하게도 허리를 다칠 뻔했다. 내용물은 음반이었다. 책도 무겁지만, 음반은 더 무겁다. 집 바닥이 아래쪽으로 좀 꺼진 것이 육안으로도 확인 가능했다. 손이 닿는 범위 내의 박스 내용물을 확인하고자 신발을 벗고 거실로 들어간 순간 바닥에서 불길한 소리가 울렸다.

이것은 혼자 힘으로 도저히 어떻게 할 수 있는 것이 아니다. 내일 마시마 신지에게 부탁하자.

203호의 책장 사진을 도야마 점장에게 보내고, 집으로 돌아와 손을 씻고 옷을 갈아입고 시계를 보았다. 정오가 지나 있었다. 안채로 가니 얼굴이 부운 히로토가 부엌에서 요구르트를 먹고 있었다. 하나에는 화가 난 듯한 기색으로 히로토를 내려다보고 있었지만, 내가 온 것을 알아차리고 몸을 이쪽으로 돌렸다.

"하무라 씨라고 했던가요. 미쓰타카의 방 정리를 맡았다면서요? 실례지만 과연 믿을 수 있을까요?"

"그게 무슨 말이야."

히로토가 끼어들었다. 하나에가 고개를 젓고 말을 이었다.

"고가의 책을 싸게 후려치거나 훔치거나 하는 사기꾼 같은 업자도 있다면서요? 집 안에 뭐가 있는지 모르는 상황이니, 돈이 되는 걸 슬쩍해도 우리는 알 수가 없으니까."

"아버지가 돈이 되는 걸 갖고 있을 리가 없잖아. 매번 인터넷으로 물건을 사고, 해외여행도 가고 했으니."

"너도 미쓰에 씨도 사람이 너무 착해빠졌어. 미쓰타카의 물건을 생판 남에게 처분을 맡길 거라면 하다못해 직접 집 안을 정리할 것이지. 굳이 이렇게 서두를 것도 없잖아."

"이 다리로 그 집으로 들어가서 박스 내용물을 확인하라고? 진심으로 하는 말이야? 나는 아버지의 물건을 빨리 정리해서 후련해지고 싶다고. 남의 집안일에 신경 끄세요."

하나에가 놀란 듯이 숨을 들이쉰 채 입을 다물었다. 내가 끼어들었다.

"걱정하시는 바도 지당합니다. 괜찮다면 정리할 때 동석해주세요. 내일, 유품 정리 업자가 견적을 내러 올 예정이거든요. 정식 일정은 그때 결정될 테니까요."

하나에는 있는 그대로 적의를 드러낸 채 나를 노려보고는 말없이 밖으로 나갔다. 히로토가 말했다.

"저 사람, 할 일이 없거든. 내 교통사고를 알고 돕겠다고 근처로 이사 왔는데, 만난 적도 없는 먼 친척이면서 엄청 친한 척을 해. 내버려뒀더니 방 안까지 들어와서는 부정한 공기가 흐른다드니 하면서 냄새가 고약한 향을 피우기나 하고."

"만난 적이 없었어?"

"하무라 씨는 자기 할머니의 사촌을 만난 적이 있어?"

"없어."

"그렇겠지. 류지도 그렇게 말했어."

준비를 끝낸 미쓰에가 나타났기에 소형 밴을 타고 셋이서 집을 나섰다.

여우와 바오바브는 기치조지 길에서 약간 안쪽으로 들어간 골목 중간에 있었다. 에지마 병원에서는 300미터 정도 떨어진 곳이다.

회반죽을 두툼하게 칠한 벽에 핑크베이지 기와지붕. 고리에 매달린 동 간판. 스탠드글라스에 발코니가 달린 가짜 창문. 장미 화분에 덩굴. 입구 옆에 놓인 도자기 강아지. 강아지 옆에는 당신(1973년에 발표된 고사카 아키코의 〈당신〉이라는 곡의 가사에 나오는 구절—옮긴이). 그 시절의 펜션 같은 건물이다. 얼마 전까지는 촌티 날리는 센스였을 터인데, 시간이 흘러 그 정취가 트렌드가 되었는지 가게 앞에는 스마트폰을 들이대는 사람들이 눈에 띄었다.

가게 앞에 두 사람을 내려주고 주차장에 차를 세우고 돌아왔다.

밖에서 보았을 때는 2층 건물이었지만, 들어와 보니 천장이 높은 1층과 로프트식의 중간 2층이라는 구조였다. 꼭대기에 금색 실링팬이 돌아가고, 샹들리에가 번쩍이고, 벽은 벽돌, 바닥은 타일과 유럽식 마감인데, 들어온 순간 이국적인 향신료 냄새에 휩싸였다.

1층 안쪽에 푸른 하늘을 배경으로 한 거대한 바오바브나무 사진 액자가 있었다. 그 옆은 양주와 커피메이커가 늘어서 있는 카운터다. 그 바로 앞자리에서 미쓰에가 손을 흔들었다. 미쓰타카의 영정 사진과 마찬가지로 줄무늬 셔츠에 연지색 조끼를 착용한 웨이터가 바로 나타나 자리까지 안내해주고 의자도 빼주었다. 방석도 등 받침도 장미를 모티프로 한 고블랭 방식의 로코코풍 의자였다.

미쓰에가 나를 기다리는 동안 주문을 해두었다고 말했다. 런치는 A런치(헝가리), B런치(뉴올리언스), C런치(네팔) 세 종류로, 그것을 하나씩 시켰다고 했다.

“나눠 먹는 거 괜찮지?”

히로토가 말했다.

뭐가 나올지 전혀 알 수 없지만, 일단 가게 안은 맛있는 냄새로 충만해 있었다. 나는 침을 꿀꺽 삼키고 가게 안을 둘러보았다.

점심때이기도 해서 거의 만석이었다. 기치조지에 놀러온 듯한 손님이 많았지만, 에지마 병원의 직원 카드를 목에 건 병원 관계자도 눈에 띄었다. 백의나 작업복, 사무원 제복을 입은 채 대개 홀로 묵묵히 식사를 마치고는 떠났다. 히로토와 마찬가지로 목발을 짚고 병원 관계자와 인사를 나누는 환자로 보이는 사람들도 적지 않다. 히로토가 작은 목소리로 말했다.

"에지마 병원의 식당은 업무용 레토르트 식품을 데워서 내놓을 뿐이거든. 이 가게의 점심을 즐기는 사람이 꽤 많아."

웨이터가 나타나서 식탁을 세팅했다. 보건대 대다수의 스태프가 40대 이상의 베테랑이었다. 그들은 교대로 자리에 와서는 미쓰에에게 미쓰타카의 명복을 빌고, 미쓰에의 부상을 동정하고, 히로토를 격려했다. 주방에서는 외국인 요리사가 몇 명인가 나와서 저마다 미쓰타카는 최고의 친구였다고 말하고, 눈물을 글썽이며 미쓰에와 포옹했다.

그중에서도 '히다'라는 명찰을 단 현 점장은 어마어마했다. 그는 쭈뼛거리는 젊은 웨이터에게 피클과 살라미 모둠을 들려서 함께 나타났다. "이건 서비스입니다. 인사가 늦었습니다. 아오누마 점장의 후임이 된 히다라고 합니다"로 시작해서는, "아오누마 미쓰타카는 전설의 점장으로서 언제까지나 우리 여우와 바오바브 스태프의 마음에 남을 것입니다"로 끝나는 스피치를 길고 크게 늘어놓았다. 덕분에 가게 안의 주목을 끌게 되어 히로토가 불편해했다.

그러나 특별 취급 덕에 요리는 재빨리, 뜨거울 때 나왔다. 파프리카시는 딱 좋게 매콤했고, 오쿠라 조림도 달바트도 훌륭했다. 순식간에 접시를 깨끗하게 비웠다. 내게 권했으면서 이런 요리는 좋아하지 않는지 미쓰에는 포크로 깨작대기만 했지만, 내가 잘 먹어서 만족한 모양이다.

"미쓰타카는 직접 요리를 하지는 않았지만, 혀는 확실했거든."

"그럼 가게 메뉴는 미쓰타카 씨가 고른 건가요?"

냅킨으로 입을 닦으며 물으니 미쓰에가 기쁜 듯이 고개를 끄덕였다.

"그야 점장이었으니까. 전 세계를 방랑하며 온갖 걸 먹은 거잖아. 그때의 기억을 토대로 메뉴를 결정하고, 몇 번이고 몇 번이고 시식을 해서 납득할 때까지 요리사에게 만들게 한 거야. 너무나 집요해서 도망친 요리사도 있다더군."

식후의 재스민차를 기다리고 있으니 도야마 점장에게서 전화가 왔다. 밖으로 나가서 통화하려고 자리에서 일어서서는 잠시 기다려 달라고 말했지만, 도야마는 멋대로 말했다.

"장서 사진을 봤는데요. 아마도 아는 사람 같아요."

"아는 사람이라니, 아오누마 미쓰타카 씨 말인가요?"

"이름은 몰랐는데, 우리 서점에 왔었던 손님이에요. 그 손님의 장서가 맞아요. 레스토랑 점장이었던가. 쓰노다 고다이 선생님의 책 열 권 이상과 프랭크 그루버의 《포트 스타베이션》을 함께 구매했었어요. 레슬리 차터리스의 《홀리 테러》의 찢어진 커버도 기억에 있고, 《별책 보석》의 손상된 책등도 마찬가지네요. 우리 서점에서 판 책이 틀림없습니다."

계산대 앞에 계산을 기다리는 사람들이 줄을 서 있었다. 줄은 입구를 막고 있었다. 에지마 병원의 환자도 많아, 태반이 목발을 짚고 있어 웨이터가 의자를 가져 와서 거기 앉도록 권하기도 했다. 특히 베테랑으로 보이는 웨이터는 꿇어앉듯이 환자의 얼굴 높이에 맞춰 천천히, 그리고 웃는 얼굴로 이야기를 들어주었다.

그들을 밀고 나갈 수가 없어 자리로 돌아왔다. 천장이 높은 탓인지 소리가 잘 울린다. 손으로 입가를 가리고 작은 목소리로 말하는데도 바 카운터 안에서 드립 커피를 한 잔씩 내리던 웨이터나 카운터 자리에 앉아 있던 백의의 남자가 몇 번인가 시선을 이쪽으로 향했다.

"미안하지만 이따가 다시 걸……."

"하무라 씨가 우리 서점에서 일하기 전, 서점이 아직 나카미치 상점가에 있었을 때 왔던 분이에요. 학생시절에는 책에 전혀 흥미가 없었지만, 대학교를 중퇴하고 세계를 여행할 때, 싸구려 숙소 한구석에 여행객이 버리고 간 페이퍼백을 심심풀이 삼아 읽게 된 뒤로 푹 빠졌다고 말했었죠."

"도야마 씨, 그 이야기는 내일 하면 안 될까요. 마시마 씨가 유품 정리 견적을 위해 올 예정이니……."

"그러고 보니 재미있는 이야기가 있어요."

도야마의 이야기는 끝나지 않았다.

"그는 홍콩의 B&B에 놓여 있던 조지 루카스의 《THX 1138》 페이퍼백을 읽었다는 거예요. 그 책이 내용도 제대로 모른 채 끝까지 읽은 첫 영어책이라고. 그 책이라면 우리 서점에도 있었기에 책장에서 《THX 1138》을 꺼냈어요. 그가 표지를 펼치더니 '아' 하고 외치더군요. 표지 안에 '2월 13일 완독'이라는 말과 함께 이니셜이 적혀 있었거든요. 아시겠어요? 우리 서점에 있었던 게 그가 홍콩에서 읽었던 바로 그 책이었어요!"

도야마가 득의양양하게 약간 텀을 주었다. 나는 대답할 수밖에 없었다.

"……그거 대단하네요."

"그 책이 홍콩에서 어떤 연유로 우리 서점까지 오게 되었는지 영문을 모르겠단 말이죠. 마치 그의 뒤를 따라온 것 같지 않나요? 이 일곱 번째 사진의 오른쪽 아래의 《THX 1138》은 아마 그 기적의 《THX 1138》이 맞을 거예요. 아니, 틀림없어요."

도야마가 거친 숨소리로 단언하고는, 그런 연유로 자신도 내일 꼭 장서를 보고 싶다고 말했다. 이유야 어쨌든 와준다면 고마운 일이다.

에지마 병원까지 걸어서 재활 치료하러 가겠다는 히로토와 가게 앞에서 헤어졌다. 미쓰에를 집까지 배웅하고는 소형 밴을 빌려 센가와로 향했다.

루우 씨는 어젯밤에 말한 대로 외출했는지 스타인벡 장에 없었다. 휴대폰 회사가 보낸 택배는 거실 테이블 위에 놓여 있었다. 방에서 설정을 하려고 손에 들었을 때 안에서 오카베 도모에와 조카딸 도비시마 이치코가 나왔다. 인사를 하니, 이치코는 막내아들을 안은 채 살기등등한 얼굴로 다가왔다.

"당신이군요? 에지마 병원에 연락하도록 나를 재촉하라고 이모를 꼬드긴 탐정이란 게."

나는 어이가 없어서 도모에를 바라보았다. 그녀는 미안하다는 듯이 나를 보고는 달래듯이 조카의 팔을 잡았지만, 이치코가 그 손길을 뿌리쳤다.

"우리 시아버지의 일은 당신과는 관계없잖아요. 여자와 함께 여행을 떠났거든요. 전에도, 그 전에도 그랬어요. 이번 상대가 누구인지도 알아요. 조후나카마치 길의 술집에서 일하는 여자예요. 그것만은 이모에게 알리고 싶지 않았는데, 당신이 쓸데없는 말을 하니 결국 밝힐 수밖에 없게 되었잖아요."

도모에가 뭐라 말하려고 입을 열었지만, 흥분한 이치코의 목소리는 더 거칠어졌다.

"혹시 당신, 우리 시아버지를 찾는 의뢰를 받을 생각이었던 거 아녜요. 그래서 이모에게 의뢰비나 성공 보수 같은 걸 뜯어낼 생각이었던 거 아닌가요. 퇴거 비용을 듬뿍 안겨줬더니, 욕심이 생긴 거죠. 이모는 사람이 좋으니 그 점을 파고들어서 5개월 치의 임대료를 뜯어냈으면서 그래도 부족한가요. 어이가 없어."

"잠깐만요."

그렇게까지 비난받을 일은 하지 않았기에 한 발 앞으로 나섰을 때, 안고 있던 아이가 울음을 터트렸다. 이치코는 마치 아이를 납치하러 온 요괴라도 보는 것처럼 나를 노려보았다. 그제야 도모에가 끼어들었다.

"이치코, 아키라는 전혀 그럴 생각이 없어. 말이 너무 심하잖니."

"탐정 당신, 당장 여기서 나가요. 에지마 병원에도 얼씬하지 말고. 빈둥빈둥 남 뒷담화나 하고 싶어서 안달이 나 있는 짜증나는 이모의 지인들이 시아버지가 사귀는 사람이 누구인지 알고 싶어서 입원이니 뭐니 거짓말을 한 거라고. 그런 일에 병원까지 끼워 넣다니. 이상한 소문이 퍼지기라도 한다면 고소할 테니까. 진심이야."

이치코는 우는 아이보다 더 큰소리로 그렇게 내뱉고는 밖으로 나갔다. 나는 어이가 없어 그 뒷모습을 바라볼 뿐이었다. 시원시원하고 배짱이 좋은 사람이라고 생각했던 이치코가 왜 갑자기.

이윽고 돌아온 도모에가 내게 깊이 고개를 숙였다.

"이치코는 나를 걱정해서 그런 거야. 그러니까 그게……."

"나카마치 길의 술집의 여자……인가요."

도모에가 고개를 끄덕였다. 그 옛날, 조후에 나카마치 다방 골목이라는 작은 공창이 있었다고 한다. 공창은 오래전에 폐지되었으나 골목과 묘한 분위기는 그대로 남아, 쓰게 요시하루가 만화로도 그렸다.

"죽은 남편이 그 술집 여자에 푹 빠져 돈을 갖다 바쳤거든. 결국, 그 여자의 집에서 덜컥 죽고 말았어. 그 때문에 주위에서 여러 말들을 들었고……. 내가 유산한 것도 그 때문이라며 죽은 여동생이 화를 냈었어. 이치코도 그 말을 들었던 거겠지. 오래전 일이고, 이제 와서는 아무래도 상관없는 일이지만, 이치코에게 걱정을 끼쳤고, 아키라에게도 기분 나쁜 일을 겪게 했네."

도모에가 말했다.

"그런 이유로 조카딸의 시아버지에 대한 일은 더 이상 파고들지 않기로 했어. 이치코의 말대로 뒷담화를 좋아하는 할머니가 착각한 거겠지. 아키라도 잊어줘."

"알겠어요."

그렇게 말하기는 했으나 오히려 신경이 쓰였다. '나카마치 길의 술집 여자'를 설명해야 할 수밖에 없게 되었다는 것치고는 이치코가 너무 심하게 화를 냈다. 퇴거 비용 월세 5개월 치가 그렇게나 화가 나는 일일까. 스타인벡 장과 안채를 부수고, 그 자리에 빌라를 건설한다. 상당한 대사업이고, 은행 대출금도 적은 금액이 아닐 것이다. 도모에도 일흔 살이다. 그녀에게 무슨 일이 생기면 상속인은 이치코와 그 아이들이 된다. 금전적으로 불안 요소가 클 수밖에 없다.

아무리 그래도 그런 이야기를 도모에에게 물어볼 마음은 들지 않은 채, 나는 내 방으로 돌아왔다. 전기난로와 모포를 박스에 넣고, 스마트폰 설정을 시작했다. 수면 부족 탓인지 머리가 무거웠다. 의외로 시간이 많이 걸리고 말았다.

간신히 설정을 끝내고 메시지함을 체크했다. 루우 씨에게서 문자가 들어와 있었다. "이 초상화를 SNS에 업로드해서 모두에게 찾아달라고 할 생각이야"라고 적혀 있었다. 그녀는 포기할 마음이 없는 모양이다. 진심으로 방을 붙여서 교차로에 내걸 생각인가 보다.

한숨을 내쉬며 화면을 열었다. 보자마자 아연실색했다.

초상화……. 아마도 그렇겠지? 사람의 얼굴, 아마도 그렇겠지? 확신은 없다.

너무 엉망이었다.

설마 루우 씨는 이 그림으로 얼굴 인증 시스템이니 뭐니 했던 건가?

완전히 피곤한 상태로 짐을 소형 밴에 싣고 시간을 보니 히로토를 데리러 가야 할 시간이었다. 루우 씨와 얼굴을 마주치기 전에 서둘러 스타인벡 장을 떠났다.

10

그날 밤은 전날에 비하면 훨씬 따뜻했다.

미쓰에의 요청으로 저녁은 냄비 요리를 했다. 냉장고에 다 넣지 못할 정도였던 전날 산 물건을 일일이 잘라 닭뼈 육수에 간장을 넣고 푹 삶았다. 셋이서 경쟁하듯이 먹고, 마무리로는 면을 넣었다. 점심도 저녁도 너무 많이 먹었지만, 혹사당하고 있으니 괜찮다고 스스로에게 변명을 하며 솥 바닥까지 싹싹 긁어먹었다. 먹으면서 대화를 나누고 웃었다. 마음속까지 따뜻해졌다.

미쓰에가 쓴 다음에 욕실을 빌리고, 머리를 말린 뒤 잰걸음으로 집으로 돌아왔다. 몸이 식기 전에 침낭 속으로 들어갈 생각이었지만, 전기난로를 켜고 모포로 몸을 감싸니 땀이 살짝 나올 정도였다. 이 정도라면 추위도 신경 쓰지 않고 잠을 잘 수 있다. 나는 스마트폰을 한손에 들고 누워서는 여우와 바오바브를 검색했다.

전통 있는 유명한 식당인 만큼 많은 기사가 검색되었다. 식당의 점수를 평가하는 사이트에서는 5점 만점에 3.6점. 요리나 가게 사진도 많다. 유명인들이 자기 인스타그램에 식당을 방문했던 사진을 올렸다. 그것을 보고 식당을 찾은 뒤, 다시 감상을 적는 사람도 있었다. 물론 그중에는 불만의 목소리도 있었다. 가게 이름이 여우와 바오바브고 가게 외관도 동화 같은데, 음식은 너무 에스닉스럽다든가 하는 식으로 말이다.

이런 정도의 코멘트는 그리 특이할 것도 없다. 사쿠라이 하지메가 굳이 "좋지 않은 소문도 있어", "조심하도록 해" 등으로 말하는 이유를 알 수가 없다.

과거 이력까지 조사하다가 어떤 사실이 좀 신경 쓰였다. 식당을 소개하는 코멘트에 다카노 사키의 이름이 자주 등장했기 때문이다. 아마도 그녀가 매주 한 번은 찾는 단골 식당으로 여우와 바오바브를 거론한 모양이다.

다카노 사키라고 하면, 평범한 남자보다 더 남자다운 포수로, 여자야구 월드컵 우승에 공헌해서 인기를 얻었다. 후배들을 잘 돌보는 호쾌한 성격으로, 특히 술을 좋아하는 것으로도 유명하다. 애칭은 '사키 형'. 여자인 데다 프로도 아님에도 프로야구 올스타 투표 포수 부문에서 3위에 올랐던 적도 있다.

그러나 잦은 부상으로 고생을 하다 스물일곱 살에 은퇴. 스포츠 해설자로 활약했지만, 올 초 빚 문제가 주간지에 다루어진 직후, 전철에 치여 사망했다. 자살이라는 말도 있고, 다친 무릎이 원인으로 휘청거린 결과, 사고를 당했다는 말도 있다.

어쨌든 그녀의 죽음은 충격적이었다. 그 때문인지 '사키형 추모 순례'가 팬들 사이에서 유행한 모양이다. 출신 학교나 자주 사용했던 연습장, 시합에서 활약한 구장 등을 순례하는 중에, 다카노 사키가 자주 다녔던 식당도 여럿 거론되었다. 여우와 바오바브도 그중 하나다.

……아니, 그렇다고?

어쩌다 단골 한 명이 의문의 죽음을 맞이한 정도로 "좋지 않은 소문"이라고는 말하지 않는다. 여우와 바오바브가 다카노 사키의 죽음에 관련이 있다는 그런 이야기는 아니다. 그 밖에 다른 것이 있지는 않을까 하는 생각에 다카노 사키의 SNS를 찾아보았지만 모두 폐쇄되었다.

다카노 사키의 사망을 보도한 기사를 읽었다. 원래 그녀는 박리성 골연골염이라는 운동선수들이 자주 걸리는 무릎 질환으로 수술을 받았다. 그러나 통증이 사라지지 않아 다양한 치료법을 시도하다 미국 의사에게 진찰받기 위해 자주 미국에 건너갔다. 그러다 치료 비용이 불어나서 여기저기서 돈을 빌리게 되었다. 처음에는 스폰서나 지인들에게서였는데, 이윽고 사채에도 손을 댔다. 돈을 갚기 위해 강연회를 여러 탕 뛰고, 무리해서 많은 일을 맡았다. 그 스트레스 탓에 주량이 늘고, 과식을 하게 되고, 살이 찌게 되어 무릎 통증이 더 심해지고, 다시 치료, 다시 빚이라는 식으로 마이너스의 악순환에 빠졌다고 기사에 적혀 있었다.

몇 번째인가의 기사에 다카노 사키의 사진이 실려 있었다. 현역 때와 비교하면 두 배 정도는 몸집이 거대해진 다카노 사키가 '단골 레스토랑에서 촬영'했다는 사진이다. 그중 한 장에는 줄무늬 셔츠와 조끼를 입은 남성과 사키가 나란히 와인 잔을 들고 있었다. 남자의 눈을 검은 선으로 가렸지만 아오누마 미쓰타카가 틀림없었다.

잠시 사진을 바라보고 있을 때 전화가 왔다. 히로토였다.

"텔레비전이 필요하다는 친구가 있어. 처분할 거라면 그 녀석에게 아버지의 텔레비전을 줄까 하는데. 유품 정리 업자가 오는 거 내일이지? 괜찮을까?"

"물론 상관없어. 본인에게 연락해서 가지러 오라고 해."

"그게⋯⋯ 그 녀석, 면허가 없거든. 그래서 말인데, 하무라 씨⋯⋯."

"알았어."

나는 포기하고 대답했다. 히로토가 크게 숨을 내쉬었다.

"다행이다. 바로 이즈시에게 연락할게. 그 녀석의 집은 가미이타바시니까 차가 아니면 운반할 수가 없고, 유카와에게는 차갑게 거절당해 어떡해야 좋을지 고민했거든. 하무라 씨, 정말 유능한 것 같아. 운전 잘하고, 탐정에, 계란 프라이도 만들 수 있고, 고서 가격도 매길 수 있으니."

'이 녀석은 컨디션이 좋을 때는 어째서인지 미워할 수 없군.'

나는 쓴웃음을 지으며 말했다.

"고서 가격은 우리 점장이 매기게 될 것 같아."

"점장이라면 백곰이라고 이름을 붙인 사람?"

"그래. 그도 내일 올 거야."

나는 미쓰타카가 살인곰 서점의 손님이었고, 해외 방랑 중에 독서를 하게 된 것 같다는 도야마의 말을 전했다. 히로토는 "흐음"이라는 별 감흥이 느껴지지 않는 대답을 했다.

"아버지는 거의 매년 미국에 갔었어. 많을 때는 1년에 두 번이나. 허름한 복장으로 싸구려 숙소에 묵고, 정크 푸드를 먹고, 책방을 돌아다닌다며. 나에게도 같이 가자고 했었는데 별로 흥미가 없어서. 그러고 보니 함께 미국에 가자며 끈질기게 졸랐던 적이 있어. 대학교 입시 직전에. 이 사람, 대체 무슨 생각을 하는 걸까 생각했었지."

"그런 건 제대로 기억하고 있구나."

"그러게. 전혀 기억이 안 나는 건 사고 전후의 일뿐이야. 그 밖에도 기억이 안 나는 것들이 있을지 모르지만, 아직은 잘 모르겠어."

히로토가 당혹스러운 듯이 말했다. 확실히 누군가에게 질문을 받거나, 기억에 확실한 모순점이 생기지 않는 한은 결여된 기억을 알아차릴 방도가 없다. 애당초 인간은 망각의 동물이기도 하다.

"그렇다면 아버지에게 다카노 사키에 대한 이야기를 들은 적은 없어?"

"다카노 사키. 어디 보자, 여자야구 선수?"

"그래."

"최근에 자살했던가. 들은 적…… 있는 것 같기도 하고 없는 것 같기도 하고 잘 모르겠어. 혹시 그거 사라진 내 기억과 관련이 있어?"

"있는 것 같기도 하고 없는 것 같기도 하고."

"뭐야, 그게. 그래도 알아봐주고 있었구나. 사고 당시 내가 왜 그런 곳에 있었는지."

히로토가 기쁜 듯이 말했다. 나는 헛기침을 했다.

"여우와 바오바브를 검색했을 뿐이야."

"그렇게 되면 역시 내가 의뢰인인가? 착수금을 제대로 지불해야겠지? 안채의 내 방에 우체통 모양의 저금통이 있으니 그거면 어떨까?"

"그러니까 검색해봤을 뿐이라니까."

"하무라 씨는 진짜 탐정이니 착수금도 비싸겠지?"

히로토가 웃으며 "아, 류지다" 하고 말했다.

"전화가 와서. 그럼 이만."

조용해지니 갑자기 피로감이 밀려왔다. 아직 9시 정도였지만 수면 부족인 데다 내일은 힘든 하루가 될 것 같다. 마시마뿐만 아니라 도야마가 온다. 미스터리 장서를 보고 흥분해서 자신이 갖고 있는 지식을 쫑알쫑알 늘어놓는 도야마 점장의 모습이 눈에 선하다.

쉴 수 있을 때 쉬어두어야 한다.

내일이야말로 세면기를 사자. 마음속으로 맹세하며 이를 닦고, 토끼 상야등을 콘센트에 꽂았다. 귀중품을 숄더백에 정리해서 머리맡에 두고, 트레이닝복으로 갈아입고 침낭 속으로 파고들었다.

옆으로 누워 머리를 다다미에 대고 있으니 아래층의 레오 할아버지가 보고 있는 듯한 텔레비전 소리와 히로토의 대화 소리 같은 것이 진동을 타고 전해졌다.

웃는 것인지 화를 내는 것인지 내용까지는 잘 들리지 않았지만, 히로토의 목소리는 들떠 있었다. 그 목소리를 듣고 있다 보니 굳었던 몸이나 피로가 풀리는 듯했다.

만약 여기 살게 된다면, 이 연립의 한 집을 빌리게 된다면, 매일 이런 소음에 휩싸여 살게 되겠구나 생각하며 나는 잠이 들었다.

얼마나 잠에 빠져 있었을까? 갑자기 눈이 떠졌다. 방 안은 어두컴컴했다. 왜 눈을 떴는지 이상하게 생각한 다음 순간, 내가 기침을 하고 있다는 사실을 알아차렸다. 숨이 막혔고, 그 탓에 복근이 수축되었다.

뭐지?

잠이 채 깨지 않아 머리가 흐리멍덩한 상태로 손으로 입을 막고 주위를 둘러보았다. 원래는 바보 같은 얼굴이었지만 여기저기 벗겨져 무표정이 된 오래된 토끼 상야등이 어둠을 비추고 있었다. 기침을 하며 주위를 둘러보았다. 아직 익숙하지 않지만 본 적이 있는 다다미에 본 적이 있는 전기난로, 본적이 있는 물건들. 본적이 있는…… 천장이 흐릿해 잘 보이지 않았다.

토끼 등이 갑자기 꺼졌다.

순식간에 아드레날린이 온몸을 휘감았다. 연기. 이 냄새.

불이다.

스스로도 놀랄 정도의 속도로 침낭에서 빠져나왔다. 귀중품을 넣어 머리맡에 둔 숄더백 끈에 머리부터 집어넣고 팔쪽을 통과시키며 현관으로 뛰어나가 신발에 발을 쑤셔 넣었다. 현관 체인을 푸는 시간도 자물쇠를 돌리는 시간조차도 애가 탈 정도였다. 몇 번의 실수를 반복하다 간신히 현관문을 열고 외부 복도로 뛰어나왔다.

그곳은 이미 눈앞이 잘 보이지 않을 정도로 연기가 자욱했다. 도움을 청할 수도 없었다. 몸을 숙였지만 이것은 실패였다. 어디가 계단인지 방향을 알 수 없었다.

연기 속에서 기듯이 손으로 더듬어가며 나아갔다. 눈물이 멈추지 않았다. 앞이 보이지 않았다. 숨쉬기가 힘들었다. 아래쪽에서 엄청난 기세로 연기가 뿜어져 올라왔다.

아무런 생각도 하지 못한 채 거의 본능만으로 조금이라도 연기가 옅은 쪽으로 몸을 움직였더니 집 안으로 돌아와 있었다. 힘껏 문을 닫았다.

창문, 창문…….

구르듯이 달리다 침낭을 밟고 미끄러질 뻔하면서 창문에 도착했다. 커튼 대신인 수건을 손으로 잡아 뜯고 코와 눈을 덮었다. 대체 어느 집 바보가 창을 테이프로 막은 거냐고 성질을 내며 테이프를 떼고 힘으로 창을 열었다. 연기가 뒤쪽으로 쏠리며 아주 잠시 신선한 공기가 얼굴 주위를 감돌았다. 패닉이 다소 진정되어 제정신을 차렸다.

침착해, 침착해. 나는 스스로에게 말했다. 여기는 2층이다. 뛰어내리다 큰 부상을 입을 수는 있지만, 아주 재수가 없지 않는 한 죽을 걱정은 없다. 그보다 빨리 사람을 불러야 한다.

스마트폰을 가방 속 어디에 넣었는지 기억나지 않았다. 나는 기침을 하며 "불이야" 하고 외쳤다. 외칠 생각이었다. 그러나 목소리가 나오지 않았다.

어딘가에서 무언가가 부서지는 듯한 엄청난 소리가 났다. 공포와 흥분이 온몸을 감돌았다. 동시에 뇌가 사고를 정지

했다. 나는 생각할 여유도 없이 기침을 하며 목욕 수건을 버리고 신발을 신은 채 창가로 올라가, 벚나무 가지를 향해 손을 뻗었다. 어제는 그렇게나 창문에 부딪혔던 벚나무 가지가 오늘은 자신은 전혀 그런 적이 없다는 듯이 좀 떨어진 곳에 새침하게 서 있었다.

반쯤 포기한 채 창틀 위쪽을 잡고 일어서서 아래를 보았다. 대각선 아래 집에서 연기가 뿜어져 나오고 있었다. 보지 말라고 자신을 타이르며 가지로 손을 뻗었다. 눈물 때문에 잘 보이지 않지만 이따금 손가락에 나뭇가지 같은 거친 감촉이 느껴졌다. 손가락 사이로 잡고는 내 쪽으로 확 잡아당겼다. 그때마다 나뭇가지가 손에서 빠져나갔지만, 몇 번인가 만에 간신히 성공해서 오른손으로 나뭇가지를 잡아당기며 창틀을 잡고 있던 왼손을 놓고 양손으로 가지를 잡으려 했다.

그때 발치가 휘청 흔들렸다. 창틀이 우드득 소리를 내며 무너졌다. 비명과 함께 왼손을 뻗으며 창틀을 박차고 뛰었다. 벚나무 가지는 내 무게를 고스란히 받아들여 아래로 가라앉았다. 다음 순간 몸이 하늘에 붕 뜨나 했더니 옆구리를 세게 부딪힌 나는 꼼짝도 할 수 없었다.

충격으로 의식을 잃은 모양이다. 그때 절박한 누군가의 말소리나 외침이 들려 정신을 차렸다. 눈도 코도 목도 저릿저릿했다. 손바닥이 아리고, 왼쪽 옆구리에 기분 나쁜 통증이 느껴졌다. 멀리서 사이렌 소리가 들렸다.

몸을 움직이려 하다가 갑자기 하반신이 마음먹은 대로 움직이지 않는다는 사실을 깨달았다. 나는 머리를 아래쪽으로 향한 채, 벚나무 가지 사이에 끼어 있었다. 손을 뻗어 다리를 찾고는 어떻게든 몸 방향을 바꾸었다. 그러는 동안에도 기침은 끊임없이 나왔다. 숨을 제대로 쉴 수가 없어 괴로웠다.

"거기 당신. 괜찮아?"

근처에서 누군가의 목소리가 들렸다. 남자의 목소리가 들리는 쪽으로 얼굴을 향했다. 달라붙어 있던 가지를 떼어내니 몸이 아래쪽으로 미끄러지기에 다시 필사적으로 달라붙었다.

"누구, 이쪽 좀 도와줘."

남자의 외침과 함께 몇 명인가의 기척이 느껴졌다. 오른손을 놓으라고 누군가가 말했다. 괜찮으니 오른손을 놓으라고.

나는 손을 놓았다. 바로 몇 명인가에게 지탱되어 나무에서 내려왔다. 발이 땅에 닿았다. 그 부드러운 땅의 감촉을 평생 잊지 않겠다고 결심했다.

"빨리 여기서 피해."

팔꿈치를 받쳐준 누군가가 머리 위에서 말했다. 이쪽이라며 유도되어 나는 안기듯이 걸었다. 아파서 눈을 뜰 수가 없었다. 벚나무 옆을 지나 아스팔트 쪽으로 밀려나갔다.

길 위에 주저 앉았다. 살았다고 생각한 순간 둔중한 폭발음이 들렸다. 누군가가 비명을 질렀다. 시야 가득히 연기가 자리 잡고 있었다. 사이렌 소리가 점점 가까워져 온다. 소리는 겹쳐지고, 커지고, 귀를 덮듯이 계속 울렸다.

그제야 나는 히로토를 떠올렸다. 목 안쪽이 울컥하며 온몸에서 핏기가 사라졌다. 연기는 1층 대각선 아래쪽 집에서 피어나왔다. 히로토의 집이다. 설마.

나는 필사적으로 일어섰다. 연립으로 돌아가야 했다.

"……히로토. 히로토, 레오 할아버지, 미쓰에 씨."

기침을 하며 목소리를 쥐어짜냈다. 한심할 정도로 탁한 목소리밖에 새어나오지 않았다.

"히로토. 히로토는 어디 있죠?"

주위를 둘러보았다. 구경꾼이 잔뜩 있었다. 몇 명인가와 눈이 마주쳤다. 입을 손으로 막고 있는 가타기리 씨, 큰소리로 뭐라고 말하고 있는 오바 씨, 그 밖에도 흥분한 사람들의 눈이 오렌지색으로 빛나고 있다. 목발을 짚은 모습은 보이지 않았다. 안채인가? 미쓰에가 안채로 피난시켰나?

갑자기 누군가가 내 팔을 잡았다. 고통과 놀라움에 신음하며 올려다보니 내 팔을 잡은 것은 제복을 입은 경찰이었다. 그는 강제로 나를 길에서 끌어내며, 구경꾼들에게 큰소리로 외쳤다.

"위험하니 물러나세요. 모두 물러나십시오. 곧 소방차가 들어올 겁니다. 소방 활동을 방해하지 마세요. 거기 당신, 길에서 물러나요."

소방차가 이노카시라 길에서 이쪽으로 들어왔다. 소방관

들이 재빨리 차에서 뛰어내려 불타는 연립 쪽을 향해 뛰었다. 나는 그 자리에서 끌려 나가면서도 경찰 어깨너머로 소방관들을 향해 외쳤다.

"안에, 연립 안에 사람이……."

소방관이 이쪽을 보았다. 경찰의 손에서 힘이 빠졌다. 나는 경찰의 팔에서 빠져나가 소방관에게 달라붙었다.

"연립 2층에는 아무도 없어요. 1층 가장 안쪽에 한 명, 중앙에 한 명, 아직 있을지도 몰라요. 히로토는……. 가운데 집에 사는 사람은 다리가 불편한데……."

말하다 무언가를 느끼고 고개를 들었다. 안채 통창 쪽에서 사람이 뛰쳐나왔다. 아오누마 미쓰에였다. 그녀는 정원에서 순간 움찔했지만, 연립 중앙 집을 향해 맨발로 달려갔다.

소방관이 나를 밀쳐내고, 큰소리로 제지하며 그쪽을 향해 달렸다. 그러나 이미 늦었다. 그 작은 몸집의 미쓰에는 소방관보다도 한 발 먼저 건물에 도착해, 잠시의 주저함도 없이 102호의 문을 열었다.

엄청난 폭발음이 들렸다. 불이 순식간에 눈앞을 가득 메웠다.

누군가가 비명을 질렀다. 탁하고 불쾌한 비명이었다. 나는 바닥에 머리부터 쓰러지며 폐가 텅 비는 고통에 몸을 비트는 동시에 깨달았다.

비명을 지른 것은 바로 나였다.

11

그 뒤의 일은 단편적으로밖에 기억 못한다.

나는 병원으로 이송되었다. 미쓰에가 눈앞의 들 것에 실려 있었던 듯한 느낌도 든다. 그러나 그것이 이사와 우메코와 함께 굴러 떨어졌을 때의 기억인지, 화재 당시의 것인지 판단이 잘 서지 않는다. 이번에 이송된 곳은 에지마 병원이 아니라, 게이론 의대 부속병원이었지만, 병원은 병원이다.

미끈거리는 바닥, 불편한 벤치, 금속과 약과 분뇨 냄새, 긴장과 불안과 고통으로 가득한 공기. 소독약 냄새, 산소마스크를 쓰고 있었다는 것, 옆구리가 아프다고 호소해서 간호사가 옷을 들췄던 것, 내 몸에 닿은 의사의 손가락, 기계나 대합실 의자가 놀랄 정도로 차가웠던 것…….

그 기억 속에는 병원에서 받은 참고인 조사도 포함되어 있다. 미쓰에가 이송된 응급실의 대합실 벤치에 멍하니 앉아 있으니, 눈매가 고약한 양복 차림의 남자 두 명이 나타났다.

그들은 스기나미니시 경찰서의 수사관으로, 고지마와 가와구치라고 했다. 어쩌면 오구치와 가와시마였을지도 모른다. 그들은 헤어스타일도 생김새도 복장도 마치 쌍둥이처럼 똑같았다. 말투는 사무적이었고, 눈은 충혈되었고, 수염이 듬성듬성했다. 몸도 양복도 지친 듯이 후줄근했다.

고지마 혹은 오구치가 질문을 하고 나는 대답했다. 다음으로 가와구치 혹은 가와시마가 질문을 하고 나는 대답했다. 늦은 시간이라 셋 다 지쳐 있었다. 마치 서로의 꼬리를 물고 야자나무 주위를 빙빙 도는 것처럼, 이야기는 돌고 돈 결과 녹아버렸다.

그러니까 하무라 아키라 씨. 하무라 씨는 어제부터 그 연립에 갑자기 살게 되었다는 거죠? 그럼 집주인인 아오누마미쓰에 씨와는 친척인가 그런 건가요? 완전 남이라고요? 안 지 오래되었나요? 알게 된 지 며칠 전? 그럼에도 공짜로 연립의 한 집에 갑자기 살게 되었다는 거군요? 그렇다는 말은 부동산 임대계약서 등은? 계약서를 쓰지 않았다? 그런가요. 하아. 같은 추락 사고로 부상을. 그래서 사이가 좋아져서 장서 처분을 위임받았다고요? 그래서 어제부터, 엄밀하게는 그저께가 됩니다만, 11월 10일부터 갑자기 그 연립에 살게 되었다는 거군요…….

몇 번이고 순순히 질문에 대답했지만, 열 몇 번째의 "연립에 살게 되었다는 거군요"라는 말을 들은 순간 무언가가 끊어졌다. 정신을 차리니 나는 눈물을 흘리며 웃다가 벤치에 쓰러져 있었다. 웃으니 갈비뼈가 엄청 아팠고, 그것이 또 영문을 알 수 없을 정도로 웃겼다.

그곳에서 다시 기억이 끊겼다. 정신을 차리니 나는 작은 회의실 같은 곳에 있었다. 긴 책상 앞에 앉아, 눈앞에는 서류와 병원 관계자로 보이는 사람과 고지마와 가와구치 혹은 오구치와 가와시마 콤비가 앉아 있었다. 이미 새벽녘인지 밖이 희미하게 밝아지기 시작했다.

나는 다시 질문에 대답했다. 아오누마 미쓰에 씨의 직계 존속은 손자인 히로토인데, 근처에 사촌동생 마키무라 하나에 씨가 살고 있습니다. 언덕 아래의 노선 너머에 살고 있다고 들었습니다. 그 이상 아는 바는 없습니다. 미쓰에 씨에 대해서라면 저보다는 이웃주민들이 더 잘 알고 있을 거라 생각합니다. 대각선 방향에 살고 있는 오바 씨와 히로토……. 히로토 군의 중학시절 동급생의 모친인 가타기리 씨는 만났었습니다.

말하고 있는 자신을 내가 어딘가 멀리서 감탄하며 바라보았다. 그리고 다시 기억이 끊겼다.

다음에 확실히 기억하고 있는 장면에서는 고지마 혹은 오구치가 내게 말하고 있다. 고구레 오사무 씨는 화재 당시 자택에 없었습니다. 술을 사러 편의점에 갔다가 거기서 지인을 만나 그대로 그 지인의 집으로 술을 마시러 간 것 같더군요. 네. 그러니 무사합니다. 아오누마 미쓰에 씨는 현재 치료중이고요.

"그리고……."

고지마 혹은 오구치가 숨을 내뱉고는 다시 들이쉬었다.

"그리고 화재 발원지로 보이는 102호의 남성 말인데, 현장에서 이미 심정지 상태였습니다. 이송된 병원에서 오전 2시 18분에 사망이 확인되었습니다."

고지마 혹은 오구치가 담담히 말했다.

나는 반사적으로 고개를 떨구었다. 그러나 아무런 감정도 느껴지지 않았다. 벌써 세 시간 더 전에 있었던 그 폭발의 기세에 밀려 히로토는 이 행성에서 머나먼 곳으로 여행을 떠났다. 그 사실을 나는 온몸으로 알고 있었다.

4일 후, 다시 참고인 조사를 받았다.

나는 주말 3일 동안 살인곰 서점에 나가 가게를 지켰다. 놀랍게도 나는 어느 틈엔가 도야마나 하트풀 리유즈의 마시마 신지에게 아오누마 집안의 화재에 대해 알리고, 장서나 유품 정리는 불가능하게 되었다고 정중한 연락을 한 모양이다. 주말에 서점으로 가니 웬일로 도야마 점장이 출근해서는 끊임없이 나를 신경 쓰며 집으로 쫓아내려 했다. 나는 간판 고양이에게 사료를 주며 아르바이트 비가 들어오지 않으면 곤란하다고 대답했다. 갈비뼈에 금이 가서 힘을 쓰는 일은 힘들지만, 계산대를 지키는 것과 그 밖의 업무에는 지장이 없다고도 대답했다.

도야마는 3일 연속 간식을 사왔다. 금요일에는 '린데'의 크리스트 슈톨렌, 토요일에는 '아마네'의 붕어빵, 일요일에는 '이세사쿠라'의 찹쌀떡이었다. 감사히 먹었지만, 다 좋아하는 것일 텐데 이상하게 아무 맛도 느껴지지 않았다.

스기나미니시 경찰서로 와달라는 연락은 월요일 아침 10시 정각에 받았다. 전화를 건 것은 고지마도 오구치도 가와시마도 가와구치도 아닌, 이즈하라라는 수사관이었다. 놀랍게도 저자세로, 여유가 될 때 한번 방문해주실 수 없느냐고 했다. 화재 원인에 대해서 조사 중인데, 그 일로 꼭 하무라 씨의 힘을 빌리고 싶다며.

나가기 전에 사쿠라이에게 전화를 걸었다. 병원에서의 참고인 조사 때 나는 도토종합리서치의 일도 이사와에 대한 것도 발설하지 않았다. 이야기할 필요도 없고, 오히려 상황만 복잡해질 뿐이라고만 생각했다. 그러나 고지마나 그 외의 반응에서도 알 수 있듯이 상당히 짧은 기간 동안에 내가 아오누마 집안과 친해진 것, 그리고 연립에 살게 된 직후에 화재가 벌어졌다는 상황 탓에 어떤 종류의 의심을 사게 된 것은 확실하다. 만약 그 지점을 추궁당할 경우 어떡해야 좋을지 확인해두고 싶었다.

"이사와라는 이름은 절대로 말하지 마."

사쿠라이가 말했다. 그는 지금껏 느껴본 적 없을 정도로 퉁명스럽게 말했다.

"애당초 우리의 의뢰인은 이사와 고라고."

사쿠라이는 머리가 나쁜 토이 푸들에게 화장실 교육을 시키는 듯한 말투로 말했다.

"실수로라도 이사와가 수사 대상이 되면 곤란해. 알겠지?"

"수사 대상……?"

"너, 뉴스 안 봤어? 그 화재 원인은 아직 조사 중이야. 더구나 4일이나 지난 지금 너를 부른 거야. 방화에 대한 의혹도 사라지지는 않았다는 거겠지."

방화와 연관될 정도의 문제라면, 당연히 그 추락 사고가 떠오른다. 개인적으로는 그 아무 생각 없는 이사와 우메코가 한밤중에 멀리 미타카다이까지 불을 지르러 올 거라는 생각은 들지 않았지만, 다른 사람이 보기에는 훌륭한 용의자라고 사쿠라이가 말했다.

"잘 들어. 나는 지금까지 네가 의뢰인보다 아오누마 집안 편을 드는 걸 눈감아줬어. 이사와 우메코 때문에 너도 다쳤고, 애당초 내가 너에게 아오누마 집안과 친해지라고 말한 거니까. 그러나 지금까지의 사정이 어쨌든지 간에 의뢰인은 지켜야 해. 이사와 고와 우메코에 대한 이야기는 일반 경찰에게는 일절 하지 마."

스기나미니시 경찰서는 니시오기쿠보 역을 북쪽으로 올라간 오메 가도 변에 있었다. 편의점을 끼고 한쪽이 스기나미니시 소방서로, 번쩍거리는 소방차와 구급차가 차고에 죽 늘어서 있었다. 반면 경찰서는 오래되고 칙칙해 보였다.

파티션으로 나뉜 응접실로 안내되었고, 바로 이즈하라 게이가 나타났다. 백발이 많고, 온화하고 지적인 눈을 한 사십대 전반의 남자였지만, 걷어 올린 와이셔츠 소매로 깊은 상처가 엿보였다.

그의 명함에는 경시청 수사 1과라고 적혀 있었다. 나는 살인곰 서점의 명함을 건넸다. 명함 구석에 한손에 책, 다른 한손에 식칼을 들고 있는 곰 마크가 인쇄되어 있다. 이즈하라는 볼펜 뒤쪽을 귓구멍에 꽂으며 그 마크를 빤히 바라보았다. 무심코 내 영적 토템으로 곰은 안 어울리는 모양이라고 가르쳐줄 뻔했다.

이즈하라는 인사치레부터 시작했다. 그러나 두세 번 말을 주고받고는 인사치레가 분위기를 좋게 만들지는 못한다고 깨달았는지, 그 "연립에 살게 되었다는 거군요"를 포함한 직접적인 질문을 반복했다. 더 깊게 파고든다면 "업무상 제 입으로는 말 못합니다. 자세한 건 도토종합리서치의 사쿠라이 하지메에게 물어봐주세요" 하고 내던질 생각이었지만, 그는 그 화제에 집착하지 않았다.

"2층 창에서 벚나무를 향해 뛰었다더군요."

이즈하라가 두터운 파일을 뒤척이며 말했다.

"이웃의, 그러니까 하야사카 씨가 목격했다더군요. 당신이 간신히 나뭇가지에 걸렸을 때에는 식은땀이 나왔다고. 그런 다음 나무에서 내려올 수 있게 도왔다고 말했습니다. 큰일이었군요."

갑자기 숨쉬기가 힘들어졌다. 금이 간 갈비뼈는 아직 낫지 않았다. 목욕을 할 때마다 깜짝 놀랄 정도로 광범위한 내출혈이 눈에 띈다. 그러나 이미 지난 일이라며 스스로를 달랬다. 선택은 끝났다. 시간은 지났다. 되돌릴 수는 없다. 그렇다면 이제 와서 겁을 낼 필요가 어디 있는가.

"발화 원인은 아직도 안 밝혀졌나요?"

내가 물었다. 이즈하라는 나를 똑바로 보았다.

"원인이라면 확실히 밝혀졌습니다. 102호의 등유 난로입니다."

"……등유 난로?"

"하무라 씨, 102호에 들어간 적은 있나요?"

"네. 전날 밤에 히로토가 가위에 눌렸는데, 소리가 너무 커서 히로토의 집으로 들어가 그를 깨웠습니다."

"그랬던 모양이군요. 101호의 고구레 씨도 그런 이야기를 했습니다. 102호의 문은 항상 완전히 닫히지 않았다. 그러니 자유롭게 들어갈 수 있었다고. 그리고 그 전날 밤 말인데, 등유 난로는 집 안의 어디에 있었나요?"

이즈하라의 눈을 보고 기억해내려 했다. 안개가 낀 듯이 머릿속이 뿌옜다. 그러나…….

"본 기억이 없습니다. 그 집은 히로토가 잠만 잘 뿐인 집이라고 들었어요. 안채는 물건들 때문에 몹시 혼잡해서 위험하니 잘 때만 쓰고 있다고. 실제로 102호의 내부는 살풍경했어요. 침대와 에어컨과 머리맡에 작은 테이블 같은 게 있었다는 것밖에 기억나지 않아요."

"기름통은 어떤가요. 못 보셨나요?"

욕실 문은 닫혀 있었다. 벽장도 마찬가지였다. 그러니 그곳에 기름통이 있었어도 알아차릴 수 없었을 것이다. 그러나…….

"전날 밤은 추웠지만 102호는 따뜻했습니다. 난방용으로 사용한 건 아마 에어컨입니다."

그날은 추위 탓에 고생을 톡톡히 했다. 등유 난로를 사용했다면 부러워서 바로 알아차렸을 거라 생각한다. 게다가 그 집에서 느낀 것은 그 긴 머리 여자가 남겼을 것이라 생각되는 인공적인 꽃냄새뿐이었다.

"에어컨. 틀림없나요?"

이즈하라가 볼펜으로 귀를 긁으며 나를 보았다. 나도 지지 않고 똑바로 바라보며 등유 냄새는 나지 않았다고 반복했다.

"게다가 화재 당일은 전날 밤만큼 춥지 않았는데, 히로토가 힘들게 등유 난로를 사용했을 거라고는 생각되지 않습니다. 화재 원인이 정말로 등유 난로가 맞나요?"

"틀림없습니다. 부엌에 낡은 등유 난로와 불타 남은 수건으로 보이는 천과 근처에 기름통이 놓여 있었다는 게 소방서와의 합동 현장검증에서 확인되었습니다. 예를 들면 할머니……. 미쓰에 씨였던가요. 그녀가 손자를 위해 낡은 난로를 방 안에 가져다 놓았다고는 생각할 수 없을까요?"

안채에 놓인 산더미 같은 잡동사니를 생각하면 사용하지 않는 난로는 있었을지도 모른다. 그러나 미쓰에도 다쳐서 왼팔이 자유롭지 못한 상태였다.

"게다가 물건이 많아 위험하다는 이유로 침실을 연립으로 옮겼는데 굳이 등유 난로를 사용할 필요가 있을까요?"

이즈하라가 가볍게 끄덕이며 메모했다. 내가 물었다.

"통상적으로 난로가 발화점이라면 실화라는 결론이 내려지는 것 같은데, 경찰은 실화가 아니라고 생각하고 있나요?"

"아직은 정보를 모으는 단계입니다."

이즈하라가 무뚝뚝하게 말했다.

"결국에는 실화였다는 결론이 내려질지도 모릅니다. 할머니는 왼팔을 다치기 전에 만일을 대비해, 손자가 바로 이용할 수 있도록 사용하지 않던 욕실에 등유 난로와 등유가 들어 있는 기름통을 가져다 놓았다. 화재가 발생한 날 밤, 히로토 씨는 어쩌다 그 등유 난로를 사용했다. 그리고 끄는 걸 잊은 데다, 어쩌다 수건을 난로에 떨어뜨렸다. 더구나 기름통이 어떤 이유로 넘어져 안에 있던 등유가 흘러나왔다. 그 곳에 수건의 불이 인화되어 단숨에 불타올랐다."

11월에 들어서자 도쿄는 한겨울처럼 추워졌다. 블루레이크 플랫은 외풍이 심한 연립이다. 102호는 현관문조차 제대로 닫히지 않았다. 에어컨만으로는 왠지 불안했다. 하물며 손자는 아직 사고 후유증으로 힘들어하고 있다. 조금이라도 따뜻하게 해주고 싶은 것이 당연하다. 추락 사고가 있었던 11월 4일 이전에, 미쓰에가 히로토를 위해 등유 난로를 준비했을 가능성은 확실히 존재한다. 그러나…….

"기름통이라는 게 사소한 이유로 쓰러지거나 안의 내용물이 흘러나오거나 하나요?"

이즈하라가 쓴웃음을 지었다.

"문제는 그 점이에요. 통상 그런 일은 일어나지 않습니다. 화재 당일에 지진은 없었으니까요. 다만 히로토 씨의 시신에서 벤조디아제핀 계열의 최면진정제가 검출되었습니다. 교통사고 후, 그는 기억 장애나 불면증을 호소하며 정신과에도 다녔는데 거기서 처방받은 약이었습니다. 전날 밤에 가위에 눌렸으니 만일을 대비해 먹었을지도 모르죠. 난로를 켰을 때 약 기운에 반쯤 몽롱한 상태였다면……."

이즈하라가 의미심장하게 말을 끊고는 나를 떠보듯이 바라보았다.

"어떤가요, 하무라 씨. 있을 수 있다고 생각하나요?"

나는 숨을 삼켰다.

몸이 잘 움직이지 않아, 등유 난로를 욕실에서 꺼낸 것만으로 지치고 말았다. 그래서 불을 켠 채로 놔둔 것도, 수건을 등유 난로 위로 떨어뜨린 것도, 기름통을 쓰러뜨려 내용물이 방 한쪽을 다 적셨어도, 약 때문에 몽롱한 상태여서 그냥 내버려둔 채 자고 말았다. 요컨대 화재도 사망도 히로토의 자기 책임이었다고?

그럴 리는 없다고 말하고 싶었다. 있을 수 없는 일이라고 외치고 싶었다. 그러나 무언가가 나를 말렸다. 애당초 나는 히로토의 뭘 알고 있지? 그는 꼼꼼한 편이 아니었다. 대다수의 젊은 남자는 거칠고 적당주의에, 흥미가 없는 일에는 신경도 쓰지 않는다. 양말도 아무 데나 벗어던져 놓고, 화장실의 휴지가 떨어져도 알 바 아니고, 치약 뚜껑도 닫지 않는 생물이다.

그렇다고는 하나…….

"인간에게는 생존 본능이라는 게 있지 않나요?"

간신히 반론을 했다.

"불 끄는 걸 잊는 것도, 불 위에 수건을 떨어뜨리는 것도, 기름통을 엎어 등유가 흘러나오게 놔두는 것도 하나하나가 목숨과 관련되는 큰 실수입니다. 그것이 세 개나 겹쳐졌는데 편하게 잠을 자다니, 아무리 약의 영향이 있다고는 해도 납득이 안 되네요."

이즈하라는 “그렇군요. 생존 본능이라” 하고 말하며 메모를 했다. 그 후 잠자코 이쪽을 보고 어깨를 으쓱해보였다. 멍하니 그 동작을 지켜본 십여 초 뒤에야 간신히 그가 무슨 말이 하고 싶은지 알아차렸다.

“설마…… 히로토가 일부러 그랬다고?”

“어떻게 생각하시나요?”

“그럴 수가. 뭐라 할 수 없네요.”

이즈하라가 흥분한 개를 달래듯 손을 위아래로 움직였다.

“때문에 우리는 아직 정보를 모으는 중입니다. 자살 가능성을 배제할 수 있다면 그것도 감사하다 할까요. 다만 히로토 씨의 상태가 상태였으니까요. 교통사고로 아버지가 사망하고, 자신은 목숨을 건지기는 했으나 후유증으로 고생했습니다. 그리고 사고로부터 8개월 후에 이번에는 화재로 사망. 이렇게까지 비극적인 사고가 우연히 한 사람에게 연달아 발생했다고 생각하기보다는, 사고가 원인이고 화재가 결과라고 생각하는 편이 정리하기가 괜찮죠.”

“말이 심하시네요.”

나는 힘없이 저항해보았지만 이즈하라는 전혀 개의치 않는 얼굴로 이어 말했다.

“게다가 하무라 씨, 당신의 일도 있습니다.”

“……저요?”

“아오누마 미쓰에 씨는 어느 쪽이냐고 한다면 성미가 까

다로운 편이라더군요. 아드님을 사고로 잃은 후 그런 경향이 더 심해져서, 다른 사람과 접촉하기 싫다는 이유로 생협의 택배도 신문도 끊었습니다. 사촌동생인 하나에 씨가 근처로 이사 왔을 때도 처음에는 집에 들이지 않았습니다. 그렇기 때문에 이웃 주민들은 당신을 소개받아서 깜짝 놀랐다더군요. 그러니까 누가 말했더라……. 맞아, 가타기리 씨. 그녀는 이건 보통 일이 아니다. 혹시 히로토가 무슨 일을 저지르지 못하도록 감시하는 역할이 아닌가 생각했다더군요."

어리둥절했다. 미쓰에가 히로토의 자살을 걱정했다고? 웃기지 마. 그런 이야기는 듣지 못했어. 나는 미쓰타카의 장서를 정리하기 위해 고용되었을 뿐이다. 나를 집 안으로 들인 것은 써먹을 만한 인간이라고 생각했기 때문일 테지만, 이사와 우메코에 대한 미쓰에의 장난 같은 마음이 가장 큰 동기라고 생각한다.

그러나 그것을 설명할 수는 없었다. 나는 미쓰에에게서 히로토의 자살에 대해서는 일언반구도 듣지 못했다는 것, 그런 위험성을 전혀 느끼지 못했다는 사실을 강조했지만, 이즈하라는 별 감명을 받지 못한 듯했다. 허무한 항변이었다. 말하면 말할수록, 부정하면 부정할수록 오히려 자살 쪽으로 무게추가 기울어지는 듯했다. 결국 나는 입을 다물었다. 이즈하라는 파일을 덮고 "잘 알겠습니다. 오늘은 감사했습니다"라고 말했다.

"마지막으로 혹시나 해서 여쭙겠습니다. 하무라 씨는 탐정이라고 하는데, 이번 일을 조사하실 생각은 없으시겠죠?"

"조사하면 곤란한 일이라도 있으신가요?"

반사적으로 되묻자 이즈하라가 한 방 먹었다는 듯이 몸을 뒤로 뺐다.

"아뇨. 다만 자살이라는 결론은 상당히 마음에 들지 않으신 것 같아서요. 그 결론을 배제하려는 전제로 조사를 하시면 곤란……하다기보다 민폐가 되기는 하죠. 이미 언론 취재로 근처를 들쑤셔 놓았으니."

"잘못된 결론이 내려지면 히로토에게도 미쓰에 씨에게도 민폐를 끼치는 정도가 아닐 텐데요."

이즈하라는 혀로 입안을 굴리며 잠시 생각하는 듯했지만, 이윽고 몸을 일으키고는 목소리를 낮춰 말했다.

"여기서만 하는 이야기인데, 자살이라는 결론이 마음에 들지 않는 인간은 우리 쪽에도 있는 것 같아서요. 이 건은 철저하게 조사하라고 위에서 지시가 내려왔습니다. 실화나 자살이 아닐 가능성에 대해서도 고려하라며."

나는 깜짝 놀랐다.

"우리라는 건 경찰의 상층부 말인가요? 실화나 자살이 아니라면 제삼자에 의한 방화라는 건가요?"

"하무라 씨는 그에 대해 어떻게 생각하시나요?"

사쿠라이의 예상은 옳았다. 역시 경찰은 방화의 가능성도 염두에 두고 수사를 하고 있었다.

문이 닫히지 않는 102호는 누구나 자유롭게 출입이 가능했다. 히로토나 아오누마 집안과 가까운 사람이라면 그가 자기 전에 수면유도제를 먹을 거라는 사실도 예측 가능할 것이다. 먼저 낡은 등유 난로와 등유를 준비한 후 102호로 가져가, 실화로 보이는 화재를 일으키는 것도 손쉬웠을 것이다.

그렇다고는 하나 보행이 불편하고, 약이 없으면 제대로 잠들지도 못하고, 무저항이었던 히로토를 불태워 죽인다……. 이는 사형 판결이 나올 수도 있는 살인이다. 실화로 보이게 한 거라면 계획 살인이기도 하다. 그렇게까지 해서 그를 죽이고 싶은 인간이 과연 존재할까?

생각해보려 했지만 머리가 무거웠다. 요 며칠 동안 이상하게 맥박이 빨리 뛰고, 아침에 일찍 눈이 떠지고, 이따금 현기증도 느껴진다. 그리고 집중이 잘 되지 않는다.

하나 기억났다. 사쿠라이가 내게 한 말.

"미쓰타카의 집을 정리할 때, 예상치 못한 게 나올지도 몰라."

화재는 유품과 장서를 정리하기 직전에 일어났다.

12

귓속에 미지근한 물이 가득 찬 느낌인 채 하루하루가 지난다.

1년 중 가장 좋은 시즌일 텐데, 이번 해의 가을은 제멋대로에다 성미가 고약했다. 춥나 했더니 더워지고, 덥나 했더니 이번에는 또 갑자기 추워진다. 겨울용 오리털 이불을 11월 중에 꺼낸 것은 처음이었다.

전기난로도 침낭도 다운재킷도 갈아입을 옷도, 그리고 무엇보다 오랫동안 애용해온 토끼 상야등도 나를 놔두고 블루레이크 플랫과 운명을 함께했다. 갓 산 고기능성 양말은 무사했지만, 너무 많이 신어 이미 보풀투성이가 되었다. 몸이 차져 병에 걸리는 것보다는 낫다는 생각에 이사 비용으로 쓸 예정이었던 퇴거 비용에서 새옷과 새 상야등을 샀다. 살아가기 위한 식품도 샀다. 그때마다 영양 밸런스를 고려했다.

역 앞으로 외출을 나갔을 때, 교차로의 버스 정류장에 미타카다이 역으로 가는 미니버스가 정차해 있는 것을 이따금 목격했다. 그때마다 미쓰에는 어떻게 지내고 있을까 생각했다. 퇴원은 했을까? 히로토가 죽었다는 사실은 이미 알고 있을까? 블루레이크 플랫의 재가 된 흔적을 안채에서 매일 바라볼 때마다 참을 수 있을 거라는 생각은 들지 않았다. 사촌동생 마키무라 하나에는 미쓰에를 제대로 돌봐주고 있을까? 오라 이야기 등을 꺼내서 쓸데없이 미쓰에를 괴롭히지는 않을까?

신경이 쓰였다. 가봐야 한다고도 생각했다. 미쓰에가 아직 입원 중이라면, 퇴원하기 전에 하다못해 부지 청소라도 해주고 싶었다. 그런데 막상 미타카다이 역으로 가는 미니버스를 눈앞에 두면 발이 멈춘다. 식은땀이 나오고 맥박이 불규칙적으로 빨리 뛰기 시작한다.

주저하는 동안 미니버스는 교차로를 떠나버린다. 개찰구를 나온 곳에 있는 붉게 물든 벚나무 잎이 하나씩 떨어진다. 그 잎은 미니버스나 통행인들이 지날 때마다 부는 바람에 날려 사라진다. 나는 아무것도 보지 않은 듯 발길을 돌려 스타인벡 장으로 돌아온다. 오카베 도모에나 사사키 루우와 함께 밥을 먹고 정리를 한다. 그녀들이 종기를 만지듯 조심히 나를 대하는 것을 핑계로 아무래도 좋은 이야기를 하고, 한심한 텔레비전 방송을 보고, 이따금 웃는다. 웃고 있는 나를 또 한 명의 내가 멀리서 바라본다.

그런 날들이 계속되며 살인곰 서점에서의 주말 당번도 세 번째를 맞이했다. '주오 선 BOOKSHOP 스탬프 랠리'는 호평 속에 종료되었고, 서점은 크리스마스 대목으로 돌입했다. 정신을 차리니 11월은 고작 이틀밖에 남지 않았다.

일요일 밤, 폐점 시간인 8시에 마감을 했다. 도야마 점장은 먼저 귀가했고, 마지막 손님은 이것저것 고민한 끝에 그다지 상태가 좋지 않은 니키 에쓰코의 《차가워진 거리》를 사서 돌아갔다. 밖에 내놓았던 균일가 매대를 안으로 들이고, 간판의 불을 끄고, 문단속을 했다. 짐 정리를 하고 열쇠를 손에 들고 문으로 향했을 때, 문득 익숙하지 않은 소리가 밖에서 들린 듯한 느낌이 들어 발걸음을 멈췄다. 바람에 문이 덜컹거렸다. 입구에 히로토가 서 있었다. ……같은 일이 있을 리가 없다.

문을 잠그고 서점을 떠났다. 추위에 몸을 웅크리며 버스 정류장으로 발걸음을 서둘렀다. 주택가의 가로등이 불평하는 듯이 지익 소리를 냈다.

공중목욕탕이 있는 곳에서 골목을 돌았을 때 갑자기 눈앞의 길이 자동차 전조등 빛으로 밝게 비춰졌다. 나는 뒤돌아보았다. 흰 세단이 조용히 다가와서는 내 옆에 멈췄다. 남자가 뒷좌석 창문을 내리고 말했다.

"오랜만입니다, 하무라 아키라 씨."

나는 숨을 멈췄다. 그 남자가 누구인지 알고 있다. 도마 시게루. 소속 불명의 경시청 경찰로, 계급은 경부.

"타세요. 센가와의 자택까지 모셔다 드리겠습니다."

나는 말없이 고개를 돌리고 다시 걸었다. 작년 봄, 도마는 내게 접근했다. 기억하고 싶지도 않은 불쾌한 기억이다. 나는 도마에게 협박당한 데다 이용당했다.

차는 천천히 다가왔다. 도마가 말했다.

"제 쪽에서 온 건 당신을 생각해서입니다. 여기서 이야기를 할 수 없다면, 내일이라도 스기나미니시 경찰서로 소환될 겁니다. 어쩔 수 없지만요."

"상관없습니다. 내일은 할 일도 없으니까요."

이 후안무치한 경부와 단 둘이 이야기하는 것에 비하면, 교통비와 시간을 쓰더라도 이즈하라와 이야기하는 편이 훨씬 낫다. 나는 발걸음을 재촉했지만 문득 어떤 사실을 깨달았다. 이즈하라가 말했던 '블루레이크 플랫의 화재가 실화나 자살이 아닐 가능성에 대해 고려해서 철저하게 조사하라고 지시를 내린 경찰 상층부'.

설마.

무심코 차 쪽을 돌아보았다. 도마가 평범한 얼굴에 달린 컬리플라워 같은 귀를 긁으며 고개를 까닥였다.

"이즈하라가 결론을 내렸습니다. 그 화재는 실화에 의한 것으로 처리될 겁니다."

"잠깐만요."

나도 모르게 창문을 잡았다.

"그럴 리가 없잖아요. 화재가 히로토 탓이라니."

"일단 타지 않겠어요? 길을 막고 있잖아요. 다른 사람에게 민폐입니다."

뒤 쪽에서 짧게 클랙슨이 울렸다. 나는 주저했지만 문을 열고 뒷좌석으로 파고들었다.

도마는 여전했다. 이발소에 막 다녀온 듯한 머리, 살짝 배가 나온 보통 체격의 몸 위에, 살짝 고급 양복을 입고, 자세히 보니 토토로 무늬가 들어간 텍스타일 넥타이를 했다. 얼핏 보면 얌전한 사무직으로 보이지만, 귀뿐만 아니라 손에도 다양한 굳은살이 있다. 절대로 싸움 같은 것은 하고 싶지 않다. 아니, 그 어떤 형태로든 접촉은 피하고 싶은 상대였다.

세단이 출발했다. 위가 안 좋아 보이는 듯한 운전사도 본 적이 있다. 군지 쇼이치라고 했던가. 불쌍하게도 아직도 타부서로 이동하지 못한 채 도마 밑에 있는 모양이다.

차는 주택가를 이리저리 빠져나가 고가를 타고 세이케이 길로 나와 좌회전, 남하해서 다시 고가를 타고 무라사키바시 길을 직진했다. 일요일 밤이라 간선도로에도 차는 거의 없었다. 군지는 형사로서의 능력은 어쨌든 운전은 능숙했다. 차는 기분 좋게 밤을 미끄러져 나갔다.

도마는 할 이야기가 있으니 타라고 말한 주제에 입을 열지 않았다. 나도 입을 다물었다. 먼저 말하는 쪽이 주도권 싸움에서 지는 게임이라도 하고 있는 듯했다. 하지만 점점 바보 같아져서 내가 말했다.

"최근에 교섭술에 대한 자기계발서라도 읽었나요?"

"뭐라고요?"

도마가 눈을 껌벅였다. 나는 어깨를 으쓱하고는 "아무것도 아니에요" 하고 중얼거렸다. 도마는 자세를 고치고는 이쪽을 노려보았다.

"상당히 맘이 편하신가 보네요. 솔직히 요 몇 주 동안 당신이 아무것도 하지 않고 빈둥거리고 있을 줄은 몰랐습니다. 블루레이크 플랫의 화재에 대해 맹렬히 조사하고 있을 거라 생각했는데 기대가 어긋났군요."

이봐, 당신.

마지막으로 만났을 때 이 남자는 내게 "당신의 탐정으로서의 자질이 의심스럽군요"라고 확실하게 말했다. 그런데 이제 와서 뭘 기대하는 거야.

그러나 이 녀석에게 화를 내는 것은 도자기 너구리에게 화를 내는 것이나 마찬가지다. 아무런 이익이 없기는커녕 혈압이 올라 이쪽 몸만 더 안 좋아질 뿐이다.

나는 숨을 고르고 정숙하게 대답했다.

"경찰이 남에게 폐를 끼치는 일은 하지 말라고 못을 박으셔서요."

도마가 코웃음을 쳤다.

"허, 언제부터 경찰이 하는 말에 순순히 따르게 되셨나요?"

"그만 본론으로 들어가시죠? 왜 화재 건에 당신이 관련되어 있는 거죠?"

도마가 깊은 한숨을 내쉬었다. 운전석의 군지의 어깨가 살짝 긴장하는 것이 보였다. 이 녀석은 사소한 동작 하나로 부하를 조종하는 데 능숙한 모양이다. 인사권을 쥐고 있는 인간 이외에도 영향을 끼칠 거라 생각하고 있다면 큰 착각이지만.

"올 1월에 다카노 사키가 죽었습니다. 다카노 사키, 아시죠?"

놀라움을 감추며 나는 무심하게 고개를 끄덕였다. 도마는 내 얼굴을 빤히 바라본 뒤 눈길을 돌렸다.

"역의 CCTV 영상에는, 안 좋은 쪽의 무릎이 휘청 꺾이며 비틀거리다 특급 열차가 들어오기 직전에 선로로 굴러 떨어지는 다카노 사키의 모습이 찍혔습니다. 사고와 자살의 가능성이 모두 있을 경우, 담당 수사관은 유족을 동정해서 사고로 처리하고 싶어합니다. 또한 영상이라는 뒤엎을 수 없는 증거가 있는 이상, 생명보험회사도 재판으로 끌고 가지는 않습니다. 그런 이유로, 한 달 뒤에 공개적으로 사고사로 처리되었습니다. 그러나 그건 자살이라고 생각합니다. 다카노 사키는 사고사로 꾸미기 위해 연기를·하고, 열차로 뛰어든 것이라고."

"이유는?"

"보도되었기 때문에 아시겠지만, 그녀에게는 많은 빚이 있었습니다. 무릎 치료를 위한 비용이 눈덩이처럼 불어났다고 되어 있습니다만, 사실은 다릅니다. 다카노 사키는 마약 중독이었습니다."

이번에는 놀라움을 감출 수 없었다. 그 에너지 넘치던 운동선수가. 그것도…….

"각성제가 아니라 마약이라는 말은 모르핀이라든가……. 맞아, 그녀는 미국에서 무릎 치료를 받았다고 했죠?"

"예리하군요. 모르핀의 일종이라 해야 할까요. 오피오이드 계열 진통제, 구체적으로는 옥시코돈 중독이었습니다."

일본을 대표하는 기업의 임원이었던 미국인 여성이 옥시코돈 밀수로 마약 및 향정신성의약품 관리법 위반으로 체포된 뉴스는 기억에 새롭다. 도마는 강의라도 하는 말투였다.

"예를 들어, 영국에서는 옥시코돈이 A 클래스 약물로 취급되고 있습니다만, 미국에서는 부상이나 치통의 진통제로서 처방전만 있으면 아무 약국에서나 살 수 있습니다. 애당초 1990년대에 미국의 제약회사가 효과가 좋고 중독 위험성도 낮다며 홍보를 하며 옥시코돈을 팔아치워 사회에 만연하게 되었죠. 실제로는 의존성이 높고, 사망사고도 적지 않았습니다. 일설에 따르면 2014년 기준, 옥시코돈과 관련된 미국 내 사망자는 5천 명을 넘는다고도 합니다. 빻아서 헤로인처럼 가루를 코로 흡입하는 사용법도 있습니다만, 대다수는 다쳤을 때 진통제로 경구 투입을 하는 방법으로 시작을 하죠. 그러다 의존성이 생겨 상습하게 됩니다. 다카노 사키 또한 미국에서 진통제로 처방받은 일을 계기로 중독이 된 것 같습니다. 사실 일본인 중에 옥시코돈 중독에 걸리는 사람은 그리 많지 않습니다. 일본인은 원체 마약에 대한 거부감이 강한 탓에, 말기 암으로 고통받는 사람들이라 할지라도 마약성 진통제를 잘 처방하지 않기 때문이죠."

적정량의 모르핀을 사용해 빨리 통증을 없애 인생을 즐기려는, 이른바 '퀄리티 오브 라이프 개선'이라는 사고법은 유럽 등지에서는 이미 상식이지만, 일본에서는 아직 그 영역까지는 도달하지 못했다. 일설에는 일본에서 암환자의 통증 완화에 사용되는 모르핀의 양은 미국의 수십 분의 일 정도에 지나지 않는다고 한다.

"말기 암환자의 통증 완화를 위해 모르핀 황산염 등을 투여해도 의존증이 생길 가능성은 낮고, 만약 마약 중독이 되어 의사가 도쿄 보건복지국에 신고를 한다 해도, 그 환자는 마약 중독자의 통계에 포함되지 않습니다. 그래도 역시 마약은 마지막 수단이고, 통증은 참아야 하는 것이라고 생각하는 게 일본인의 국민성이었죠."

"이었다?"

"말기 암조차 그러하니, 하물며 요통이나 부상 후유증에 의한 통증으로 잠들지 못하고 움직이지 못해 생활의 질이 떨어져도, 강한 약을 사용한다는 건 있을 수 없다는 게 일본인의 일반 상식이었습니다. 일본인에게 참을성은 미덕이었고, 침이나 뜸 같은 전통적인 치료법도 있었으니까요. 그러니까 미국 제약회사가 호시탐탐 시장 확대를 노린다 한들 일본 소비자가 마약성 진통제에 손을 대는 일은 없었고, 진통제 암시장이 거대 산업으로 형성되는 일도 없었습니다. 마약도 각성제도 파티드럭도 퀄리티 오브 라이프를 위한 마약성 진통제도 절대로 안 된다며 싸잡아 두려워했던 거죠. 그런데 그 일본인의 지향성은 현재 변화하고 있습니다."

차창 너머 '시나가와 길'이라는 글자가 지나쳐갔다는 사실을 깨닫고는 놀랐다. 어느 틈엔가 세단은 더욱 남하해서, 그것도 서쪽으로 향하는 중이었다. 센가와에서 멀어지는 것 같았는데, 도마의 이야기에 흥미가 동했다.

"미국만큼은 아니지만, 통증 탓에 잠들 수 없을 정도라면 강한 약을 써서라도 통증을 없애고 제대로 수면을 취하는 편이 건강에 좋고, 오래 살 수 있다는 식으로 일본인의 통증에 대한 의식이 합리적으로 변하고 있습니다. 특히 베이비부머 이후의 세대에 그런 경향이 현저해지고 있는 것 같아요."

"그것만 들으면 좋은 경향이라는 식으로도 들리는데요."

내가 중얼거리자 도마가 고개를 끄덕였다.

"네. 필요 이상으로 약에 기대는 건 문제지만, 무의미하게 두려워할 필요도 없습니다. 문제는 통증이 지극히 개인적인 영역이라는 점이죠. 같은 통증이라도 견딜 수 있는 사람이 있는 반면 그러지 못한 사람도 있습니다. 의사가 처방하는 진통제에 만족할 수 있으면 좋지만, 그러지 못할 경우도 있지요. 또한 현재는 정보화 사회입니다. 원래는 일부 한정된 전문가만이 얻을 수 있었던 정보에도 이제는 아마추어도 쉽게 접속할 수 있습니다. 그리고 엉터리 정보를 그대로 믿고서는 자신의 통증에는 이 약이 듣는다고 판단해버리는 겁니다. 통증을 참을 수 없는 인간은 효험이 있을 때까지 포기하지 않죠. 이런 사람들이 조만간 일본에서 마약성 진통제 암시장을 형성해버릴 위험성이 있습니다."

도마의 강의는 계속되었다.

"그렇다면 암시장이 형성되기 전에 그 화근을 끊어버릴 필요가 있습니다. 그래서 다카노 사키의 죽음에 옥시코돈 중독이 관련되어 있다는 사실이 판명되자, 우리는 그 공급원에 대해 조사를 시작했습니다. 미국에서는 오래전부터 옥시코돈의 위험성을 우려하는 목소리가 나왔습니다만, 다카노 사키는 그런 사실을 몰랐을 겁니다. 제대로 된 약국에 놓여 있는 약이 의존성이 강한 마약이라고는 꿈에도 몰랐을 테니까요. 그녀는 귀국해서도 약을 끊지 못한 채, 1년 동안 여덟 번이나 미국으로 건너갔습니다. 중독을 알아차린 의사가 옥시코돈 처방을 거부하면 의사도 계속해서 바꿨죠. 미국 쪽 조사 보고서에 따르면 체재했던 호텔에 약 밀매업자가 찾아온 적도 있는 것 같더군요. 그러나 죽기 반년 정도 전에 그녀는 미국으로 가는 걸 딱 멈췄습니다. 그리고 그즈음부터 여우와 바오바브에 다니기 시작했죠."

나도 모르게 도마의 얼굴을 빤히 바라보고 말았다.

"그 말은, 그러니까 그게……."

"그러니까 그 식당이 다카노 사키에게 옥시코돈을 공급했던 거점이 아닌가 우리는 의심하고 있습니다."

"말도 안 돼요. 왜?"

반사적으로 말한 다음에야 짚이는 구석이 떠올랐다. 세계를 방랑하고, 미국에 자주 갔었던 점장. 마약 냄새도 속일 수 있는 강한 향신료를 사용한 에스닉 요리. 외국인 요리사들. 전통적인 마약 수사였다면 얼마든지 단속이 뜰 만한 식당의 조건을 어느 정도 충족했다. 부족한 것이라고는 초라한 행색으로 식당 주위에 무기력하게 앉아서는 약을 달라며 소동을 부려, 가게의 똘마니들에게 쫓겨나는 약쟁이들뿐.

"죄송한데, 요즘 세상에 옥시코돈이 필요하면 인터넷으로 주문하지 않나요? 간단하고, 들킬 가능성도 낮고, 기다리면 집에 도착하고, 검거된다 해도 단순히 진통제를 주문한 것뿐이라고 변명할 수 있고."

"그 말이 맞습니다. 다만 진짜가 배달된다면 말이죠. 그런 인터넷 약시장은 사기가 많거든요. 주문과 돈을 잔뜩 받은 뒤 사이트를 폐쇄. 다시 다른 사이트를 개설해서 고객들을 낚고는 폐쇄. 열심히 하면 꽤 벌 수 있습니다. 속은 쪽은 속으로 울분을 삼킬 수밖에 없죠. 경우에 따라서는 그럴 듯한 약이 배달될 때도 있습니다만, 돈과 위험을 감수하면서까지 진짜 약을 취급할 필요가 없어요. 그런 식으로 반복해서 돈을 갈취당하면 아무리 바보 같은 중독자라도 인터넷에서의 조달은 망설이게 됩니다. 더구나 기다리고 기다리다 도착한 약이 가짜라면 금단 증상이 더 심해지기도 하고요."

도마가 고개를 저었다.

"게다가 옥시코돈은 가격이 비쌉니다. 사용하는 건 경제적으로 여유가 있는 인간. 세대적으로는 중년 이상입니다. 그들은 기본적으로 인터넷을 믿지 않아요. 직접 거래하는 편을 선호합니다. 수사하는 입장에서는 고마운 일이지만."

점차 도마의 이야기가 머릿속에 스며들기 시작했다. 히로토의 이야기에 따르면 미쓰타카는 자주 미국에 갔었다. 책이나 음반을 사오는 일도 많았다. 여기에 마약 중독자가 자주 드나들었다는 사실을 더하면, 여우와 바오바브를 의심하는 것도 수긍이 간다.

"하지만 만약 여우와 바오바브에서 진통제 거래가 이루어졌다고 해도, 다카노 사키는 어떻게 그 사실을 알게 된 거죠?"

"귀국 후, 다카노 사키는 지인에게 소개를 받아 에지마 병원에 다녔습니다. 그 식당은 에지마 병원의 관계자들도 자주 이용하고 있죠. 맛있다는 평판을 듣고 처음에는 단순히 식사를 하러 들렀겠죠. 그러는 와중에 그녀가 옥시코돈을 구하고 있다는 사실을 아오누마 미쓰타카가 간파한 게 아닐까 생각했습니다."

"간파했다……?"

"그 식당에서 통증으로 괴로워하는 환자를 보는 일은 자주 있습니다. 자연스럽게 마약성 진통제에 대한 화제를 꺼내고, 입수할 방법이 있다고 넌지시 말을 흘린다고 합시다. 중독 환자라면 그 이야기에 달려들 게 뻔하죠."

"그럴지도 모르지만, 그런 짓을 할 수 있는 게 아오누마 미쓰타카뿐이라고는 단정할 수 없잖아요."

"다카노 사키의 통화기록을 조사했는데, 그녀는 여우와 바오바브에도, 아오누마 미쓰타카의 스마트폰에도 자주 전화를 걸었습니다. 또한 작년 9월 이후, 그녀는 현금이 입금되는 족족 여우와 바오바브를 찾았더군요. 처음에는 한 달에 한 번 정도. 하지만 점점 빈도가 늘어났습니다. 옥시코돈을 계속 사용하면 사용자는 내성이 생기거든요. 요컨대 처음의 양으로는 듣지 않게 됩니다. 양을 늘릴 수밖에 없어요."

"하지만."

"더구나 3, 4년 전, 아오누마 미쓰타카는 미국 여행에서 귀국한 직후, 미국에서 옥시코돈을 얼마나 쉽게 입수할 수 있는지에 대해 에지마 병원 관계자에게 말한 적이 있다더군요."

"그런 잡담 정도로는……."

도마 시게루가 짜증이 나는 듯이 손을 흔들었다.

"아오누마 미쓰타카가 옥시코돈 판매자였는지 아닌지 그것만으로는 확정할 수 없다는 말이겠죠. 네, 그렇습니다. 확증은 없어요. 다카노 사키의 사망 이후에 은밀하게 수사를 시작한 지 두 달이 채 되지 않아 당사자인 아오누마 미쓰타카가 교통사고로 사망해버렸으니까요."

세관에 협력을 요청해 미쓰타카가 해외에서 반입한 짐을 확인할 사전준비를 끝내놓았다며 도마가 화를 내며 말했다. 미쓰타카나 그 가족의 신변 조사, 여우와 바오바브의 스태프를 조사해 협력자가 될 것 같은 인간의 선별 작업에도 착수했다. 수개 월, 혹은 1년 넘게 공들여 내사를 진행하다 확실하다고 판단되는 단계에서 가택수사, 체포라는 수순을 상정하고 있었다. 그런데…….

"대상이 죽으면 말짱 꽝이죠. 수사는 중단되었습니다."

도마 시게루가 입을 다물었다.

갑자기 귀가 아팠다. 다이빙 후, 귀에 찬 물을 뺄 때처럼 순식간에 세계가 밀려들어오는 것 같았다. 내가 말했다.

"그래도 최근에 수사를 재개한 거군요. 이번에는 히로토가 대상이었고."

스스로도 놀랄 만큼 목소리가 떨렸다.

여러 단편적인 정보가 머릿속을 맴돌았다. 도토종합리서치가 30만 엔의 성공 보수까지 준비해서 집요하게 나를 아오누마 집안에 접근시킨 것. 그 이유에 대해 사쿠라이가 어금니에 무언가가 낀 듯한 설명을 한 것. 그리고 아오누마 집안에 대해 세세한 것까지 보고를 시키고 메모를 한 것.

사쿠라이에게 미쓰에에 대해 조사해달라고 의뢰했던 일도 기억이 났다. 사쿠라이는 짧은 시간 안에 아오누마 미쓰타카의 아내가 식당의 단골과 사랑의 도피를 했다는 사실을 포함한 묘하게 자세한 정보를 내놓았었다. 생각해보면 그것은 미쓰에에 대한 정보라기보다는 미쓰타카에 대한 정보였다.

"아오누마 히로토가 진통제를 지인에게 나눠준다는 이야기를 들은 사람이 있어서요. 물론 그는 사고 후유증으로 그런 약을 처방받은 것이니, 그걸 지인에게 나눠줬을 뿐일 수도 있습니다. 하지만 블루레이크 플랫의 미쓰타카가 사용했던 집에 옥시코돈이 숨겨져 있었고, 그걸 아들이 발견해 사용했다고도 생각할 수 있죠. 그렇다고는 하나 이런 사실만으로는 수색영장이 나올 리가 없습니다. 히로토는 재활 치료를 하러 가거나 이따금 대학교에 얼굴을 내미는 것 이외에는 집에 있을 뿐. 스마트폰 도청은 허가가 떨어지지 않았습니다. 솔직히 어떻게 조사를 해야 할지 고민했어요."

도마가 양손을 펼치고는 거만하게 목소리를 높였다.

"그때였습니다. 하무라 씨, 당신이 나타나서 미쓰에와 함께 부상을 입고, 구급차로 실려 간 건. 더구나 병원에서 히로토와 안면을 트기까지 했습니다. 그 보고를 받았을 때에는 정말로 놀랐습니다. 우리는 정말 인연이 있는 것 같아요."

이봐, 당신.

지난번과 마찬가지다. 나는 이를 악물며 생각했다. 어느 틈엔가 나는 도토종합리서치를 경유한 도마에게 이용당했다. 사쿠라이에게 보고했던 정보는 모두 이 인간에게 넘어갔음이 틀림없다.

그들에게 편리하게도 나는 고서점에서 일하고 있다. 내가 히로토에게 미쓰타카의 장서 정리를 의뢰받으면 영장 따위는 필요 없다. 그가 사용했던 집으로 들어가 집 전부를 샅샅이 조사할 수 있다. '이 녀석을 이용하지 않을 이유가 없다.' 도마라면 그렇게 생각했을 것이다.

그러고 보니…….

히로토는 병원 구급병동에서 일하는 아는 간호사에게 내 이름을 들었다고 말했다. "불쌍한 젊은 남자"의 부탁이라고는 하나 꽤나 입이 가벼운 간호사라고 생각했는데, 애당초 히로토에 대한 수사가 시작된 것이라면, 이 간호사의 배후에 도마가 있었다고도 생각할 수 있다. 미쓰타카의 장서 처리 또한 히로토가 스스로 생각한 것이 아니라 누군가에게 유도되었을 가능성 또한…….

맞아. 나는 그 병원에서 워크부츠를 신은 갈색머리의 거칠어 보이는 남자를 두 번 목격했다. 처음에는 히로토가 자판기 앞에서 동전을 떨어뜨렸을 때, 두 번째는 오카베 도모에를 만났을 때. 별로 신경 쓰지는 않았지만, 작년 봄에 도마와 관련이 있었을 즈음에 같은 워크부츠 남자와 스쳐지나간 적이 있었다. 그리고…….

나는 운전석에 앉은 군지 쇼이치의 후두부를 물끄러미 바라보았다.

"그러고 보니 연립의 히로토의 집에 불법 침입을 한 남자가 있었다더군요. 101호의 레오 할아버지가 그 남자를 목격했다고 했습니다."

도마의 왼쪽 눈꺼풀이 가볍게 경련했다.

"어라, 그 일은 경찰에 신고하셨나요? 보고는 받지 못했는데."

"신고하지 않아 다행일지도 모르겠네요. 이웃주민과 맞닥뜨리다니, 엄청나게 수준이 낮은 불법 침입자 아닌가요?"

아마도 그 녀석은 아오누마 집안과 연립을 감시하는 역할이었다. 게다가 내 얼굴을 알고 있었다. 그 추락 사고 직후 도토종합리서치의 사쿠라이에게 '아오누마 미쓰타카'의 정보가 넘어간 것을 보면 내 생각이 맞을 것이다.

바로 거기 너.

군지의 목덜미부터 후두부 쪽의 근육이 긴장하는 것이 느껴졌다. 탈모가 있는지 머리가 듬성듬성한 부분까지 붉게 물드는 것을 관찰하고 있으니 도마가 헛기침을 했다.

“이야기를 되돌리겠는데, 곧 블루레이크 플랫의 화재 원인이 발표될 겁니다. 아오누마 히로토에 의한 실화라는 결론이죠. 사망 당시, 약을 복용했다는 것과 난로에 다른 흔적이 보이지 않았다는 것. 또한 이번 달 초, 미쓰에가 난로로 보이는 걸 연립으로 가져가는 모습을 근처 주민이 봤다는 목격 증언을 토대로 그렇게 결론이 내려졌습니다. 자살의 증거는 없고, 방화 증거도 없죠. 소거법으로 가면 타당한 결론이니까요.”

“미쓰에 씨는? 그녀는 뭐라고 말했나요?”

“그녀는 현재에도 이야기를 할 수 있는 상태가 아닙니다.”

세단은 시나가와 길에서 쓰루카와 가도로 들어가 다마 강을 건너기 시작했다. 강은 어둠 속에 검게 물들어 있었다. 목적지가 다마 언덕이라는 사실을 알아차렸다. 관람차가 삐걱대며 천천히 돌고 있는 장면을 떠올렸다.

“내 상사의 의견으로는, 아오누마 히로토는 부친에게서 옥시코돈 비즈니스를 이어받았지만, 매일 힘든 재활 치료에 마음이 꺾인 결과, 죽고 싶다는 명확한 의도가 있었는지 어땠는지는 모르겠지만, 스스로 화재를 발생시켰다. 살인곰 서점과 하트풀 리유즈가 미쓰타카의 집을 수색……. 아니, 유품과 장서 정리에 착수하려고 한 전날 밤에 화재가 발생한 건 단순한 우연일 뿐이라며.”

도마가 빈정거리듯이 말했다.

"지금 상사는 현실주의자니까요. 만약 옥시코돈을 둘러싼 어둠의 조직이 약을 지인에게 넘긴 히로토의 목숨을 노린다면, 바로 방화라고 알 수 있는 방법을 취할 리가 없다는 겁니다. 그런 조직은 통상적으로 방화 같은 거친 짓은 하지 않지만, 하려고만 하면 경찰의 눈길을 끌게 되는 위험성보다도 힘을 과시하는 방법을 우선시할 거라면서."

세단이 고가를 지나 좌회전해서 완만한 언덕을 내려갔다. 살풍경한 작은 교차로에 정차했다. 밖을 보았다. 택시 한 대가 손님을 기다리고 있었다. 도마가 창문을 두들기고 턱짓을 했다. 버스 정류장이 보였다. 지붕 아래에 벤치도 있었다. 지붕을 받치는 기둥 한쪽에 꽃다발이 놓여 있었다. 시든 것, 예쁜 것, 수수한 것. 8개월이나 지났는데 이 땅에는 아직도 아픈 사고의 기억이 남아 있는 모양이다.

"우리는 이 건에서 손을 떼기로 했습니다."

도마가 말했다.

"상사의 의견이 그러니까요. 수사 비용과 인원에 한계는 있고, 그 밖에도 사건은 많습니다. 마약성 진통제의 암시장이라는 건 내 망상에 불과하다고 말하는 인간까지 있을 정도죠. 그런 이유로 우리는 여기까지입니다. 우리는."

"잠깐만, 당신."

이 말에는 화가 치밀었다. 도자기 너구리가 상대여도 더 이상은 참을 수 없었다.

"일부러 나를 기다렸다가 이런 곳까지 끌고 와서는 '지금까지의 줄거리'를 말한 이유가 뭔가요? 자기들 대신에 나보고 조사하라고? 웃기지 마. 왜 당신들 멋대로 이용당해야 하는 건데. 거절하겠어. 여기서 내려줘."

문을 열고서는 안전벨트를 풀지 않았다는 사실을 깨달았다. 버둥거리자 도마가 느긋하게 말했다.

"나는 아무 말도 안 했습니다. 말씀하시는 대로 하무라 씨가 아오누마 히로토 건을 조사해야 할 이유는 없습니다. 당신의 의뢰인인 히로토는 죽었습니다. 일을 하지 않더라도 그 누구도 불평은 안 할 테죠."

"의, 의뢰인?"

"아닌가요? 그는 대학교 친구에게 그 교통사고가 있었을 때 왜 자신이 아버지와 함께 스카이랜드 역 앞 교차로에 있었는지, 그 이유를 하무라 아키라라는 탐정이 조사해줄 거라고 꽤나 기쁜 듯이 말했다더군요."

몸을 휘감고 있던 안전벨트를 간신히 풀었다. 나는 세단에서 뛰어내려 힘껏 차문을 닫았다. 뒷좌석 창문이 내려가고 도마 시게루가 얼굴을 내밀었다.

"군지의 명함입니다."

갑자기 내밀기에 반사적으로 받고 말았다. 도마가 말했다.

"우리에게 보고할 의무는 없습니다만, 가지고 있으세요.

도움이 될지도 모릅니다."

흰 세단의 후미등이 보이지 않게 된 다음에야 발걸음을 옮겼다. 버스 정류장 기둥에 기대어 놓여 있던 꽃다발이 바람에 흔들려 땅으로 쓰러졌다. 바스락거리는 비닐 소리를 내며 보도 위를 굴렀다. 그 소리가 귓속에 강하게 울렸다.

이곳에서 사고가 일어나, 히로토의 인생이 크게 바뀌고 말았다. 왜 그렇게 되었을까? 운명이라는 말은 답변이 되지 않겠지만, 달리 답변할 말이 없다. 그래도 그는 내가 조사를 해 주기를 바랐다. 왜 자신과 아버지가 여기에 있었는지. 그 사실을 안다 해도 재활이 즐거워질 리 없고, 상처가 사라지지도, 평범하게 움직일 수 있게 되지도 않고, 잃어버린 기억이 되돌아온다는 보장도 없다.

그래도.

나는 꽉 쥐고 있던 손을 펴 꾸깃꾸깃해진 군지 쇼이치의 명함을 바르게 폈다.

13

아오누마 미쓰에는 이송된 게이론 의대 부속병원에서 에지마 병원으로 전원해서 그곳에서 치료를 계속 받고 있다고 도토종합리서치의 사쿠라이 하지메가 말했다.

그때 미쓰에는 화염의 직격을 맞고 흡입까지 하여, 기관을 포함한 얼굴에 심한 화상을 입었다. 바로 처치하며 병원으로 옮겼지만 화상이 예상 이상으로 심해 뇌로 가는 산소에 결핍이 있었다. 저산소증으로 아직껏 의식이 혼미한 모양이다.

그 정보를 얻기 전까지, 미안하다, 면목이 없다, 내가 잘못했다, 위에서 명령 등등 수많은 사죄와 변명을 들었다. 나는 화가 심하게 난 듯 그를 질책했지만, 솔직히 이미 화를 낼 단계는 지난 상태였다.

사쿠라이는 내 친구가 아니다. 업무상 동료일 뿐이다. 그에게는 도토종합리서치의 관리직이라는 입장이 있다. 아무리 오래 알고 지낸 사이였다고 하나, 임시로 고용한 나를 감싸기 위해 경찰의 협력 요청을 거절한다는 선택지는 애초에 사쿠라이에게 없었다.

게다가 나를 아오누마 집안으로 보내는 일과 관련해서 거짓말을 한 것도 아니다. 오히려 거짓말을 하지 않도록 고려한 것 같다. 내가 스기나미니시 경찰서에 소환되었을 때 그렇게나 기분이 안 좋았던 것은 이런 결과가 되어 부끄러웠기 때문일 것이다.

누군가에게 이용당하는 것은…… 특히 도마에게 이용당하는 것은 기분 좋은 일이 아니지만, 거절할 수도 있었음에도 30만 엔에 낚인 것은 다름 아닌 나였다.

하긴 처음부터 이랬던 것은 아니다. 이불을 씹으며 방바닥을 구르며 하룻밤을 보낸 끝에야 간신히 이 경지에 도달했다.

그렇다고는 하나 모처럼 사쿠라이가 죄악감을 한아름 안고 있는데 굳이 그것을 덜어줄 필요는 없다.

나는 사쿠라이에게 히로토에게 들은 '이즈시'와 '유카와'라는 대학교 친구들의 연락처, 히로토의 모친이 사랑의 도피를 한 자세한 사정 등을 조사해달라고 요청했다. 사쿠라이는 귀찮다는 기색을 보이기는커녕 꼬리를 흔들 듯이 기꺼이 받아들였다.

그 전화가 끝난 뒤 스타인벡 장을 나와서 에지마 병원으로 향했다.

월요일인데 로비는 그리 혼잡하지 않았다. 벤치 여기저기에 기다림에 지쳐 안색이 어두운 사람들이 앉아 있었다.

다시 살펴보니 지난번 게이론 의대 부속병원에 비해, 에지마 병원의 설비는 확실히 낡아보였다. 입구의 자동문의 반응은 느리고, 페인트는 몇 번이나 덧칠해 두터워졌고, 바닥의 리놀륨 타일은 여기저기 깨지고 금이 갔다. 게다가 요즘 세상에 줄 달린 형광등이라니. 내진용 커다란 철골이 X 모양으로 벽을 지탱하고 있었지만, 지진이 발생했을 때 가급적 여기 있고 싶지는 않다.

'저 용건 있어요' 하는 얼굴로 스마트폰을 만지작거리며 병동 입구에 진을 쳤다. 11시 조금 전에 마키무라 하나에가 나타났다. 뺨이 홀쭉해지고 안색이 어두웠다. 짙은 보라색 울 코트를 입고, 목 주위에 회색 머플러를 둘렀다. 긴 코트자락 밑으로는 복장과 어울리지 않는 회색 레깅스와 폭넓은 신발을 신은 다리가 보였다. 무두질한 가죽으로 만든 미니 숄더백을 비스듬히 메고, 기노쿠니야 서점 쇼핑백을 들었다.

그녀는 힘들게 걸어오다 나를 알아차렸다. 순식간에 얼굴이 굳었다.

"하무라 아키라 씨라고 하셨던가요? 어째서 여기에? 이제와서 무슨 볼일이죠?"

어떻게 말을 꺼내야 할지 시뮬레이션했던 말들이 모조리

머릿속에서 사라졌다. 이제 와서 뭘 하러 왔느냐. 그 말이 가장 힘들었다.

하나에가 담담히 말했다.

"나 혼자서 히로토의 화장을 지켰습니다. 미쓰에 씨가 퇴원할 때까지는 장례식도 치를 수가 없어요. 이웃에게는 비난을 받고 있고, 연립에 살던 할아버지는 화재 때문에 홈리스가 되었다며 보상을 요구하고, 경찰은 화재가 히로토가 벌인 짓이라고 단정 짓고 있더군요. 그래서 당신은? 불이 나서 2층에서 뛰어내렸다고요? 그 불평을 하러 왔나요? 우리에게 무릎을 꿇고 사죄라도 하라고 말하러 왔나요?"

"그럴 생각은……."

"그래요? 그렇다면 실례할게요. 그녀 곁에 있어주고 싶거든요."

그 말과 함께 하나에가 발걸음을 재촉했다. 여기서 물러설 수는 없다. 나는 하나에의 뒤를 따라가며 말했다.

"계속 혼자서 미쓰에 씨의 간병을? 하나에 씨는 달리 친척은 없나요?"

"없어요. 그런 거."

"히로토의……. 히로토의 어머니는요? 연락은 없나요?"

하나에가 별관 엘리베이터 앞에서 버튼을 신경질적으로 계속 누르며 이쪽을 보지 않고 말했다.

"왜 그런 걸 묻는 거죠? 당신과는 관계없는 일이잖아요?"

"화재 전날 밤, 연립의 히로토의 집에 여성이 있었습니다. 아마도 두세 시간은 거기 머물렀을 거예요. 젊은 여성은 아니었습니다. 그래서 혹시나 해서."

엘리베이터가 맑은 소리를 울리며 도착했고, 문이 무겁게 열렸다. 하나에가 몸을 이쪽으로 돌렸다.

"혹시나 뭐 어쨌다는 건가요?"

"그 여성이 히로토의 모친은 아니었나 해서요."

하나에는 깜짝 놀란 모양이었다. 그런 다음 진지한 얼굴로 "그게 대체 무슨 말씀인가요" 하고 말했다.

"그러니까 히로토의 어머니 말이에요. 그 히로토가 태어난 직후, 여우와 바오바브의 단골과 사랑의 도피를 했다는……."

하나에가 내 얼굴을 빤히 바라보았다.

"그 이야기, 히로토에게 들었나요?"

"아뇨, 소문으로……."

하나에는 잠시 내 머리 넘어 뒤쪽의 벽을 바라보았지만, 이윽고 제정신을 차렸는지 엘리베이터 안으로 들어갔다. 나는 억지를 무릅쓰고 계속 말했다.

"소문의 주인은 그 고구레 씨라는 할아버지인가요? 벌써 30년이나 그 연립에 살고 있었고, 있는 말 없는 말 즐거운 듯이 말씀하셨을 테니."

'아뇨, 사쿠라이에게 들었습니다. 사쿠라이는 경찰에게 들

었습니다.'

이 말을 할 수 없는 나는 침묵했다. 엘리베이터 문은 너무하다 싶을 정도로 천천히 닫히기 시작했다. 하나에는 내게 등을 돌린 채 빠른 말투로 말했다.

"당신이 누구를 봤든 그건 히로토의 모친이 아니에요. 착각이에요."

"어떻게 그리 단정 지을 수 있죠?"

"왜냐면…… 히로토는 자기를 버리고 도망친 어머니를 미워했거든요. 만약 어머니가 나타난다 해도 사이좋게 한집에서 살 수 없을 거예요. 한바탕 말썽이 있었을…… 거라기보다는 근처가 다들 벌떡 일어날 정도로 엄청난 수라장이 되었을 걸요."

"히로토의 어머니 이름이 어떻게 되나요?"

"리미예요, 아오누마 리미."

"하나에 씨는 만난 적이 있나보군요. 그 리미 씨는 어떤 사람이었나요?"

"어떤 사람……?"

하나에가 몸을 돌려 나를 정면으로 바라보았다.

"아직 젊고 미인이고, 주목을 받고 싶었던 여자. 그런데 초라한 모습으로 세계를 여행하고, 고생한 일이나 싸게 숙박했다는 사실을 배낭여행 동료에게 자랑하는 것으로 자의식을 만족시키려 했어요. 낡은 가치관을 바보 취급하고, 새로운 비전을 만들어내야 한다고 말했으면서, 막상 일이 닥치니 그 낡은 가치관의 저주에서 도망치지 못했죠. 머리가 나쁘고, 자신을 제대로 몰랐던 불쌍한 여자예요."

"신랄하군요."

"뭐라고요?"

하나에가 되묻고는 코웃음 쳤다.

"갓 태어난 아들을 버리고 도망친 여자인걸요? 칭찬할 구석이 어디 있나요?"

"그렇다던데 사실은 어떤가요?"

"글쎄요. 잘 모르겠네요. 미쓰에 씨는 며느리에 대한 이야기는 하기 싫어했어요. 히로토의 어머니다 보니 나쁜 말은 하고 싶지 않았던 거겠죠. 그렇게 보여도 공정하고 남을 잘 챙기는 사람이니까."

"그러게요."

하나에는 동의한 나를 이상하다는 듯이 보고 코를 훌쩍거렸다.

"그 사랑의 도피를 했다는 상대, 사토라는 것 같은데 아시는 바는 없나요?"

"사토? 흔한 이름이네요. 이 말만은 해두겠는데, 히로토의 모친이 '사토 리미'가 된 적은 없어요. 실종선고 요건을 갖췄음에도 미쓰타카는 리미의 호적을 지우지 않았으니까요. 리미는 지금도 아오누마 리미로서 아오누마 집안의 호적에 올라 있습니다."

엘리베이터가 5층에 도착했다. 엘리베이터 홀에는 나무로 보이는 바닥재가 깔려 있고, 눈앞의 벽은 아름다운 녹색으로 칠해져 있고, 천장에 닿을 정도로 자란 행운목이 멋진 문양의 구타니 도자기 화분에 심어져 있고, 벽에는 'QOL 병동'이라고 적힌 작은 동판이 걸려 있었다.

놀랄 정도로 조용했다. 소리를 흡수하는 재질을 사용한 걸까? 몸집이 작은 간호사가 우리를 보고 생긋 미소 짓고는 고양이보다도 발소리를 죽인 채 앞을 가로질렀다.

간호사의 뒷모습을 바라보았다. 엘리베이터 홀 바로 오른쪽에 있는 간호사 스테이션으로 들어갔다. 다가가려고 하니 하나에가 몸을 돌렸다.

"당신을 이 안쪽으로 들여보낼 생각은 없어요. 억지로 들어가려 한다면 큰소리를 지르겠어요. 그렇게 하면 괜히 아픈 환자들만 놀랄 뿐이죠. 바쁜 간호사에게도 쓸데없는 일이 늘어나고, 결국 당신은 경비에게 붙잡혀 쫓겨날 거예요. 그런 일은 겪고 싶지 않겠죠? 알았다면 그만 돌아가시죠."

"저기, 잠시만이라도 좋으니 미쓰에 씨를."

하나에는 코를 훌쩍이며 발걸음을 옮기며 말했다.

"당신은 지금까지 몇 주 동안이나 그녀를 만나지 않았어도 괜찮았습니다. 게다가 그녀는 의식이 없어요. 만나도 만나지 않아도 마찬가지예요. 아닌가요?"

"히로토에게 부탁받은 일이 있습니다. 늦어지기는 했지만 그 의뢰를 달성할 생각입니다. 그 사실을 미쓰에 씨에게 보고하고 허가를 받을 생각이었습니다. 허락해주지 않더라도 멋대로 조사할 생각입니다. 히로토와 약속한 일이라."

나는 끈질기게 달라붙었다.

"그러기 위해서는 그의 소지품을 조사할 필요가 있습니다. 안채의 그의 방을 보여주시지 않겠습니까. 부탁드립니다."

하나에는 더 이상 멈추지 않았다. 그녀는 말없이 내게서 멀어졌다.

정오 전이었지만 여우와 바오바브 앞에는 이미 사람들이 줄을 서 있었다. 이왕 먹을 거라면 여기서 점심을 먹으려 했지만, 관광객뿐만 아니라 환자복을 입고 목발을 짚은 노인이나 백의를 입은 에지마 병원 관계자들 속에 섞여 줄을 설 마음이 들지 않았다. 나는 버스 정류장에서 기치조지 행 버스를 기다리며 여우와 바오바브를 바라보았다.

줄무늬 셔츠에 연지색 조끼를 입은 웨이터가 가게에서 나와 미소 지으며 환자복을 입은 사람들에게 말을 걸고, 의자를 가져와 앉히거나, 줄이 짧아지면 이동시키거나 물을 가져다주는 등 꽤나 신경을 썼다. 웨이터의 명찰을 주시했다. 그렇게 멀지 않음에도 읽을 수가 없었다. 최근, 사물에 초점을 맞추는 일이 전보다 쉽지 않아진 듯한 느낌이 든다.

아무렴 어때. 얼굴은 기억했다. 건물에 감탄하는 척하며 사진도 찍었다. 다음에 다시 오기 전까지 경찰이 협력자로 점찍은 사람이 누구였는지 도마를 통해 확인해두자.

자리가 비어 손님이 가게 안으로 빨려 들어갈 때 열린 문틈으로 바람을 타고 커민이나 시나몬이나 육두구 등의 향신료와 농후한 꽃향기가 새어나왔다. 최근에 느끼지 못했던 공복감을 의식했다. 살아 있으면 배가 고파진다. 인간이란 슬픈 생물이다.

버스로 기치조지로 와서 살인곰 서점에 들렀다.

외부 계단 아래에서 간판 고양이가 몸을 말고 사료를 먹고 있었다. 나를 알아차리고는 퍼뜩 놀라 엄청 빠른 속도로 도망쳤다. 내게 애교를 부려달라고까지는 말하지 않겠지만, 그렇게까지 싫어할 것도 없지 않나 생각하며 2층으로 올라갔다.

원래 이 점포는, 살인곰 서점의 공동 경영자인 도바시가 돌아가신 어머니에게 물려받은 모르타르를 바른 여섯 채짜리 목조 연립을 개조한 것이다. 2층 앞쪽의 두 집을 터서 살롱으로 바꾸어 이벤트나 강연회 등에 이용하기도 한다. 안쪽 한 집은 리모델링을 하지 않고 화장실이나 부엌도 그대로 둔 채 '백곰 탐정사' 사무소로 쓰고 있다. 하지만 아래층 창고가 가득 찬 탓에 책이 가득 담긴 골판지 박스가 부엌 면적의 4분의 1 정도를 점령 중이다. 조만간 아래층 창고의 문이나 창문이 위층 하중 때문에 제대로 열리지 않게 될지도 모른다.

남은 공간에 오래된 로커와 책상, 도바시의 모친 집에 있었다는 여기저기 갈라진 가죽 소파를 놓았다. 얼마 전에 조사용 장비의 일부를 스타인벡 장에서 이곳 벽장으로 옮겼다. 단순히 이사의 수고를 줄이기 위해서였지만, 이것이 다행이었다. 애착이 있는 회중전등이나 쌍안경, 일안 레프 카메라 등 많은 것을 화재로 잃었지만, 아직 쓸 수 있는 기재가 남아 있다.

몰래 카메라, 도청기 같은 장비의 배터리를 체크하고, 지금은 그저 물건을 넣어두는 데 쓰는 낡은 배낭을 꺼냈다. 이 배낭에는 비밀 주머니가 있어서 드라이버나 나이프 등을 넣어둘 수 있다. 바깥에서 만져도 절대로 알아차리지 못한다.

그 밖에 필요한 것은 역 앞 돈키호테에서 살 생각에 스마트폰에 메모를 하고, 아트레 기치조지에서 사온 돈카츠 샌드위치와 스무디로 점심을 때우며 컴퓨터를 켰다. '2015년 3월 20일, 스카이랜드, 교통사고'로 검색했다. 기사가 몇 건 검색되었다.

춘분 전날인 금요일 정오 직전. 게이오 선 스카이랜드 역 앞 교차로 근처 언덕길에 정차 중이었던 밴이 급발진했다. 차는 그대로 버스 정류장을 덮쳐, 버스를 기다리던 세 명을 치고 뒤에

있는 건물 벽에 격돌했다. 사고에 휘말린 도쿄 도 스기나미 구의 식당 점장 아오누마 미쓰타카 씨(51)와 이나기 시의 파트타임 종업원 이와키 모토코 씨(41)는 병원으로 이송되었지만 사망이 확인되었고, 아오누마 씨와 함께 있던 아들(21)도 한때 의식불명의 중태에 빠졌다.

사고를 일으킨 것은 근처에 사는 가와사키 시 다마 구의 자영업자 호리우치 히코마 용의자(78)로, 본인도 머리 쪽에 전치 8주의 중상을 입었다. 경찰 조사에서 액셀과 브레이크를 착각했다고 진술했다. 호리우치 용의자는 1년 전에 아내를 잃고, 상심에 빠져 있었다고 하여, 경찰은 인지능력 검사를 검토하는 등 신중하게 조사 중이다…….

기사를 요약하자면 이런 식이다. 더 세밀하게 파고든 기사는 없나 살펴보았는데, 그 결과 알아낸 것이라고는 다른 피해자인 이와키 모토코 씨에게 고등학생과 중학생 아들 둘이 있었다는 사실과 근처 슈퍼에서 파트타임 일을 한 지 7년이 되었다는 것. 아오누마 미쓰타카 씨가 기치조지에 있는 식당의 명물 점장이었다는 것과 함께 사고를 당한 아들이 이케부쿠로 교아이 대학교에 다니는 대학생이라는 것. 또한 호리우치 용의자가 몇 달 전에 치매 검사를 받았는데 이상이 없다는 결과가 나왔다는 것과 사고 당시 버스 정류장과 일직선상에 있는 언덕길 도중에 차량을 세우고 잠시 멍하니 있었다고 진술했다는 사실뿐이다. 그 밖에는 '고령 운전자의 사고'에 대한 기사들이었다.

어쩔 수 없다. 처음부터 '왜 아오누마 부자가 그날 이 사고 현장에 있었는지'에 대한 실마리를 검색으로 찾을 수 있을 거라고는 생각하지 않았다. 그랬다면 이미 히로토도 알았을 것이다.

스카이랜드 홈페이지에 들어가 보았다. 스카이랜드는 유원지뿐만 아니라. 넓은 부지 안에 다종다양한 시설이 설치되어 있었다. 스카이랜드 골프장, 스카이랜드 병원, 천연 온천, 요양원, 야구 연습장……. 그러고 보니 다카노 사키의 성지 중 하나가 바로 이 스카이랜드 야구 연습장이었다.

참고로 사고 이전 1년간의 스카이랜드와 관련된 기사를 찾아보았다.

기간한정 놀이기구 '셔틀 어스' 해금, 아이돌 성우 그룹 포포리의 풀사이드 라이브, 3천 그루의 철쭉이 장관, 롤러코스터 고장으로 사죄, 제1주차장에서 일사병에 의한 아이 사고, 신상품 스카이 프라페 블루 하와이 맛, 동쪽 주차장에서 관리인 폭행 사건, 관람차에서 직원 폭행 사건, 롤러코스터 새치기에 의한 관람객 간의 트러블, 최근 음주 관람객에 의한 트러블이 잇달아 보고되고 있습니다. 원내에서는 과음에 주의해서 즐거운 시간이 되도록 하십시오. 스카이랜드 오리지널 캐릭터 스카이도그와 놀자…….

끝이 없다.

군지의 명함을 꺼내, 교통사고 보고서를 보고 싶다는 취지의 문자를 보냈다. 더불어 화재 조사 보고서와 여우와 바오바브에 대해 판명된 내용도 알고 싶다고 첨부했다. 답변이 올지 알 수는 없지만, 부탁한다고 돈이 드는 것은 아니다. 저쪽 역시 날 이용하려 하는 것이니까.

2시 반이 넘었다. 검은 상의로 갈아입고 사무소를 나왔다. 미타카다이 역으로 가서 이노카시라 선을 이용하기로 했다. 역에서 내려 릿쿄여학원 옆 언덕길을 올랐다. 아오누마 댁이 가까워질수록 호흡이 가빠지고 심장 박동이 빨라지는 것을 느꼈다.

골목으로 꺾은 순간 벚나무가 눈에 들어왔다. 벚나무는 마치 아무 일도 없었다는 듯이 우뚝 서 있었다. 그러나 블루레이크 플랫은 흔적도 없었다. 내가 추위에 떨었던 집도, 미쓰타카가 평생에 걸쳐 모은 책이 쌓여 있던 집도, 미쓰타카의 유골함이 있었던 집도, 레오 할아버지의 집도, 히로토가 수수께끼의 여성과 함께 있었고 가위에 눌렸던 그 집도 사라졌다.

그곳은 이제 단순한 공터였다. 갈아엎은 흙냄새가 났다.

안도했다. 하지만 가슴이 아팠다. 집이나 건물뿐만 아니라 우리가 함께 공유했던 시간도 처음부터 존재하지 않았던 것 같았다.

어쩌면 그것은 나무 주발의 요정이 보여준 환상이었을지도 모른다.

"아오누마 씨의 사촌동생, 그러니까 하나에 씨였던가. 그녀가 바로 대응해준 덕에 일주일 후에는 중장비가 들어왔거든."

벚나무 쪽에 사는 이웃, 하야사카 시게이치는 홍차를 끓이며 웃는 얼굴로 그렇게 말했다.

불이 근처로 번진 듯한 흔적은 없었다. 불이 난 것이 강풍이 불었던 그 전날이었다면 그렇지 않았을 것이다. 하야사카 댁의 담벼락에 살짝 그을린 흔적이 있었지만, 그것도 화재가 있었다는 사실을 모르면 알아차리지 못할 정도였다.

자택이 피해를 입지 않았다는 사실도 있어서일 것이다. "인사가 늦었습니다. 그때는 나무에서 내려주셔서 감사합니다. 제 생명의 은인입니다"라면서 과장되게 감사인사를 하니 하야사카 시게이치는 인터폰 안쪽에서 "아니, 뭘. 당연한 일을 했을 뿐인데" 하면서 부끄러워하더니 잠시 기다려달라고 말했다.

꽤나 오랫동안 기다렸다. 이윽고 하야사카 댁의 현관이 열렸다. 버찌 모양의 앞치마를 한 남자가 나타났다. 아무리 봐도 여든 살이 넘어 보였다. 나무에서 내려올 때 온몸을 그대로 기대지 않아 정말 다행이었다.

기노쿠니야에서 사온 홍차를 내미니 "마침 잘됐군요. 아몬드 가루를 넣은 피낭시에를 굽던 중이었거든요" 하고 말하고는 집 안으로 안내했다.

"아오누마 씨가 의식을 되찾기 전에 후다닥 정리하는 것도 인정머리 없어 보이기는 했지만, 눈앞에 잿더미가 있으면 냄새도 나고 볼 때마다 힘들고, 방범적으로도 문제가 있으니까요. 주민들이 상담한 결과, 내가 대표로 병원에 부탁하러 갔어요. 하나에 씨가 말이 통하는 사람이라 다행이었어요."

"하야사카 씨는 여기서 오래 사셨나요?"

아담한 단독주택인데, 안쪽은 깨끗하게 정리되어 있었다. 내가 앉아 있는 거실에는 여성의 영정 사진이 놓여 있다.

"아내입니다. 벌써 5년이나 더 지났네요."

하야사카가 내 시선을 느끼고 대답했다.

"우리가 이 땅을 산 게 1960년이었던가. 이미 아오누마 씨 댁이 세워져 있었어요. 연립이 세워져 있던 장소는 그 시절에는 닭장이 있었는데, 꼬꼬댁 하면서 꽤나 시끄러웠죠. 아내가 임신했을 때는 갓 낳은 달걀을 나눠주기도 해서 불평을 할 수가 없었어요. 덕분에 아들은 건강히 잘 자랐고."

"아드님은 미쓰타카 씨와는 나이가 같았나요……?"

"한 살 연하였습니다. 아이들끼리는 별로 친하지 않았어요. 게이론 대학교 부속 유치원에 입학시키고, 영어를 가르치는 등 아오누마 씨의 남편은 근처에서도 엄청난 교육열로 유명했어요. 정원에서 미쓰타카가 무릎을 꿇은 채 아버지에게 혼나는 걸 자주 목격했죠. 그 덕인지 미쓰타카는 공부를 잘하기는 했어요. 우리 바보 아들과는 수준이 다르다고 아내가 자주 말했었는데."

하야사카 씨가 아내의 레시피로 만들었다며 홍차와 함께 피낭시에를 내놓았다.

"그런데 미쓰타카는 힘들게 들어간 의대를 중퇴하고 집을 뛰쳐나갔어요. 그리고는 시대에 뒤떨어진 히피처럼 되었죠. 그 모습에는 다들 깜짝 놀랐습니다. 처음에 아오누마 씨의 남편은 미쓰타카가 해외 유학중이라고 했지만, 얼마 후에 머리와 수염을 기른 미쓰타카가 그와 비슷한 차림의 여성과 돌아온 거예요. '결혼하겠습니다', '내 눈에 흙이 들어가기 전까지는 인정 못한다' 같은 식으로 근처에도 다 들릴 정도로 집안싸움이 심했죠."

하야사카 씨가 다시 피낭시에를 권했다. 하야사카 씨는 내가 먹는 모습을 눈 한 번 깜박하지 않고 지긋이 바라보았다.

"어때요? 약간 호화롭지만 발효 버터를 사용해봤는데."

"정말 맛있네요. 향이 좋고, 단맛도 딱 적당한 게. ……미쓰타카 씨는 의대였나요?"

그는 자신도 피낭시에를 입에 넣고 "약간 딱딱한가" 하고 중얼거렸다.

“게이론 대학교 의대는 에스컬레이터식(일본의 일부 사립학교의 경우, 동일 계열의 부속 초등학교에 입학하면 중학교, 고등학교, 대학교까지 따로 시험을 치루지 않고도 진학할 수 있다—옮긴이) 이어도 입학은 쉽지 않다고 들었습니다. 남편은 제약회사의 영업맨이었잖아요. 의사나 의대 교수 접대 때문에 일이 꽤나 힘들다고 들었어요. 아들을 의사로 만들어서 원수를 갚을 생각이 아니었을까요. 그런데 아들이 히피가 되어버렸으니. 결국 미쓰타카는 그 여성과 멋대로 결혼했다고 아내가 아오누마 씨에게 들은 모양이에요. 그 후 미쓰타카의 모습을 보지 못했지만, 아버지가 돌아가신 후 아내를 데리고 돌아와서 연립의 한 집에 눌러 앉았죠.”

하야사카가 피낭시에를 집었던 손가락을 티슈로 닦으며 말했다.

“미쓰타카의 부인 말인가요? 벌써 20년 전의 일이고, 어떤 얼굴이었는지 기억이 잘……. 드센 성격이라 미쓰타카와 부부싸움을 해도 조금도 물러서지 않았습니다. 싸움 뒤에는 부부간의 화해 방법이 그 뭐 있잖아요, 남사스러워서. 그게 또 이웃에 민폐를……. 아내는 조신한 여자라, 그들이 화해를 시작하면 서둘러 창문을 닫았습니다. 뭐, 젊었을 적에는 어쩔 수 없죠. ……하무라 씨, 피낭시에 하나 더 어떠신가요? 치매 방지 차원으로 과자 만들기에 도전했다 푹 빠졌습니다. 최근 유행하는 요리남인 거죠. 하하하.”

하야사카를 따라 나도 웃었지만, 홍차가 없었다면 피낭시에가 목에 걸릴 뻔했다. 과자에 죄는 없다. 충분히 맛있었지만, 자세히 보니 그의 입술 주름 사이로 립스틱 자국이 남아 있고, 목덜미에는 파운데이션이 번져 있었다.

이것이 무엇을 의미하는지 알 수 없다. 그런 취미를 가진 것인지, 아니면 죽은 아내가 그리워져서 자신이 아내로 분장한 것일지도 모른다. 영정 사진 속 여성의 눈매는 내가 피낭시에를 먹고 있는 모습을 바라보던 하야사카 시게이치의 눈매와 꼭 닮았다. 어쨌든 내가 그의 멋진 오후를 방해한 것만은 틀림없었다.

14

마지막으로 아오누마 미쓰에가 등유 난로를 연립으로 가져가는 것을 보았느냐고 질문했다. 하야사카 시게이치 자신은 보지 못했다고 말했다.

"이 집에서는 연립에 가려져 아오누마 씨의 안채나 연립의 출입구 쪽이 보이지 않으니까요. 본 사람이 있다고 한다면 연립 주민이 아닐까요. 이노카시라 길 건너에 있는 술집에서 자주 술에 취해 있던 할아버지. 그 사람이 아니면, 맞은편 쪽 집이나 지나가던 사람일수도."

"아오누마 댁 맞은편도 셋집입니다."

하야사카 시게이치는 일부러 나를 배웅하러 나와서는 그 집을 가리켰다.

어렸을 적에 읽었던《작은 집 이야기》라는 동화책에서 본 집과 닮은 삼각형 지붕의 흰 집이었다. 창과 문을 파란색으로 칠하고, 갈매기 모양의 풍향계 등 주인의 취미가 엿보인다. 금방이라도 임대인이 나설 것 같은 집인데, 자세히 보니 집 아래쪽에 나뭇조각이 이리저리 떨어져 있었다.

"전에는 요시나가 가족이 20년 가까이 살았었죠. 부부, 히로토와 같은 나이의 여자아이 그리고 두 살 아래의 남동생의 4인 가족이었습니다. 그들이 이사를 떠난 이래, 임대인이 오래 살지를 않아서요. 한 달 전쯤부터 위가 안 좋아 보이는 젊은 남자가 출입하는 것 같더니 언제부터인가 보이지를 않는군요."

사실은 그거 경찰이 잠복했던 거라고 말해주고 싶은 마음을 억누르며 하야사카 댁을 나왔다. 하야사카 시게이치는 석간을 집어 들고는 잰걸음으로 집 안으로 들어갔다. 아직 4시가 약간 넘은 시간인데 거리에는 황혼의 기척이 차오르기 시작했다.

하야사카 시게이치가 가르쳐준, 그때 나를 구해준 이웃 주민 몇몇을 찾아갔다. 거의가 집에 없었다. 평일 이 시간, 일하는 사람이라면 당연할 것이다. 야마오카라는 남성만이 집에 있었지만, 감사인사를 하고 홍차를 내미니 수상쩍다는 듯이 받아들었다. 화재에 대해 물었지만 신통한 대답은 없었다. 나를 넘어 다른 차원을 보고 있는 듯한 눈이었다. 바로 그 자리를 떠났다.

야마오카 댁의 대문을 나섰을 때 여성과 부딪힐 뻔했다.

미쓰에에게 소개받은 이웃 중 한 명, 가타기리 씨였다. 머리를 새카맣게 염색하고, 핑크빛으로 손톱을 물들이고, 윤기가 흐르는 짙은 감색 코트 아래로 에나멜 펌프스가 보였다. 가타기리 씨가 펄쩍 뛰면서 가슴을 손으로 누르며 "깜짝 놀랐네" 하고 말했다.

"당신은 분명 아오누마 씨의 연립에 있었던 탐정이죠? 야마오카 씨에게 무슨 볼일이라도?"

"화재 때 도움을 받은 인사를 하러 왔는데 무슨 문제라도 있나요?" 하며 고개를 갸웃거리니 가타기리 씨가 목소리를 낮췄다.

"야마오카 씨는 건망증이 심해졌거든. 얼마 전에도 슈퍼에서 물건을 사고는 돈을 내는 걸 잊고 가게에서 나가버렸지 뭐야."

"설마 그건……."

"따님이 이따금 들르기는 하니까."

가타기리 씨가 애매하게 말했다.

"어느 집이나 다 큰일이야. 히로토도 그렇게 되고. 류지도. 우리 아들인데, 충격을 크게 받았어. 히로토는 분명 약을 먹어서 몽롱했던 걸 테지."

"히로토에게 아드님에 대해 들었습니다. 친구였다면서요?"

"그야, 뭐."

가타기리 씨는 켕기는 것이 있는지 말끝을 흐렸다. 동년배인 아들의 친구가 죽고 아들은 건강하다. 그것만으로도 죄악감을 느끼는 사람도 있다.

"아드님은 오늘은?"

"학원. 취업이 내정된 회사에서 도움이 될까 해서 공부를 시작했어."

가타기리 씨는 뽐내듯 대기업의 이름을 말했다. 내년 봄에 대학교를 졸업하면 그 회사에서 일하게 될 것이다. 요즘 시대, 종신 고용은 힘들지만 그래도 대기업이다. 급료나 대우가 중소기업과는 다르다. 불면 날아갈 듯한 개인사업자와는 사자와 짚신벌레 정도의 차이가 있다.

"아드님과 이야기를 한번 나누고 싶습니다. 사실은 히로토가 죽기 전에 부탁받은 조사가 있는데, 어쩌면 류지 씨가 그에게 뭐라도 들었을지도 모르거든요."

가타기리 씨는 놀란 듯이 눈을 크게 떴다.

"아들은 히로토가 사고를 당한 이후 만난 적이 없거든. 한 번 병문안을 갔었는데, 히로토의 부상이 너무 심해서 이후로는 만나기 힘들어진 모양이라. 뭐라고 해야 할까. 친했었는데 건강한 자신이 미안해졌다고 할까. 별 도움은 안 될 거야."

가타기리 씨가 단호히 말한 후에 첨언했다.

"게다가 히로토는 실수로 불을 낼 정도로 의식이 확실하지 않았으니까. 그 조사라는 것도 진심으로 부탁한 게 아닐지도 모르고."

가타기리 씨와 헤어져 아오누마 댁으로 돌아왔다.

블루레이크 플랫뿐만 아니라, '아오누마'라고 매직으로 적힌 녹슨 우편함도, 길가에 펴 있던 산다화도 사라졌다. 미쓰에가 열심히 비질을 했던 부지에는 미쓰에와 내가 함께 정리한 필요 없는 물건을 넣어둔 비닐만 쌓여 있고, 바싹 마른 화분이나 탄 흔적이 있는 양철 양동이 등이 놓여 있었다. 누군가가 버린 빈 캔이나 페트병도 여럿 눈에 띄었고, 담배꽁초도 떨어져 있었다. 안채는 허식이 벗겨내진 노인처럼 움츠린 채 통행인의 시선에 그대로 노출되었다.

역시 해가 떠 있는 동안 실행하기는 쉽지 않을 것 같다. 밤을 기다리자.

이노카시라 길로 향했다. 문득 시선을 느끼고 고개를 들었다. 삼각형 지붕의 흰 집 옆 황토색 기와의 단독주택 앞에 한 여성이 석간을 한손에 들고 서서 나를 보고 고개를 갸웃했다. 미쓰에 씨에게 소개받았던 이웃 중 한 명, 오바라는 여성이었다. 오바 씨의 집 안에서는 재방송 형사 드라마의 소리인 듯한 "멈춰, 쏘지 마"라는 대화와 총성이 엄청나게 큰 소리로 흘러나오고 있었다.

오바 씨는 나를 본 적이 있기는 한데 누구인지는 기억이 나지 않는 모양이었다. 애교와 애수가 적절히 섞인 표정을 지으며 인사했다. "누구셨더라?" 하며 묻는다면 솔직하게 대답할 생각이었지만, 오바 씨는 그런 무례를 저지르는 성격은 아니었다. 애매한 인사를 주고받다가 화재조사에 대한 화제를 꺼내면서 "여러 부서의 사람들이 계속 바뀌가며 나타나니 기억이 잘 안 나시죠?" 하고 말하니, 오바 씨가 큰소리로 내 말에 찬성했다.

"그러게 말이야. 경찰이나 소방서뿐만 아니라, 구청의 무슨 과라느니, 보건소라느니, 무슨 신문이라느니, 주간지라느니 하니까. 역시 히로토에 주목한 모양이더라고. 불쌍하게도. 교통사고를 당해 그렇게 크게 다쳤음에도 열심히 재활에 매진했는데."

명치 근처가 욱신거렸다. 그녀는 나를 경찰 혹은 구청 관계자라고 생각한 모양이다. 죽더라도 여기서 눈물을 글썽거릴 수는 없다.

헛기침을 하고 물었다.

"아오누마 댁과는 친하게 지내셨나요?"

"미쓰에 씨와는 벌써 50년 넘게 알고 지냈지."

나도 모르게 한 걸음 뒷걸음치고 말았다. '깨진 종소리'를 들은 적은 없지만, 오바 씨의 목소리가 바로 그랬다. 하늘을 날던 박쥐가 갑자기 방향을 바꿔 어딘가로 사라졌다.

"원래 여기는 우리 부모님 집이거든. 나는 이혼하고 친정으로 돌아온 처지라, 부모님이 주위에 창피하니 밖에 나돌아 다니지 말라고 해서 반쯤 집에 틀어박혀서 집안일만 했어. 이웃 중에서 내 험담을 하지 않고 친하게 대해준 건 미쓰에 씨뿐이야. 그녀에게도 여러 일들이 있었으니까."

"그 말씀은?"

"남편이 난폭했거든."

오바 씨가 목소리를 낮추고 말했다. 어딘가 근처에서 창문이 닫히는 소리가 들렸다. 돌아보니 아오누마 댁 옆에 있는 '요코오'라는 명패가 달린 집의 창가에 있던 여성과 눈이 마주쳤다. 큰 나무와 검은 장식이 달린 커다란 철제 현관이 특징적인 지은 지 얼마 되지 않은 주택이다. 그녀는 무표정하게 고개를 돌리고 레이스 커튼을 쳤다.

"요즘 말하는 DV야. 미쓰에 씨의 친정은 사이타마에서 작은 상점을 했는데, 그 주 거래처의 주선으로 결혼했다지 뭐야. 때문에 맞거나 욕을 듣거나 자식을 심하게 혼낼 때도 친정으로 도망치지 못한 거야. 근면하고, 연립 경영까지 하고, 아들이나 너를 잘 가르치는 남편을 만나서 너는 행복한 신세라며 부모님이 말했다나 봐. 옛날 어른들의 우선순위 1위는 '먹고 살 수 있느냐'였으니까. 폭력 같은 건 별로 대단한 결격사유도 아니었던 거지."

"그렇다면 아들인 미쓰타카 씨가 아버지의 뜻에 거스르게 되었을 때는 집안이 난리가 났었겠네요."

"그야 난리 정도가 아니었지. 전부 네 잘못이라며 남편이 길길이 날뛴 나머지 주변에서 경찰 신고도 여러 번 했었어. 미쓰에 씨는 자주 멍투성이였던 데다 뼈가 부러진 적까지 있었으니까. 그런데 경찰은 남편을 체포하기는커녕 미쓰에 씨에게 설교를 하더라고. 부인이 남편을 잘 달래주지 않으니 우리 경찰이 출동하게 되었지 않았느냐면서."

오바 씨는 원망스러운 듯한 눈으로 나를 노려보았다. 나는 "그건……" 하며 입속으로 간신히 중얼거린 다음 고개를 숙였다. 오바 씨는 마음이 풀렸는지 말을 계속했다.

"뭐, 옛날 일이니까. 그 남편은 이미 무덤 속에 들어간 지 오래고. 하지만 곧 아들 부부가 굴러 들어와서 아기가 태어났나 했더니, 며느리는 도망치고, 히로토는 전부 미쓰에 씨가 키우게 되질 않나. 그런데 히로토가 대학을 다닐 때까지 힘들게 키우고, 졸업과 직장이 결정된 순간 교통사고. 마지막에는 화재라니. 히로토가 실수로 불을 냈다고 들었는데, 히로토의 몸 상태가 어떤지 아는 입장에서는 난로를 조작하다가 기절해도 무리는 아니었다는 생각이 들어."

"그러고 보니 미쓰에 씨가 이번 달 초에 연립의 히로토 집으로 등유 난로를 옮기는 장면을 목격한 사람이 있었다면서요?"

"뭐? 아아."

청산유수였던 오바 씨가 갑자기 입을 다물었다. 나는 모르는 척하며 말을 이었다.

"그런 세세한 사실까지 기억하고 있다니 엄청난 기억력을 가진 분인가 봐요. 나는 한 달 전에 남이 난로를 꺼내든 말든 봤더라도 금방 잊어버렸을 텐데."

"어머나, 아직 그렇게 젊은데."

오바 씨의 눈동자가 흔들렸다. 나는 다그치듯 물었다.

"그렇다면 목격 증언은 오바 씨가?"

"수사에 협력하는 건 시민의 의무니까. 누군가는 알려야 한다고 생각했어. 사실이고. 그런데 그게 어쨌다고? 별 일 아니잖아?"

"별 일 아니라뇨. 엄청나게 중요한 증언이에요. 당신의 증언이 없었다면 경찰은 방화 가능성을 포기하지 못했을 테니까요. 정말로 감사합니다."

과장되게 고개를 숙이니 오바 씨가 억지웃음을 지으며 쭈뼛거리며 말했다.

"어머, 그래? 도움이 되어 다행이네. 아차차, 주전자를 불에 올려놨었지."

현관문이 닫혔다. 안에서 크게 울려 퍼지던 형사들의 대화도 끊겼다.

오바 씨 댁 앞에서 아오누마 댁을 바라보았다. 그 산다화가 있으면 단층집인 오바 씨 댁에서 아오누마 댁의 정원은 보이지 않는다. 걸어가다가 본 것이라면 또 모를까.

다시 이노카시라 길을 향하려 했을 때, '요코오' 댁에서 사람이 나왔다. 아까 눈이 마주친 여성이다. 노란 보트 넥 스웨터에 차콜그레이 트위드 스커트를 입고, 굽이 낮은 로퍼를 신었다.

고개를 숙여 인사를 하니 그녀가 혼잣말처럼 중얼거렸다.

"오바 씨는 에피소드 도둑이야."

"네?"

"남의 이야기를 자기 일처럼 이야기한다고. 거짓말을 하는 건 아니야. 그럴 주변머리도 없고. 다른 사람의 이야기를 있는 그대로 자기가 본 것처럼 말하는 것뿐."

"등유 난로 이야기도?"

요코오 씨는 말이 너무 많았다는 듯이 고개를 돌리고는 집 안으로 돌아갔다.

나는 다시 발걸음을 옮겼다. 좌로 우로 이리저리 돌며 주택가를 관찰하면서 이노카시라 길까지 이동했다.

이노카시라 길 쪽으로 건너오니 술집이 몇 곳 있었다. 처음에 눈에 띈 것은 나무로 만들어진 미닫이문에 불투명 유리, 가게 이름은 '뉴 후지요시'라는 낡은 술집이었다. 미닫이문 옆에는 일본주 메이커의 포스터가 붙어 있었는데, 술병을 들고 있는 기모노 차림의 여성은 33주기가 지난 혼백처럼 흐릿했다.

그 밖에는 프랜차이즈 술집이 두 곳, 외관이 다른 곳보다 다소 번듯한 식당이 한 곳 정도일까. 어쩌면 이곳에 있는 모든 술집을 레오 할아버지가 돌아다닌다 해도 이상할 것은 없지만, 어느 곳이나 영업을 개시한 지 얼마 되지 않아 손님은 많지 않았다. 다시 와야 하나.

그렇게 생각했을 때 골목길 안쪽에 라이온즈 야구모자가 보였다.

레오 할아버지는 밝은 얼굴로 동행과 즐거운 듯이 이야기하며 걷고 있었다. 동행은 세 명이었다. 한 명은 윗니 하나가 없고, 다른 한 명은 윗니 네 개가 없고, 마지막 한 명은 윗니 두 개, 아랫니 하나가 없었다. 모두가 헤이안 시대의 궁녀처럼 겉옷을 여러 겹 걸쳐 입었다.

그들은 일부러 그러는 것처럼 큰소리로 웃으며 길을 건너 편의점에 들어갔다. 슬그머니 뒤따라가서 편의점 안에서 커피를 내리며 관찰했다. 페트에 든 싸구려 소주 두 병과 발포주 여섯 개들이 세트를 두 세트. 그 밖에도 종이팩에 든 일본주 몇 병과 미네랄워터, 볶음국수, 돈카츠 전골, 감자 샐러드, 건어물 등을 쇼핑 바구니에 넣었다. 마지막에 누군가가 “단백질을 섭취하지 않으면 건강에 안 좋아”라면서 계산대 옆의 닭튀김을 잔뜩 샀다.

돈은 레오 할아버지가 계산했다. 안쪽 품에서 꺼낸 지갑은 싸구려였지만, 새것이었고 두툼했다. 계산이 끝난 물건의 봉투는 일행이 들고는 레오 할아버지에게 잘 먹겠다고 말했다. 할아버지는 의젓하게 고개를 끄덕이고는 좋은 곳이 있다고 말했다. 일행은 편의점에서 나와 걸었다. 나는 커피를 홀짝이며 뒤를 밟았다.

그들의 목적지는 공공주택 부지였다. 4층짜리 네모반듯한 건물이 네 동 늘어서 있고, 각 단의 높이가 상당히 낮은 계단과 철쭉 화단과 잔디. 옥상에는 물탱크가 저녁놀을 받아 반짝였다.

그 잔디밭 한쪽에 정자가 있었다. 네 개의 기둥에 지붕, 아래는 테이블과 벤치. 콘크리트로 지어진 것인데, 고압 세척기 광고에 쓰면 딱일 것 같은 검은 이끼가 끼어 있었다. 레오 할아버지가 마치 왕처럼 먼저 자리를 잡고 앉았다. 다른 세 명이 먹을 거나 마실 것을 늘어놓고 이내 술판이 벌어졌다. 흥겨운 술판이었다. 모두가 페트병에 든 소주를 돌아가며 마시고, 닭튀김에 마요네즈를 듬뿍 찍어서 먹었다.

한동안 술판이 계속될 거라고 판단하고 주위를 정찰하러 갔다. 어두워지고 있었지만 불을 밝힌 집은 두 채밖에 없었고, 공공주택 건물은 마치 묘석처럼 어둠 속에 우뚝 솟아 있었다. 입구 옆에 늘어서 있는 우편함을 체크했는데, 이름을 적어둔 집은 적었다. 최근에는 이름을 적어두지 않는 주민들이 훨씬 많다. 요즘 세상에 가족 전원의 풀네임을 적어두는 집은 오바 씨가 사랑하는 재방송 드라마의 등장인물들뿐이다.

3동 202호 우편함에서 '고구레'라는 이름을 발견했다. 마치 새것처럼 글자가 반짝였다. 하나에가 레오 할아버지는 화재로 홈리스가 되었다며 보상을 요구했다고 말했다. 하지만 적어도 현재는 홈리스가 아닌 모양이다. 더불어 주머니 사정도 꽤나 풍족한 것 같다.

술판을 감시할 수 있는 위치로 이동했다. 레오 할아버지는 엄청난 술꾼이었다. 다른 세 명이 술을 권할 때마다 전혀 사양하지 않고 계속해 마셨다. 하지만 취하기는 한 모양이다. 술만 마시는 것은 자신뿐이고, 다른 세 명은 술 한 모금에 물 세 모금 정도의 페이스라는 사실은 전혀 알아차리지 못했다.

술자리는 한없이 계속되다 9시가 넘어 술이 떨어졌다. 레오 할아버지가 술에 곯아떨어지지 않아서 세 사람은 안절부절못했다. 레오 할아버지는 원숭이 같은 얼굴을 누그러뜨린 채 등줄기를 꼿꼿이 세우고 앉아 있었다. 갑자기 앞니가 하나 없는 남자가 뭐라고 외치며 자리에서 일어섰다. 동시에 다른 두 명도 일어서서 셋이 한꺼번에 레오 할아버지의 팔을 잡고 안쪽 주머니에 손을 집어넣으려 했다. 레오 할아버지가 저항하니, 앞니가 하나 없는 남자가 빈 페트병 꼭지 쪽을 손에 들고 방망이처럼 들어올렸다.

페트병으로 얻어맞은들 죽지는 않겠지만 그냥 놔둘 수는 없었다. 나는 스마트폰에 입력해둔 경찰차 사이렌 소리를 최대 음량으로 틀었다. 동시에 큰소리로 "경찰 아저씨, 이쪽이에요, 이쪽" 하고 외쳤다.

이런 허술한 수법이 통할지 의심스러웠다. 하지만 많이 자제했다고는 하나 이가 없는 남자들도 술을 마시기는 했다. 그들은 악마가 T-렉스를 타고 나타나기라도 한 양 깜짝 놀라서는 레오 할아버지를 밀치고는 구르듯이 도망쳤다.

완전히 모습이 사라진 것을 확인한 다음 레오 할아버지에게 다가갔다. 할아버지는 페트병을 거꾸로 들고 남은 것을 입 안에 털어 넣다가 나를 알아차리고는 고개를 들었다.

"아, 당신. 누구였더라?"

"이사 축하로 주신 캔커피 잘 마셨습니다. 괜찮으세요?"

레오 할아버지는 "호에?"라는 소리를 냈다.

"술이라면 나랑 함께 마셔 주기만 하면 내가 냈을 텐데에. 저놈들, 왜 그랬을까아. 함께 마시고 싶지 않았던 걸까."

"그들이 원했던 건 술보다 더 좋은 거였겠죠."

레오 할아버지가 눈을 껌벅거렸다. 나는 테이블에 팔꿈치를 올리고 앉았다.

"불이 났던 날 밤, 외출하셨다고요?"

"아, 그 화재. 기억하고 싶지도 않아. 히로토가 죽었잖아. 아오누마 할머니도 다쳐서 병원행이고. 게다가 히로토가 불을 냈다느니 뭐라느니 하는데, 죽은 자는 말이 없는 법이니."

"그날, 레오 할아버지는 몇 시에 나가셨나요? 9시쯤에는 아직 집에 계셨는지 텔레비전 소리가 들렸는데요."

"으~음."

레오 할아버지가 얼굴을 쓰다듬다가 잠시 머뭇거렸다.

"10시 넘어서였나. 텔레비전을 보면서 마시고 있었는데 술이 떨어져서 사러 나갔어. 거기서 '뉴 후지요시'의 스도랑 만난 거지. 손님에게 낼 안주거리가 떨어졌다며 사러 왔던 거야. 그래서 내가 산 술을 들고 가게로 오라고 꾀더라고. 다섯 잔을 마셨는데 2천 엔으로 깎아주는 거야. 그런데 생각해보니 내가 산 술이잖아. 두 번 다시 이딴 가게는 안 오겠다고 결심하고 집으로 돌아왔더니."

레오 할아버지가 손등으로 눈물을 훔치고는 야구모자 챙을 만졌다.

"집이 불타고 있더라고. 전부 불타버리고는 이것만 남았어."

"그래도 무사한 데다 그 모자만이라도 남아 다행이네요. 추억의 물건인 거죠?"

"전에 쓰고 다니던 헌팅캡을 술집에서 잃어버려서. 술집 주인이 헌팅캡을 찾다가 나온 게 이거. 어쩔 수 없다 보니 이걸 쓰고 다니기는 했는데."

"……그랬군요."

"나는 문제를 일으키고 싶지 않아. 딸에게 피해가 가니까. 우리 딸, 완전 똑 부러져서 화재보험 신청이나 공공주택 신청 같은 거, 그런 서류 작업을 잘하거든."

"레오 할아버지, 화재보험에 들으셨었어요?"

"그런 것 같아."

"그럼 그 지갑 속의 돈은 보험금?"

레오 할아버지가 퍼뜩 놀라며 가슴을 손으로 가리고 나를 매섭게 쏘아보았다.

"난 돈 없어. 응, 이젠 하나도. 집은 불타버리고 빈 몸으로 나왔으니까. 돈은 말이지, 타버린 가재도구를 사는 데 쓸 돈이야. 술 마시거나 하면 딸에게 된통 혼난다고."

할아버지가 갑자기 고개를 푹 숙였다. 코를 골기 시작했다. 일부러 자는 척하는 것이 뻔히 보이지만, 그러다 진짜 잠들기라도 하면 동사할 위험성도 있다. 흔들어 깨웠다.

"다른 이야기인데요. 히로토와 미쓰타카 씨가 교통사고를 당한 날, 그 두 사람이 왜 스카이랜드에 갔었는지 들은 바 있나요?"

레오 할아버지는 "호에?"라고 말하고는 크게 하품을 했다. 질문을 반복했다. 네 번째에야 간신히 레오 할아버지의 머릿속 회로가 연결되어 내 목소리를 전해주었다.

"글쎄, 아오누마 할머니도 몰랐던 것 같던데. 사고 연락이 이나기였던가 고마에였던가 그쪽 경찰서에서 왔거든. 할머니는 두 사람이 그런 곳에 있을 리가 없다며, 전화 사기라며 전화를 끊었어. 그래서 결국 근처 파출소에서 직접 알리러 찾아왔지."

레오 할아버지가 고개를 저었다.

"할머니는 그때 정말 놀란 모양이었어. 미쓰타카가 히로토와 둘이서 어딜 나가다니 좀처럼 없는 일이거든. 미쓰타카가 미국에 함께 가지 않겠느냐고 했을 때도 히로토는 가지 않았으니까. 히로토의 학교 수업참관일이나 보호자 면담 때도 할머니에게 떠넘긴 채 가지 않았고. 미쓰타카가 딱히 히로토에게 무관심하거나 한 건 아니었다고 봐. 자주 히로토 사진을 찍거나 그랬거든. 옛날에는 필름 카메라다 보니 일일이 사진관에 가져가서 현상을 맡겨야 했잖아."

레오 할아버지가 크게 한숨을 내쉬었다.

"히로토도 불쌍하게도 왜 아버지와 함께 나갔었는지를 기억해내지 못해 괴로워했었어. 그 두 사람, 사고 전날 밤, 203호에 오랫동안 같이 있었거든. 이따금 큰소리로 소리 지르며 싸우는 게 가장 먼 우리 집까지 들렸으니까. 내 생각인데, 히로토는 기억해내지 못하는 게 아니라 기억해내고 싶지 않았던 게 아닐까. 아버지와의 마지막 기억이 싸운 거라니, 누구든 기억해내고 싶지 않겠지. 때문에 나도 히로토에게는 싸움에 대한 건 잠자코 있었고."

레오 할아버지를 집까지 배웅했다. 거금을 갖고 돌아다니지 말라고 충고하고 싶어서 입이 근질거렸지만 참았다. 똑 부러지는 딸이 이미 여러 번 충고했을 터였다. 분명 본인도 알고는 있다. 알고는 있는데 술이 없으면 사러 나갔다가 여기저기서 봉이 되는 것이다.

아직 시간은 일렀다. 공복을 느끼고 니시오기쿠보 역으로 갔다. 고가 아래의 쇼핑몰에 있는 '오이와 식당'에서 꽁치 카레를 먹으려 했지만, 월요일은 정기 휴일이었다. 오늘은 제대로 된 음식을 먹지 못했다는 생각을 하면서 다시 편의점에서 커피를 샀다. 트랜스 지방이 잔뜩 함유된 도넛도 사서 역 앞 벤치에서 먹었다. 밤이 깊어지면서 문을 닫는 가게가 늘어나 역 앞도 어두워졌지만, 거리를 지나다니는 사람은 아직 많았다. 자판기 그늘에서 구토를 하는 학생이나, 서로 노려보고 있는 젊은이들이나, 펌프스 굽 소리를 울리며 버스를 향해 뛰어가는 여자들이 있었다.

그들을 보고 있으니 이제부터 내가 하려는 일도 별반 다른 일 같지 않게 느껴졌다. 나는 그들처럼 열심히 살고 있지도 않고 딱히 재미도 없는 흔한 존재다. 목적을 위해서라도 수단은 고르지만, 허용되는 수단의 상한선도 하한선도 스스로 결정하고 싶다. 그뿐이다.

행선지 표시등을 빨갛게 밝힌 마지막 버스가 북상하는 것을 지켜본 뒤 반대 방향으로 걸음을 옮겼다. 배낭을 메고 양손을 주머니에 찔러 넣고 핑크 코끼리(니시오기쿠보 상점가의 명물—옮긴이) 아래를 지나, 이쓰카이치 가도를 넘고, 이노카시라 길을 빠져나와, 아오누마 댁 근처로 돌아왔다.

심야였음에도 주택가에는 아직 사람의 기척이 있었다. 기치조지 방면에서 큰소리로 무대 대사 같은 것을 외치며 걸어오는 젊은이들도 있었고, 자전거를 탄 사람도 있었다. 나는 걸으며 얇은 장갑을 끼고, 머리카락과 귀를 니트 모자로 완전히 덮었다. 저녁에 이 근처를 돌아다녔을 때 확인했던 CCTV, 그중에서도 특히 최신식 장치는 피해 이동을 하며 아오누마 댁 뒤쪽으로 돌아갔다.

아오누마 댁의 뒷문 옆에는 루버식 창문이 있었다. 유리가 블라인드처럼 삽입된 타입으로, 핸들을 움직여 개폐를 하여 환기용으로 사용한다. 창틀은 알루미늄제라 부드러워 별 고생 없이 벌릴 수 있기 때문에, 유리를 빼내는 것도 간단하다. 창 자체가 작기 때문에 이쪽으로 들어가는 것은 고양이가 아니라면 불가능하지만, 자물쇠는 데드볼트 방식의 모노락이다. 창문을 통해 장대 핸들을 넣어 자물쇠 꼭지만 잡아 돌리면 자물쇠가 쉽게 열린다.

모든 자물쇠가 그렇기는 하지만, 실제로는 말처럼 그리 간단하지는 않다. 거울 두 장으로 자물쇠 꼭지의 위치를 확인하며, 일정 높이를 유지하면서 긴 핸들과 핸들 손잡이를 목적한 장소로 이동시키는 것인데, 거울 두 장을 이용할 경우 좌우, 앞뒤가 어떻게 움직이는지 헷갈리기도 하고 핸들을 잡고 있는 팔도 시간이 지날수록 버티기 힘들어진다. 네 번째로 실패했을 때에는 아예 앞쪽 현관의 유리를 깨고 들어

갈까도 생각했다. 빈 캔이라도 떨어뜨려 놓으면 행실이 나쁜 통행인을 의심할 것이다.

일곱 번째 도전 끝에 자물쇠 꼭지를 잡을 수 있었고, 열한 번째 도전 만에 자물쇠 꼭지를 돌릴 수 있었다.

유리를 원래대로 돌려놓고, 문을 닫고, 자물쇠를 잠갔다. 신발을 벗고 실내로 들어갔다. 동쪽 창문 쪽에서 가로등 불빛이 들어와 회중전등을 사용하지 않더라도 안에 있는 것들이 똑똑히 보였다. 셋이 함께 밥을 먹었던 식탁도, 짐을 정리한 덕에 생겨난 복도도, 히로토의 세탁물을 개켜서 올려두었던 거실의 일인용 소파도. 그리고 그 소파에 사람이 앉아 있는 모습도 똑똑히 보였다.

"늦었네."

마키무라 하나에가 말했다.

15

"언제부터 거기에?"

간신히 입을 열어 그렇게 물었다. 하나에는 소파 위에서 기지개를 켠 후 전등 끈을 당겼다. 60와트의 형광등이 집 안을 환히 밝혔다. 백색등 아래에서 하나에의 안색은 더욱 어둡게 보였다.

하나에가 눈을 크게 뜨고는 고개를 갸웃했다.

"지금 그게 중요한가?"

"……그렇지는 않죠."

"그러게. 중요한 건 경찰을 부를지 말지. 어느 쪽이 좋아?"

하나에가 폴더식 핸드폰을 펼쳐서 들어보였다. 내가 잠자코 있으니 코웃음을 치며 핸드폰을 덮고 주머니에 넣었다.

"붙잡힐 각오 정도는 했다는 얼굴이네. 그래서?"

"그래서……라는 말씀은?"

"시작한 거잖아? 히로토에게 부탁받은 조사. 그래서 히로토의 물건을 조사하러 안채의 그의 방을 보러 온 거고. 저녁때 병원에서 돌아오는 길에 여기 들렀더니, 옆의 옆집 분이 그렇게 말하더라고. 이 댁에 대한 걸 이것저것 묻고 다니는 여자가 있다고. 간신히 소동이 진정되고 평온한 생활이 돌아와 이웃들도 안심하고 있었는데, 이렇게 풍파를 일으켜도 되냐며 충고하던데. 아니, 충고라기보다는 협박이었지."

옆의 옆집이라고 하면 요코오 씨일까. 대출을 받아 집을 새로 올렸더니 근처에서 화재, 취재, 깨진 종소리 같은 오바씨……. 멋진 단독주택 생활을 꿈꾸었을 텐데, 그런 환경은 예상 못했을 것이다. 짜증이 날만도 하다.

"이웃의 불만 따위는 아무래도 상관없어. 히로토가 당신에게 무슨 의뢰를 했는지 말해줄래? 나도 가족이니 들을 권리는 있을 거야. 권리가 없더라도 말해줘야 할 거고."

하나에가 훗, 하고 웃으며 입을 가렸다.

"생각해보니, 당신이 딱이네."

"무엇에 말인가요?"

"뻔하잖아. 방화범. 경찰은 한 번 내린 결론을 그리 쉽게 뒤집지는 않아. 하지만 불이 난 곳에 불법 침입을 한 인간이 있다면 어떨까? 그 인물이 등유 난로와 같은 수법으로 안채에도 불을 지르려 했던 거지. 가스레인지 불을 켜고, 불이 붙기 쉬운 걸 거기 떨어뜨린 다음, 휴대용 부탄가스라도 근처에 놓거나 해서. 하지만 그런 작업을 하고 있을 때 내게 들켜서 경찰에 신고가 들어가는 거지."

"잠깐만요. 왜 제가 블루레이크 플랫을 불태울 필요가 있죠?"

"예를 들어, 미쓰타카의 집에서 돈이 될 물건이라도 발견했다든가."

하나에가 눈을 가늘게 떴다. 즐거운 망상이라도 하고 있는지 코끝이 붉게 충혈되고 숨이 살짝 가빠졌다.

"그걸 독점하고 싶었던 거야. 그러니까 유품 정리의 프로가 오기 직전에 그 물건을 빼돌려 감췄지. 훔친 사실이 들통나지 않도록 불을 낸 거고. 안채로 몰래 숨어들어온 건 그 물건을 이 안채에 숨겼기 때문인 거고. 화재 조사가 끝나기를 기다려 오늘 그걸 가지러 온 거야. 게다가 그 사실이 혹시라도 들통 나지 않도록 안채에도 불을 지를 생각이었던 거고. 어때, 완벽하지?"

"유품 정리의 프로를 예약한 건 저예요. 취소하는 것도 간단한 일이고, 일정을 연기하는 것도 가능하죠. 완벽하기는커녕 구멍이 너무 많은데요."

"구멍이 많더라도 상관없어. 경찰이나 세상이 아주 조금이라도 그 구멍투성이인 이야기를 믿어준다면 말이지. 그 화재는 사실 당신이 지른 편이 내게는 더 좋거든. 알겠어? 그럼 가르쳐주시지. 그는 당신에게 뭘 부탁했지?"

몇 초간 고민했다. 하나에가 나를 경찰에 신고하더라도 방화범으로 몰아가는 것은 어려울 것이다. 그렇다고는 하나 일이 골치 아파지는 것 또한 사실이다.

밤에 몰래 잠입하는 강경 수단을 취한 것은 히로토에 대한 정보가 필요했기 때문이다. 지금도 그 정보의 입수가 최우선 사항이기도 하다. 이렇게 된 이상 하나에를 설득할 수밖에 없다.

나는 히로토에게서 교통사고 당시의 기억이 없기 때문에 조사해달라고 부탁받은 일을 설명했다. 내 말을 끝까지 들은 하나에는 실망한 모양이었다. 코끼리를 삼킨 보아뱀의 등 같은 눈썹이 치켜 올라갔다가는 다시 축 처졌다.

"뭐야, 의뢰라는 게 그런 거였어?"

"그런 거? 그렇다면 하나에 씨는 히로토 부자가 사고 당일, 그 장소에 있었던 이유를 알고 계신가요?"

"몰라."

그녀는 입술을 삐죽거리며 소파 위에 양다리를 올렸다.

"미쓰타카 씨나 히로토 둘 중 누군가가 스카이랜드와 어떤 관계가 있다는 이야기를 들은 적은 없나요?"

"내가 알고 있는 한, 미쓰타카가 히로토를 놀이공원에 데려간 적은 없어. 그런 일을 하는 사람이 아니었으니까. 그의 아버지는 엄청 엄격한 사람으로, 휴일에는 미쓰타카에게 하루 종일 시험을 내거나, 꾸짖거나, 혼냈으니까. 그러니까 아버지가 없는 휴일은 천국처럼 멋졌다고 말했던 적도…… 있었지."

하나에는 손톱을 바라보며 추억에 잠긴 듯했다.

"하나에 씨는 미쓰타카 씨와 친했나요?"

하나에가 눈을 깜박이더니 말이 빨라졌다.

"그냥 일반적인 친척지간이야. 그랬다고 생각해. 일반적인 게 어느 정도인지는 모르겠지만. 다만 우리 친척은 빗살이 하나둘씩 빠지는 것처럼 점점 줄어들었거든. 미쓰에 씨는 4남매였는데, 이제 아무도 남아 있지 않아. 죽은 남편 쪽 친척과는 인연이 끊겼고. 그래서 교통사고 이야기를 듣고 나라도 뭔가 도울 일이 없는지 미쓰에 씨에게 연락을 한 거야. 마침 집을 찾고 있기도 해서 미쓰에 씨의 소개로 근처에 집을 빌렸지."

"그렇다면 미쓰타카 씨 부자가 스카이랜드에 간 적이 있는지 없는지 당신은 단언할 수 없는 거 아닌가요?"

하나에의 눈이 짜증이 난 것처럼 빛났다. 그러나 그녀는 잠시 후 고개를 끄덕였다.

"그래. 미쓰타카가 그런 부자간의 추억 만들기를 혼자서 할 거라고는 생각되지 않지만, 절대로 없을 거라고는 장담 못하겠네."

"그렇다면 부탁이 있어요. 히로토의 방을 보여주세요. 그의 친구에게 연락을 하고 싶고, 앨범도 보고 싶습니다. 미쓰타카 씨는 히로토의 사진을 많이 찍었다더군요. 물론 불타버렸을 가능성도 있지만 어딘가에 사진이 남아 있을지도 모르니까요."

"설마 진심으로 조사할 생각이야? 히로토와 미쓰타카가 사고 당일 왜 스카이랜드에 있었는지?"

"네."

"뭘 위해서? 히로토의 기억은 더는 돌아오지 않아. 본인이 아무리 살고 싶다고 바랐어도 살 수 없었던 것처럼. 의미 없는 일이잖아."

"그러게요. 설령 방화범을 붙잡더라도 히로토가 살아 돌아오지는 않으니까요."

하나에가 숨을 삼켰다.

"당신, 그 화재가 방화라고 생각해?"

"하나에 씨는 어떻게 생각하시나요? 히로토의 실화라고 정말로 그렇게 생각하세요?"

"그렇게 생각하고 싶지 않아. 아니, 그렇게 생각하지 않아. 하지만."

하나에가 입술을 깨물고 흥분을 진정시키듯이 손을 크게 폈다가 접었다. 그런 다음 말투를 바꾸었다.

"하지만 교통사고가 일어난 날에 히로토 부자가 그 장소에 있었던 일과 연립의 화재가 무슨 관계가 있는 거지?"

도마 시게루는 나를 사고 현장으로 데려갔었다. 그의 목적은 마약성 진통제 암시장의 수사다. 그렇다고 한다면 미쓰타카와 히로토가 그날 그 장소에 함께 있었다는 것은 옥시코돈 밀매와 관련이 있다. 적어도 도마는 그렇게 생각하고 있다.

설마 옛날 영화에서처럼 아버지와 아들이 놀이공원에서 마약 거래를 하고 있을 거라 생각하지는 않겠지만, 사람이 평소에 하지 않는 행동을 했다. 의심하는 것이 당연하다.

그렇기 때문에 그 장소에 그들이 있었던 이유를 밝혀내면, 옥시코돈 건에 관련된 다른 인물이 떠오를지도 모른다. 그 인물을 찾으면, 히로토가 죽은 화재의 진상에도 도달할 수 있을지도 모른다.

이튿날, 미쓰타카의 집 정리가 시작된다는 사실은 많은 사람들이 알고 있었다. 미쓰에가 이웃 주민들에게 이야기를 했었고, 히로토도 친구들에게 말했다고 했다. 도야마와 나의 통화가 들렸다면 여우와 바오바브의 스태프나 손님도 알 수가 있다. 그런 다음 이야기는 멋대로 퍼져나갔을 것이다. 그 사실을 알게 된 누군가가 옥시코돈 밀매와 관련된 증거가 블루레이크 플랫에서 발견될지도 모른다고 두려워했다. 그리고 다리가 불편한 히로토를 불태워 죽이려는 잔혹한 행동을 취했다. 자신을 지키기 위해.

그 녀석을 찾아내고야 말겠다.

그러나 도마에 대한 이야기를 할 수는 없었다.

"관련이 있는지 어떤지 그것도 포함해서 조사하겠습니다. 히로토가 알고자 했던 일이니까요."

침묵이 이어졌다. 이윽고 하나에가 더는 버틸 수 없다는 듯이 어깨를 으쓱했다.

"좋아. 마음대로 해. 얼마든지 뒤져봐."

"고맙습니다."

"허브티를 끓일게. 아침까지는 나가줘."

히로토의 방은 거실 뒤쪽에 있었는데 다다미 여섯 장 크기였다. 방은 깨끗하게 정리되어 있었다. 초등학교 때부터 사용한 것으로 보이는 책상의 서랍은 거의 비어 있는 것이나 마찬가지였다. 벽장에도 계절별로 깔끔하게 분류한 의류 케이스가 세 개 있을 뿐이다.

히로토가 의뢰비 대신으로 어떠냐고 말했던 우체통 모양의 저금통은 책상 구석에 놓여 있었다. 생각했던 것보다 작아 손바닥에 올릴 수 있을 정도의 크기였다. 그러나 이것을 가져가는 것은 적어도 오늘은 안 될 것 같다. 설령 안에 들은 것이 10엔짜리 동전 하나라도 하나에는 완고히 반대할 것이다.

그러나 히로토의 방이라고 느껴지는 것은 그것뿐이었다. 그 밖에는 앨범도 없고, 컴퓨터도 없고, 달력도, 연하장이나 성인 잡지 같은 것도 없었다. 하긴 요즘 대학생이 연하장을 받거나 성인 잡지를 사서 옆에 둘 것 같지는 않다. 그런 것은 모두 스마트폰 안에 있을 것이다.

"경찰이 증거품이라면서 이것저것 압수해갔어. 압수수색 때는 내가 입회했었지. 방 안을 여기저기 엉망진창으로 해 놓아서 정리하는 것도 보통 일이 아니었어."

하나에가 커다란 머그컵에 허브티를 담아 왔다. 개인 물건이 없다는 것을 알면서도 마음껏 조사하라며 은혜를 베푸는 듯이 말하다니. 이럴 줄 알았다면 감사인사 따위는 하지 않았을 것이다.

나는 실망한 모습을 하나에에게 보이고 싶지 않아, 애써 냉정함을 유지했다. 그리 어려운 일은 아니었다. 이 허브티 향기 앞에서는 대개의 인간이 무표정해진다.

"경찰은 약을 압수해가지는 않았나요?"

"응, 압수해갔어. 히로토가 '에지마 약국'에서 받아온 진정제라든가 여러 약들을 커다란 지퍼백에 넣어 책상 위에 두었었는데, 경찰이 그걸 통째로 가져가버렸지. 하지만 반년 동안의 치료 덕에 종류도 양도 꽤 줄었었어. 한때는 약에 절어 있었지만, 히로토는 꽤 좋아졌다고."

하나에는 스스로에게 들려주듯이 말하고는 허브티를 홀짝였다.

그곳에 옥시코돈이 있었다면 경찰 수사는 아직 계속되었을 것이다. 남아 있었던 것은 아마도 히로토의 체내에서 검출되었다는 벤조디아제핀 계열의 최면진정제 등일 것이다. 병원에도 확인을 했을 것이니, 압수한 약품은 관계가 없다고 생각해도 좋을 것이다.

혹시나 해서 벽장에서 의류 케이스를 꺼내 안을 하나씩 조사했다. 하나에는 의자에 앉아 뭐 이렇게 의심이 많은 여자가 다 있나 싶은 눈빛으로 나를 지켜보았다.

작업을 하면서 물었다.

“하나 물어봐도 될까요?”

“뭔데?”

“미쓰타카 씨는 약물에 손을 댄 적이 있나요?”

하나에가 나를 빤히 바라보았다. 그녀는 지금까지보다 더욱 경계하는 듯이 보였다.

“왜?”

“그냥 물어본 것뿐이에요. 배낭 여행객이었다면 해시시 정도는 시험해보지 않았을까 해서요.”

“그러니까 왜 그런 걸 묻는 건데?”

“의대생 출신의 방랑자가 마약에 대해 어떻게 생각했을지 흥미가 있었을 뿐이에요. 여우와 바오바브에는 에지마 병원의 환자가 많았던 것 같고, 그중에는 통증으로 힘들어하는 사람도 있었을 테니까요. 예를 들면, 의료용 대마에 대해서는 적극적인 사용을 바라는 사람도.”

“미쓰타카는 설령 의료용이라도 마리화나의 사용 같은 건 인정하지 않았어.”

하나에가 퉁명스럽게 말을 가로막았다.

"마리화나는 담배보다 건강하다고 주장하는 사람도 있는 듯한데, 동물 실험에서는 투여 양이나 회수, 환경에 따라서 무리사이드muricide라 불리는 특이한 공격성이 나타나는 게 확인되었거든. 암살자를 뜻하는 영어 어새신의 어원이 해시시라는 사실은 알고 있겠지? 가벼운 마음으로 마리화나에 손을 댔다가 폭력 문제를 일으키는 케이스는 적지 않아."

"그럴지도 모르지만, 그건 일반론이잖아요."

"일반론이 아니야. 미쓰타카는 알고 있었어. 마리화나가 무서운 부작용을 불러일으킬 수도 있다는 사실을."

하나에가 침을 튀기며 역설했지만, 내 시선을 느끼고는 톤을 다운시켰다.

"물론 그 또한 인도나 동남아시아의 싸구려 숙소에서 권유를 받아 재미삼아 마리화나를 시험해본 적은 있었……던 것 같은데, 그건 젊음의 소치 같은 거야. 현재의 그는 마리화나 따위는 질색이었을 거라고 생각해."

"그렇다면 설사 말기 암환자가 통증으로 힘들어해도 미쓰타카 씨는 마약을 건네지는 않는다는 건가요?"

"당신, 정말 끈질기네."

하나에가 눈동자를 굴렸다.

"만약 그런 암환자가 있다고 해도 왜 의사가 아닌 그가 그런 일을 해야 하지? 미쓰타카는 아버지에게 강요당했다고는 하나 한 번은 의대에 진학해 의사를 목표로 했어. 의사라면 정식으로 안전한 모르핀을 처방할 수 있지. 미쓰타카가 나설 필요가 없어. 아는 의사는 얼마든지 있고."

"게이론 대학교 의대 출신 의사 말인가요? 그중에 누구 하나에 씨가 아시는 분이라도 있나요?"

"에지마 병원의 원장 부부는 두 사람 모두 게이론 출신이고, 특히 부인인 마리카 씨는 미쓰타카와 동기였다고 들었어. 미쓰에 씨가 에지마 병원으로 전원을 한 것도 그런 인연으로 그쪽에서 먼저 언질을 줘서 한 거고."

"그랬……군요."

"어머나, 그 정도의 일은 이미 다 알고 있을 거라고 생각했는데."

하나에가 마치 승리한 것처럼 뻐기며 말했다. 눈이 마주치니 그녀가 득의양양하게 미소를 지었다. 자신의 영역이라고 생각한 장소에 미쓰에가 나를 받아들인 것이 마음에 들지 않는 것은 알겠는데, 반응이 너무나 아이 같다. 그녀의 나이를 50대로 어림짐작했는데, 어쩌면 약간 더 아래일지도 모른다.

"참고로 그 마리카 씨라는 분은 어떤 사람인가요?"

"어떤 사람이라 하면?"

"에지마 원장은 유명인이니, 그곳의 원장 부인이라면 미인일까 해서요. 어쩌면 미쓰타카 씨의 전 여자친구였거나 하지는 않았나 해서."

조사가 끝난 의류 케이스를 벽장에 되돌려 놓고, 다른 의류 케이스를 꺼내며 말했다. 하나에의 얼굴이 살짝 굳었다.

"왜 그렇게 생각한 거지?"

"미쓰에 씨는 그다지 좋은 상태가 아닌 거죠? 그런 환자를 일부러 자청해서 받아들이다니, 단순한 대학 동기라고는 생각되지 않아서요."

"그런 걸 천박한 사람의 억측이라고 하는 거야. 마리카 씨는 의사로서 미쓰에 씨를 내버려둘 수 없었던 거지. 게다가 미쓰타카는 오랫동안 마리카 씨의 가게에서 일을 했어. 여우와 바오바브는 미쓰타카 덕분에 인기 식당이 되었다고 해도 좋아. 덕분에 마리카 씨는 금전적으로도 상당히 이득을 봤을 거야. 미쓰타카의 모친을 우대해주는 건, 말하자면 미쓰타카의 퇴직금 대신이 아닐까."

나도 모르게 의류를 조사하던 손이 멈췄다. 그러고 보니 여우와 바오바브의 오너가 누구인지 조사하지 않았었다. 어쩐지 에지마 병원의 스태프나 환자가 많더라니. 원장 부인의 식당이었던 건가.

"그러고 보니 당신은 일일이 실례되는 말만 하네. 아니면 탐정은 원래 다 그런가?"

"탐정을 고용한 적이 있나요?"

나는 케이스 안쪽에서 나온 새 것 같은 청바지를 조사하면서 물었다. 다른 청바지보다 꽤 크고 색도 흰 편이다. 음료수를 흘렸는지 달콤한 냄새가 나는 얼룩이 남아 있었다.

"없어. 있을 리가 없지."

"히로토의 모친인 리미 씨를 찾으려고는 아무도 생각 안 했나요?"

하나에가 숨을 크게 들이마시고는 천천히 내뱉었다. 심호흡 두 번 정도에 진정이 된 모양이다.

"남자와 사랑의 도피를 했다……. 당신이 그렇게 말했잖아? 그런 여자를 찾아서 어쩔 건데. 아니면 이번에는 리미를 찾을 테니 그 조사비를 내라고 할 생각이야? 공교롭게도 당신에게 줄 돈 같은 건 없어. 미쓰에 씨의 병원비가 앞으로 얼마나 들지 알 수도 없고. 그보다 언제까지 옷 같은 거나 조사할 생각이야? 벌써 2시인데."

하나에가 하품을 연발했다. 리미 이야기는 이것으로 끝이라는 의사 표시일까. 가짜 하품이 진짜 마중물이 되었는지 눈에 눈물이 고여 있었다. 히로토의 방이 이런 상태이니 나도 바로 포기하고 돌아갈 거라고 깔본 모양이다.

"돌아가서 쉬시는 편이 어떨까요? 문은 잘 잠글 테니."

"나는 당신을 믿지 않아."

'그건 나도 마찬가지거든. 당신의 이야기는 믿을 수 없어.'

그렇게 반박할까 생각한 순간, 청바지 주머니에 무언가 들어 있다는 사실을 알아차렸다. 꺼내보았더니 그것은 녹색 리본 모양의 종이였다. 흰 글자로 '1일 자유이용권 스카이랜드'라고 인쇄되어 있었다.

16

“히로토가 스카이랜드에? 글쎄요. 갔었을지도 모르지만 우리와 간 건 아니에요. 그렇지?”

이즈시 다케노리는 소곤거리듯 그렇게 말하고는 옆에 앉아 있는 유카와 히지리를 보았다. 유카와는 큰 체구를 소파에 기댄 채 스마트폰 화면에서 눈을 떼지 않고 끄덕였다. 안경에 게임 화면이 비치는데, 안경 속 화면이 빛나거나 움직이거나 했다.

“우리는 지방 출신인데, 대학이 있는 이케부쿠로로 진출하기 쉬운 곳에 집을 빌렸어요. 유카와는 세이부이케부쿠로선 오이즈미가쿠엔, 저는 도부도조 선 가미이타바시니까 놀이공원에 간다고 해도 도시마엔이라든가 고라쿠엔을 가거든요. 그 편이 교통비도 별로 안 드니까요. 스카이랜드는 이쪽에서는 꽤 멀어요.”

아침 일찍 사쿠라이에게 연락이 왔다. 히로토의 대학교 친구인 '이즈시'와 '유카와'의 연락처를 알아냈다는 것이다.

"그 김에 만날 약속도 해뒀어. 이케부쿠로 교아이 대학교 근처의 '잉꼬'라는 카페에서 10시 반. 정보료는 준비해가는 편이 좋을 거야."

"그 아이들, 죽은 친구 이야기를 하는데 돈을 받아?"

"이야기하는 건 상관없지만 라인으로 하고 싶다더군. 최근 젊은 놈들은 처음 만나는 어른을 걸어 다니는 바이러스 집합체나 꼰대로밖에 보지 않아. 공짜로는 직접 만나달라고 해도 들어줄 리가 없잖아. 두 사람의 정보는 문자로 보냈어. 히로토의 모친, 아오누마 리미의 사랑의 도피 건 쪽은 시간이 좀 더 필요할 것 같아."

사쿠라이가 추가하듯 말했다.

"1인당 5천 엔이야. 귀여운 봉투에라도 넣어서 전해줘."

나는 잠이 덜 깬 눈으로 시간을 확인했다. 어젯밤이라기보다 오늘 새벽에 미타카다이에서 스타인벡 장까지 걸어서 도착한 시각이 5시 조금 전. 현재는 8시 55분.

이쪽을 배려해준 것 같지만 결과적으로는 엄청난 민폐였다. 좋은 사람은 자주 그런 짓을 저지른다. 연락처만 알려주면 내가 원하는 시간으로 면접 시간을 세팅할 수 있고, 정보료도 지불하지 않아도 되었을 것을. 그러나 이제 와서는 어쩔 도리가 없다. 나는 수면 부족으로 제대로 돌아가지 않는 머리로 약속 장소에 도착했다.

"하무라 씨 이야기는 히로토에게 들었어요."

이즈시는 나와 내가 테이블 구석에 늘어놓은 병아리 무늬의 봉투를 번갈아 힐끗거리며 이야기했다. 눈을 똑바로 바라보았다가는 돌로 변하기라도 하는 모양이다.

여드름 흔적이 살짝 남아 있는 둥근 얼굴에 희소가치가 있을 듯한 둥근 코. 내가 중학생 때, 야구부에서 볼보이를 했던 것은 이런 얼굴의 아이들이었다. 그 순박한 얼굴에 꽤 복잡한 커트를 한 헤어가 올라가 있다. 입고 있는 것은 거의 저가 브랜드였지만, 스니커는 한국 래퍼와 컬래버레이션을 한 한정 모델로, 프리미엄이 붙었다는 것을 어딘가에서 읽은 기억이 있었다.

"부친이 썼던 텔레비전을 옮기는데 자기 집 밴과 여탐정을 보내겠다고. 그거 하무라 씨 이야기였군요."

"히로토와는 사이가 좋았나 보네."

"국제사회학과는 우리가 입학한 해에 생겼거든요. 인원도 적고, 선배가 없기 때문에 학점을 이수하려면 동기 간의 협력이 필수였어요. 히로토는 권력을 쥐고 있는 연상의 여성에게 인기가 많았기 때문에, 행정실 아줌마라든가 교수님에게 얻은 정보를 모두에게 가르쳐줬거든요. 좋은 녀석이었어요."

"그럼 그가 아버지에 대한 이야기를 한 적이 있어?"

"글쎄요, 잘 모르겠네요. 가족 이야기만 하는 녀석도 있지만, 히로토는 안 하는 쪽이었으니. 아버지 이야기도 어머니 이야기도 한 적이 없는 것 같아요. 할머니 이야기는 했었지만."

"머리가 좋은 할머니다 보니."

"맞아요. 할머니가 자랑거리였던 것 같아요. 다만 우리는 히로토와 사이가 좋았다고 생각했는데, 교통사고로 사경을 헤매고 있었는데 몇 달 동안이나 알아차리지 못했어요. 그래서 새삼 사이가 좋았냐는 질문을 들으면 좀 미묘하달까."

"히로토에게도 들었는데, 왜 너희들이 사고에 대해 몰랐는지 참 이상해. 대학교 행정실은 뭘 했던 거야?"

"바로 그거예요."

이즈시가 목소리를 낮췄다.

"사고가 있기 얼마 전에 히로토가 행정실 아줌마를 화나게 한 모양이에요. 그 때문인지는 모르겠지만, 원래라면 행정실에서 우리 동기들에게 정보가 전해졌어야 했을 텐데 오지 않았어요. 더구나 분페이가 히로토와 연락이 되지 않는다며 걱정되는 마음에 행정실에 직접 물어보러 갔는데 그 아줌마에게 쫓겨났다며."

"분페이는 히로토의 친구?"

"아, 틀려요. 히로토의 버디였던 녀석이에요. 그런데."

"분페이는 히로토에 대해 아무것도 모를걸요."

갑자기 유카와가 대화에 끼어들었다. 별 고생 없이 쑥쑥 자란 듯한 거구의 남사다. 패션에 그다지 관심이 없는지 셔츠에 파카. 화려한 상의를 겹쳐 입고는 양말은 검은 나일론이라는 휴일의 아저씨 같은 복장이다. 최근 젊은이는 손목시계를 하지 않는다고 들었는데, 그는 커다란 손목시계를 차고 있었다. 집중해서 바라보니 아이돌 성우의 얼굴이 문자반에 인쇄되어 있었다.

유카와는 이즈시에게 고개를 살짝 저어 보이고는 날 보고 이야기를 계속했다.

"우리 학과에는 동급생끼리 페어를 짜서 서로를 도와주는 버디 시스템이 있어요. 얼마 전까지 친구가 없어서 화장실에서 밥을 먹는 녀석이라든가, 라인 단톡방에 초대해주지 않아서 정보 교환을 하지 못하는 녀석이라든가. 그런 걸 집단 따돌림이라면서 학교를 고소하거나 우울증에 걸리는 녀석이 나오기 때문에 학교 측이 생각한 거예요. 분페이는 히로토와 버디였어요."

"꼭 만나서 히로토에 대해 이야기를 듣고 싶은데. 그 분페이의 성은 어떻게 돼?"

"글쎄요, 잘 모르겠네요. 게다가 이미 고향으로 돌아갔고."

유카와가 다시 소파에 몸을 파묻었다. 이즈시는 쭈뼛거리며 나를 보았다.

"그 지점에 관해서는 행정실 아줌마에게 물어보면 어떨까요? 우리 대학의 어둠의 보스라고 불릴 정도로 꽤 무서운 사람이기는 한데. 이 사람을 화나게 하면 취업에 영향을 준다는 소문이 있어요. 히로토는 사고를 당하지 않았더라도 취업이 안 됐을지도 몰라요."

"그건 아니지."

유카와가 안경을 치켜 올리며 다시 끼어들었다.

"히로토가 아줌마를 화나게 한 이유라는 게, 아줌마가 권한 취직자리를 거절했기 때문이잖아. 요컨대 우리 대학교 행정실 말인데. 그건 대리전쟁에 휘말린 것뿐이야. 히로토는 협박을 당해 그 자리를 거절한 거고."

"협박당했다고? 그렇다면 보통 일이 아닌데."

"너무 진지하게 받아들이실 것까지는 없어요."

유카와가 고개를 저었다.

"행정실 아줌마는 자기 마음에 든 히로토를 자기 부하로 삼고 싶었어. 우리 행정실, 급료는 괜찮잖아. 정식으로 채용이 되면 이런저런 수당도 있고, 1년차라도 연봉 300만 엔이 넘는다고 하니까. 히로토도 싫지는 않았을 거야. 그런데 하리야 주임교수는 자기 사위를 그 자리에 앉히고 싶었던 거지. 그래서 히로토에게 그 자리를 거절하지 않으면 학점을 주지 않겠다는 식으로 넌지시 말한 거야. 아줌마는 그 사실을 모른 채 화풀이 대신 히로토의 사고에 대한 정보를 묵살했는데, 그게 들통 나서 올해를 끝으로 일을 그만두게 된 거고."

"그랬구나. 굉장해. 처음 들었어."

이즈시가 말했다. 유카와의 한쪽 뺨에 보조개가 생겼다.

"전의 전 학장의 애인이었던 것뿐인데, 너무 오랫동안 학교를 뒤에서 좌지우지한 거지. 없어지기 전까지는 다들 굳이 건드리고 싶지 않았던 거야."

대학생에도 주부에도 공무원에도 우주비행사에도 가십을 좋아하는 사람은 있다. 그럼에도 불구하고 '남 뒷담화에는 흥미 없습니다' 하는 얼굴을 하고 있으니 흥미롭다.

"그런데 히토로가 진통제를 친구에게 나눠줬다는 소문을 들었는데, 그거 사실일까? 너희도 받았어?"

유카와가 안경 너머로 이즈시에게 시선을 보냈지만, 이즈시 쪽이 빨랐다. 그는 순박한 듯한 눈을 크게 뜨고는 말했다.

"아, 저 받았어요. 지난달에 라이브에 가서 근육통이 생겼다고 말했더니 잘 듣는 약이 있다면서 그 자리에서 줬어요."

"그 정도로는 범죄고 뭐고 아니잖아요."

유카와가 끼어들었다. 나는 의미심장한 미소를 지었다.

"처방받은 진통제를 친절한 마음으로 친구들에게 나눠준 게? 히로토는 내게도 주겠다고 했었어. 받지는 않았지만."

유카와의 귀가 빨개졌다.

"그럼 왜 그런 걸 묻는 건데요?"

"그 정보를 준 사람의 정보의 정확도를 확인하고 싶었을 뿐. 아무래도 사실이었나 보네."

"아, 하지만 판 건 아니에요. 그런 이야기도 나오기는 했지만."

이즈시가 몸을 앞으로 내밀며 말했다.

"히로토의 가방에 커다란 지퍼백이 들어 있었는데, 그 안이 약으로 가득했어요. 우리가 너 그래서는 뒷골목 약장사 같다고 놀리니까, 그렇다면 아예 남은 약을 팔아버릴까, 돈이 꽤 될지도, 뭐 그런 식으로. 그래서 인터넷에서 개인거래 사이트 같은 걸 봤더니, 약 중에는 진짜로 엄청난 가격으로 거래되는 것도 있어서 오히려 더 무서워지더라고요. 유카와가 그런 짓을 했다가 들키기라도 하면 취업이 취소될 거라고 하지 않나. 결국 다들 히로토를 말려서 못 팔게 했어요. 정말이에요."

병아리 봉투를 건네고 카페를 나왔다. '행정실 아줌마'를 꼭 만나고 싶었다. 대학교 행정실을 장악하고 있는 여걸에게 정보를 뽑아내는 것은 원래라면 샴쌍둥이 분리수술급으로 엄청나게 어려운 일이다. 그러나 해고가 결정된 지금이라면 매우 입이 가볍고 매력적인 아줌마일 것임에 분명하다. 히로토에게 흥미가 있었다면, 그와 관련된 사실, 예를 들어 고향으로 돌아간 수수께끼의 버디에 대해서도 잘 알고 있을 것이다.

교아이 대학교로 발걸음을 옮기려 했을 때 전화가 왔다. 도마의 부하인 군지 쇼이치였다. 받은 순간 트림 소리가 들려 무심코 스마트폰을 귀에서 멀리 뗐다. 스트레스가 인간을 바보로 만든다는데, 군지는 그 좋은 사례다.

"희망하신 교통사고, 화재 양쪽의 자료를 준비했습니다."

군지는 무심한 듯 말했다.

"빠른 대처 감사드립니다."

"다만 자료는 건네 드릴 수 없습니다. 제가 보는 앞에서 눈으로만 확인해주세요. 또한 메모도 하실 수 없습니다. 머릿속으로 기억해주세요. 그리고 이번에 알게 된 사실에 대해서는 비밀을 지켜주시기 바랍니다. 이것을 기반으로 한 탐문 및 그 밖의 조사는 인정할 수 없습니다. 확인이 끝나면 자료는 전부 제가 가져가서 직접 파쇄할 예정입니다."

쳇. 자동적으로 소멸하거나 그러는 것이 아닌가 보다.

"그럼 12시 반에 조후 역 중앙 개찰구에서. 시간 엄수. 늦으면 돌아갑니다."

"이왕 만나는 거 센가와의 스타인벡 장까지 오시지 않겠어요? 카페에서 기밀 정보를 펼치는 것보다는 나을 것 같은데."

전화가 끊겼다. 친절하게 이쪽의 희망을 들어줄 생각은 없는 모양이다.

시간을 확인하니 11시 반이 넘었다. 이케부쿠로 역으로 달려가 야마노테 선으로 뛰어들었다. 게이오 선 신주쿠 역에서 간신히 특급을 잡아탈 수 있었다. 평일의 외선 행은 승객이 적다. 자리에 앉을 수 있었기에 이동 중에 스카이랜드와 유카와의 손목시계의 성우 이름을 함께 검색해보았다. 작년 8월에 스카이랜드 풀사이드에서 이 아이돌 성우의 라이브 & 악수회가 열렸었다. 풍선, 비눗방울, 포니테일, 물방울 무늬의 빨간 비키니에 굽이 높은 샌들. 한여름의 아이돌 라이브는 전통을 제대로 고수했다.

많은 사진이 업로드되어 있었다. 엉망이고 따분한 사진을 뒤지고 뒤진 끝에 전철이 고쿠료 역을 통과할 즈음 간신히 알고 있는 얼굴을 발견했다. 이즈시 다케노리였다. 관객들 속에서 황홀한 얼굴로 춤추고 있다. 손목에는 노란 리본을 달고 있었다.

12시 반에 늦지 않았다. 군지가 개찰구에 서 있었다. 평소에는 양복 차림인데 청바지와 트렌치코트를 입었다. 마스크를 하고, 모자를 쓰고, 고개를 숙여 얼굴을 가렸다. 마치 변태로 변장한 것 같았다.

뒤에서 말을 거니, 군지는 먼저 시간부터 확인했다. 12시 반에 늦지 않았다는 사실을 깨닫고는 눈에 띄게 실망했다.

"가죠. '다즈쿠리 문화회관' 소회의실을 예약했습니다."

"군지 씨는 설마 조후 시에 살고 계신가요?"

"그게 어쨌다는 건가요? 오늘은 비번입니다."

"그러니까 왜 경찰서가 아닌 건가요?"

군지가 질문을 무시한 채 먼저 발걸음을 옮겼다. 선은 가늘지만, 역시나 경찰답게 단련을 한 모양인지 발걸음이 일반인과는 달랐다. 생각해보니 경찰 서류를 일반인에게 보여주는 모습을 다른 사람에게, 특히 경찰 내부에 알려지고 싶지 않은 것일지도 모른다. 보여준다는 사실에 감사한 채 입을 다물어야 하는 것일지도 모르겠다.

그렇게 생각했지만 몇 분 후, 조후 문화회관의 소회의실에서 군지가 가방에서 꺼낸 봉투의 내용물을 확인한 나는 할 말을 잃었다. 보고서의 양은 아무리 생각해도 너무 적었고, 더불어 여기저기 검은 칠로 가려진 상태였다.

"이게 뭔가요?"

"보면 모르시나요? 희망하신 서류의 복사본입니다."

"잠깐만요. 이걸 갖고 여당이나 공무원을 추궁할 게 아니잖아요. 서류가 부족한 건 둘째 치고 대체 뭘 가린 건가요? 도마 씨의 명령인가요?"

"제 판단입니다."

군지 쇼이치는 시선을 손목시계 쪽으로 떨군 후 "소회의실 사용은 12시 반부터 1시 반까지입니다"라고 말했다. 이미 12시 반을 10분 정도 넘긴 상태였다. 나는 하고 싶었던 말들을 꾹 삼킨 채 서류를 확인했다.

먼저 교통사고 관련 서류를 읽었다. 지금까지처럼 고령 운전자인 호리우치 히코마(78세)가 브레이크와 액셀을 착각해서 일어난 사고라는 결론이었다. 자동차 본체에도, 호리우치 히코마가 받은 치매 검사나 정신 감정에서도 이상은 확인되지 않았다. 도로와 차의 위치 관계를 나타내는 그림이나 피해자 두 사람의 사망 진단서도 확인했다. 미쓰타카의 직접적인 사인은 두개골 함몰 골절. 차에 심하게 치였는지 안면 표피가 박리되었다고도 적혀 있었다. 미쓰에는 아들의 시신을 어떤 마음으로 확인했을까.

호리우치 히코마 측의 정상참작을 바라는 탄원서가 첨부되어 있었다. 피의자는 고등학교 졸업 후, 건설 노동자로 일하며 부모를 봉양하고, 열심히 살아 스물여덟 살에 자신의 회사를 세웠다. 결혼을 해서 슬하에 3남 1녀를 두고, 고령이 되어서도 열심히 일을 해서 세금을 납부하고 사회에 공헌했다. 지금까지 전과도 없고, 술도 담배도 하지 않고, 손주를 사랑하는 모범적인 시민이었다. 결과적으로 두 명의 존귀한 생명을 무참히 빼앗게 되었지만, 피해자는 버스 정류장에 있는 사람들의 목숨을 구하기 위해 브레이크라고 믿고 필사적으로 액셀을 밟았으며…… 등등.

"이 탄원서, 누가 썼나요? 이름과 주소가 먹칠로 지워졌는데."

"피의자의 가족이겠죠."

군지가 졸린 듯이 말했다.

"그러니까 구체적으로 누구인가요?"

"알 필요가 있나요? 단순한 교통사고입니다. 옥시…… 조사와는 관계없습니다. 섣불리 이야기를 들으러 갔다가 정보 출처가 누설되면 곤란해서요."

정보가 곧 권력이라고 생각하는 녀석들은 이래서 문제다. 패를 끝까지 안 보여주는 것이 자신의 위대함을 보강해준다고 생각한다.

심호흡을 했다. 말투는 마음에 안 들지만, 군지의 말대로 단순한 교통사고 가해자를 조사한들 아무 소용이 없다. 문제는 미쓰타카와 히로토가 왜 그날 그 장소에 있었나 하는 것이다.

그 대답과 관련된 정보는 무엇 하나 없었다. 사고가 발생한 3월 20일, 미쓰타카는 그날 아침 일을 쉬겠다는 취지의 연락을 직장에 했는데, 그 이유가 '감기에 걸렸다'였다. 즉, 갑자기 일을 땡땡이친 것이다.

춘분 전날인 2015년 3월 20일은 학교가 봄방학에 들어가기 전날이기도 했다. 스카이랜드 입장객은 그리 많지 않았다. 그것도 정오 전. 제대로 놀고자 하는 사람은 그보다는 일찍 올 것이다. 그 많지 않은 입장객은 모두 스카이랜드 역에서 내려, 고가 아래의 통로를 지나, 교차로를 건너, 케이블카 승강장으로 향했다. 버스를 기다리던 것은 그 지역 주부와 미쓰타카 부자뿐. 역시 목적지는 스카이랜드가 아니었던 걸까.

버스의 경유지를 조사해보려고 했지만, 보고서에는 적혀 있지 않았다. 나중에 조사할 생각에 메모를 하려다가 그것도 안 된다는 사실이 떠올랐다. 그러나 슬쩍 보니 군지는 얼굴을 책상에 파묻고 자고 있었다. 위약 냄새 나는 날숨과 함께 침이 흘러나와 고였다.

덕분에 스마트폰에 메모를 입력하고, 카메라를 꺼내 화재 관련 서류를 촬영했다. 모든 페이지를 촬영하는 동안에도 군지는 눈을 뜨지 않았다. 시계를 보았다. 앞으로 10분. 촬영을 할 수 있어 다행이었다. 서류의 양이 적더라도 10분 안에 이만큼의 자료를 다 읽는다는 것은 무리다.

시간 가득 화재 관련 서류를 속독했다. 어떤 기준으로 선택했는지 모르겠는데, 자료에는 히로토나 미쓰에, 마키무라 하나에의 호적 등본까지 첨부되어 있었다. 하나에의 말대로 아오누마 리미는 지금도 아오누마 리미였다. 그보다 하나에는 한자로 英惠라고 쓰는 거였나. 어라, 1948년 출생? 현재 예순일곱 살이잖아? 전혀 그렇게 보이지 않는데. 그 허브티, 코를 막고서라도 마셨어야 했는지도 모르겠다…….

자료를 보다가 하나 마음에 걸리는 것이 있었다.

현장에서 발견된 등유 난로는 T사에서 1988년에 제조한 AXW009861-R이라고 되어 있었다. 스마트폰으로 조사해 보니, 이 난로는 콘크리트 건물이면 다다미 열 장 크기, 목조

건물이면 다다미 여덟 장 크기를 데우는 기능이 있다고 나왔는데, 그것은 아무래도 상관없다. 같은 번호의 난로는 그 밖에 두 종류가 있는데, 하나는 마지막 알파벳이 W, 다른 하나는 B였다. 요컨대 이것은 색을 나타내는 기호다.

현장에서 발견된 난로는 R. 말하자면 빨간색 난로였다. 미쓰에가 난로를 연립으로 가져가는 것을 목격했다는 근처 주민의 증언에 따르면 그 난로도 빨간색이었다. 이 사실이 일치했기 때문에 증언이 신빙성을 띠게 되어, 이즈하라도 그 증언을 믿었을 것이다.

그러나 미쓰에는 빨간색을 싫어했다. 그래서 식빵 이벤트 응모에 당첨된 빨간 토스터기만은 아무런 저항 없이 버릴 수 있었다.

그렇다고 집 안에 빨간 등유 난로가 아예 없었다고 단정할 수는 없다. 빨간 토스터기를 가지고 있었던 것처럼, 어쩌다 빨간색 등유 난로가 집에 있었을지도 모른다. 그래도 신경이 쓰였다. 나나 레오 할아버지가 모르는 빨간 난로가 갑자기 하늘에서 떨어지거나 땅에서 솟아난 것처럼 102호에 나타나, 화재의 원인이 되었다. 그 위화감은 우리가 아니라면 모를 것이다…….

슬슬 시간이다. 나는 서류를 정리해 봉투에 다시 넣었다.

서류를 보건대 이즈하라는 열심히 조사를 한 모양이다. 다만 어느 쪽이냐고 하면 그는 자살설을 유력시하는 것 같았다. 서류에는 히로토가 진찰을 받은 에지마 병원의 정신과 의사나 물리치료사, 친구의 것으로 보이는 증언도 여러 건 있었다. 그 이름이나 연락처는 검게 덧칠되어 있었지만, 모두가 히로토가 자살했을 가능성에 대해 질문을 받았고, 그 질문에 부정하지 않았다.

그렇다고는 하나 결론은 실화. 전에 여자 야구선수 다카노 사키의 추락사에 대해 도마가 말했었던 것을 떠올렸다. 사고인지 자살인지로 판단이 나뉠 경우, 확실한 근거가 없다면 경찰은 유족을 동정해서 사고로 처리하려 한다고. 히로토가 직전에 누군가에게 작별 인사를 했다거나 죽고 싶다고 말했다거나 유서를 남겼다는 사실은 없었다. 그러니까 자살이라는 결론에 이르지는 않았다. 그것은 좋다.

하지만 적어도 나는 자살설을 확실히 부정했다. 마키무라 하나에 또한 그런 일은 결코 있을 수 없다고 주장했을 터다. 그런데 여기에는 그 두 사람의 증언이 없다. 방화설의 냄새를 풍기는 증언은 애초에 서류로 작성하지 않은 것인지, 아니면 군지가 복사를 하지 않은 것인지…….

군지를 보았다. 여전히 얼굴을 책상에 파묻고 곯아떨어진 상태다. 깨우려고 다가갔다. 위에서 내려다보니 원형 탈모는 마치 찹쌀떡 모양이었다.

무심코 손이 멈췄다.

찹쌀떡 모양의 원형 탈모. 루우 씨가 찾던 남자에게도 분명 왼쪽 귀 뒤쪽에 그런 특징이…….

그 밖의 특징을 필사적으로 기억해냈다. 30대 초반, 선이 가는데 운동을 했는지 몸은 탄탄하고, 위약을 먹고 있다.

잠깐만 군지 쇼이치 그 자체잖아. 게다가, 맞아.

루우 씨는 작년 봄에 남자를 만났다. 도마 시게루가 나를 협박해서 이용한 것도 작년 봄이었다. 만약 그때 내 주변을, 그러니까 스타인벡 장을 부하에게 감시를 시켰다면, 군지가 루우 씨에게 접근했을 가능성은 크다. 재택근무라서 스타인벡 장을 가장 잘 알고 있는 것은 그녀니까.

아니, 그래도……. 앗!

무심코 목소리가 나오고 말았다. 군지가 벌떡 고개를 들고 손목시계를 보았다. 말없이 입가의 침을 닦고는 껄끄러운 듯이 나를 보았다.

"그러니까 오늘은 비번이거든요. 원래라면 집에서 자고 있었을 텐데 당신 때문에 어젯밤 늦게까지 서류를 정리하느라."

"사사키 루우, 알죠?"

단도직입적으로 물으니, 군지는 깜짝 놀라더니 갑자기 허둥지둥 의자에서 일어났다.

"시간 됐습니다. 소회의실 열쇠를 반납해야 해서."

"알죠?"

"무슨, 이야기인가요?"

"그렇다면 당신 사진을 찍어서 루우 씨에게 보여줘도 되겠죠?"

스마트폰을 내미니 군지가 엄청난 속도로 책상 밑으로 파고들었다. 의자와 의자 사이에 몸을 폭 파묻은 채 얼굴도 반쯤 바닥에 대고 있다. 그는 그 자세로 말했다.

"이러지 마세요. 그 사실은 도마 경부도 모르는 일입니다."

"그럼 역시 루우 씨와 잔 거군요, 당신."

긴 침묵이 소회의실을 지배했다. 이윽고 기묘한 소리가 울리기 시작했다. 바닥에 무릎을 꿇고 군지 쪽을 들여다보았다. 그는 딸꾹질을 하고 있었다.

"어, 어쩌다 보니. 왜냐면 싫다고도 말할 수 없어서."

이보셔.

"싫었던 거야?"

"모텔 앞을 걷다 보니 권하는 게 예의가 아닐까 해서. 웃으며 거절할 거라 생각했는데. 이쪽에서 먼저 권한 이상 싫다고도 할 수 없어서."

군지가 꿍얼댔다. 나는 울화가 치밀어서 책상에서 떨어져 벽에 등을 기대고 앉았다.

"그렇다고 경찰이 보통 수사 대상자와 자거나 하나."

"그녀는 수사 대상자였던 게 아니라 탐문 상대였달까."

"경찰로서 수사 관계자였다는 건 틀림없잖아."

"그렇기는 한데. 그녀와는 평범하게 이야기를 나눌 수 있어서."

"루우 씨?"

"전혀 긴장하지 않고 식사를 할 수 있었고, 이것저것 물어볼 수도 있었고, 조금만 더 함께 있고 싶다고도 생각했습니다. 즐거웠어요, 그때는. 그런데 그즈음 일이 많이 힘들어져서."

군지의 한숨소리가 책상 아래에서 흘러나왔다.

"전부터 생각했어요. 나는 이 일에는 어울리지 않는다고. 서류를 작성하는 것도 읽는 것도 엄청 시간이 걸리고, 사람과 대화하는 것도 서툴러서 대화가 계속되지 않고. 특히 도마 경부가 원하는, 그 잠입수사 같은 그런 일에도 서툴러서. 몇 번이고 이동 신청서를 제출했지만, 경부가 허락을 안 해줘서."

"아, 그러세요. 경부님 마음에 쏙 들었나 보네."

"네. 어째서인지. 에헤헤."

그러니까 당신, 그런 점이 문제라니까.

작년 봄부터 원형 탈모가 심해지고 위약도 계속 복용 중이다. 일은 정말 힘들 것이다. 그래도 칭찬받아 기뻐하는 모습을 보이면 이동 같은 것을 시켜줄 리가 없다.

"한 번은 교통과로 돌아갔습니다. 하지만 올해 도마 경부가 다시 부르더군요. 그 다카노 사키 조사를 위해 특별팀을 만들 테니 거기 참가하라고. 제 힘이 필요하다고 하니 거절할 수가 없어서."

왜 내가 당신 불평을 들어주어야 하는 거지 하는 생각에 한 귀로 흘리고 있었는데, 이야기가 조금 재미있어졌다.

"그렇다면 여우와 바오바브도 조사했어?"

"거기는 아르바이트 모집을 안 하더군요. 소개라고 할까, 스태프의 지인을 고용해요. 그래서 매일 같이 가게에 출근 도장을 찍으며 이가라는 웨이터와 친해져서 이런 곳에서 일하고 싶다고 말했습니다. 이가 씨가 점장에게 말을 전해주기로 했는데, 결국 역시 안 됐어요."

어제 낮에 여우와 바오바브 앞에서 찍은 친절해 보이는 웨이터 사진을 보여주었다. 군지는 고개를 끄덕이며 "네, 이 사람이 이가 씨"라고 말했다.

"식당에는 상당히 오랫동안 근무한 모양이에요. 그 사람이 추천해줬고, 사람도 필요했을 텐데……. 도마 경부는 그런 사실도 있어서 그 식당을 의심하고 있어요. 가드가 너무 단단하니까."

그러던 중 미쓰타카가 사고로 사망하게 되어 팀은 해산되었다.

"안심했어요. 그런데 그대로 도마 경부의 비서역을 맡게 되었습니다. 더불어 최근에 아오누마 히로토를 재조사하게 되어서."

"아오누마 댁 앞의 삼각형 지붕의 흰 집에서 히로토를 감시했었던 거군."

"이번에는 예비조사라 인원이 없어서, 그 집에 있었던 건 저 혼자였습니다."

그러니까 102호에 잠입했을 때도 레오 할아버지와 맞닥뜨리게 된 건가. 감시역이 한 명 더 있어서 외부 상황을 안에 있는 사람에게 일일이 전달했더라면 그런 일이 벌어질 리가 없었다.

군지는 책상 아래에서 길게 한숨을 내쉬었다.

"조사 대상자의 집 내부를 확인하라는 명령이 있었어요. 그래서 그렇게 했는데, 이웃에게 얼굴을 들켰다고 보고했더니, 위법행위는 용납할 수 없다며 엄청 화를 내더라고요. 위에 구멍이 날 것 같았어요. 덕분에 다시 원형 탈모에 걸렸고."

도마라면 할 법한 부당함이었지만. 그보다…….

"확인할 게 있는데, 정확하게는 언제부터 아오누마 댁을 감시하기 시작했어?"

"10월 29일 오전 중에 시작했습니다. 저 혼자라서 비디오카메라를 돌려 영상만 확보하고, 아오누마 댁을 방문하는 인간을 체크했습니다. 태반은 근처 주민이나 대학교 친구였습니다. 아, 하무라 씨가 할머니 두 사람에게 휘말려 날아가는 것도 봤습니다. 피가 뿜어져 나오더군요."

"그 비디오 영상, 전부 어느 정도의 양이야?"

"10월 29일 오전 중부터 11월 9일 밤까지니까, 250시간 좀 더 될까요. 하무라 씨가 아오누마 댁에 살게 되어 철수했습니다. 언제 그 연립의 할아버지에게 들키지는 않을까 조마조마했기 때문에 그때는 안도했죠."

"그 비디오 영상, 이즈하라 씨에게도 보여줬어?"

"아뇨. 왜냐면 화재가 발생했을 때에는 이미 철수했었으니까요."

"그럼 내게 보여줄 수 있어?"

"그, 그건……."

군지가 책상 밑에서 기어 나왔다.

"제 판단만으로는 좀……. 정식으로 허가를 받은 감시 작업이 아니라서 다른 사람에게 보여줘도 되는지 아닌지 도마 경부의 허락을 받지 않으면."

"허락을 받아줘. 괜찮아. 당신이라면 받아낼 수 있어. 그루우 씨를 푹 빠지게 한 그 매력으로 도마 경부를 설득해줘."

나는 군지에게 미소를 지어보였다. 군지는 핼쑥해진 얼굴을 갑자기 발그레 붉혔다.

17

소회의실을 나와 군지 쇼이치와 헤어졌다. 그 전에 도마 경부가 먼저 루우 씨와 군지의 관계에 대해 물어보지 않는 한, 내 입으로는 말하지 않겠다고 약속했다. 헤어질 때 군지는 얼굴을 붉힌 채 말했다.

"저기, 그녀, 아직도 저를……?"

엉망인 초상화를 그릴 정도로 잊지 못하는 것 같다고 말하니 군지는 에헤헤, 하고 웃었다. 그러니까 당신 그런 점이 문제라니까. 경찰이라는 것도 그녀에게 들키면 안 되는 거 아닌가?

군지는 진지한 얼굴로 동영상에 대해서는 경부의 허락을 받을 수 있도록 최선을 다해보겠다고 말했다.

그 길로 다즈쿠리 문화센터의 스카이라운지에 올라가 런치 뷔페를 신청했다. 혼자인 내가 안내받은 곳은 남쪽 창을 바라보고 있는 카운터 자리였다. 눈 아래로 다마 강이 빛나고, 게이오 선의 게이오다마가와 역의 지붕이 보였다. 그곳에서 더 남쪽으로 꾸불거리듯 계속되는 선로를 눈으로 쫓으니 관람차나 롤러코스터가 낮은 언덕 위에 세워져 있었다.

야채 찜이나 절인 고등어나 샐러드 외 기타 등등을 듬뿍 담아 스카이랜드를 노려보며 먹었다.

식후, 조후 역 북쪽 출구에서 기치조지 행 버스를 탔다. 덴키쓰우신 대학교 앞을 지나 진다이지, 신다이 식물공원을 통과해 소방 대학교를 경유해서 기치조지 길을 북상했다.

버스 안에서 식곤증을 이겨내기 위해 열심히 조사를 했다. 교아이 대학교 행정실에 사카토 미즈호라는 여성 부국장이 있었다. 몇 달 전부터 SNS 갱신은 모조리 중단된 상태였지만, 메인 화면에 사진이 올라와 있어 용모를 알 수 있었고, 과거 내용을 통해 주소도 알아냈다. 스가모 역에서 가까운 18층짜리 맨션에 살며, 근처 와인 바에 일주일에 두 번 정도는 다니는 것 같다. 해고가 결정된 지금이라면 매일 다니고 있을지도 모른다.

더불어 에지마 병원을 체크했다. 병원의 평가 사이트를 보았다. 신랄한 댓글이 많았다. 혈압도 제대로 못 잰다, 시설이 낡았다, 의사가 환자를 보지 않고 컴퓨터 화면만 보고 있다 등등. 5점 만점에 점수는 2.8점이었다.

홈페이지의 메인은 에지마 원장의 사진이 아닐까 했는데,

그 정도로 노골적이지는 않았다. 역사, 개요, 진료과와 같은 항목을 쓱 눈으로 훑었다. 개업은 1948년, 초대 원장은 에지마 고조. 이노카시라 지주의 아들로 게이론 대학교 의대 교수이기도 했다. 전에 스이도바시에 있었던 게이론 대학교 의대는 태평양 전쟁 후에 미타카로 이전했다. 에지마 가문의 토지와의 관계성을 의심해도 그리 틀리지는 않을 것이다.

1969년에 고조의 아들인 에지마 기요시가 2대 원장으로 취임. 1984년에 기요시의 동생 유키오가 3대 원장으로 취임. 1991년에 에지마 다쿠마가 원장으로 취임했다.

대물림이 좀 빠른 듯한 느낌이 들어 각각의 이름으로 검색했다. 에지마 기요시는 1984년에 52세로 사망. 에지마 유키오도 1993년에 58세로 사망했다. 두 사람의 부고 기사에는 사인이 실려 있지 않았다. 사고나 사건에 대한 언급은 없으니 아마도 병사일 것이다. 원장이 젊은 나이에 병사하게 되면 병원도 굳이 사인을 공표하지는 않는다.

홈페이지로 돌아갔다. 에지마 병원의 주요 진료과는 내과, 외과, 정형외과. 그 밖에 성형외과, 한방내과, 재활의학과, 종양내과, 통증의학과가 있었다. '다른 병원과도 연계하여 찾기 쉬운 지역 병원으로 치료를 돕고 있습니다'라는 제목의 글을 보다가 완화치료내과 부장 에지마 마리카라는 이름을 확인했다.

"우리 완화치료내과는 암환자의 신체적 고통, 정신적 고통, 사회적 고통, 영적 고통과 같은 총체적인 접근을 통해 삶의 질을 향상시키고자 노력 중입니다."

이 사람이 하나에가 말했던 원장 부인일 것이다.

마리카茉莉花. 흠, 이런 한자를 쓰는구나.

어딘가에서 본 적이 있다고 생각했다. 말리화차다. 여우와 바오바브에서도 마셨었다. 재스민의 일종으로, 말리화의 꽃을 섞은 차가 재스민차…….

갑자기 기억이 떠올랐다. 히로토가 죽기 전날, 그를 찾아온 여자. 그녀는 농후하고 인공적인 꽃향기를 풍겼다. 여자는 그 향기를 밤의 어둠 속에도, 히로토의 집 안에도 잔뜩 남기고 떠났다.

재스민 향기였다.

에지마 마리카로 검색을 했다. 잡지 인터뷰 기사가 검색되었다. 사진이 실려 있었다. 검은머리를 묶고 백의를 입은 이목구비가 뚜렷한 미녀. 목에 곡옥 모양의 실버 펜던트가 빛났다. 그날 밤의 여자라고 확신했다. 나는 가로등 불빛 아래에서 잠깐 보았을 뿐이다. 그 여자도 이목구비가 뚜렷한 듯이 보였지만, 빛과 어둠에 의한 착각이었을지도 모른다. 그래도 확신은 흔들리지 않았다. 그녀다.

인터뷰 기사를 읽었다. 에지마 마리카는 아버지와 숙부를 암으로 잃었다. 두 사람은 마리카의 할아버지가 개업한 에지마 병원을 발전시키기 위해서, 의사로서도 경영자로서도 온몸을 바쳐 일했다. 그 결과, 아직 한창일 때 병으로 쓰러졌다. 두 사람은 씩씩하게 통증을 참아내며, 페인 컨트롤도 좀처럼 받아들이지 않았다. 그러나 고통으로 고생하는 환자를 지켜보는 가족 입장도 쉬운 일이 아니다. 통증을 없애는 것은 신체적 고통을 완화시키는 것만이 아니다. 정신적인 불안감을 완화시키는 데 도움이 되고, 안정된 상태로 일이나 일상생활에 임할 수도 있다. 그 결과, 죽음에 대한 공포를 조금이라도 줄이는 데 도움이 된다…….

버스가 게이론 대학교 부속병원 정류장에 정차했다. 많은 사람들이 버스에 오르려고 줄 지어 섰다. 머리를 식히기 위해 내리기로 했다. 버스 바깥은 시원했다. 바람은 없다. 구름이 많은 하늘이지만, 곳곳에 구름 사이로 파란 하늘이 보인다. 단단한 겨울의 시작을 알리는 파랑이다.

사쿠라이에게 전화가 왔다. 걸으며 받았다. 그의 죄악감은 아직도 잔뜩 남아 있었다. 에지마 마리카의 자택 주소나 승용차와 관련된 정보를 알아봐달라고 부탁하니 바로 오케이한 뒤 말을 이었다.

"아오누마 리미가 사랑의 도피를 한 사토의 본명을 드디어 알아냈어. 아오누마 미쓰타카에 대한 폭행과 공갈 고소장을 찾았거든. 벌써 20년 전의 서류다 보니 찾는 데 시간이 걸렸어. 어디보자 이름은 사토 가즈히토, 1961년 4월 22일생. 실종된 게 1993년 7월 10일 전후이니, 당시 서른두 살이로군. 본적지는 지바 현 사쿠라 시. 실종 당시의 주소는 미타카 시 시모렌자쿠 욘초메 '하이츠 참새둥지' 201호. 실종 신고를 한 건 임대인이야."

나는 크게 감사인사를 하며 사쿠라이를 칭찬했다. 사쿠라이가 코웃음을 쳤다.

"모치즈키는 현장에서는 쓸모가 없지만, 자료 조사는 잘하거든. 서류와 데이터의 산에 파묻히는 게 좋다나. 최근 젊은 것들은 알 수가 없어. 나는 온종일 회사에 처박혀 있으면 온몸에서 버섯이 자라날 것 같은 느낌이 드는데."

"그렇다면 그에게 데스크 업무를 맡기고 사쿠라이 씨가 현장에 나가면 되잖아?"

"관리직을 받아들인 건 실수였어."

사쿠라이가 말했다.

"오십이 넘다 보니 별 생각 없이 몸이 편한 쪽을 고르고 만 거야. 허리도 무릎도 안 좋다 보니 만약의 경우에 몸이 제대로 움직여주지 않으면 우리 업종은 비유가 아니라 정말로 목숨이 날아가니까. 뭐, 이 업계에는 요통이나 관절통을 가진 녀석이 많기는 하지만. 하무라는 아직 괜찮아?"

"덕분에 아직까지는."

일이 마무리되고 나면 끙끙 앓지만.

"그래? 혹시 시작되면 알려줘. 내게는 요통에 잘 듣는 여러 정보가 모여드니까."

"혹시 여우와 바오바브의 좋지 않은 소문도 그 덕에 알게 된 거야?"

사쿠라이의 목소리가 부자연스럽게 끊겼다. 잠시 침묵이 계속된 후, 소리가 다시 들렸을 때는 소리의 울림이 조금 전과는 달랐다. 장소를 이동한 모양이다.

"미안. 외부 계단으로 나왔어. 회사 내에서는 말하기 힘든 내용이라."

"뭔데?"

"하무라의 생각대로 여우와 바오바브의 소문은 요통 관련을 통해 나왔어. 하무라 너, '하나조노 에이전시'의 사코 씨 알아? 최근 돌아가셨는데."

하나조노는 이 업계에서는 꽤 오래된 탐정사로, 사코는 10년 정도 전에 딱 한 번 일을 함께 한 적이 있었다. 대선배이기는 했지만, 당시 나를 심하게 부려서 그다지 좋은 인상은 없다.

"사코 씨는 고질병인 요통을 치료하려고 정형외과는 물론 뇌신경외과, 통증의학과, 심료내과, 한의원, 접골원, 끝내는 최면치료사나 주술사까지 안 찾아가본 곳이 없지만, 그래도 통증이 사라지지 않아 잠을 못 이루게 되니 수면제나 진통제에도 손을 대게 되었어. 약이 듣지 않게 되면 정량의 두 배, 세 배를 먹고, 같이 복용할 경우 최면 효과가 강해진다는 말에 일부러 수면제를 자몽 주스에 타서 먹고는 경련 발작을 일으켜 병원에 실려 간 적도 있는 모양이야."

"엉망진창이잖아."

"엉망진창인 사람이야. 여장을 하고 청소부로 위장해서 신주쿠에 있던 유명한 모텔의 모든 방에 도청기를 설치했다는 전설이 있을 정도니까. 그런데 그 모텔에 유부녀를 데려간 강력계 형사에게 들켜서 취조실에서 엉망으로 얻어맞았어. 요통은 그때 이후로 생긴 모양이야. 게다가."

"그 이야기는 다음에 꼬치구이와 함께 들을게."

"그거 좋네. 일단 사코 씨는 멀쩡한 병원에서는 약을 처방해주지 않아서 뒷세계 의사나 어둠의 사이트니, 약 밀매업자에게 약을 구입하게 되었어. 그러니 오래 살 수가 없지. 가족 없이 혼자 살다 보니 하나조노의 후배가 발견했는데, 이미 죽은 지 2주가 지난 상태였던 거야. 사인은 약물중독. 오피오이드 계열 진통제와 벤조디아제핀 계열 최면진정제를 함께 복용했나 봐. 이 조합은 '사형수의 칵테일'이라고 하는 모양이야."

으.

"사코 씨는 하나조노 에이전시가 버블 후 부채를 떠안게 되었을 때 저금과 부모의 유산을 가져와서 회사를 구했기 때문에, 일을 할 수 없게 된 뒤에도 사장이 월급을 줬나 봐. 덕분에 하나조노에도 경찰 수사가 들어갔어. 다만 사코 씨의 상태는 다들 알고 있었기 때문에, 큰 일로 번지지 않고 관할서에서 조용히 처리가 되었지. 소문이 나게 된 건 그다음이야."

사쿠라이가 목소리를 더 낮췄다.

"사코 씨는 죽기 전에 상당히 건강한 모습으로 '요통 따위는 이미 잊었어. 오랜만에 언니들이 있는 가게에라도 갈까'라면서 기분이 좋아보였다고 해. 부러운 마음에 치료법을 꼬치꼬치 캐물은 상대에게, '기치조지의 여우와 바오바브라는 가게 알아? 그곳은 향신료로 요통을 치료해주거든'이라고 웃으며 말했대."

"그거, 누구에게 들은 이야기야?"

"소문이니 누구인지는 몰라. 첫 번째 용의자는 우리 전무. 사코 씨와는 요통 동지였거든."

그래서 외부 계단으로 나온 건가.

"때문에 약의 출처가 여우와 바오바브가 아닌가 하고 소문을 들은 인간은 다들 생각했는데, 우리 사내에 그런 이야기가 돌자마자 사장이 함구령을 내렸어."

"그건 도마 경부가 여우와 바오바브에 대한 수사를 시작했기 때문인가?"

도토종합리서치의 사장은 전직 경찰청 출신이다.

"글쎄다. 그 경부에게도 같은 이야기를 했지만 처음 듣는 듯한 얼굴이었어. 다만 그 녀석도 너구리다 보니, 이미 사장에게 들었을지도. ……앗, 그렇다면 안 좋은걸. 내가 함구령을 깼다는 사실을 사장에게 들켰을지도 몰라."

아무리 성격이 나쁘더라도 도마가 그런 사실까지 사장에게 말했을 거라는 생각은 들지 않지만, 사쿠라이는 걱정인 모양이다. 한숨을 푹푹 내쉬며 책상으로 돌아가 에지마 마리카의 승용차 차종과 넘버를 가르쳐주었다. 고급 주택가를 뜻하는 세타가야 넘버에 실버 하이브리드 차량.

통화를 끝내고 보니 어느새 에지마 병원 앞에 도착했다. 머리를 식힐 짬도 없었다고 생각했을 때 병원 지하 주차장에서 차량 한 대가 나왔다.

세타가야 번호판을 단 은색 하이브리드 차량. 여배우가 쓸 듯한 커다란 선글라스를 쓴 백의의 여성이 운전 중이었다. 선글라스 탓도 있어서인지 얼굴이 상당히 작게 보였다. 가슴 부근의 실버 펜던트가 반짝였다.

에지마 마리카다.

반사적으로 뒤쫓았다. 차에 손이 닿을 위치에까지 다가갔을 때 차는 핸들을 왼쪽으로 꺾어 기치조지 방면 길로 들어갔다. 앞을 보았다. 300미터 정도 앞의 신호가 파란색이었다. 보행자 신호가 점멸을 시작했다. 이대로라면 마리카의 차는 신호에 걸려 멈출 것이다.

나는 보도를 달렸다. 아니나 다를까 마리카의 차에 브레이크등이 들어왔다. 좋아, 따라잡을 수 있어.

다음 순간, 오른발이 보도블록에 걸렸다. 발이 휘청거리며 몸이 앞으로 훅 쏠렸다. 넘어지기 직전에 간신히 왼발을 앞으로 내밀어 몸을 지탱했다. 발바닥이 큰 소리를 내며 땅을 울렸다.

지나가던 사람이 깜짝 놀라 이쪽을 보았다. 얼굴이 빨개진 것을 의식하고는 고개를 숙인 채 그 자리에 멈춰 섰다. 달리던 속도와 앞으로 쏠리던 몸의 하중을 모조리 받아버린 왼 무릎이 부들부들 떨렸다.

엉금엉금 걸으며 앞을 보았다. 마리카의 하이브리드 차량은 아직 신호 대기 상태였다. 그러나 더 이상 달릴 마음이 들지 않았다. 넘어질 뻔한 충격으로 심장이 크게 두근댔다. 신호가 바뀌어 마리카의 차가 그 교차로를 통과한 앞에서 좌회전하는 것을 지켜볼 수밖에 없었다.

천천히 걸으며 생각했다. 그러고 보니 얼마간 운동다운 운동을 하지 않았다. 한 달 전의 가와사키에서의 잠복, 이사와 우메코의 미행, 그에 의한 부상 그리고 그 화재. 그저께 밤. 도마가 찾아올 때까지 산책조차 하지 않았다. 그렇기 때문이다. 쓰지 않기 때문에 다리와 허리의 근육이 약해진 것이다. 노화가 아니다. 절대로. 그럴 것이다.

무릎부터 장딴지 그리고 발바닥에 이르기까지 여기저기가 무겁고 아팠다. 덕분에 하나조노 에이전시의 사코의 마음이 다소 이해가 되었다. 탐정에게 다리와 허리는 중요하고, 요통 탓에 제대로 움직일 수 없을 때 사코가 모든 수단을 강구하려 했던 마음은 이해가 갔다. 날지 못해도 돼지는 돼지지만, 걸을 수 없는 탐정은 탐정이 아니다.

마리카의 차가 좌회전한 길에 도착했을 때에는 무릎에 살짝 힘이 들어가지 않을 뿐, 다리 통증은 거의 가라앉았다. 와 보고 알았는데, 그 길은 여우와 바오바브의 가게 뒤쪽 주차장으로 이어지는 길이었다. 세타가야 넘버, 실버 하이브리드 차량이 있었다. 선글라스는 조수석에 내던져 놓은 채다. 주차장 구석에 양철 캔을 이용해 만든 재떨이가 놓여 있어서, 요리사 복장이나 웨이터 복장을 한 대여섯 명이 쪼그려 앉거나 서서 연기가 피어오르는 담배를 한손에 들고 스마트폰을 바라보고 있었다.

시간을 확인했다. 오후 3시가 지났다. 주차장은 텅텅 빈 채, 자전거 몇 대만 남아 있을 뿐이다. 입구 옆에 '런치 타임'을 알리는 간판은 보이지 않았다.

문을 열고 안으로 들어갔다.

지난번과 비교하면 가게 안은 한산했다. 그래도 3할 정도의 손님이 있었다. 늦은 점심을 급히 먹고 있는 병원 스태프, 근처에서 아이를 데리고 온 주부, 은색 쟁반을 품에 안은 웨이터가 졸린 듯이 금전 출납기 옆의 벽에 기대어 있다.

에지마 마리카는 카운터 자리에 있었다. 카운터에 팔꿈치를 대고 등을 굽힌 채 컵에 달라붙듯이 커피를 마시고 있었다. 다가가서 옆 스툴에 기어 올라가 명함을 꺼내 자기소개를 했다. 마리카가 명함을 손가락으로 튕겨냈다.

"이거, 아키라라고 읽는 거야?"

저음에 살짝 갈라진 목소리였다. 그녀가 의사가 아니었다면 술을 엄청 좋아하는 헤비 스모커라고 생각했을지도 모른다.

"네."

"하무라 아키라. 그렇다면 히로토에게 들었어. 그의 잃어버린 기억을 메워줄지도 모른다는 탐정이라고."

"히로토에 대해 잘 알고 계시나보군요."

에지마 마리카가 물끄러미 나를 보았다. 짙은 아이라이너가 눈을 강조하고, 엷은 녹색 아이섀도가 흰 피부를 더 하얗게 보이게 했다. 백의 속에는 에메랄드그린과 그레이와 블랙의 옅은 줄무늬 스웨터를 입고, 스트레치 진을 입었다. 실버 펜던트가 그녀의 작은 가슴 위에서 샹들리에의 빛을 반사했다. 실물은 곡옥보다는 위장처럼 보였다.

"당신보다는 훨씬 잘 알지, 탐정. 그가 태어나기 전부터 알던 사이니까."

"아오누마 미쓰타카 씨와는 게이론 대학교 의대 동기였다고 들었습니다."

"그래. 미쓰타카는 아버지의 기대와 중압감을 견뎌내지 못하고 의대에서 도망쳤지만."

"그가 해외를 방랑하게 된 이유는 그것뿐인가요?"

카운터 구석에서 잔을 닦던 웨이터가 다가왔다. 마리카가 "이쪽 탐정에게도 커피를"이라고 말했다. 어딘지 모르게 가시 돋친 말투였다. 웨이터는 눈을 크게 뜨고 나를 확인한 다음에 "알겠습니다" 하고 말하고는 카운터 구석으로 가서 바지 주머니에서 스마트폰을 꺼내고는 등을 돌렸다.

"그것뿐? 그것 외에 이유가 더 필요해?"

"그렇군요. 예를 들면 당신에게서 멀리 떨어지고 싶었다는 건 어떨까요? 일개 제약회사의 영업맨의 아들과 대학교에도 두터운 라인을 갖고 있는 지주 일족이자 큰 병원 원장의 딸이니까요. 로미오와 줄리엣이라는 말은 좀 지나친 표현일지 몰라도, 그에게는 무거운 짐이 아니었을까요?"

마리카는 카운터에 올려두었던 팔을 풀고는 나를 정면으로 바라보았다. 그런 다음 크게 웃었다. 늘어진 뺨에 나이에 어울리는 주름이 생겨, 갑자기 생생하게 느껴졌다.

"예상치 못한 말을 하네. 그 말이 맞아. 만약 우리 아버지나 숙부님이 건강하고, 그의 아버지가 미쓰타카와 내가 사귀고 있다는 사실을 알고 신이 나서 너무 설쳐대지만 않았다면 히로토는 내 아들이었을지도 모르지."

커피가 나왔다. 런치 타임 동안 보온기 위에서 게으른 잠을 자던 커피였다. 미적지근한 환경에 오래 있으면 알싸한 맛이 난다. 커피도 인간도.

"하지만 그렇게 안 된 거잖아요. 미쓰타카 씨는 모든 걸 버리고 도망쳐서 리미 씨와 결혼했고, 당신은 에지마 다쿠마 원장과 결혼해, 에지마 다쿠마 씨가 데릴사위가 되었습니다."

"다쿠마는 데릴사위가 아니야. 오해하는 사람이 많은데, 다쿠마는 사촌동생이야. 돌아가신 숙부님의 아들. 어중간한 부자들이 가장 두려워하는 게 뭔지 알아? 자신들의 재산을 생판 남이 가져가는 거야. 그러니까 나와 사촌동생을 결혼시켜서 병원의 실권이나 에지마의 재산을 지키려 한 거지. 따지고 보면 두 회사의 합병 같은 거야. 덕분에 나는 아들을 갖지 못하게 되었고."

마리카가 도전적으로 내뱉었다. 이 말의 의미를 알겠냐는 듯이 말이다. 나도 그에 맞섰다.

"당신의 인터뷰 기사를 읽었습니다. 아버님과 숙부님, 두 사람이 암 때문에 고통스러워하는 모습을 지켜봤다고 말입니다. 사촌동생과의 사이에 아이가 생겼다 해도 그 아이에게 암이 발생할 확률은 얼마나 될까요?"

"높겠지. 그래도 다른 사람보다 약간 높을 뿐이야. 장래에 암에 발생할지도 모른다는 것 때문에 아이를 만들지 않았다고 생각하는 거야? 탐정, 당신은 사랑에 빠져본 적이 없지?"

"다행히도."

마리카가 폭소했다. 그 웃음소리는 높은 천장에까지 올라가 실링 팬 바람을 타고 가게 안에 퍼졌다.

"확실히 그래. 그건 귀찮거든. 젊었을 적에는 그래도 금방 식을 거라고 생각했어. 눈앞에 미쓰타카가 안 보이고 다른 남자와 결혼했다면. 하지만 그렇게 되지 않았지. 신경 펄스를 컨트롤하는 건 엄~청나게 힘든 일이거든. 통증을 없애면 다른 부작용이 생겨. 사랑을 잊을 수 없어서 결혼이 형식적인 것이 되고 말지."

"그래서 미쓰타카 씨가 귀국했을 때 이 식당의 점장을 맡긴 건가요? 그를 곁에 두기 위해서?"

"그의 목에 사슬을 건 적은 없어. 그럴 생각이었다면 부부 모두를 고용하거나 하지는 않았겠지."

"그렇다면 리미 씨가 사라진 뒤 미쓰타카 씨와?"

"그 부분은 상상에 맡길게."

마리카가 미소 지었다. 일그러진 미소였다. 묘한 기분이 들었다. 남편과 갓 태어난 아기를 두고 다른 남자와 사랑의 도피를 한 아내. 형태뿐인 결혼을 한 마리카. 미쓰타카는 병원이나 아버지, 그 밖의 무거운 짐을 짊어지는 일 없이 마리카와의 관계를 부활시킬 수 있었다. 적어도 겉보기에는 그럴 터였다.

카운터 안에서 다소 거리를 두고 서 있던 웨이터가 내 뒤쪽으로 눈길을 주었다. 주방 쪽 문에서 본 적이 있는 남자가 들어왔다. 히다라는 명찰을 달고 있다. 미쓰타카의 후임 자리에 앉은 점장이다. 살라미를 가져왔을 때와 마찬가지로 쭈뼛거리는 젊은 웨이터를 거느리고 가게를 돌고 있다.

젠장.

나는 빠른 어투로 말했다.

"화재 전날 밤, 블루레이크 플랫의 히로토의 집에 왔었죠? 재스민 향수를 뿌리고. 오늘은 뿌리지 않으신 것 같은데."

마리카는 충혈된 눈으로 나를 보았다.

"이래 봬도 의료 종사자거든. 일하는 중에 향수를 뿌리지는 않아."

"그날 밤, 히로토의 집에서 뭘 하셨나요? 당신이 돌아간 후에 그는 심하게 가위에 눌렸는데."

마리카가 입을 열었을 때, 누군가가 내 어깨에 손을 올렸다. 히다 점장이 배후에 서서 마리카에게 말했다.

"이 사람이 선생님을 귀찮게 하는 탐정인가요?"

"별로 귀찮거나 하지는 않아."

마리카가 매몰차게 말하고는 히다에게 손을 흔들었다. 하지만 히다 점장은 움직이지 않았다.

"그렇게는 보이지 않는군요. 나가주실까요? 이봐, 당신."

어깨를 세게 잡아당겨 스툴에서 미끄러져 떨어질 뻔했다. 나는 카운터 아래의 나무판을 발로 차서 스툴을 회전시키고, 그 기세를 몰아 점장의 복부를 팔꿈치로 가격했다. 묵직한 감촉이 느껴진 후 히다의 몸이 앞으로 푹 꺾였다. 젊은 웨이터와 카운터 안에 있던 웨이터 두 사람이 놀라 움직임이 멈췄다.

“나가주길 원한다면 말로 하면 되잖아요. 가만히 있는 상대의 몸을 멋대로 건드린 겁니다. 이쪽 역시 몸을 지킬 구실이 되죠. 그래도 경찰을 부르고 싶다면 마음대로 하시죠. 탐정은 이런 일에는 이골이 나 있어서요.”

히다는 배를 움켜쥔 채 움직이지 않았다. 나는 스툴에서 미끄러져 내려왔다. 마리카가 낮게 웃으며 말했다.

“이제야 재미있어 지려는 참에 돌아가는 거야, 탐정?”

‘웨이터에게 내가 탐정이라고 알린 건 당신이잖아’ 하고 대꾸하고 싶은 마음을 억누른 채 고개를 끄덕였다.

“다시 찾아뵙겠습니다.”

“당신과는 천천히 이야기를 나누고 싶군, 탐정. 다음에 방해꾼이 없는 곳에서 한잔 같이 하지. 내일 밤은 어때? 연락할게.”

웨이터 중 한 명이 헉, 하며 숨을 들이마셨다. 나는 진짜 약속인가 반신반의하면서 커피 값을 카운터에 놓았다. 내가 떠날 때 마리카는 손가락 끝으로 내 명함을 만지작거렸다.

18

빠른 걸음으로 기치조지 방면을 향해 걸어가면서 통쾌함과 후회 사이를 오고갔다. 엘보가 제대로 들어가서 기쁜 마음이 드는 한편, 왜 그런 곳에서 소동을 일으켰을까 하며 자신을 나무랐다. 그래도 먼저 손을 댄 것은 저쪽인데, 그렇다고는 해도 얌전히 떠나야 했다든가, 마흔을 넘어 폭력을 휘두르다니 최악, 그래도 마리카와 약속을 잡았네, 그렇다면 반반인가…… 등등.

기쓰네쿠보 교차로에서 제정신을 차렸다. 이다음에 어떻게 할지 전혀 생각하지 않았다. 스가모 쪽으로 가기에는 아직 이른 시간이다. 이즈시 다케노리와는 유카와 히지리가 없는 곳에서 이야기를 나누고 싶다.

그러고 보니 아오누마 리미의 불륜 상대인 사토 가즈히토. 전에 그가 살던 미타카 시 시모렌자쿠 욘초메는 바로 이 근처였다. 20년도 더 된 이야기고, 아직 '하이츠 참새둥지'라는 연립이 있는지 없는지 알 수 없지만, 가본들 손해될 것은 없다.

교차로에서 서쪽으로 꺾어, 무라사키바시 길을 북상했다. 내비게이션에 의지해 걷다 보니, 지하 주차장이 달린 5층짜리 콘크리트 건물에 도착했다. 놀랍게도 이곳이 하이츠 참새둥지였다. 길에 인접한 곳에 중앙 정원이 있고, 중앙에 화분이 있어 담쟁이덩굴이 무성히 우거져 있다. 건물 오른쪽에 지하 주차장으로 내려가는 통로, 왼쪽에는 건물 출입구와 우편함, 관리인실이 있었다.

관리인실을 노크했다. 그 직후 문 옆의 좁고 긴 창이 옆으로 열리며 개가 얼굴을 내밀었다. 검은색과 갈색 털이 섞인 장모종 개로, 튀어나온 눈이 마티 펠드먼을 꼭 닮았다. 개는 부들부들 몸을 떨었지만, 자세히 보니 떨고 있는 것은 개를 무릎에 올려놓은 할머니 쪽이었다. 아무래도 슬라이드 창문 뒤쪽 공간에 안마의자를 두고 그곳에 폭 파묻혀 있는 모양이다. 손수 짠 조끼를 입은 할머니는 따뜻한 환영의 말을 입에 담았다.

"잡상인은 사절이야."

바로 닫힌 슬라이드 창에 개가 껴서 끼잉끼잉 울었다. 창이 다시 열리고, 할머니가 떨리는 손가락을 이쪽을 향해 뻗었다.

"사절이라고 말했는데 뭐야. 요즘 젊은것들은 예의가 없다니까."

"……건물주를 만나고 싶은데요. 20년 정도 전에 행방불명된 사토 가즈히토라는……."

끝까지 말하기도 전해 할머니가 다시 손가락을 뻗었다.

"당신, 시간은 돈이라는 말 알아?"

탐문할 때는 네 번 접은 천 엔짜리 지폐를 재킷 안쪽 주머니에 넣어둔다. 한 장을 꺼내 창가에 두었다. 할머니의 손이 나오는 것보다 빨리 개의 앞발이 지폐를 탁 잡았다. 할머니는 지폐를 두고 개와 말없이 싸움을 계속하다 끝내 영장류가 승리를 거두었다. 개가 슬픈 듯이 울자, 할머니가 리모컨 버튼을 눌렀다. 떨리던 할머니가 멈추고, 개의 떨림도 멈췄다. 개는 할머니 무릎에서 뛰어내려 관리인실 안쪽으로 달려갔다.

"사토 군 말이지. 똑똑히 기억해. 나도 세입자의 실종 신고를 하는 건 처음이었으니."

이 사람이 건물주였나. 놀란 내게 할머니는 귤을 내주고는 자신도 먹기 시작했다.

"대학교에 입학할 때 이사 왔어. 201호는 다른 집보다 넓고, 우리는 일반적인 대학생이 사는 집보다는 비싸거든. 하지만 본가는 부자에다 그 아이는 외동이었으니까. 모친이 인사하러 왔었고, 집세는 제대로 지불하고, 연말에는 선물을 보내기도 했지. 얌전한 성격에, 분리수거도 제대로 하고, 인사도 잘해서 좋은 세입자가 들어왔다고 기뻐했는데."

할머니는 고개를 젓고는 쭈읍 소리를 내며 귤을 빨았다.

"대학교를 졸업하고 나서도 계속 여기에 살았거든. 넥타이를 매고, 만원전철에 흔들리며 회사에 다녔어. 그런데 실종되기 3년 정도 전에 부모님이 사고로 돌아가신 후로는 빗장이 풀려버린 거지. 낮부터 맥주 캔을 한손에 들고 어슬렁거리기에 말을 걸었더니 회사를 그만뒀다지 뭐야. 그런 다음에는 부모가 남긴 유산으로 놀기만 했어. 한낮까지 늘어져 자고는 술 마시러 갔다가 새벽에 돌아오는. 몇 달이나 해외여행을 갔다가 안 돌아오고."

"그렇다면 언제 없어졌는지는 모르시는 거 아닌가요?"

"그 아이는 그런 상황에서도 집세는 꼬박꼬박 냈어. 여행을 떠나기 전에는 몇 달치를 한꺼번에 내기도 했고. 몸가짐이 흐트러졌어도 부모의 교육이 뼛속까지 새겨져 있었던 거지. 그런데 6월말에 집세를 낸 이후 연락 두절인 거야. 이번에도 해외에 갔겠지 했는데, 오봉(우란분, 일본은 양력 8월 15일 전후—옮긴이) 때 201호에서 냄새가 난다고 이웃집이 말하기에 마스터키로 열고 안으로 들어갔거든. 음식물이 썩고 화분이 마르고 벌레가 들끓는 데다 바닥에 여권이 떨어져 있었어."

"그래서 실종 신고를?"

"9월말에. 우리는 '집세가 세 달 밀리면 즉각 퇴거'라고 계약서에 명시되어 있거든. 다른 세입자들에 대한 체면도 있고, 201호를 그대로 놔둘 수는 없었어. 당시 사토는 이상한 냄새가 나는 담배를 피우고, 큰소리로 전화 통화를 하지 않나, 여름에도 목욕을 하지 않았지. 히피 같은 녀석들을 모아서 파티도 열고. 이웃에서 민원이 많이 들어왔어. 어딘가에서 객사한 게 아닐까 생각했어."

"실종 시기가 7월 10일 전후라는 건 어째서인가요?"

"그즈음에 이웃 사람이 봤다고 하니까. 멀쩡한 느낌의 여자가 찾아와서 사토가 집 안으로 들였다더군."

"어떤 사람인가요?"

"그건 모르지. 이웃에게 물어봐."

"그 사람, 아직도 여기에 사나요?"

"오래 전에 나갔지. 어디의 누구인지 알고 싶어? 그냥은 가르쳐줄 수 없지. 옛날 주민의 자료는 벽장 깊숙한 곳에 들어 있으니까."

"……그래서 사토 씨가 마지막으로 목격된 게 그때인가요?"

할머니는 귤껍질을 둥글게 말아 슈퍼 비닐봉지에 넣었다.

"실종 신고를 했을 때 경찰이 사토 군의 친척을 찾아 연락을 했는데, 그 아이의 부모가 죽은 뒤로는 그 어떤 왕래도 없었다더군. 밀린 집세도 주지 않았고, 짐 인수도 거부당했어. 그 길로 끝."

"결국 사토 씨의 짐은 어떻게 되었나요?"

할머니가 교활한 눈으로 나를 보았다.

"끝이라고 말했잖아. 시간은 돈이라고."

슬라이드 유리창이 닫히기 전에 천 엔짜리 지폐를 한 장 더 꺼냈다. 할머니가 입술을 핥으며 손을 뻗었다. 나는 지폐를 약간 멀리 두었다.

"이야기를 들은 다음에 드리는 것으로 하죠."

"뭐야, 구두쇠. 제대로 이야기를 하고 있잖아. 게다가 당신, 왜 사토 군을 조사하는 거지? 20년 동안 아무도 그 아이를 찾지 않았었는데."

"사토 씨가 아니라 그와 함께 사랑의 도피를 했다는 여성을 찾고 있습니다."

할머니의 눈이 아까 그 개처럼 크게 튀어나왔다.

"사랑의 도피? 뭔가의 착각이겠지. 도피할 필요 없이 여기서 함께 살면 되잖아? 돈을 놔두고 도망칠 필요가 있나? 아니면 야쿠자의 애인에게 손을 대기라도 한 거야? 만약 그렇다면 그쪽 관련의 인물들이 바로 들이닥칠 것 같기는 하지만."

"잠깐만요. 집 안에 돈이 남아 있었나요?"

할머니는 눈을 끔벅대더니 앞으로 기울어 있던 몸을 뒤로 젖혔다.

"남아 있었던 거 아닐까. 여권을 두고 갈 정도였으니."

입을 잘못 놀린 이 할머니가 체납된 집세를 회수할 기회를 놓칠 거라는 생각은 들지 않았다. 20년 전이라면 통장과 인감을 들고 은행에 가면, 다른 사람의 명의라도 요즘처럼 고생할 필요 없이 인출이 가능하다. 집세뿐만 아니라, 수고비까지 잔뜩 인출했을 것이다.

"혹시 당시에 통장 안을 보거나 하지는 않았나요?"

나는 짐짓 모르는 척 물었다.

"저는 사토 씨의 실종 후의 통장에는 관심 없습니다. 실종된 당시의 사토 씨의 돈의 움직임이 알고 싶을 뿐. 기댈 곳이라고는 할머니의 기억뿐이네요. 협력해주신다면, 설사 앞으로 이 조사에 경찰이 엮인다고 해도 불필요한 일은 발생하지 않을 거라고 약속드립니다."

말하면서 천 엔짜리 지폐에서 손을 떼었다. 할머니는 내 얼굴을 빤히 보다가 바로 지폐를 낚아챘다.

"글쎄. 내 기억으로는 10만 엔 단위의 돈이 나가거나 들어오거나 했었어. 없어지기 직전에 50만 엔이 인출되었던가. 잔고는 100만 엔 전후였던가."

"그렇게나?"

할머니는 씨익 웃더니 내게 말했다.

"그렇지? 사랑의 도피라니 뭔가의 착각일 거야. 조사해보면 알 수 있지. 뭣하면 사토 군의 짐을 봐볼 텐가? 물론 공짜는 아니지만."

교섭 후에 지하 주차장으로 내려갔다. 안쪽 구석 다다미 두 장 정도의 공간에 짐이 쌓여 있고, 파란 방수포 같은 것으로 덮여 있었다. 오랫동안 방치된 탓에 시트 위에 먼지는 수북했고, 시트를 감싼 끈은 검게 달라붙어 있었다.

이런 것을 보는 데 3천 엔의 가치가 있었을까 의심하며 끈적거리는 끈을 풀고 시트를 벗겼다. 골판지 박스와 의류 케이스, 낡은 침대와 소파가 나타났다. 텔레비전이나 컴퓨터 같은 가전제품은 보이지 않았다. 20년 전의 텔레비전이 브라운관이었는지 아니었는지 생각하면서 상자를 풀고 의류 케이스를 열었다.

찌그러진 골판지 박스는 습기를 먹어 얼룩져 있었다. 그 내용물은 카세트테이프나 비디오테이프, LD였다. 곰팡이가 생기거나 달라붙어 떨어지지 않는 것도 있었다.

앨범도 있었다. 사토 가즈히토의 부모가 자식에 대한 사랑을 담아 만든 앨범이었을 것이다. 갓 태어나 부모 품에 안겨 있는 아기부터, 기고, 일어서고, 걷고, 책가방을 메고, 이윽고 대학교에 입학할 때까지 덧니가 귀여운 미소 띤 사진들로 가득한 그 한 장 한 장의 사진에, 여자의 글씨체로 코멘트가 적혀 있었다. 왠지 익숙하고 그리운 느낌을 주는 미소 띤 얼굴이었다. 희소가치가 있을 듯한 둥근 코와 마찬가지로 최근에는 잘 볼 수 없기 때문일까.

그 이외의 사진은 봉투 안에 아무렇게나 들어 있었다. 차가운 주차장 바닥에 쭈그리고 앉아 하나씩 살펴보았다. 학생시절의 사진, 회사원 시절의 사진, 아마도 여행가서 찍은 것 등……. 여우와 바오바브에서 찍은 것으로 보이는 사진도 한 장 발견했다. 배경에 그 바오바브나무의 사진 액자가 찍혀 있었다.

요즘 안경보다는 알이 꽤 큰 안경을 쓴 사토 가즈히토. 웨이터 제복을 입은 아오누마 미쓰타카. 영정 사진의 미쓰타카와 비교해보았을 때 당연히도 상당히 젊었다.

미쓰타카는 옆에 있는 배가 산 만한 여성을 감싸듯이 서 있었다. 사진 옆에 93.4.18이라고 적혀 있었다. 히로토가 태어나기 한 달 정도 전의 사진이다. 그렇다는 말은 아마도 이 사람이 아오누마 리미다.

사진은 변색되었지만, 그래도 아오누마 리미는 인상적이었다. 코걸이, 드레드 풍의 헤어스타일, 화장도 화려했다. 하지만 젊고 사랑스러운 여성. 히로토를 많이 닮은 곧은 눈썹과 긴 눈…….

밝은 곳에서 자세히 보려고 일어서다가 비틀거렸다. 침대 머리판에 부딪혔다. 머리판 앞쪽 판과 침대 다리가 하나 빠져 짐 전체가 덜컹 기울었다.

"제발, 이러지 좀 마."

무심코 입 밖으로 말이 나왔다.

한숨을 내쉬며 빠진 판을 집어 원래대로 꽂아 넣으려다 알아차렸다. 빠진 판 안쪽으로 다소의 공간이 있었다. 그곳에 무언가가 들어 있었다. 끄집어냈다. 찻잎처럼 건조시킨 잎을 진공 팩에 넣어둔 것이다.

굳이 조사해볼 것도 없이 이것이 무엇인지는 짐작이 갔다.

걸어서 미타카 역까지 와서 전철에 탑승. 신주쿠에서 야마노테 선으로 환승했다. 스가모 역에 도착했을 때에는 해가 이미 저물었다. 5시 반을 넘었을 뿐인데 캄캄했다. 그것만으로도 기분이 우울해진다. 겨울, 추위는 괜찮다. 어두운 것이 싫다.

도중에 몇 번이나 마키무라 하나에의 스마트폰에 전화를 걸었지만 반응은 없었다. 무시하는 것인지, 병원에 있어서 전화를 받을 수 없는지. 그녀는 나를 싫어하지만 조사에는 관심을 갖고 있다. 이 만큼이나 계속해서 연락을 하면 신경이 쓰일 텐데.

교아이 대학교 행정실의 사카토 미즈호가 이따금 SNS에서 소개한 와인 바는 스가모 역에서 하쿠산 길로 향하는 도중에 있었다. 흰 범포帆布 풍의 점포 텐트, 나무로 된 입구에 유리창. 유리창에는 흰 펜으로 프랑스어 가게명이 적혀 있다. 백목 카운터 안쪽에는 흰 셔츠를 입은 남자가 서 있었다.

문을 열고 가게 안으로 목만 들이밀고는 "사카토 씨, 오셨나요?" 하고 얼빠진 목소리를 내보았다. 남성은 가게 밖으로 눈길을 주고는 쌀쌀맞게 대답했다.

"그녀는 더 이상 여기 안 옵니다."

목을 원래대로 돌리고는 남자의 시선 끝을 보았다. 파란색 덮개가 달린 쓰레기통이 있었다. 남자에게 보이지 않는 위치로 이동해서 손을 뻗어 덮개를 열어보았다. 유리 파편이 엄청나게 많이 들어있었다. 와인 바다 보니 재활용 유리병이 많은 것은 그렇다 쳐도, 일부러 깨뜨려서 넣지는 않을 것이다. 누군가가. 예를 들면, 일자리를 잃어버릴 것이 확실한 여자가 화를 주체하지 못한 나머지 부숴버렸다든가.

맨션을 향했다. 18층 건물의 어느 집이 그녀의 집인지 아래에서 올려다보며 일일이 세 보았지만 잘 알 수 없었다. 초인종을 눌렀지만 반응이 없다. 주변 음식점을 들여다보았다. 사카토 미즈호로 보이는 여성의 모습은 보이지 않았다.

어슬렁거리며 9시까지 기다렸다. 그녀는 돌아오지 않았다. 확실히 지치기 시작했다. 새벽에 미타카다이에서 돌아와, 제대로 수면을 취하지도 못한 채 이즈시와 유카와를 만났다. 군지에게 호출되었다가, 에지마 병원, 여우와 바오바브, 사토 가즈히토의 조사 그리고 스가모. 밀도가 높은 하루였다. 기세가 붙어 멈출 수 없게 되었다고도 말할 수 있다. 이럴 때는 주의가 필요하다. 조심하지 않으면 무슨 짓을 저지르고 만다.

돌아가자.

하쿠산 길을 건너 스가모 역까지 돌아왔다. 내가 개찰구로 들어감과 동시에 본 적이 있는 여성이 야마노테 선 홈에서 내려와 개찰구를 빠져 나갔다. 사카토 미즈호다. 되돌아가려 했지만 교통카드가 거부당했다. 유인 개찰구로 돌아가 줄을 서서 간신히 빠져나왔을 때에는 사카토 미즈호의 모습은 보이지 않았다.

역에서 맨션까지의 길을 음식점을 중심으로 찾아다녔다. 그녀로 보이는 모습은 없었다. 이미 귀가했나 해서 초인종을 눌렀지만 반응이 없다.

왼쪽 무릎에 위화감을 느끼며 포기하고 역을 향했다. 도중에 자동판매기 앞에서 사카토 미즈호와 맞닥뜨렸다. 커다란 엉덩이를 이쪽으로 향하고 자판기 앞에 몸을 수그리고 있는 여성을 목격하고 앞쪽으로 돌아갔더니 그녀였다. 사카토 미즈호는 맥주를 자판기에서 꺼냄과 동시에 캔 뚜껑을 따고, 자판기 옆 어두운 구석에서 캔에 입을 대었다.

"사카토 씨."

그녀는 입에서 맥주를 뿜으며 돌아보았다.

"아오누마 히로토에 대해 드릴 말씀이 있습니다. 시간 좀 내주실 수 있을까요."

사카토가 거품투성이가 된 맥주 캔을 몸에서 멀리 떼어내고는 빙글 몸을 돌려 걷기 시작했다. 뒤를 쫓았다.

"잠깐만요."

"노코멘트."

"그가 죽은 사실은 알고 계시겠죠? 그런데도 하실 말씀이 없으신가요?"

사카토는 말없이 거친 숨을 내쉬며 팔자걸음으로 성큼성큼 걸었다. 나는 왼 무릎을 신경 쓰며 "그를 위해 한 말씀 좀", "폐는 끼치지 않겠습니다" 하고 말을 걸며 뒤를 쫓았다. 그러나 점점 웃기다는 생각이 들었다. 밤길에 펼쳐지는 두 중년 여성의 추격전. 행인들은 불쾌한 듯이 길을 열어주거나 뒤돌아보거나 이쪽을 바라보고 있다.

맨션 앞 횡단보도의 빨간 신호에서 간신히 사카토 미즈호를 따라잡았을 때에는 웃음이 멈추지 않았다. 그녀는 기분 나쁜 듯이 나를 보고는 말했다.

"뭐야, 당신. 더 이상 귀찮게 하면 경찰을 부를 거야. 어느 주간지인지 모르겠지만, 할 말은 한마디도 없어. 해고가 결정되었다고 전 직장의 악담을 술술 불 것 같은 여자라고 생각했다면 엄청난 착각이야. 이래 봬도 교육기관에 종사하는 인간이거든. 어른은 젊은이의 본보기가 되어야 하는 거지. 불합리한 처사를 당했다고 뭐든 다 폭로해서 분풀이를 해서는 안 돼. 누군가가 몸소 그것을 실천해보이지 않으면 안 된다고."

감동적인 스피치였다. 설령 한손에 거품이 흘러넘치는 맥주 캔을 들고, 다리에 어울리지 않는 힐이 닳아 살짝 더러워졌어도. 나는 웃음을 꾹 참았다.

"실례했습니다. 하지만 히로토의."

"노코멘트."

사카토 미즈호가 고개를 딴 쪽으로 돌렸다. 해고가 결정되었음에도 귀여운 아줌마가 될 생각은 일절 없는 모양이다.

"그렇다면 하나만 가르쳐주세요. 히로토의 버디인 분페이군. 성이 어떻게 되나요? 그것만 알려주시면 돌아가겠습니다."

"분페이? 누구야, 그게? 그의 버디는 베트남 유학생으로."

사카토 미즈호는 퍼뜩 정신을 차린 것처럼 입을 다물었다. 신호가 바뀌었다. 나는 고개를 숙여 인사하고는 그 자리를 떠났다. 딱 한 번 돌아보았다. 파란 신호 앞에서 사카토 미즈호는 캔 맥주의 신에게 기도를 올리듯이 양손을 벌린 채 오도카니 서 있었다.

전철을 이곳저곳 환승해서 돌아오는 길에 베트남 사람의 이름에 대해 조사했다. 더불어 교아이 대학교와 베트남 유학생에 대해 조사하던 중, 전철이 지토세가라스야마 근처를 지날 즈음 흥미로운 사실에 도달했다. 덕분에 유카와 히지리가 경계심을 품은 이유를 추측할 수 있었다.

센가와 역에 도착한 것은 10시 반이었다. 슈퍼에서 반액 세일 스티커가 붙은 도시락을 물색하던 중 누군가가 말을 걸었다. 도비시마 이치코였다. 그녀는 미안한 듯이 시선을 돌리고, 웅얼거리듯 말했다.

“저기, 지난번에는 말이 지나쳤네요. 시아버지의 일로 시끄럽게 하고 싶지 않아서.”

깜짝 놀라기는 했지만 간신히 입을 뗄 수 있었다.

“저야말로 주제 넘은 참견이었습니다.”

“아뇨, 어차피 이모가 부탁했겠죠. 그 사실을 알면서도 하무라 씨에게 분풀이를 했습니다. 죄송합니다.”

이치코가 깊이 고개를 숙였다. “아뇨, 별로” 하며 우물거렸다. 쑥스럽기는 했지만 나쁜 기분은 아니었다. 스타인벡장에서의 삶 마지막에 집주인의 조카에게 빨리 나가라는 말을 들었다는 기억이 머릿속에 스탬프되는 것보다는 훨씬 낫다.

“저기, 사죄하고 싶은데 한잔 같이 안 하실래요? 제가 살게요. 하지만 시간이 시간인 만큼 선술집 정도밖에 연 곳이 없습니다만.”

“고맙긴 하지만, 내일 해야 할 일이 많아서요.”

“어차피 식사는 하셔야 하잖아요? 45분만. 11시 15분에 놓아드릴게요.”

“아니, 그게…….”

“부탁이니 사죄할 기회를 주세요. 부디.”

이치코는 커다란 몸을 숙이고 빌듯이 두 손을 모았다.

근처 상업빌딩의 선술집 체인점으로 갔다. 이치코는 구운

생선과 주먹밥, 절임 모둠 등 요기가 될 듯한 것을 주문했다. 마시고 싶어하지 않는 것을 알았는지, 생맥주가 아니라 직접 맥주와 잔을 가지러 가서 잔에 병맥주를 따라주었다.

건배를 했지만 술자리는 전혀 무르익지 않았다. 그녀는 시선을 마주치려 하지 않았고, 독서에 취미가 없었다. 한편 나는 스포츠나 음악에 흥미가 없다. 상대방에게는 사랑하는 가족이 있고 재산이 있다. 이쪽은 외톨이에 가난뱅이다. 도중에 자포자기가 되어 도비시마 이치로가 방탕한 여행에서 돌아왔는지 물었는데, 이치코는 "예" 하고 대답했을 뿐, 뒷담화로도 불평으로도 이어지지 않았다. 맥주를 무릎에 흘린 이후에는 먹는 것에 집중했지만, 전혀 맛있지 않았다.

11시 15분 정각에 술자리를 파했다. 역 앞 벚나무 앞에서 인사를 하고 도비시마 이치코와 헤어졌을 때에는 솔직히 안도했다.

역 근처의 구름다리를 건너 선로변을 혼자 걸었다. 선로 건너편의 라멘 가게에서 강렬한 돼지 육수 냄새가 풍겼다. 선로변 근처 집에서 대야를 욕탕 바닥에 놓았을 때의 달그락거리는 소리와 함께 샴푸 향이 느껴졌다.

조금 마신 맥주에 취기가 돌았다. 머리가 어질어질해서 현기증을 느꼈다. 수면 부족으로 지친 탓일까? 요 이틀 사이에 순식간에 탐정 모드로 돌아왔다. 그때까지의 공백은 길었다. 생각한 이상으로 체력을 소모…….

무릎에 힘이 들어가지 않았다. 덜컥 앞으로 몸이 꺾이며 나는 그 자리에 스르륵 무너져 내렸다. 선로 옆의 철조망을 잡을 새도 없이 아스팔트에 풀썩 주저앉았다. 어라? 어째서인지 온몸에 힘이 들어가지 않는다.

숄더백을 품에 안고 진정하고자 했다. 그러나 움직일 수 없었다. 눈앞에 검은 막이 드리워지고 있었다.

19

눈앞을 토끼가 달린다. 본 적이 있는 토끼다. 뒤를 쫓았다. 토끼는 몸을 옆으로 흔들며 "늦었어, 늦었어" 하고 중얼거렸다. "기다려" 하고 외치며 어깨에 손을 올렸지만 뒤돌아본 토끼의 얼굴은 지워져 있었다. 얼굴이 없는 토끼는 슬픈 듯이 불타오르더니 녹아버렸다. 누군가가 내게 무언가를 뿌렸다. "그만둬" 하고 날뛰며 상대에게 박치기를 했다.

상대는 신음하며 "씌운 이가" 하고 말했다. 무선 소리가 들렸다. 일어서라는 말에 일어서려고 했지만 다리가 내 말을 듣지 않은 채 그 자리에 무너져 내렸다. 누군가가 혀를 차며 "주정뱅이가" 하고 말했다. 당신은 변호인이 어쩌고 하는 절차를 거친 후 차에 태워졌다. 끌어내져서는 짐을 빼앗기고 냄새가 나는 이불 위에 던져졌다. 이상한 기분이었다…….

어렴풋이 눈을 떴다.

눈을 떴다는 감각은 있었지만 빛은 없었다. 나는 한숨을 쉬고는 다시 한 번 더 잠을 향해 다이빙했다. 누군가가 고장 난 심장을 내 머리에 집어넣고 뚜껑을 덮고 열쇠로 잠근 것일지도 모른다. 통증은 규칙적으로 반복되었는데, 이따금 염소를 데리고 알프스를 산보하는 듯이 즐겁게 껑충껑충 뛰었다.

머리를 감싸 안고 가만히 참았다. 그러다 의식이 날아갈 것 같았다. 몸을 맡기려 했더니 위에서 무언가가 역류했다. 그 기분 나쁜 느낌에 눈이 떠졌다. 무엇을 생각할 틈도 없이 이불 속에서 나왔다. 계속해서 기어가다 보니 변기와 맞닥뜨렸다.

계속 기분이 안 좋아, 일어서지도 못한 채 두 번 정도 변기에 머리를 부딪혔다. 이렇게 심한 숙취는 처음이었다. 몇 번이나 구역질을 하다 위액을 토했다. 일어서려 했지만 힘이 들어가지 않았다.

누웠다가 일어나고, 토하고, 다시 쓰러졌다. 몇 번째인가 만에 머리를 들어 올려 간신히 앉을 수 있었다. 현기증이 일었다. 이명도 멈추지 않는다. 팔이 가려웠다. 이것은 이상했다.

고동이 빨라졌다. 덕분에 머릿속에 있는 누군가의 심장도 멈추고, 대신 통증이 심해졌다. 두려워지는 마음을 필사적으로 제어했다. 괜찮아, 괴로울 뿐. 아플 뿐이야. 최악이라도 죽을 뿐. 괜찮아.

몸을 둥글게 말고 호흡에 집중하니 조금씩 맥박이 진정되었다. 다시 한 번 더 눈을 뜨고 얇은 이불에서 몸을 일으켜 앉고는 주위를 둘러보았다.

좁은 방이었다. 천장 높은 곳에 있는 불투명 유리창을 통해 빛이 비스듬하게 들어오고 있었다. 청소가 잘 되어 있었고, 연한 베이지핑크색으로 칠한 벽은 비교적 새것으로 보였다. 그러나 방구석에 변기, 눈앞에 철창이라는 인테리어가 모든 것을 엉망으로 만들었다.

아무래도 나는 어딘가의 경찰서 유치장에 있는 모양이다.

취해서 땅바닥에 누워 있는 것을 보호라는 명목으로 데려온 것인가. 그러고 보니 누군가에게 박치기를 하는 꿈을 꾸었다. 그것은 정말로 꿈일까? 설마? 역시 무슨 짓을 저질렀나? 그래서 체포되었나?

잠깐만. 애당초 나는 취하기는 했나? 마신 것은 맥주 두 잔뿐. 그것만으로 보통 이렇게까지 되나? 병인가? 아니 잠깐만. 온몸에서 술 냄새가 진동했다. 입고 있는 옷에서다. 누군가가 쓰러진 내게 술을 뿌린 것이다. 주정뱅이로 보이게 하려고. 그렇다고 하면 나는 주정뱅이가 아니다. 누군가에게 한 방 먹은 것이다.

누구에게?

짐작이 가는 상대는 한 명밖에 없었다. 도비시마 이치코다. 그녀가 나를 반강제로 술집으로 데려가고, 일부러 병맥주를 가지러 가서는 잔에 따라준 뒤 맥주를 마시게 했다. 먼저 술자리를 권해놓고는 분위기를 띄우려고도 하지 않고, 나와 시선이 마주치는 것을 피했었다. 그리고 그녀는 약대를 나왔으며, 아마 약사 면허증도 가지고 있을 것이다. 또한 어느 약을 어느 정도 먹이면 어떻게 작용하는지 잘 알고 있다.

아니, 그래도, 왜?

그녀는 도비시마 이치로 건으로 내게 화를 냈지만, 그런 일로 이렇게까지 하리라는 생각은 들지 않는다. 어쩌면 그녀는 육아 친구니, 아들과 축구 포지션을 놓고 겨루는 라이벌이니, 말이 많은 이웃이니 하는 마음에 안 드는 상대에게 약을 먹여 부끄러운 일을 당하게 하는 것이 밥 먹는 일보다 즐거움일지도 모르겠지만, 그렇다고 해도 그것을 속이기 위해 나중에 상대에게 술을 뿌리거나 하지는 않을 것이다. 검출되지 않는 약은 얼마든지 있고, 그녀는 관련 지식도 갖추고 있다.

창살 바깥쪽에서 발소리가 들렸다. 제복을 입은 여자 경찰이 와서 내 상황을 살펴보았다.

"7번, 기분은 어떤가요?"

나도 모르게 돌아보았지만 아무도 없었다. 여경의 눈은 똑바로 나를 향하고 있었다. 아무래도 7번이라는 것은 나를 말하는 모양이다. 행운이 따를 것 같은 번호를 받다니, 이 무슨 행운이란 말인가.

"……최악입니다."

"어젯밤은 몹시 취한 상태여서, 정해진 규정에 따라 다시 고지하도록 하겠습니다. 일어설 수 있나요?"

"물을 좀 마신다면."

문이 열리고 물이 든 페트병이 주어졌다. 차가운 물이었다. 변기까지 가서 입을 헹구고 입 속에서 데우며 천천히 마셨다. 사실은 벌컥벌컥 마시고 싶었지만 위가 날뛸 것 같아 그럴 수 없었다.

별실로 이동해서 주소, 성명, 생년월일, 직업에 대한 질문을 받아 대답했다. 현행범 체포서에 세이조니시 경찰서라는 글자가 보였다. 피의 사실은 주취 상태로 쓰러져 있는 것을 도와주려 한 상대에게 박치기를 해서 다치게 한 것. 형법 제204조 상해죄.

"어젯밤에는 얼마나 마셨나요?"

여경의 질문에 정직하게 맥주를 잔으로 두 잔이라고 대답했다. 여경은 무서운 얼굴로 나를 보았다. 아는 약사가 약을 먹였다고 말하면 믿어줄까 잠시 고민했다. 그 약사는 세 아이의 엄마로, 남편은 후생성에 근무하는 멀쩡하고 훌륭한 시민이다. 구토를 하고 박치기를 하는 서점 아르바이트 겸 탐정과 둘 중에 어느 쪽을 믿을까? 승산은 1 대 180. 자, 거세요.

질문을 하던 도중에 담당자가 문 밖으로 호출되었다. 잠시 후 돌아왔는데, 아직 서류 작성 중이었는데 설명도 없이 유치장 가장 안쪽 방으로 되돌려 보내졌다. 물과 아침밥이 나왔다. 거의 먹을 수 없었다. 취조를 언제 받나 고대했으나 아무도 와주지 않았다.

그대로 몇 시간이나 방치되었다. 인간은커녕 바퀴벌레조차 나타나지 않았다. 인기가 없는 것은 여전했다.

하루 종일 이불 위에 쓰러졌다가, 잠이 들었다가, 졸다가, 극심한 두통을 겪거나 했다. "여기서 내보내줘" 하고 외쳐볼까 했지만 그만두었다. 그런 정도로 인기가 생기거나 하면 나는 지금쯤 롤스로이스를 타고 잠복 수사를 하고 있을 것이다.

그러다 해가 기울기 시작했다. 자고 있는 것도 질려서 일어났다. 이불을 개켜 놓고 일어서서 어슬렁어슬렁 걸었다. 왼쪽 무릎에 다시 위화감을 느꼈다. 변형성 무릎 관절염이거나 하면 큰일이다. 어떻게든 근육을 키우지 않으면 걸을 수 없게 된다.

부담이 되지 않을 정도로 천천히 스쿼트를 하고 있으니 아침과는 다른 여경이 와서 얌전히 있으라고 주의를 주었다. 나는 피의 사실에 대해 듣기는 했지만, 변호인을 선택할 수 있다는 사실을 고지받지 못했으며, 변명할 기회조차 부여받지 못했다고 지적했다.

"체포 당시 술에 취해 있을 경우, 술에서 깨면 다시 미란다

고지를 하는 거 아닌가요? 변호사를 부를 테니 해주지 않을래요? 그것도 안 된다면 아는 경찰에게 연락해주세요. 군지 쇼이치라고 합니다. 백에 명함이 들어 있어요."

여경은 한마디도 대답하지 않고 모습을 감췄다.

창에서 햇살이 들어오지 않게 되자 불이 들어왔다. 저녁밥이 나왔다. 이제야 식욕이 생겼다. 돼지고기 청초육사와 미역 된장국, 보리밥. 꼭꼭 씹어서 남기지 않고 먹었다.

다 먹고 잠시 있으니 세면실로 데려가 칫솔을 주었다. 미적지근한 물로 얼굴을 씻었다. 추웠지만 코트를 돌려주지 않았고, 갈아입을 옷도 없었다.

등이 밤 버전으로 바뀌었다. 취침이라는 구령이 들렸다. 이불 속에서 떨면서 블루레이크 플랫의 그 집과 어느 쪽이 그나마 나은지 생각했다. 유치장에는 미적지근한 물이 있고 그 집에는 없었다. 그 집에는 사람의 대화 소리가 있고 유치장은 적막했다. 그 집보다 유치장 쪽이 밝다. 철창은 좋다. 빛이 막힘없이 그대로 들어온다. 하지만 불이 났을 경우 도망칠 수가 없다.

낮에 엄청 잤음에도 또 잠이 왔다. 정신을 차리니 창에서 빛이 들어오고 있었다. 양동이와 걸레를 주더니, 청소를 명령받았다. 그 일이 끝나니 아침밥이 나왔다. 깨끗하게 다 먹었다. 식후, 또 처음 보는 여경이 세면실로 데려가 어젯밤의 칫솔을 건네주었다. 다른 숙박객은 없는 모양이었다.

창으로 들어오는 햇살이 점점 더 밝아지는데 아무도 내게로 오지 않았다. 체포·구류만 해놓고서는 방치되어 있다. 진짜로 기소할 생각이라면 정식 절차를 밟을 것이다. 그러지 않으면 나중에 문제가 된다. 그러나 절차 도중에 그만두었다는 것은 오히려 제대로 된 체포는 하고 싶지 않다는 의도가 느껴진다.

애매한 상태로 나를 여기에 이틀 밤 동안 격리해두고 싶은 인간이 있는 것이다.

정식 절차를 밟지 않았으니 나는 서류상 여기에 없다. 어떤 의미로는 사법 경찰관의 무법 행위다.

그렇다고는 하나 이끼가 낄 때까지 그냥 놔둘 수도 없다. 나를 연행한 경찰, 유치장 담당인 여러 명의 여경, 그 밖의 많은 사람들이 목격했다. 다소의 일탈행위는 묵인한다 해도, 48시간이 한계일 것이다.

오늘밤 11시까지 어떤 움직임이 있을 것이다.

그때까지 기다릴 수밖에 없다.

나 자신도 어이없을 정도로 냉정해져서는 벽에 등을 기대고 다시 잠이 들었다. 약 한 시간 정도 만에 눈이 떠졌다. 점심은 나올까? 이곳으로 초대해준 인간이 구두쇠가 아니라면 좋을 텐데. 분명 점심 식사대는 개인 지불이었을 텐데, 혹시 세금으로 내주는 걸까? 어느 쪽의 예산일까. 경찰일까. 아니면…….

하품을 하는 것에 질려서 하품이 나오려다 그제야 "7번"이라며 호출되어 밖으로 나왔다. 여경을 따라가니 유치장 출구가 나왔다. 틀림없이 포승줄을 할 거라 생각했는데 그대로 통로를 지나 엘리베이터로 3층까지 올라갔다. 도중에 벽에 걸린 시계가 보였다. 1시 13분이었다.

안내된 곳은 소회의실이었다. 태도는 저자세였지만 눈초리가 심상치 않은 남자가 기다리고 있었는데, 세이조니시 경찰서 생활안전과의 오다라고 이름을 밝혔다.

"하무라 아키라 씨, 당신이 이 경찰서에 구류된 것에는 착오가 있었습니다. 이대로 돌아가셔도 좋습니다."

"네에?"

"바로 짐을 돌려드리겠습니다만, 그 전에 이번 구류에 대해 민원을 제기하고 싶을 경우에는 우리가 아니라 후생노동성 마약관리부 쪽으로 해주십시오. 애당초 그들이 당신을 보호·유치하도록 통보를 했습니다. 더불어 상해죄로 고발한 생각이 있다는 식으로 운을 떼기도 했고요. 그래 놓고서는 소정 절차를 밟지 말라고도 요청했습니다. 그런데 방금 전 모든 것이 오해였고, 당신의 처우에 대해서는 없었던 것으로 해달라고 말하더군요. 해달라고는 했지만 사실상 명령입니다. 같은 사법 경찰이라 해도 마약관리부에게 명령받는 입장도 아닌데 말이죠."

"네에……."

"놀라지 않는군요?"

오다가 나를 예의 심상치 않은 눈초리로 보았다. 나는 일부러 하품을 해보였다.

"이틀이나 공짜로 재워준 은혜가 있으니 이 경찰서를 고소하거나 하지는 않습니다. 걱정하시는 점은 그 점이죠?"

여경이 내 짐을 가지고 들어왔다. 당시 입었던 코트와 숄더백. 백 안의 내용물은 트레이 위에 올려져 있었다. 스마트폰, 핸드폰, 녹음기, 지갑, 손수건, 명함집 등등. 스마트폰에 이상은 없었고, 지갑 안의 내용물도 줄지는 않았다. 군지의 명함은 달랐다. 이것은 지갑에서 꺼내져 그것 한 장만 트레이에 따로 놓여 있었다.

정식 절차를 밟지 않고 피의자의 짐을 조사하는 것은 불법일 터였지만, 내가 짐 안에 군지의 명함이 있다고 말했으니 불평할 수는 없다.

사토 가즈히토의 침대에서 발견한 건조 대마를 발견한 장소에 그대로 놔두고 오기를 잘했다고 거듭 생각하며 짐을 정리했다. 만약 그것을 꺼내 숄더백에 넣었더라면, 마약관리부가 무슨 말을 하든 경찰도 나를 놓아주지는 못할 것이다.

"그렇다고 해도 하무라 씨는 참으로 특이한 입장이신 것 같습니다."

오다가 살짝 미소를 지었다.

"어젯밤, 그 명함의 연락처로 연락을 했더니 우리 '회사'의 상부에서 상황을 보고하라는 연락이 오더군요. 하지만 금세 그보다 더 위쪽에서 구류 중인 탐정에게는 별도의 명령이 있을 때까지 접촉하지 말라는 명령이 내려왔습니다. 이건 무슨 일일까요?"

"글쎄요. 제가 경찰 상층부의 움직임에 대해 잘 알고 있는 듯이 보이나요?"

농담으로 던진 말은 아니었지만 오다는 살짝 화가 난 모양이다. 얼굴을 쓱 가까이 대고서는 낮게 말했다.

"말하자면 당신의 연출은 생각한 것보다 두텁지는 않다는 거야. 그걸 명심해두는 편이 좋아, 탐정."

그러니까 경찰을 고소할 생각은 없다니까. 도마를 연출이라 생각한 적도 없다. 군지에게 연락해달라고 말한 것은 아마도 나와 연락을 취하고자 해도 연락이 되지 않아 화가 나지 않았을까 생각했기 때문이다. 내 탓도 아닌 일로 그 성가신 경부를 적으로 돌리고 싶지는 않다. 적어도 군지에게 부탁한 아오누마 댁의 감시 영상을 보여주기 전까지는.

세이조니시 경찰서를 나와 오다큐 선 세이조가쿠엔마에 역을 향해 걸었다. 돈은 없지만, 다소는 사치를 부리고 싶은 기분이었다. 역 빌딩의 1층에 있는 스타벅스에서 오늘의 커피를 사고, 슈퍼에서 두 종류의 샐러드와 샌드위치를 사서 에스컬레이터를 탔다. 4층의 휴식 공간에 비어 있는 테이블을 찾아 앉고는 늦은 점심을 먹었다.

기세 좋게 반 정도 먹어 진정이 되었을 무렵, 의심이 들어 가방 안을 다시 한 번 더 샅샅이 뒤졌다. 도청기도 발신기도 없었고, 스마트폰에 스파이웨어가 심어진 듯한 흔적도 없다. 얼마 전까지였다면 이런 내 행동을 바보 같다고 생각할 참이지만, 일본 국민의 신병을 부당하게 구속해도 상대가 탐정이라면 전혀 문제가 되지 않는다는 사실을 이번 일로 새삼 깨달았다.

점심을 계속 먹으며 스마트폰을 확인했다. 군지나 사쿠라이, 에지마 마리카의 것으로 보이는 것을 포함해 몇 건의 문자나 부재중 전화가 있었지만, 그것을 확인하기보다 먼저 뉴스를 검색해서 최신 기사를 읽었다. '12월 3일 오전, 에지마 병원과 그 관계처가 후생노동성의 특별 팀에 의한 수색을 받았다'는 내용이었다.

후생성은 전부터 여러 곳에서 정보를 얻어 비밀리에 조사를 계속한 결과, 이노카시라에지마 병원에서 가공의 암환자를 만들어 의료비를 과다 청구하는 한편, 같은 가공의 환자에게 사용했다는 명목으로 마약성 진통제를 부정으로 유출. 요통이나 무릎 통증 환자에게 비밀리에 판매한 것으로 보고, 이번 수색을 단행했다. 에지마 원장의 부인이 경영하는 음식점에 근무하는 이가 요시아키(47세)가 마약 및 향정신성의약품 관리법 위반 용의로 체포, 에지마 다쿠마 원장과 그 부인도 현재 마약관리

부의 참고인 조사를 받고 있다…….

생각했던 대로다.

손가락에 묻은 마요네즈를 핥고는 커피로 목을 축였다.

도비시마 이치코는 후생성에 근무하는 남편 도비시마 겐타와 사내 결혼이었다는 사실에 마약관리부와 오늘 이 수색을 더하면 전체적인 구도가 보인다.

에지마 병원은 도마가 다카노 사키 건으로 '여우와 바오바브'에 눈독을 들이고 수사를 시작하기 훨씬 전부터 마약관리부의 조사 대상에 올라 있었던 것이다. 상대는 병원이다. 경찰보다 후생성 쪽에 정보가 더 빨리 올라온다. 아마 처음 문제는 의료비의 과다 청구였다. 하지만 거기에 옥시코돈 밀매 의혹이 떠올랐다. 그래서 마약관리부도 움직이기 시작했을 것이다.

느낌은 있었다. 예를 들어, 도비시마 이치로 건이다. 그가 에지마 병원에 입원해 있다는 소문이 있었지만, 이치코는 끝까지 그 사실을 부정했다. 실제로 진짜 도비시마 이치로는 정말로 어딘가의 여자와 여행 중이었고, 그 사이에 누군가, 아마 도비시마 겐타의 동료가 도비시마 이치로의 의료보험증을 사용해서 이치로인 척 에지마 병원에 입원해 있었던 것은 아닐까.

그런데 오카베 도모에가 그 작전을 망칠 뻔했다. 이치코는 그 사실을 속이기 위해 도모에의 아킬레스건인 '나카마치 길의 술집 여자' 건을 끄집어내서 히스테리를 부렸다.

상사의 반대로 도마 시게루의 수사가 중단되었다는 사실도 떠올랐다. 도토종합리서치의 사장이 하나조노 에이전시의 사코가 발설한 여우와 바오바브에 대해 함구령을 내렸다는 사실도. 후생성의 윗분과 경찰청이나 경시청의 윗분들과의 사이에 밀약이 오갔다고 보아야 할 것이다. 고위 관료에게는 고위 관료 친구가 있다. 후생성으로서는 자신들이 먼저 침을 발라둔 수사다. 경찰이 끼어드는 것을 원치 않았을 것이다.

자, 여기서 내 문제가 끼어든다. 에지마 병원에는 '도비시마 이치로'뿐만 아니라 훨씬 전부터 더 많은 수사관이 잠입해 있었음이 틀림없다. 그리고 비밀리에 수사를 진행 중이며 곧, 즉 12월 3일 오전 중에 수색을 결행할 예정이었다.

그런데 그 직전에 내가 나타났다. 탐정이고, 여우와 바오바브가 옥시코돈 밀매와 관련되어 있을 가능성에 대해 알고 있으며, 에지마 병원이나 여우와 바오바브 주변을 어슬렁거리고 있다. 더구나 에지마 마리카와 '내일 밤', 즉 2일 밤에 만날 약속을 했다.

이 탐정이 옥시코돈 밀매에 대해 원장 부인을 추궁하기라도 하면 어떻게 될까? 병원 측은 잠입수사를 깨닫고, 증거를 인멸하고, 관계자들이 입을 맞추고 말 것이다. 오랫동안 공들인 수사가 수포가 된다. 그렇게 놔둘 수는 없다. 어떻게든 해서 탐정을 얌전히 있게 해둘 필요가 있었다…….

"그래도 원래라면 말로 해결할 수 있는 문제라고 생각하는데 말이죠."

나는 도비시마 이치코에게 말했다.

후다 역 부근 옛 게이오 선 흔적지 근처의 길에는 오후의 햇볕이 내리쬐고 있었다. 따뜻하지는 않지만, 겨울의 맑은 공기를 통과한 명도가 높은 빛이다. 농작물을 팔기 위한 코인로커가 늘어서 있는 장소에 벤치가 있었다. 투명 코인로커 안에는 순무나 무, 시금치가 들어 있다. 이치코의 아이들은 벤치 근처 수도에서 손을 씻고는 내가 세이조에서 사온 '헤이타로'의 붕어빵을 먹고 있다.

"불면 날아갈 듯한 가난뱅이 탐정이거든요. 천하의 마약관리부라면, 당분간 에지마 병원이나 여우와 바오바브와의 접촉을 금지한다고 말만 했어도 충분했을 텐데. 왜 약물을 먹이는 위험한 다리를 건넌 거죠?"

"여기는 어떻게 알았죠? 큰아이가 여기서 놀자고 막 말했을 뿐인데."

이치코가 딱딱한 목소리로 말했다. 손에 땀이 많은지 몇 번이나 스마트폰을 떨어뜨렸다.

"도모에 씨에게 물어봤을 게 뻔하지 않나요? 조후 시의 토착 정보 네트워크는 정말로 탐정이 개입할 여지가 없더군요."

"하무라 씨가 이번 일로 화가 난 건 알겠지만, 아이들에게는."

"넘겨짚지 마시죠. 게다가 저도 아직은 죽고 싶지 않고요. 그 약은 끔찍했습니다. 유치장에서 구토를 몇 번이나 한 줄 아나요? 살아 있는 게 신기할 정도라고요. 다음에 또 뭔가 타게 되면 죽을 수도 있으니까."

이치코가 정말로 충격을 받은 듯했다.

"부작용이 적은 걸 골랐어요. 그렇게 된 건 하무라 씨의 체질 문제예요."

"그 변명이 사람들에게 통할 거라 생각해요?"

우리들은 잠시 말없이 붕어빵을 맛있게 먹는 아이들을 바라보았다. 잠시 후 이치코가 말했다.

"하무라 씨가 나쁜 거예요. 에지마 병원에 접근하지 말라고 했는데. 주임에게 엘보를 먹이거나 하니까."

그 점장, 마약관리부의 주임이었나. 살기등등한 얼굴로 튀어나와 나를 쫓아내려 했던 것은 그 때문인가. 그렇다고 해도 점장으로 출세하다니 굉장하네. 잠입수사의 귀감이라고 해도 좋을 정도다. 그 과장된 연설도 납득이 간다.

"말을 해도 통하지 않을 거라 생각해서 강경 수단을 쓴 거라고요? 역시 국가에 속한 권력자는 하는 짓이 끔찍하네요."

나는 붕어빵을 먹고 있는 아이들에게 손을 흔들었다. 이치코의 눈썹이 치켜 올라갔다.

"똑똑히 들어. 남편과 그 동료들은 마약의 위협에서 국민을 지키기 위해 목숨을 걸고 일하는 거야. 당신을 아주 잠시 유치장에 넣어두는 것 따위는 그에 비하면 별 일도 아니고. 하려고 하면 본격적으로 당신을 함정에 빠뜨릴 수도 있었어. 이모의 체면도 있고, 그래서는 좀 심하다 싶어서 체포 이력이 생기지 않도록 배려를 해준 거잖아. 아이들에게 스토커 같은 짓을 하면 남편도 상부도 가만있지는 않을 거야. 알겠어?"

"아주 잘 알았습니다."

내가 스마트폰을 조작하자 이치코의 목소리가 흘러나왔다.

"부작용이 적은 걸 골랐어요. 그렇게 된 건 하무라 씨의 체질 문제예요."

"음성 데이터는 이미 전송을 끝냈다기보다 숨겨두었습니다. 저기요, 이래 봬도 나는 엄청 화났거든요."

창백해진 얼굴로 입가로 손을 가져간 이치코에게 말했다.

"이치코 씨에게 화를 내는 게 아니야. 당신, 행동에 다 드러나거든. 하고 싶지 않은데 시켜서 어쩔 수 없이 한 일이라는 게. 그래서 그때 내 눈을 똑바로 볼 수 없었던 거지? 내가 화를 내는 건 모략 같은 짓을 해서 일을 복잡하게 만든 놈들. 놈들은 힘을 과시하고 싶었던 거야. 성가신 탐정과 그 탐정에게 옥시코돈 밀매수사의 정보를 흘린 성가신 경찰에게. 더불어 명령할 입장도 아닌데 굳이 관할서에 명령을 해보였지."

무릎을 치며 자리에서 일어섰다.

"오카베 도모에 씨에게는 신세를 졌으니, 일을 크게 만들어서 그 조카의 삶을 엉망진창으로 만들 생각은 없어. 당신의 소망대로 가능한 빨리 스타인벡 장에서 나가도록 하지. 내 얼굴도, 이 음성 데이터도 두 번 다시 당신 앞에는 나타나지 않게 노력하겠어. 그렇지 않으면 남편의 출세에도 영향이 있을 테니까. 그 대신 정보가 필요한데, 남편에게 상담해보도록 해. 어때?"

큰 체구의 이치코가 작아보였다. 붕어빵을 다 먹은 아이들이 웃으며 뛰어다녔다. 평화로운 광경이었다.

조사해주었으면 하는 것을 이치코에게 전했다.

20

에지마 병원의 뉴스는 세상을 다소 떠들썩하게 만들었다.

석방이 된 날 저녁부터 다음 날 아침까지의 뉴스에서는 과거에 에지마 원장이 출연한 영상이나 고급 손목시계를 보란 듯이 차고 있는 선전용 사진이 흘러나왔다. 원장이 'FX 거래'로 거액의 손실을 입었다든가, 한때는 명의로서 명망이 높았지만 최근에 환자 수가 줄었다든가, 명품을 좋아하고 고급 외제차를 몰며 긴자의 호스티스 출신과의 사이에 숨겨둔 자식이 있다든가 하는 '소문'도 함께 다루어졌다.

덕분에 에지마 병원의 사건은 상당히 이해하기 쉬운 도식으로 정리되었다. 낭비벽이 있고, 돈에 궁하던 병원장이 국가에 의료보험료를 과다 청구했다. 더불어 마약성 진통제인 옥시코돈이나 다른 약물을 가공의 환자에게 투여했다고 속이고, 남은 의약품을 유통시켰다. 원장 부인이 경영하는 레스토랑이 그 마약 매매의 무대가 되었다. 오랫동안 이 레스토랑에 근무한 웨이터 이가 요시아키가 통증으로 괴로워하는 상대에게 말을 걸고, 친해져서 이야기를 듣고, 적당한 상대에게만 고액으로 '진통제'를 넘겼다.

무심코 취재에 응해 "그 식당에서 비밀이라면서 귀중한 진통제를 소개해줬거든. 덕분에 정말 편해졌어" 하고 말한 노인은 방송국 리포터가 "그거, 마약이었던 거 아닌가요?" 하고 추궁하자 자신은 그런 사실은 모른다며 당황했다. 나중에 동일한 영상이 같은 방송국의 다른 뉴스에서 흘러나왔을 때에는 이 노인의 얼굴에 모자이크 처리가 되어 있었다. 하지만…….

"이 사람, 아마도 고쿠분지의 부동산업자야."

함께 텔레비전을 보던 오카베 도모에가 감씨 모양 과자를 먹으며 그렇게 말했다. 에지마 병원에 다녔던 적도 있어서 이 사건에는 상당히 흥미가 있는지, 토착 네트워크를 통한 정보 수집도 게을리 하지 않았다.

"역시 말을 건 상대는 부자들뿐이었던 거야. 아는 부인은 요통으로 에지마 병원에 진찰받으러 간 날은 돌아올 때 꼭 여우와 바오바브에서 점심을 먹고, 웨이터도 친절하게 대해준 모양이긴 한데, 잘 듣는 약에 대한 이야기는 단 한 번도 화제에 나온 적 없대. 이런 말을 하면 안 되지만, 그 부인, 눈이 나쁜 탓인지 입고 있는 것도 보풀투성이에다 입이 가벼워서 특별한 약을 받거나 했다면 동네방네 다 떠들고 다녔을 거야."

오카베 도모에는 그 밖에도, 원장의 애인이 긴자의 호스티스 출신이 아니라 미타카 역 앞에서 영어 학원을 하고 있는 소꿉친구라든가, 환자 수가 줄었다고 하는데 가면 항상 사람이 많아 엄청 기다려야 했다며, 지역 주민만이 알고 있는 정보를 과시했다.

"방송에서 하는 말은 믿을 수가 없어. 취재를 제대로 하고 있기는 한 건가."

"그럼 FX거래 이야기도?"

"아, 그건 사실이래. 최근에 많은가 봐. 인터넷이나 스마트폰으로 간단히 거래를 할 수 있으니까. 몇 년인가 전에는 엄청난 빚을 져서 사채업자가 병원에 와서 소동을 일으켰다는 이야기를 들었어. 그래서 그런 짓을 한 게 아닐까? 물론 동정의 여지는 없지만."

오카베 도모에는 잠시 감씨 모양 과자를 먹다가 천천히 말했다.

"그런데 아키라. 루우에게 들었는데, 짐을 기치조지의 사무소로 옮겼다며? 사무소에서 살 생각이야?"

"오랫동안 눌러 앉아서 죄송했어요. 다음 주에는 나갈게요."

"무슨 일 있었어?"

도모에가 손에 묻은 가루를 털면서 나를 물끄러미 바라보았다. 땅콩이 목에 걸릴 뻔했다.

"무, 무슨 일이라뇨?"

"이치코 말이야. 그 아이에게 또 빨리 나가라는 말을 들은 거 아니야?"

나는 빈 찻잔을 입으로 가져가 마신 척을 하고 말했다.

"그렇기는 해요. 어차피 연내에는 나가야 했잖아요. 게다가 거기라면 월세도 안 내도 되고."

"아직도 한 달 가까이 남았잖아. 그렇게 서두를 것 없어. 연초까지 있는다 해도 나는 전혀 상관없거든. 아키라는 최근 힘든 일이 많았잖아. 돌아오지 않은 날도 있었던 것 같고, 바쁘지 않아? 루우는 연말까지는 여기 있고 싶다고 말했고."

"고맙습니다. 하지만 걱정 안 하셔도 돼요. 괜찮아요."

"그래?"

오카베 도모에는 내가 어디로 이사할 생각인지 묻지 않았다. 유치장 사건을 모르는 도모에에게, 마약관리부의 관계자와 거리를 둘 수 있다면 어디든 상관없다고는 말할 수 없었다.

경찰에서 방면된 다음 날은 금요일이었다. 그 주말의 3일 동안 나는 매일 들 수 있는 최대한의 짐을 들고 살인곰 서점으로 가서 백곰 탐정사 사무소의 벽장에 짐을 넣고, 정오에

서점을 열었다.

도야마 점장은 간신히 바쁜 것이 일단락되었는지 전보다 자주 서점에 얼굴을 내밀게 되었다. 역시 명물 점장이 있고 없고는 손님의 수가 다르다. 이 12월의 첫 주말에는 SNS로 도야마 점장이 서점에 있다는 사실을 알게 된 손님들이 끊임없이 몰려들고, 온 뒤에는 오랫동안 머물고, 책을 사주었다. 일요일 저녁 이후에는 특히 더 바빴다. 오랜만에 이벤트가 개최되었기 때문이다.

도야마 점장이 '뉴욕 미스터리 페어' 다음으로 고안한 12월의 이벤트는 '연극 미스터리 페어'였다. 연극계를 무대로 한 미스터리와 연극이 나오는 미스터리, 미스터리 작가의 희곡, 혹은 미스터리 희곡을 모은 것이다.

"크리스마스 시즌에 어울리는 즐거운 연극 미스터리를 모아 보죠. 먼저 왕도이기는 한데 애거서 크리스티 희곡집. 이건 전부 우리 서점에 있죠?"

도야마는 즐거운 듯이 손가락으로 세어보고 나는 메모를 했다.

"로베르 토마나 앤서니 섀퍼, 아이라 레빈, 이노우에 히사시, 온다 리쿠, 쓰쓰이 야스타카의 희곡도 재고가 있을 거예요. 레지날드 로즈의 《12인의 성난 사람들》은 최근에 팔렸던가. 일단 희곡을 모아보죠. 그리고."

도야마가 책장 쪽으로 가서 차례차례 책을 뽑았다.

“패트릭 쿠엔틴 《광대 퍼즐》, 캐롤라인 그레엄 《공허한 남자의 죽음》, 마이클 이네스 《햄릿 리벤지!》, 크리스티아나 브랜드 《제제벨의 죽음》, 사이먼 브렛 《아마추어 시신》, 에드먼드 크리스핀 《스완 송》. 맞아, 딕 프랜시스의 《에지》가 있었지. 장거리 기차 안에서 하는 연극 이벤트가 꽤 즐겁답니다.”

도야마가 쉴 새 없이 말하며 순식간에 책을 산더미처럼 쌓았다.

“가스통 르루의 《오페라의 유령》, 고전이죠. 고전이 나온 김에 퀸의 《로마 모자 미스터리》도 넣어둘까요. 은퇴한 셰익스피어 배우 드루리 레인이 등장하는 'XYZ'도 연극물이라고 말 못할 것도 아니고. 맞아, 샴 고양이 코코 시리즈의 《고양이는 셰익스피어를 알고 있다》와 《고양이는……》. 어라, 뭐였더라. 그 지역에 극장이 건설되고, 연극 클럽과 관련해서 사람이 죽는 이야기가 있었는데.”

도야마는 죽 진열되어 있는 릴리언 잭슨 브라운의 빨간 책등을 보며 신음하더니 나를 보았다.

“찾아주세요, 하무라 씨.”

“네? 제가요?”

“뒷표지의 줄거리를 본 정도로는 어떤 이야기인지 알 수가 없거든요. 하지만 제대로 책을 읽으면 괜찮습니다.”

“……서른 권이 넘는데요.”

"네, 얼마간 즐거우시겠네요. 그럼, 일본 책은 뭐가 있었더라. 도이타 야스지의 나카무라 가라쿠 시리즈, 이건 절대로 빼놓을 수 없죠. 걸작 백스테이지 미스터리입니다. 마쓰이 게사코의 연극 3부작도 좋은 작품이고. 미카미 오토키치의《유키노조 변화》, 핫토리 마유미의《햄릿 광시곡》, 아리요시 사와코의《개막 벨은 화려하게》라는 것도 있었죠."

도야마는 잠시 넋을 잃고 생각에 잠겨 있다가 갑자기 손바닥을 탁 쳤다.

"좋은 생각이 났습니다. 모처럼이니 이벤트를 열죠. 에도가와 구에 살고 있는 미스터리 평론가의 부인이 미스터리 전문 극단을 주재하고 있습니다. 2층 살롱에서 그 극단의 무대 영상을 틀어주는 건 어떨까요. 〈리허설 포 머더〉의 DVD를 분명 받았었는데."

"영상을 틀 경우에는 미리 허가를 받아야 하는 작품도 있지 않을까요?"

"그쪽은 하무라 씨가 알아봐주세요. 탐정이니까."

"네? 제가요?"

"하는 김에 저작권법을 공부해보시는 게 어떨까요? 서점 소속 탐정으로서 저작권 관련을 특기로 삼는 거예요. 그 지식을 활용해서 작가나 출판사에 우리 서점의 이벤트에 협력을 부탁하면 좋지 않나요?"

"……공짜로 부려 먹을 심산이군요?"

"사실은 영상보다 라이브 공연을 하는 편이 더 좋겠지만요. 연극 중계라는 건 영상 속의 관객이 느끼는 현장감과 영상으로 보는 관객의 거리감의 괴리가 신경 쓰이지만, 우리의 좁은 살롱에서 연기해달라고는 할 수 없으니까요. 아, 하지만 낭독이라면 가능할지도 모르겠네요. 미스터리 전문극단 단원에 의한 미스터리 낭독의 밤. 낭독 앞뒤로 작품 해설과 연극 미스터리에 대한 대담도 넣는 거죠. 음, 이거라면 손님을 모을 수 있겠네요. 어떤 미스터리를 고르냐에 달렸지만."

"역시 크리스마스답게 크리스티인가요?"

"아니, 아예 사립탐정물도 괜찮을지도 몰라요. 일부를 발췌해서 탐정과 매력적인 미녀의 대화를 들려주는 거죠. 사립탐정소설 낭독의 밤, 버번 싱글 한 잔 포함. 종이컵이 싫으면 잔은 각자 지참하는 것으로. 정원 20명, 참가비는 1인당 1500엔. 문제는 작품이겠네요."

도야마가 즐거운 듯이 책장을 살펴보며 돌아다녔다.

"챈들러, 로스 맥도널드, 대실 해밋. 카터 브라운《우주에서 온 여자》. ……이거 헤로인이 배우인 건 좋은데, 발췌하는 게 문제겠네요. 그렇다면 단편이 좋을까요. 수 그래프턴의 〈파커 샷건〉? 맥스 앨런 콜린스의 〈하우스 콜〉? 사립탐정물은 아니지만 윌리엄 버로스의 〈정키 크리스마스〉는 어떨까요. 크리스마스물이고, 짧고. 하지만 그렇게 되면 버번이 아닌 다른 걸 곁들여야 할 테지만."

설마 '그것'을 곁들일 생각인가?

이 대화라기보다 도야마 점장의 거의 일방적인 지시가 있었던 것은 보름 정도 전인 11월 중순의 일이다.

내 머리는 아직 충분히 가동하지 않는 상태였다. 기계적으로 메모를 보고, 팔각형 평대에 책을 진열하고, 기계적으로 장식했다. 기계적으로 손님의 문의에 응대하고, 기계적으로 이벤트 공고를 했다. 크리스마스라고 적힌 골판지 박스를 창고에서 꺼내 예년처럼 장식했지만, 그것도 기계적이었다.

그래도 역시 도야마가 아이디어를 낸 이벤트다웠다. 12월 6일, 일요일에 개최하는 낭독회 표는 바로 매진되었다. 그날, 나는 낮부터 살롱의 의자를 낭독회용으로 세팅하고, 먹을 것을 늘어놓을 테이블을 세팅하고, 연극 페어용 책 한 부를 살롱으로 옮기고, 오디오 관련 기기를 체크하고, 버번과 치킨을 사러 가고, 피자를 주문하는 등 준비에 쫓겼다. 낭독 작품은 극단과 협의한 끝에 크리스티의 단편 〈크리스마스의 비극〉으로 낙찰되었지만, 어째서인지 버번 제공은 그대로 유지되었다.

도야마 점장은 이날 3시에 나타났다. 잠시 간판 고양이를 돌보고는 고객을 상대하다가, 이윽고 내게로 왔다. 웬일로 깜짝 놀란 표정이었다.

"극단원의 대기실로 쓸 생각으로 2층 안쪽 방에 들어갔는데, 하무라 씨, 그 방 어떻게 된 건가요?"

"백곰 탐정사의 사무소로 마음대로 써도 된다고 도야마 씨가 말씀하셨잖아요."

"그렇기는 한데, 깨끗이 청소되어 있고, 책이 들어 있던 상자들도 정리되어 있고, 사무소라기보다는 거주 공간 같던데요. 설마 여기서 살 생각인가요?"

"그게…… 지금 살고 있는 셰어하우스에서 급하게 나오게 되어서요."

도야마는 잠시 생각에 잠긴 뒤 어깨를 으쓱했다.

"아무렴 어때. 탐정사는 전적으로 하무라 씨에게 맡겼으니."

나는 이벤트 준비를 계속했다. 5시에는 출연자가 왔고, 5시 반에는 손님이 모이기 시작했다. 공간이 좁은 탓에 여분의 인간이 있을 여지가 없으므로, 세팅만 해놓은 다음에는 도야마에게 맡기고 이벤트 전에 책을 사두려는 손님 상대를 위해 1층 계산대 공간으로 들어갔다.

상당히 성황이었다. 이벤트 작품 이외에도 전직 형사였던 할아버지께 드리는 크리스마스 선물로 사진집 《잠복 일기》를 사서 가는 손님. 마거릿 마이의 책에 선물용 포장을 부탁하는 손님. 데이비드 알몬드의 책을 사재기하는 손님. 개연 시간인 6시 반까지, 서점은 지금까지 중에 다섯 손가락 안에 들어갈 정도의 매상을 기록했다.

그러나 낭독회가 시작되니 서점에서 사람이 싹 사라졌다.

이따금 2층에서 효과음이 희미하게 들리는 것 외에는 거의 조용했다.

나는 흐트러진 책을 정리하고, 계산대 카운터에서 휴식을 취했다. 사실은 이 시간을 이용해 이사 작업을 이어 하고 싶었다.

스타인벡 장에서 커튼과 러그를 가져오고, 소파에 덮을 천을 준비했더니 사무소는 도야마의 말대로 사람이 살 만한 공간이 되었다.

이곳도 오래된 건물이지만, 리모델링할 때 내진공사를 했고, 화장실이나 부엌도 문제가 없다. 부엌 바닥을 점거하고 있던 재고 책이 들어 있는 골판지 박스는 욕실에 욱여넣었다. 근처에는 공중목욕탕이 있고, 내일부터라도 문제없이 살 수 있다. 다행인지 불행인지 상당수의 짐을 화재로 잃었기 때문에 반강제적인 미니멀리즘이다.

그래도 아직 스타인벡 장에 짐이 남아 있다. 앤티크 숍에서 산 다이쇼 시대(일본 연호로, 1912년~1925년 사이를 말한다—옮긴이)의 책장, 엄선에 엄선을 했지만 그래도 귤 박스 세 상자 분량의 애독서, 겨울용 오리털 이불. 10년 전에 임시 수입이 있었을 때 백화점에서 구입했는데, 남은 물건들 중에서는 유일하게 재산이라 부를 수 있는 고급품이다.

이런 것들을 어떻게 운반할지 생각하고 있을 때 닫힌 문 밖에서 소리가 들렸다. 심장이 고동치는 것보다 빨리, 그럴 리가 없다고 스스로를 달랬다. 그럴 리가 없다. 있을 수 없는 일이다.

문이 열렸다. 어서오세요, 하고 말하려다 멈췄다. 도마 시게루가 서 있었다.

살짝 고급인 양복에 웬일로 짙은 감색 무지 넥타이를 매고, 밤인데 빳빳한 셔츠를 입고 있다. 도마를 건너뛰고 후생성과 그의 상사가 상담한 끝에 본인에게는 아무 말도 하지 않고 수사를 중단시켰다는 상황을 알고 있는 탓인지, 혹은 세단 뒷좌석에 뽐내며 앉아 있지 않은 탓인지, 이 불구대천의 원수가 오늘은 집을 잃어버린 달팽이처럼 의지할 데 없어 보였다.

"2층은 떠들썩하군요. 이벤트가 있다는 사실을 서점 홈페이지에서 확인했습니다. 장사가 잘 되어 다행이군요."

도마는 말하며 손을 뒤로 돌려 문을 닫았다.

"혼자인가요? 군지 씨는?"

"이 근처는 차를 세워두기 힘들고, 군지는 드라이브만 시켜두면 기분이 좋으니까요. 이벤트가 끝날 때까지 기다리는 것도 좀 그래서 차에서 내려 이야기를 하러 왔습니다. 마약관리부의 도비시마 겐타에게서 은밀히 연락이 왔습니다."

나는 고개를 끄덕였다. 도마가 재미가 없다는 듯이 말을 이었다.

"민간인에게 정보를 유출시켰다가는 문제가 커질 테니, 조사 중에 무언가 알게 되면 군지에게 연락하라고 하무라 씨가 말했다더군요. 그거라면 만일 들킨다 하더라도 사법 경찰 간의 정보 교환으로 끝날 거라고."

"말했을지도 모르겠네요. 군지 씨의 연락처도 알려줬는지도 모르겠고요."

"탐정 주제에 교활한 머리를 굴리는군요."

"그거 실례했습니다. 불쾌하셨나요?"

"'네'라고 대답해서 당신을 기쁘게 해줄 거라 생각하나요?"

"덕분에 참으로 기쁘네요."

도마가 코웃음을 쳤다.

"그렇다 해도 경찰을 중계역으로 사용하다니. 도중에 내가 정보를 묵살할 거라는 생각은 들지 않았나요?"

군지의 약점을 잡고 있어서 괜찮다고는 말할 수 없다.

"그 정보에 내가 어떤 반응을 보일지 흥미를 가질 거라 생각했는데요."

도마는 뭐라고 말하고 싶었던 듯하지만 이내 마음을 고쳐먹은 모양이다. 사무적으로 말을 이었다.

"그쪽 조사로는 에지마 원장 부부, 체포된 이가 요시아키, 그 밖에도 새롭게 체포된 에지마 병원에 근무하는 약사나 행정직 직원, 총 8명 모두 화재가 있었던 11월 11일 밤 10시 이후의 알리바이가 있었습니다. 그날은 에지마 원장의 생일로, 원장 저택에서 파티가 열렸다더군요. 병원 관계자는 그

파티에 참가했고, 끝난 건 새벽 2시 넘어서. 케이터링 업자 등, 병원 관계자 이외의 참가자의 증언도 있습니다."

"여우와 바오바브의 이가 요시아키는?"

"할머니의 17주기 법회가 있어서 하마마쓰의 본가에 가 있었습니다. 그날 밤은 늦게까지 친척들 그리고 친구이기도 한 주지와 술을 마셨다더군요."

도마가 깔끔하게 정돈된 손톱을 바라보며 말을 이었다.

"후생성과 마약관리부의 수사팀은 아직 돈의 흐름을 완전히 밝혀낸 건 아닌 듯하지만, 의료비 부정 청구와 마약 유통 정도로는 벌어들인 돈이 많지 않은 것 같더군요. 다른 의료용 마약 역시 장부와 엄청나게 차이가 날 정도로 준 것도 아닙니다. 역시 해외, 특히 미국에서 밀수가 있었다고 저는 생각합니다."

"즉, 아오누마 미쓰타카 말인가요."

"다만 죽은 자는 말이 없다고밖에. 증거는 무엇 하나 없습니다. 있다손 치더라도 불타버렸죠. 그리고 관련자들은 화재 당시 알리바이가 있습니다. 누군가를 고용해서 시켰을 가능성이 없지는 않지만, 그런 일을 받아들일 인간이라면 연소촉진제를 뿌리고 불을 붙이는 단순한 방법을 사용합니다. 즉, 블루레이크 플랫의 화재는 옥시코돈 밀매와는 관계가 없었다. 그건 이즈하라의 견해대로 아오누마 히로토의 실화에 의한 화재겠죠."

나는 잠자코 있었다. 도마가 웬일로 한숨을 쉬었다.

"아직도 납득이 안 되시나요?"

"화재와 옥시코돈 밀매가 관계가 없다는 사실은 일단 납득했습니다."

"아오누마 히로토의 실화, 그걸 받아들이지 못하겠다는 건가요?"

"아오누마 댁을 감시했던 영상을 보여주실 수 없나요?"

"그건 허락하기 어렵군요."

"왜요? 이즈하라 씨에게 참고자료로서 미처 제출하지 못했기 때문인가요? 도마 씨 독단으로 군지 씨에게 몰래 찍으라 한 것이니, 증거로 채택할 수 없죠. 그래서 제출하지 않았다. 그것이 알려지면 곤란하기 때문인가요?"

"실화라는 판단은 바뀌지 않습니다. 당신이 납득하든 안 하든."

"당신은? 납득이 되나요?"

도마가 침묵했다. 이 남자의 흥미는 어디까지나 마약성 진통제의 밀매다. 그것과 관계가 없다면 화재 따위는 아무래도 상관없을 것이다. 그래도 수사관으로서 그 화재에 나와 같은 위화감을 느끼고는 있다. 다만 당연하게도 이 남자가 그 사실을 입에 담을 일은 없다. 경찰이 내린 결론에 트집을 잡는 짓은 절대로 하지 않는다.

특별한 정보라도 없는 한은.

나는 계산대 아래에 놓아둔 백에서 사토 가즈히토의 집에서 가져온 사진을 꺼내 도마에게 건넸다. 93년 4월 18일이라는 날짜, 사토 가즈히토와 아직 젊었던 아오누마 미쓰타카, 배가 산 만한 여성.

도마가 의아한 듯이 이 오래된 사진을 받아들었다.

"이건 여우와 바오바브 가게 안이군요. 이쪽은 아오누마 미쓰타카인가요. 이 남자는?"

"미쓰타카의 아내와 사랑의 도피를 한 상대라는 사토 가즈히토입니다."

"그럼 이쪽 여성이 미쓰타카의 아내인가요."

"네, 아오누마 리미일 테죠. 그리고 저는 이 여자를 알고 있습니다. 몇 번이나 만났죠."

도마가 흥미 깊은 듯이 사진 속 여성을 뚫어지게 바라보았다.

"20년 전에 사랑의 도피를 한 여자를 만났다고요? 어디서?"

"아오누마 미쓰에에게 소개받았습니다. 사촌 여동생인 마키무라 하나에라고."

오래된 사진 속 여성의 코걸이를 빼고, 나이를 스물 몇 살 정도를 더하고, 히로토와 꼭 닮은 곧은 눈썹을 밀고, 코끼리를 삼킨 보아뱀 같은 눈썹 문신을 하면, 거기 떠오르는 것은 하나에의 얼굴이다.

이 사진이 결정적이었지만 전부터 하나에의 언동에는 수상쩍은 면이 있었다.

먼저 나이다. 군지가 준비한 서류에 첨부되어 있던 호적등본에 따르면 마키무라 하나에는 1948년생, 올해 예순일곱 살이다. 안티 에이징 효과가 있는 허브티를 아무리 많이 마신다 해도 너무 젊어 보였다. 처음에는 오십 전후, 어쩌면 그보다 더 젊다고 생각했을 정도였다.

히로토가 죽기 전날 밤, 집에 함께 있던 여성을 나는 처음에는 히로토의 모친이 아닐까 의심했다. 그 말을 들은 하나에는 깜짝 놀라더니, 아무런 근거도 없으면서 내 착각이라고 단언했다.

미쓰타카와는 친했냐고 물으니, 일반적인 친척지간이라고 했다. 한편 히로토와 미쓰타카의 부자관계에 대해 잘 알고 있는 듯이 말하거나, 미쓰타카의 방랑 생활이나 약물 관계에 대해 자세하게 이야기하거나, 에지마 병원 원장 부부와 미쓰타카가 같은 대학교 의대 출신이라는 것도 알고 있었다. 그러나 에지마 마리카가 미쓰타카와 연인 사이가 아니었을까 운을 뗀 것만으로 천박한 억측이라고 심히 불쾌한 듯이 부정했다.

리미는 어떤 여성이었느냐고 물으니, 젊고 주목을 받고 싶었다, 바보 같고 불쌍한 여자라고 내뱉었다. 즉, 미쓰타카의 아내에 대해서도 잘 알고 있는 듯했다.

친한 것인지 친하지 않은 것인지. 아오누마 집안에 대해 지나치게 많이 알고 있고, 그래서 그 점을 파고들면 이번에는 먼 친척이라며 도망친다.

그녀가 마키무라 하나에가 아니라 아오누마 리미라면 그 언동이 이해가 된다.

"그러나 아오누마 리미는 왜 시어머니의 사촌 여동생을 가장한 거죠? 사랑의 도피를 한 몸이라 시어머니와 아들에게 사실이 알려지는 걸 꺼려한 걸까요?"

"아오누마 미쓰에는 당연히 사실을 알고 있었어요. 집은 미쓰에 씨가 빌린 것 같고, 마키무라 하나에라는 이름을 쓰도록 꾸민 건 미쓰에 씨겠죠. 군지 씨가 보여준 자료에 하나에의 호적등본이 있었습니다. 마키무라 하나에는 실존합니다. 상상이지만, 어딘가 요양시설에 들어가 있거나 해서 이름을 도용당한다 해도 불평을 할 수 없다거나, 그런 사실조차 알아차리지 못하는 상태가 아닐까요. 주민등록을 옮기거나 은행 구좌를 개설하거나 하지 않고, 단순히 마키무라 하나에의 이름을 빌린 것뿐이라면 아무도 알아차리지 못할 테니까요."

"그럴지도 모르지만. 아니, 그러니까 왜 굳이."

말하려다가 도마는 사진에 시선을 집중했다.

"이 남자……. 사토 뭐라고 했죠?"

"사토 가즈히토. 전에 미타카 시 시모렌자쿠의 하이츠 참새둥지에 살았던 남자입니다. 가까운 친척은 없고, 20년 전에 모습을 감췄습니다. 하지만 유부녀와 사랑의 도피를 한 것치고는 돈이나 두고 갈 리가 없는 것을 집에 남겨두었더군요."

"그럼 아오누마 리미는 20여 년 전에 남자와 도피를 한 게 아니라, 그 남자를……."

도마 시게루가 달려들듯이 말했을 때, 그의 스마트폰으로 연락이 왔다. 전화 통화를 하는 것을 보면서 나는 속으로 다음 말을 이어 말했다.

'……죽였다.'

그렇지 않으면 리미가 다른 사람의 이름을 도용할 이유가 없다. 사고로 남편이 죽고, 아들이 빈사의 중상을 입었다. 그러니까 그녀는 돌아왔다. 단순한 사랑의 도피였다면 친어머니로서 당당히 히로토의 옆에 있어주면 되는 것이다. 물론 본인도 말했던 대로 태어나 바로 어머니에게 버림받은 히로토가 순순히 그녀를 받아들였을 거라는 생각은 들지 않지만, 그래도 미쓰에와 함께 위험을 감수하면서까지 다른 사람의 이름을 댈 필요는 없을 것이다.

통화를 끝낸 도마가 나를 보고 말했다.

"이즈하라에게서 군지에게 연락이 왔습니다. 에지마 병원에 입원 중이던 아오누마 미쓰에 씨가 숨을 거두셨다는군요."

21

영안실로 향하는 도중, 거친 독경 소리에 감싸였다.

진정하고 들어보니 그것은 독경이 아니라 지하 공기를 일정하게 유지시키려는 에어컨 소리였다. 영안실로 향하는 복도는 추웠다. 벗겨진 리놀륨이나 속이 튀어나온 벤치를 형광등이 물끄러미 비췄다.

미쓰에는 얇고 긴 관에 담긴 채 싸구려 화학섬유로 만든 하얀 베개 위에 머리를 올려두고 있었다. 그 모습을 내려다보며 이런 얼굴이었나 하고 생각했다. 생각해보면 그녀와 함께 보낸 것은 고작 3일 정도. 그녀의 코는 아직 원래대로 돌아가지 못한 상태였다.

불도그 같은 기세의, 싸우는 투로도 들리는 듯한 그 활기 넘치는 말투를 떠올려보려 했다. 그 머리 회전이 빠른 대화가 눈앞의 물체에서 나오는 모습을.

그 결과, 깨달았다. 이곳에는 이미 미쓰에가 존재하지 않는다. 육체는 혼의 그릇에 지나지 않고, 미쓰에는 다른 그릇을 찾아 떠났다. 그 사실을 깨닫고 나니, 시신 옆에 놓인 꽃다발, 향, 장의사, 그 밖의 모든 것들이 죄다 작위적으로 느껴졌다.

"이분이 의식을 되찾으면 이야기가 달라질 거라고 생각했는데."

도마가 작은 목소리로 말했다.

"등유 난로를 실제로 히로토의 집으로 가져갔는지 어땠는지 아오누마 미쓰에 씨에게 묻는 게 제일이었으니까요. 그녀가 그런 난로는 모른다고 하면 근처 주민의 목격 증언이 어쨌든지 간에 사태는 뒤집어졌을지도 모르는데."

나는 대답하지 않았다. 그래도 경찰이 내린 결론은 번복되지 않았을 것이다. 이웃 주민들은 방화보다 실화라는 결론을 바랐다. 더 이상 소동이 커지기를 바라지 않았다. 히로토의 말이 떠올랐다. 다른 사람의 고통이라면 몇십 년이나 참을 수 있다던데, 정말이었다.

"저어, 이분은 이대로 화장터로 모시고 가도 괜찮을까요?"

검은 옷을 입은 장의 담당으로 보이는 여성이 차분하기는 하지만 사무적으로 물었다. 나와 도마는 얼굴을 마주보았다.

"이분의 가족은 어떻게 되었나요? 아오…… 마키무라 하나에라는 여성이 곁에 계셨을 텐데."

"사촌 동생분 말씀이시죠? 방금 전까지는 계셨었어요. 이 병원의, 그, 불상사가 터진 이후부터는 죽 병실에 묵으셨던 모양인지 상당히 피곤해보이셨는데."

"여기 없나요?"

"금방 돌아올 것 같긴 한데."

불길한 예감이 들었다.

영안실을 뛰쳐나가 병원 안을 찾았다. 아오누마 리미는 어디에도 없었다. 주차장에서 병실까지 만난 사람 모두에게 하나에의, 아니 리미의 사진을 보여주고는 보지 못했느냐고 물었다. 한참을 여기저기 달린 뒤, 다시 영안실로 돌아가려고 했을 때 도마에게 연락이 왔다.

"경비에게 부탁해서 CCTV 영상을 확인했는데, 50분 정도 전에 리미가 병원을 나가 택시를 잡아탔습니다. 택시 회사에 따르면 해당 차량은 19시 37분에 미타카다이 역 근처에서 리미를 내려줬다는군요."

"그녀의 집은 미타카다이 어디였죠?"

"군지에게 주소를 보내라고 하겠습니다."

역시 경찰은 조사가 빠르다. 나는 병원에서 뛰쳐나가 택시를 세웠다.

미타카다이 역 남측, 상점가를 조금 들어가서 우회전을 했다. 슈퍼 건너편, 메밀국수집 옆에 남쪽 방향의 언덕길이 있었다. 뛰어올라갔다. 미타카다이 시 지청 앞 공중전화 박스에 기대어 숨을 고르며 주위를 둘러보았다. 알려준 주소에 연립이 있었다. 1층과 2층, 각각 한 집밖에 없는 정육면체 건물이다. 2층으로 올라가는 계단을 뛰어올라갔다. 불은 꺼져 있었다. 한눈에 문이 잠겨 있지 않다는 사실을 알았다. 문을 열었다.

현관에서 집 안이 그대로 다 보이는 정말로 좁은 집이었다. 현관 옆에 작은 화장실이 있을 뿐, 수납조차 없다. 세면기보다 작은 싱크대에 한 구만 있는 인덕션. 방구석에 이불이 깔끔하게 개켜져 있었다. 중앙에 방석과 앉은뱅이 테이블 그리고 슈트케이스가 있었다.

집 안으로 들어가서 살펴보았다. 슈트케이스에는 항공사 테이프가 그대로 붙어 있었다. 안에는 너무나도 그녀다운 천연소재 원피스 외 그 밖의 의류가 꽉 들어차 있었다. 언제라도 바로 슈트케이스를 끌고 나갈 수 있도록 그대로 놔두었다고밖에 생각되지 않는다.

서류 같은 것, 스마트폰이나 컴퓨터 종류는 보이지 않았다. 사진도 없었다. 개인적인 물건은 무엇 하나 없었다. 테이블 구석에 만 엔짜리 지폐가 세 장, 그리고 그 위에 열쇠가 올려져 있었다. 이 집의 열쇠일 것이다.

그녀는 이곳으로 돌아올 생각이 없다는 사실을 깨달았다.

돌아올 생각 없이 대체 어디로 갔을까. 미쓰에가 죽어 더 이상 여기에 있을 이유도 없어졌다. 그래서 집을 나갔다. 하지만 어디로? 이불이나 테이블은 두고 간다 하더라도 전부터 준비해놓은 슈트케이스는 끌고 갔어야 한다.

일어섰다가 문득 냄새를 느꼈다. 앉은뱅이 테이블에 얼굴을 가까이 가져갔다. 허브티 향기가 났다. 허브티의 가는 분말이 테이블 위에 떨어져 있다. 그 덕에 테이블에 무언가 네모난 것의 흔적이 남아 있었다. 가로세로 30센티미터 크기의 정방형.

무슨 흔적일까…….

그 대답이 번개처럼 머릿속을 직격했다.

집을 뛰쳐나갔다. 건널목을 건너, 릿쿄여학원 옆 언덕길을 달려 올라갔다. 몸이 무겁고 턱이 벌어졌다. 왼쪽 무릎에 불편함을 느꼈다. 이를 악물었다. 나와 그녀 사이에는 50분이라는 시차가 있다. 그래도 아직 늦지 않았을지도 모른다. 늦지 않았을지도.

일요일 밤이라 길은 한산했다. 이 계절에 창을 열어둔 집은 없어, 커튼 사이나 문틈 사이에서 미세한 빛이 줄기처럼 새어나왔다. 다들 안전하고 작은 집 안에 틀어박혀, 내일부터 있을 업무나 일을 대비해 마지막 휴식 시간을 즐기고 있다.

얼굴에 차가운 것이 닿았다. 비가 내리기 시작했다. 가로등에 비친 밤의 아스팔트에 군데군데 빗자국이 번지기 시작했다. 쏴아아 비가 땅 위에 쏟아진다. 그 소리를 들으며 아오누마 댁으로 뛰어 들어갔다.

집에 불은 켜져 있지 않았다. 앞쪽의 미닫이문은 잠겨 있었다. 아무런 기척도 느껴지지 않았다. 주위를 둘러보았다. 길에서 정원을 건너, 안채 현관으로 일직선으로 발자국이 따라온다. 내 발자국이다.

리미의 것으로 보이는 발자국은 보이지 않았다.

스마트폰이 울렸다. 도마였다. 현관 처마 밑에서 전화를 받았다.

"하무라 씨, 당첨일지도 모르겠네요."

도마가 말했다.

"조사한 결과, 아오누마 리미는 미국 출생으로 이중 국적이었습니다. 요 20년 동안 죽 그쪽에서 살았겠죠. 미쓰에 씨를 돌보며 이 나라에 있을 이유는 없어졌습니다. 분명, 이대로 미국으로 돌아갈 생각일 거예요."

"잠깐만요."

"공항과 항공사에 알아보겠습니다. 설령 그녀가 미쓰타카를 통해 옥시코돈 밀수에 관여했다 해도 증거는 없습니다. 미국과 범죄인 인도조약은 맺어져 있습니다만, 지금 상태로는 일본 법원도 미국 법원도 체포영장을 발부해주지는 않을 겁니다. 출국하기 전에 붙잡아, 실토시키는 수밖에 없습니다."

"그녀는 집에 슈트케이스를 남겨두었습니다. 도망칠 거라는 생각은 들지 않아요. 우려해야 할 점은…… 자살이 아닐까요."

도마가 침묵했다. 나는 리미의 집 앉은뱅이 테이블에 허브티 분말과 함께 남아 있던 사각형 흔적에 대해 설명했다.

"크기로 보건대 유골함을 넣은 상자 흔적이 아닐까 해요. 남성용 유골함 상자는 아홉 치. 그러니까 27*27센티미터 정도의 크기 맞죠? 그녀가 말했습니다. 히로토를 화장할 때 혼자 그 곁을 지켰다고."

히로토의 유골이나 그에 준하는 것을 나는 안채에서 보지 못했다. 리미가 자기 집으로 가져가 옆에 두었을 것이다.

"그녀는 자기 짐이나, 집 열쇠나, 퇴거 비용으로 보이는 돈을 놔두고 아들의 유골만 들고 나갔습니다. 미쓰에 씨의 죽음으로 그녀의 마음이 꺾인 게 아닐까요? 우리들이 그녀를 의심하고 있다는 사실을 알 여지도 없이. 원래라면 모든 일을 정리한 다음 유유히 미국으로 귀국해야 하잖아요. 이렇게 사라지는 건 이상해요."

도마가 전화기 너머에서 한숨을 쉬었다.

"그 허브티 분말을 통해 알게 된 흔적이 아들의 유골함이라고 단언할 수 있나요?"

"……아뇨."

"어디까지나 하무라 씨의 상상이라는 거군요."

"그건…… 그렇기는 한데."

"우리는 당신에게 명령을 할 수 없습니다. 그 반대는 더더욱 있을 수 없고요."

전화가 끊겼다. 다시 걸었지만 도마는 받지 않았다. 그쪽은 어디까지나 미국 도피설을 뒤쫓을 생각인 모양이다. 나는 나대로 마음대로 하라는 말인가.

근처에서 물어보며 다녔다. 하야사카 시게이치 씨도, 오바 씨도, 가타기리 씨도 불쾌한 듯이 인터폰을 받았다. 틈을 주지 않고 미쓰에가 죽었다는 사실을 전했다. 그 사실을 들은 이상 그들도 바로 대화를 끊어버릴 수는 없었던 것 같다. 그러나 아오누마 집안의 묘가 어디에 있는지 아무도 알지 못했다.

"미쓰타카와 그 아버지는 사이가 안 좋았으니까."

하야사카 씨가 인터폰 너머에서 중얼거렸다.

"미쓰에 씨는 아버지와 같은 무덤에 미쓰타카를 납골하는 걸 주저했을 거예요."

오바 씨가 귀를 찌르는 듯한 목소리로 말했다.

"미쓰에 씨도 돌아가셨다면, 이제 아오누마 집안의 일은 살포시 놔두어야 하지 않나요? 절에 대한 것까지 탐정이 헤집고 돌아다닌다면 아무도 성불 못할 거예요."

가타기리 씨는 급히 말하고 인터폰을 끊었다.

그들의 말을 듣고 그제야 알아차렸다. 설령 가족묘가 있다고 해도 거기 모셔져 있는 것은 미쓰타카를 괴롭힌 아버지의 유골뿐이다. 리미가 그곳으로 갔을 거라는 생각은 들지 않았다.

하지만 이렇게 되면 이제 리미를 어디서 찾아야 좋을지 알 수가 없다.

이노카시라 길로 나왔다. 날씨가 이런 일요일 밤에, 근처 술집의 여성이 호객 행위 중이었다. 상반신은 따뜻해 보이는 페이크 퍼로 감싸고, 초미니스커트를 입은 여자아이들이 우산을 쓰고 통행인을 기다리며 거리 한복판을 어슬렁거리고 있다.

근처 술집 몇 곳을 둘러보았다. 레오 할아버지에 대해 물으니, 모두가 시선을 돌리며 오늘은 오지 않았다고 말했다. 뉴 후지요시에서는 스도라고 불리는 젊은 남자가 "아마 두 번 다시 오지 않을지도" 하고 실수로 입을 놀렸다. 공영주택으로 가보았다. 집에 돌아온 기척은 없었다. 그 부지 안에 있는 정자를 살펴보았다. 본인은커녕 술자리가 있었던 듯한 흔적도 없었다.

레오 할아버지에게 다시 무슨 일이 있었을지도 모른다. 그러나 지금 그것을 걱정하고 있을 여유는 없다.

다시 한 번 더 아오누마 댁으로 돌아가 보았다. 미타카 역에도 가보았다. 리미는 없었다. 닥치는 대로 그녀의 사진을 보여주고, 유골함을 들고 있었을 텐데 못 보았느냐고 물어보았다. 모든 사람이 고개를 저었다.

비를 피해 역 입구의 지붕이 있는 계단에 주저앉았다. 심히 피곤했다. 리미에 대해서 다소는 알고 있을 듯한 에지마 마리카는 손이 닿지 않는 장소에 있다. 미쓰에는 죽었다. 이웃의 소문은 도움이 되지 않는다. 이제 누구에게 물어보아야 하지?

……히로토다. 정확하게는 히로토의 친구다.

왔던 길을 달려서 돌아갔다. 가타기리 씨는 심히 불쾌하다는 듯이 인터폰을 받고는 류지는 여기에 없다고 말했다. 연수 때문에 다른 곳에 있어서 얼마간 돌아오지 않고, 휴대폰도 연결되지 않는다는 것이다.

"히로토가 가고 싶어했던 장소가 있었는지 알고 싶습니다. 사람의 목숨이 걸려 있을지도 모릅니다. 연락 방법을 가르쳐주실 수는 없나요?"

"거절합니다."

인터폰은 끊어졌다. 다시 도전해야 하나 고민했다. 지금 상태로는 아침까지 버틴다 해도 협력해줄 것 같지 않다. 다른 친구를 찾아볼 수밖에 없다.

이노카시라 길로 나와서 택시를 기다렸다. 비 때문인지 택시는 거의 오지 않고, 오더라도 이미 손님이 탑승한 상태였다. 어쩔 수 없이 이노카시라 길을 달리거나 걷거나 하면서 기치조지 역까지 와서 주오 선을 탔다. 신주쿠로 나와서 이리저리 갈아타고 가미이타바시 역에 도착했을 무렵에는 11시 반이 넘은 시간이었다.

이즈시 다케노리가 살고 있는 집은 지은 지 몇 년 안 된 신축 연립으로, 입구는 오토락이었다. 다만 대다수의 오토락과 마찬가지로 허술했다. 왼쪽 무릎이 맛이 갔더라도 간단히 들어갈 수 있는 루트가 세 가지는 있었다. 하지만 집으로 들이닥치는 것은 리스크가 크다. 이즈시에게 접촉한다면 더 간단한 방법이 있다. 전화로 이야기하는 것이다. 물론 어떻게 이야기하느냐에 달렸지만.

가와고에 가도변 패밀리 레스토랑에서 기다리고 있으니 이즈시 다케노리가 숨을 헐떡이며 달려왔다. 약속대로 유카와 히지리에게는 알리지 않고 혼자 온 모양이다. 다만 나를 알아보지 못하고 두 번이나 시선을 스쳐 지나갔다. 세 번째에 손을 흔들었다. 이즈시는 음료수를 주문하고, 테이블에 앉자마자 말했다.

"저기 정말로 여기서 이야기하면 뭐든지 없었던 걸로 해주시는 건가요? 저희 부모님, 현재 병환 중이라, 설 전에 취직이 취소되거나 하면 그게……."

"질문에 제대로 대답해준다면 모두 잊어버리겠다고 말했잖아. 나도 바쁜 몸이거든. 게다가 단순한 탐정. 대학생의 장난질을 다른 데 누설할 생각은 일절 없어. 알겠어?"

이즈시 다케노리는 면목 없다는 듯이 고개를 끄덕였다. 나는 그 아이돌 성우의 풀사이드 라이브에서 춤추는 그의 사진을 찾아서 보여주었다.

"이런 증거 사진, 찾으면 쉽게 나온다는 정도는 너희 세대가 훨씬 더 잘 알지 않나? 그런데 왜 스카이랜드에 간 적이 없다는 한심한 거짓말을 한 거야?"

"유카와가……. 그 녀석, 걱정을 해서. 일단 히로토나 스카이랜드 건은 질문을 받아도 끝까지 모른다고 잡아떼라며. 섣불리 발설했다가 관계가 있다고 여겨지면 성가시다고."

"관계라는 건 분페이에 대한 거?"

이즈시는 깜짝 놀란 모양이었다.

"아, 예……."

"유카와도 거짓말이 서툴더라. 분페이의 성은 잊어버렸다, 고향으로 돌아갔다. 그런 말을 들으면 오기로라도 조사하게 되거든."

사카토 미즈호가 발설해준 덕에 베트남 사람의 인명에 대해 알아보았다. 미들네임으로 많이 쓰이는 것이 반. 한자로 쓰면 '文'. 이름으로 많이 쓰이는 것이 빈. 한자로 쓰면 '平'이었다. 文平, 일본어로 읽으면 분페이다. 여기에 비교적 많은 성씨를 몇 개 조합해서 검색해본 결과, '후앙 반 빈'이라는 베트남 유학생이 마약 및 향정신성의약품 관리법 위반으로 체포되었다는 기사가 떴다.

일본식으로 말하자면 '다나카 히로시' 정도로 정말로 흔한 이름인 모양이라 신중히 조사했다. 체포 직후, 교아이 대학교 홈페이지에 '학장의 사과문'이 게재되었다. "본교에 재학 중인 유학생의 체포 소식을 듣고 학생 여러분 및 보호자

님들께 크나큰 심려를 끼쳐 죄송합니다"라는 내용이었다. 여기에 사카토 미즈호의 반응을 더하면, 체포된 베트남인이 히로토의 버디인 것이 분명하다.

후앙 반 빈은 나중에 입국한 친척과 단독주택을 빌려 대마를 재배하고 밀매한 용의로 체포되었다. 다만 본인은 숙부가 집을 빌리는 것을 도와주었을 뿐이라며 용의를 부정한 결과, 혐의 사실 부족으로 석방되었다.

"히로토는 분페이에게 나눠받았어요."

이즈시가 목소리를 낮췄다. 대마나 마리화나라는 단어를 입에 담고 싶지는 않은 모양이다.

"그거라면 의존성은 없으니 괜찮다느니, 담배보다 안전하다느니 하면서 직접 시험했어요. 그러다 높은 곳에서 하면 '하이 & 하이'라는 식으로 말하더니, 스카이랜드 관람차에서 해보면 어떻겠냐며."

"정말로 한 거야?"

"그건 저는 몰라요. 히로토는 교통사고 얼마 전부터 그에 대한 이야기는 하지 않게 되었거든요. 하지만 정말로 했다면 관련되고 싶지 않은 것도 진심이고, 그래서 스카이랜드 이야기가 나오면 거절하자고 유카와와 결정했거든요. 죄송해요."

이즈시 다케노리의 코가 씰룩씰룩 움직였다. 상황이 여기까지 왔음에도 거짓말을 할 생각인 모양이다.

"사실은 너와 유카와도 시험해본 거지? 정말로 관계가 없다면 스카이랜드에 갔었던 것까지 부정하는 건 너무나도 신경질적이니까."

"아니, 그게……."

나는 얼굴을 앞으로 내밀었다.

"솔직하게 말해. 거짓말을 하면 화가 나서 기억에 남을지도 몰라."

이즈시 다케노리는 쩔쩔매면서 분페이가 '그것'을 나눠주었다고 히로토에게 들은 일. 자신과 유카와도 호기심으로 해보았다는 것, 체질적으로 맞지 않아 한 번 만에 그만두었다는 것. 유카와 히지리는 계속했던 것 같은데, 히로토가 '그것'의 이야기를 하지 않게 된 것과 같은 시기에 역시 입에 담지 않게 되었다는 사실 등을 이야기했다. 자신이 스카이랜드에 간 것은 사진 속의 라이브 딱 한 번뿐, 정말로 그때뿐이라고도 말했다. 아무래도 거짓말은 아닌 것 같았다.

"전에 히로토에게 스카이랜드의 할인권을 받은 적이 있었는데, 역시 멀어서."

"히로토가 어떻게 스카이랜드의 할인권을 나눠줄 수 있을 정도로 가지고 있었던 거지?"

"그게 스카이랜드 근처에 사는 친구의 할아버지에게 받았다고 했던가."

이즈시 다케노리가 자신 없는 듯이 중얼거렸다.

"잘 기억이 안 나요. 히로토가 사고를 당했을 때 장소가 장소인 만큼 유카와가 말했어요. 설마 아버지와 함께 하이 & 하이를 시험해본 건 아니겠지만, 어쨌든 스카이랜드 건은 기억에서 지우자며. 그래서 전부 잊어버렸습니다."

"잠깐만. 그러면 너희들, 히로토가 교통사고를 당했을 때 사실은 사고 직후에 알았던 거야?"

"유카와가…… 성을 보고 조사했거든요. 하지만 즉시 병문안을 가거나 해서 우리들이 친하다는 게 알려진 후, 히로토의 소지품에서 '그것'이 나오면 안 좋다고 생각했거든요. 이미 취업이 결정된 상황인데, 다시 처음부터 취업 준비를 한다는 것도 농담이 아니고. 분페이는 히로토의 사고 직후에 체포되었지만, 히로토에 대해서는 말하지 않았어요. 말했다면 혐의 사실 부족으로 풀려나지 못했을 테지만."

이즈시는 악의 없는 미소를 지으며 그렇게 말했다. 히로토가 사고로 죽을 뻔했다는 것을 아무도 알아주지 않아 버림받은 줄 알고 괴로워했다는 사실을 전해도 그는 몇십 년이라도 참을 수 있을 것 같았다.

이즈시 다케노리를 놓아주고 시간을 확인했다. 새벽 2시에 가까웠다. 여기서 기치조지까지의 택시비를 생각하니 오싹했다. 패밀리 레스토랑은 그리 붐비지 않았다. 여기서 버티며 첫차가 다닐 때까지 시간을 보내기로 했다.

후앙 반 빈의 기사를 보고 히로토나 그 친구들이 마리화나를 사용했을 거라는 예상은 했었다. 그래서 그런 뉘앙스를 풍기면 이즈시 다케노리가 내 면담 요청을 거부할 수 없을 거라고 판단했다. 그것은 틀리지 않았다.

그러나 아오누마 리미가 히로토의 유골을 들고 어디로 사라졌는지, 그 실마리를 얻을 수는 없었다. 대마에 대해서는 비교적 술술 이야기했던 이즈시도 히로토와 부모님의 이야기를 들은 것이 있다면 기억을 떠올려달라고 부탁하니 곤란해했다. 기억하지 못한다, 아니 듣지 않았다, 그런 것은 류지라는 동네 친구에 물어보면 어떠냐, 초등학교 때부터 계속 사이가 좋았다고 말했다 등등.

가타기리 씨는 미쓰에가 사망했다는 말을 듣고, 아오누마 집안의 불행이 전염되는 것을 두려워하듯이 인터폰을 끊었다. 다시 한 번 더 초인종을 누른들 문전박대는커녕 경찰을 부를 것이 뻔하다. 아들인 류지의 연락처를 조사해서 직접 연락을 취할 수밖에 없다.

사쿠라이의 죄악감이 말라붙지 않았기를 기도하며, 그에게 문자를 보냈다. 더불어 아오누마 리미와 관련해 다시 인터넷을 검색했다. 눈이 건조해지고 머리가 아플 때까지 찾았지만 아무것도 나오지 않았다.

포기하고 시선을 점내로 돌렸다. '히로토, 내게는 아버지에 대한 이야기를 했었구나' 하며 멍하니 생각했다. 아버지는 매년 미국에 갔었고, 대학 입시 직전에 함께 미국에 가자며 끈질기게 졸랐던 적이 있었다고…….

내 코 고는 소리에 놀라 눈을 떴다. 테이블에 침이 번져 있고, 창밖이 밝았다.

숄더백에 항상 들고 다니는 세안 세트로 얼굴을 씻었다. 거울이 더 이상 철야를 할 수 있는 나이가 아니라고 가르쳐 주었다. 화장은 전혀 먹지 않았다. 아무도 내 얼굴 따위 신경 쓰지 않는다. 하지만 너무나 심각하면 기억에 남아버릴지도 모른다.

드링크 바의 졸아서 신맛이 심한 커피를 한 잔 더 마시고 가게를 나왔다. 이제는 생각할 수 있는 곳 중 거의 유일한 장소로 갈 수밖에 없다. 스카이랜드 역 앞 교차로의 버스 정류장. 리미의 남편이 죽고, 아들이 크게 다친 곳…….

그렇게 결정한 이상, 덮쳐오는 수마와 싸우며 신주쿠까지 돌아가, 게이오 선 특급으로 조후까지 가기로 했다. 도중에 인사사고가 발생해 전철이 멈췄다. 스카이랜드 역에 도착했을 때에는 패밀리 레스토랑을 나온 지 두 시간이 훨씬 지난 상태였다.

홈에서 계단을 올라 개찰구를 나왔다. '스카이랜드 방면'이라는 화살표를 따라 고가 밑을 걸어 왼쪽으로 꺾으니 교차로가 나왔다. 햇빛을 직접 쬐니 현기증이 일었다.

마침 버스가 무겁게 가속하며 우회전하던 참이었다. 버스 정류장에 사람은 없고, 전에 본 꽃다발은 이미 치워진 상태였다. 검은색 택시 한 대가 교차로 앞에 정차한 채 운전기사가 신문을 보며 하품을 하고 있었다.

"유골함을 품에 안은 여자? 아니, 못 봤는데."

운전기사가 내 질문에 고개를 갸웃했다.

"여기는 살풍경하니 있었다면 놓쳤을 리가 없어. 하지만 방금 전까지 전철이 멈춘 상태라 조후까지 가서 한 몫 벌고 돌아온 참이라."

오늘 스카이랜드의 오픈은 오전 9시 반이라고 운전기사가 말했다.

"평일인 월요일, 평소라면 10시부터인데, 오늘은 학교 행사가 있어서 다소 일찍 여는 거야."

그의 택시를 타고 버스 루트를 따라 달렸다. 버스 정류장이 있는 벤텐 동굴이나 스카이랜드 골프장, 스카이랜드 병원, 스카이랜드 입구, 가는 곳곳마다 사람에게 물어보았지만 리미로 보이는 여자를 본 사람은 없었다. 버스는 종점인 오다큐 선의 오다큐 스카이랜드 역까지 운행하고는 거기서 승객 전원이 내렸다. 텅 빈 버스로 다가가 운전기사에게 물어보았지만 본 적이 없다고 말했다.

스카이랜드 개원 시간을 약간 넘겨 택시로 게이오 선 스카이랜드 역으로 돌아왔다. 어쩌면 하고 어렴풋한 희망을 품고 차창 밖으로 교차로에 온 신경을 집중했지만 리미의 모습은 없었다.

모든 것이 끝났다.

택시비를 지불하고 역으로 돌아왔다. 고가 아래의 어둑어둑한 곳을 터벅터벅 걷고 있으니 피로감에 눌려 쓰러질 것 같았다. 대체 나는 뭘 하고 있는 걸까. 자살할지도 모르는 특징적인 여자 한 명 찾아내지 못하고 대체 무슨 낯짝으로 탐정이라고 말할 수 있을까. 아니, 그녀가 마키무라 하나에가 아니라 아오누마 리미라고 알아차린 시점에 밀어붙여서 그녀의 이야기를 들었다면 어쩌면…….

"잠깐만 거기."

고가 아래에 울려퍼진 목소리에 놀라 돌아보았다. 택시 운전기사가 흥분한 듯이 손짓을 해서 불렀다.

"방금 전까지 당신이 찾던 여자가 있었던 모양이야."

나는 그와 함께 달려 돌아왔다.

교차로에는 다른 한 대의 택시가 정차해 있었다. 그쪽 운전기사가 차에서 나와 허리를 문지르며 우리를 기다리고 있었다.

"유골함을 품에 안은 여자를 찾고 있다며? 아까 봤어."

"아까라니, 언제 말인가요?"

"5분 정도 전에. 케이블카 승강장을 향해 천천히 걸어가고 있었으니 서두르면 따라잡을 수 있지 않을까."

나는 감사인사를 하고 바로 달렸다.

22

언덕길과 계단을 달렸다. 다리와 허리가 후들거렸다. 심장이 불길하게 요동쳤다.

케이블카 매표기 앞에 있던 직원에게 리미에 대해 물었다. 그로 보이는 여성이 몇 분 전에 케이블카에 탔다고 말했다.

"여기에는 유골함을 품에 안은 사람은 오지 않으니 신경이 쓰였는데, 아는 사람인가요?"

매표기에서 편도 300엔짜리 표를 사서 서둘러서 게이트를 통과했다. 월요일 개원 직후, 케이블카를 기다리는 것은 멋진 카메라를 들고 있는 사람, 수수한 커플, 유모차를 밀고 있는 젊은 부부뿐이었다. 이미 출발해버린 케이블카 창으로 앉아 있는 여성의 뒷모습이 보였다.

케이블카는 8인승이었는데, 팀별로 케이블카 하나에 탑승했다. 나도 넓은 케이블카를 독점했다. 레일이 감기는 규칙적인 소리를 들으며 골프장이나 쇼핑몰, 다마 강을 내려다 볼 수 있었다.

도마에게 문자를 보낸 후, 경치를 구경했다. 수면 부족 탓인지 케이블카가 앞으로 나아감에 따라 기분이 안 좋아졌다. 발밑 유리를 통해 저 멀리 지면이 보인다.

무심코 몸을 긴장시킨 탓일까. 갑자기 장딴지에 경련이 일었다. 고통으로 몸부림쳤다. 탈수인가? 피곤한 것뿐인가? 수면도 취하지 않고, 최근 잘 쓰지 않았던 허리와 다리를 무리시킨 탓인가? 필사적으로 다리를 뻗어 통증을 참았다. 한심해서 눈물이 나왔다. 필사적으로 스스로를 타일렀다. 가구 모서리에 발가락 끝이 부딪히는 것보다는 낫다. 더불어 높은 곳에 있다는 사실도 잊을 수 있다.

눈물이 간신히 사그라졌을 무렵, 스카이랜드가 보이기 시작했다. 그러나 케이블카에서 내린 나는 입장권 판매소에서 스카이랜드 자유이용권이 성인 5400엔이라는 사실을 알고 다시 눈앞이 흐려졌다. 바로 리미를 제지하기 위해서는 자유롭게 움직일 수 있는 편이 좋다. 거금을 지불할 수밖에 없었다.

리본 형태의 종이에 '1일 자유이용권 스카이랜드'라고 인쇄되어 있는 것을 입구에서 손목에 감아주었다. 히로토의 벽장에서 발견한 청바지 주머니에서 나온 것은 패롯그린색 리본이었지만, 내 손목에 감긴 것은 파란색 리본이었다. 안으로 들어갔다. 스카이랜드 마스코트 캐릭터인 날개가 달린 개 '스카이 도그' 인형탈이 입장객들에게 춤추며 다가왔다. 함께 사진을 찍고, 그 사진을 상대에게 판매하는 것이다.

스카이랜드는 입구가 살짝 높고, 원내 쪽으로 경사가 완만했다. 그 덕에 입구에서 원내를 한눈에 둘러볼 수 있었다.

핑크 아스팔트가 깔린 메인 스트리트에는 수동식 오르간이나 캔디 스토어, 팝콘과 아이스크림을 파는 노점도 나와 있었다. 크리스마스트리가 세워져 있었다. 반짝반짝 빛나는 띠와 별로 장식되어 있다. 놀이공원은 축제 위에 축제를 겹치고, 비일상 위에 비일상을 태워, 찾아오는 사람들을 한껏 대접하려 했다.

그 메인 스트리트를 걸어 내려가는 한 사람의 모습에 눈길이 멈췄다. 화려한 환상의 세상에서 그 주위만 어두웠다. 베이지색 롱 카디건, 무언가를 안고 있는 듯한 팔의 위치. 지나쳐가는 사람들 중에는 깜짝 놀라 되돌아보는 사람도 있었다.

쩔뚝거리며 그녀를 뒤쫓았다.

광대가 나와서 공놀이 곡예를 시작하고, 혹은 마치 조각상인 양 천천히 움직였다. 버터나 기름 그리고 달콤한 냄새가 뒤섞여 바람을 타고 놀이공원 내에 퍼졌다. 스카이도그 모자를 쓴 젊은이나 가족이 12월의 하늘 아래, 즐거운 듯이 돌아다니고 있다. 도마에게 문자를 보내며, 그 사람들을 피해 관람차 표를 사려는 그녀를 따라잡았다.

"리미 씨."

표를 뜯는 직원에게 표를 건넸던 그녀가 조용히 돌아서서 나를 보았다. 그런 다음 다시 앞을 향하더니 마침 도착한 빨간 곤돌라에 들어가서 앉았다. 나는 자유이용권 리본을 보여주고 억지로 같은 곤돌라에 탑승했다.

직원이 묘한 분위기를 감지했는지 문을 닫으려던 손을 잠시 멈췄다. 리미가 만약 나를 보고 내리라든가 나가라고 말했다면 관람차를 긴급 정시시켰을지도 모른다. 그러나 리미는 아무 말이 없었다. 직원은 주저했지만 움직이는 기계를 멈출 정도는 아니라고 판단했을 것이다. 그대로 곤돌라의 문을 닫았다. 관람차는 계속해서 돌고 곤돌라도 그에 맞춰 상승을 시작했다.

곤돌라는 아크릴 수조를 연상시켰다. 나는 리미의 맞은편에 앉았다. 그녀는 무릎 위에 흰 천으로 덮인 유골함을 올리고, 앙상하고 검버섯이 가득한 양손으로 상자를 꼭 잡았다.

사람들의 즐거운 비명이 들렸다. 창밖을 보니 복잡하게 뒤엉켜 있는 코스를 롤러코스터가 빙글빙글 돌며 이동했다. 다른 장소에서도 비명소리가 바람을 타고 전해져 왔다. 커다란 우주선 모양을 한 것이 많은 사람을 태운 채 악몽 속에 나오는 그네처럼 크게 흔들리고, 회전하고, 정상에서 멈췄다.

"어렸을 때 부모님과 함께 놀이동산에 놀러온 적 있어?"

리미가 중얼거렸다.

"아뇨."

"그래? 나도 없어. 부모님은 두 사람 모두 내게 전혀 흥미가 없었어. 그러다 내게 기대하는 것도 그만뒀지. 이런…… 놀이동산 같은 건 전부 가짜니까. 인공적으로 달콤하고, 인공적인 향기를 붙여, 인공적으로 회전하거나 움직이는 거. 그래서 전혀 부럽지 않아, 이런 거."

"언젠가 말씀하셨죠? 미쓰타카 씨는 히로토를 스카이랜드에 데려간 적 같은 일은 없다고."

"당신, 안 믿었구나?"

리미가 옅게 웃었다.

"하지만 사실이야. 내가 미쓰타카에게 부탁했거든. 나를 빼고 미쓰타카와 히로토, 두 사람만 놀이동산에 가거나 하지는 말아달라고. 둘이서만 즐기지 말라고. 나를 빼고 가족이 되지 말라고. 미쓰타카는 내 부탁을 들어줬어."

곤돌라는 상승을 계속했다. 녹슨 도르래로 물을 푸는 것처럼 끼릭끼릭, 삐걱삐걱 관람차는 회전했다. 둔하게 빛나는 다마 강이 바로 근처에 보였다. 그 건너편 건물들 중에 조후 문화시설 '다즈쿠리'가 빛을 받아 하얗게 빛나는 것이 보였다. 바로 6일 정도 전에 저 스카이라운지에서 나는 이 관람차를 노려보았었다.

"리미 씨."

나는 확실하게 물었다.

"당신이 사토 가즈히토를 죽인 게 미쓰타카 씨 때문이었나요? 그래서 미쓰타카 씨는 당신의 부탁을 들어준 건가요?"

아오누마 리미가 고개를 들었다. 그녀의 눈을 덮고 있던 두꺼운 막이 사라졌다. 문신을 한 눈썹이 쓱 올라갔다가 다시 내려왔다.

"살벌한 말을 하네."

리미가 말했다. 살인을 부정할 생각인가. 그러나 그녀가 말했다.

"정말로 중요한 건 기브 앤 테이크잖아. 미쓰타카는 내 한쪽 날개이자 소울메이트. 그래서 그는 내 부탁을 들어준 거야."

바람에 곤돌라가 흔들렸다. 왼쪽 창을 통해 빛이 찬란하게 비쳐 우리들의 그림자가 더욱 짙어졌다. 녹음이 우거진 언덕이나, 언덕을 깎아내 만든 쇼핑몰이나, 다리를 건너는 차 한 대 한 대가 만드는 광경이 눈 아래 펼쳐져 있다.

"가즈히토와는 배낭여행을 할 때 인도네시아의 게스트하우스에서 알게 되었어. 만났을 때에는 이미 대마를 상용 중이었지. 나는 다른 사람의 흥미를 끌려고 하면, 어중간한 방법으로는 안 된다고 믿는 머리가 나쁜 여자였거든. 대마 따위는 보통이지 같은 말을 해서 사람을 놀라게 하는. 그렇게 하면 다들 나를 주목해줄 거라고 생각한…… 정말 바보였어."

리미가 미소를 지으며 유골함을 쓰다듬었다.

"가즈히토와 사귄 건 그러니까 대마를 위해서. 본인에게 흥미는 없었어. 부모에게 사랑받고 자란 도련님 따위는 나와는 완전 다른 인종인걸. 하지만 대마를 주고, 숙박비를 내주는 등 꽤 편리했어. 3주 동안 함께 보내고 따분해지기 시작했을 무렵, 미쓰타카가 나타난 거야."

리미의 얼굴이 순식간에 환해졌다.

"내 반신을 만났다고 생각했어. 그쪽도 그렇게 생각한 모양이야. 미쓰타카와 함께라면 나를 장식할 필요도, 누군가와 나를 비교할 필요도 없었지. 내게 관심이 없는 사람에게 집착할 필요도 없고. 나 자신을 인정할 수 있게 된 거야. 미쓰타카가 그렇게 해줬어."

그랬더니 필요 없어졌던 것이다. 부모도 대마도 사토 가즈히토도 여행할 필요도.

"미쓰타카와 함께 일본으로 돌아와서 결혼했어. 미쓰타카는 마리카 씨 덕분에 여우와 바오바브 점장이 되었고, 나도 함께 일했어. 그러다 히로토가 생겨서 정말 행복했어. 가즈히토가 나타나기 전까지는."

"가즈히토는 부모님이 죽은 후, 친척에게 속아 재산의 상당 부분을 빼앗겼어. 내가 자신을 버리고 미쓰타카와 결혼한 일로 그 상처가 더 깊어졌던 거야."

리미는 마치 남 이야기처럼 말했다.

"우연히 그의 집이 여우와 바오바브와 가까웠어. 그래서 마주치고 만 거야. 내 배가 불러 있었기 때문에 더 화가 난 것 같아. 그래도 처음에는 친한 척하며 우리에게 다가와서 가게에도 드나들게 되었어. 씨를 가지고 돌아와서 자신이 직접 키운 건조대마가 있으니 미쓰타카와 함께 팔고 싶다는 거야. 미쓰타카도 처음에는 그럴 마음이 있었어. 출산 비용을 벌어볼까 하는. 하지만 가즈히토의 권유로 내가 대마를 해버렸기 때문에 미쓰타카가 불같이 화를 냈어."

"임신 중이었으니까요."

대마에 대해 물었을 때 리미가 묘하게 자세히 알고 있었다는 사실이 떠올랐다.

"미쓰타카가 더는 가게에 오지 말라고 하니, 가즈히토는 가게에서 행패를 부리는 등 일부러 미쓰타카를 도발하거나, 협박당했다고 고소하거나 했어. 피해자인 척 경찰까지 부른 거야. 그래도 우리는 아무것도 할 수 없었어. 대마 건이 들키면 너희들도 결코 무사하지는 못할 거라고 가즈히토가 협박했거든."

곧 태어날 아기를 위해 미쓰타카는 사토 가즈히토의 횡포를 참았을 것이다. 그러나 히로토가 태어나고 두 달 후, 블루레이크 플랫 201호로 가즈히토가 식칼을 들고 쳐들어왔다.

"그가 말했어. 네가 경찰에게 모조리 밝히겠다고 했다는 말을 들었다고. 배신자에게 본때를 보여주겠다고. 그렇게 지껄여대는 가즈히토와 다투다 정신을 차렸더니 그 녀석의 가슴에 식칼이 꽂혀 있는 거야. 그런데 아직 숨은 붙어 있었고, 움직이는 거야. 욕실로 끌고 가서 그곳에서 식칼을 뽑았어. 피가 천장까지 솟구치고 욕실이 온통 새빨갛게 물들었지. 그 남자의 몸 안에 그렇게 많은 피가 있을 거라고는 생각 못 했어……."

레오 할아버지가 말했었다. 20년 전에도 그의 집에 먼지가 내려앉았던 적이 있었다고. 이웃인 하야사카 씨는 젊은 부부가 싸운 뒤 화해하는 방법이 남사스러워서 시끄러워지면 바로 창문을 닫았다고 말했다. 대마 건도 있어서 리미는 큰소리로 도움을 청할 수가 없었다. 혼자서 사토 가즈히토를 막을 수밖에 없었다.

"그런 소동이 있었음에도 히로토는 울지도 않고 잘 자고 있었어. 왜 하필이면 그날따라 그랬을까. 나중에 곰곰이 생각해봤어. 태어난 뒤로 매일 밤 울어대서 두 달 동안 거의 잘 수가 없었어. 시어머니가 품에 안으면 잘 자면서, 내가 안으면 빼액 울어대는 거야. 역시 부모에게 사랑받지 못했던 나는 어딘가 결핍되어 있는 거라 생각했어. 이 아이는 그걸 민감하게 느끼는 거라고……."

리미가 유골함을 품에 더 가까이 안았다.

"미쓰타카가 돌아왔을 때, 나는 피투성이가 된 채 히로토를 안고 있었어. 미쓰타카는 무서운 얼굴로 히로토를 빼앗아 안았어. 그리고 말했어. 뒷일은 맡기고 도망치라고. 가즈히토와 내가 사랑의 도피를 한 것으로 하겠다, 시신은 자신이 처리하겠다, 히로토는 자기가 돌보겠다고. 나는 미국에서 태어나 영주권도 갖고 있었거든. 아는 사람도 있고. 그쪽에서 사는 건 간단했어. 그래서 그러기로 했지. 짐을 정리해서 그날 밤에 집을 나와 바로 미국으로 건너갔어."

"히로토를 놔두고."

"그래, 이 아이를 놔두고. 비행기 안에서 외롭고 쓸쓸하고 미쓰타카가 엄청 보고 싶은 거야. 한편으로는 안심했어. 이것으로 더 이상 아이를 보지 않아도 된다고."

곤돌라가 정상에 올랐다. 햇빛이 곤돌라 구석구석까지 비췄다. 눈이 부셨다. 겨울의 맑은 공기 속, 후지 산의 능선이 눈에 들어올 정도로 선명했다. 멀리 신주쿠의 고층 빌딩군이나 도쿄 타워, 스카이트리까지 모든 것이 잘 보였다. 감각을 집중하면 멀리 저편, 저 빌딩 그 너머, 그 안에 있는 사람들에게까지 의식을 보낼 수 있지 않을까. 그들을 보고, 만지고, 느낄 수 있지 않을까……. 그런 생각이 들게 하는 광경이었다.

그러나 관람차는 삐걱거리면서도 멈추지 않고 경치 또한 계속 움직였다. 꼭대기를 지났다. 햇빛이 아주 조금 기울어졌다. 나는 제정신을 차리고 이야기를 계속했다.

"아마 미쓰에 씨도 사정을 알고 계셨던 거군요. 그래서 당신이 귀국했을 때 범행 현장인 블루레이크 플랫 201호가 아니라 다른 곳에 집을 빌린 거예요. 당신이 그 연립에 들락날락하면 레오 할아버지나 이웃이 당신의 정체를 알아차릴 테니까."

연립에 비어 있는 집이 있었다, 근처에 도와줄 사람이 필요했다. 그렇게 되면 보통은 가족인 리미를 살게 할 것이다. 어쩌다 알게 된 내가 아니라.

"미쓰타카가 말했어. 그 집의 욕실은 아무리 청소를 해도 깨끗해지지 않는다고. 타일 사이로 갈색 얼룩 같은 게 배어 나온다고. 미쓰타카는 욕실에서 가즈히토를 해체했거든."

리미가 먼 곳을 보며 눈만 미소 지었다. 곤돌라가 천천히 하강을 시작했다. 의대생 출신이 피투성이로 시신을 해체하는 모습을 상상했다가, 서둘러 그 광경을 머릿속에서 지웠다.

"그러니까 201호를 죽 창고로 썼던 거군요."

"그래. 그런데 아랫집 할아버지가 시끄러워서 그 집을 비우게 되었다고 미쓰타카가 말했었어. 어쩔 수 없으니 아무도 거기 살지 못하게 창을 비틀어서 외풍이 들어오게 했다고 하더라고. 하긴 무거운 책을 계속 쌓아두었으니 방 전체가 기울어버린 것 같지만. 돈을 모아 연립을 재건축하면 좋을 텐데 하고 서로 말했어."

"두 분이서 자주 연락을 하셨나요?"

"물론이지. 둘이서 뭐든지 이야기했어. 그러니까 이쪽에서 일어난 일은 거의 알아. 미쓰타카는 나를 빼고 히로토와 함께 어디를 가거나 행사에 참가하지는 않았지만, 히로토의 사진을 잔뜩 찍어서 미국에 올 때마다 보여줬거든. 히로토가 열여덟 살이 되면, 그 아이를 미국으로 데려와서 가족이 함께 시간을 보내자고도 했어. 히로토가 싫어해서 실현되지는 않았지만."

"히로토는 당신의 존재를 몰랐나요?"

"히로토가 물어보지를 않았어. 아버지에게도 어머니에게도 관심이 없었던 거지."

"그렇다면 화가 나셨겠네요."

"그래."

"그의 집에 불을 낼 정도로……?"

리미가 빤히 나를 보았다. 이윽고 폭소하듯이 웃었다.

"바보 같기는. 내가 그 연립을 불태운다면 당신이 살았던 그 집에도 잊지 않고 휘발유를 뿌렸을 거야. 범행 현장은 없어질 테고, 생판 남인 주제에 마치 자기 집인 양 기어들어온 탐정도 없어지니까. 그리고 나는 히로토를 구해서……. 불 속에서 히로토를 구하고, 불필요한 기억을 잃어버린 그 아이와 함께 언제까지고 행복하게 사는 거야."

곤돌라는 하강을 계속해 지면이 가까워졌다. 관람차 아래에 제복 경찰이 몇 명 기다리고 있는 것이 보였다. 문자를 받고 도마가 보냈을 것이다.

"미쓰타카와 마지막으로 이야기를 했을 때 그가 말했어. 태어나 처음으로 히로토를 꾸짖었다고. 그 녀석, 대마를 했다고. 재미삼아 친구와 스카이랜드 관람차 안에서. 그 때문인지 누군가가 다쳤다는 거야. 그래서 이야기했대. 왜 어머니가 사라졌는지, 어머니를 위해 아버지가 무슨 짓을 했는지. 그 원흉이 대마였다는 사실까지도. 히로토는 충격을 받아 울부짖었다고 해."

레오 할아버지가 들었다던 사고 전날 밤의 말싸움이 그거였나. 그리고 아마도 미쓰타카와 히로토가 사고 당일 스카이랜드 역 앞에 있었던 이유도 그거다.

왜 지금까지 이야기해주지 않은 걸까. 히로토가 알고 싶어 했던 사실과 연결되는 것인데. 그렇게 생각했지만 나는 그 말을 속으로 삼켰다. 이야기할 수 있을 리가 없다. 이야기하면 가족 모두의 죄가 드러나고 만다.

"더 빨리 돌아왔으면 좋았을 텐데. 가족에게."

나도 모르게 물었다.

"왜 돌아오지 않았나요? 살인은 들통 나지 않았고, 사랑의 도피라는 게 되었잖아요. 당신이 돌아와서 사토 가즈히토에게 버림받았다고 말하면, 그걸로 되지 않았을까요? 다소는 색안경을 끼고 보겠지만, 시간이 지나면 다들 그런 사실은 신경 쓰지 않게 되었을 텐데."

"몇 번이나 그렇게 하려고 생각했어. 하지만 미쓰타카가…… 위험하다며. 위험하니까 돌아오지 말라고 몇 번이나 그렇게 말했어. 떨어져 사는 게 쓸쓸해서 내가 참을 수 없게 되면 미쓰타카는 일본에서 날아와 줬어. 그러니까 그것으로 만족하려고 했어. 히로토의 일은 내 자식이지만 자식이 아니다, 시어머니의 자식이라고 생각하기로 했지. 실제로 미쓰타카가 죽을 때까지는 그런 식으로 납득했어. 미쓰타카만 있으면 나는 혼자가 아니었으니까."

아오누마 댁에 불법 침입한 그날 밤, 나는 리미에게 히로토에게 받은 의뢰에 대해 설명했다. 그때 그녀는 이렇게 말했다. "뭐야, 의뢰라는 게 그런 거였어?"라고.

사실은 사라진 어머니를 찾아달라는 그런 의뢰를 기대했던 걸까. 그렇다고 해도 그 사실을 확인할 마음은 들지 않았다. 그렇다고 대답해도, 그렇지 않다고 대답해도 화가 치밀 것 같았다.

지면이 가까워졌다. 해가 기울었다. 하늘 위에 있었을 때 얻었던 그 감각이 천천히 닫혀 간다. 꼭대기에서 의식을 더 열 수 있다면 하늘을 나는 것보다 더 높은 곳으로 올라갈 수 있지 않을까……. 그런 꿈을 꾸고 만 히로토의 마음을 조금은 알 것 같은 느낌이 들었다.

"마지막으로 하나만 물어봐도 될까요?"

"뭔데?"

리미가 졸린 듯이 말했다.

"그 눈썹, 왜 그런 식으로 되었나요."

"눈썹을 바꾸면 인상이 변하거든. 이렇게 하면 만에 하나 아는 사람을 만나도 나인 줄 모를 거잖아. 미국에서는 유명한 점술가 집에서 입주 가정부를 했기 때문에, 혹시라도 잘못해서 사진이 인터넷에 올라가서 누군가가 그걸 보게 된다는 위험성도 고려했어. 이래 봬도 들키지 않게 필사적이었거든. 살인자이기는 하지만."

리미가 갑자기 쿡쿡 웃었다. 정말로 웃기다는 듯이 배를 부여잡고 웃었다. 그때 손에서 약이 몇 개인가 흘러 곤돌라 바닥에 떨어졌다.

"점술사 흉내를 내며 오라가 어떻다든가 토템이 어떻다든가, 그런 말도 안 되는 말을 늘어놓으면, 다들 나를 머리가 이상한 아줌마라고 생각하는 거야. 덕분에 사람들과 거리를 둘 수 있었어. 그런데 다들 내가 한 말을 신경 쓰는 거야. 신경이 쓰였지, 당신도?"

이윽고 곤돌라의 문이 열렸다. 아오누마 리미는 경찰에게 이끌려 나가는 와중에도 유골함을 꼭 안은 채, 가볍게 계속 키득거렸다.

23

관람차 안에서의 대화는 녹음해두었다.

허가를 얻은 녹음이 아니기 때문에 증거는 되지 않는다. 만약 리미가 정식으로 자백한다 해도 아무도 몰랐던 20여 년 전의 사토 가즈히토 살인 건을 공소할 수 있을지는 미묘했다. 애당초 미쓰타카가 가즈히토의 시신을 어디에 처분했는지 리미조차 알지 못한다. 범행 현장은 흔적도 없다. 더불어 흉기를 지참한 것이 가즈히토라면, 리미의 죄가 살인죄가 될지 어떨지도 애매하다.

하지만 그것은 내가 고민할 일이 아니다. 도마나 경찰, 또는 법원이 판단하면 된다.

우리가 탄 곤돌라 문을 주저하면서도 닫은 그 관람차 직원은 동년배의 여성이었는데, 깜짝 놀란 얼굴로 경찰들을 지켜보았다. 등에 '스카이랜드 staff'라고 하얗게 인쇄된 새

빨간 윈드브레이커를 입고, 깃털이 달린 모자를 쓰고 있었지만, 윈드브레이커는 그녀를 보다 풍만하게, 모자는 얼굴을 보다 크게 보이게 했다. 관람차에 사람을 태우는 일은 즐거울 것 같지만, 어떤 일에도 힘든 점은 있다.

"수고 많으십니다" 하고 말을 거니 직원은 제정신을 차리고 "네, 수고 많으십니다" 하고 대답했다. 리미를 뒤따라 곤돌라에 뛰어든 것이 나라는 사실은 깨닫지 못한 것 같다. 날밤을 새우고도 다른 사람의 이목을 끌지 않는 여탐정. 광고 문구로 써먹을 수 있을지도 모르겠다.

"다른 사람들에게도 질문을 받으셨을지 모르겠지만, 지금까지 저 여성을 본 적은 없나요?"

경찰인 것처럼 착각하도록 딱딱하게 질문했다. 직원은 고개를 크게 갸웃거렸다.

"없는 것 같습니다. 여기에 오는 건 젊은 연인이나 가족이니까요. 여자 혼자였다면 눈에 띄었을 거예요."

"그럼 남성 혼자는요?"

"없지는 않아요. SNS에 올리기 위해서겠죠. 여자 혼자는 다른 의미로 눈에 띕니다. 하지만 버거운 건 남자들만 올 때예요."

내가 흥미를 보이자 그녀가 계속 말했다.

"전에 한 번 곤돌라가 하나만 엄청 흔들려서 내선으로 전화를 건 적이 있거든요. 방해하지 말라며 매몰차게 끊더라고요. 관람차의 곤돌라를 흔들면 안 된다는 규칙이 있기는 한데, 그 때문에 전체를 정지시키면 재개하는 게 또 큰일이라. 결국, 그 남자 대학생 2인조는 내리려고도 하지 않고 다섯 바퀴나 돌았어요."

"시간이 얼마 정도나 걸리나요?"

"한 바퀴에 10분입니다. 높이는 60미터. 사람이 적을 때는 자유 이용권을 갖고 있고, 본인들이 희망하면 그대로 놔두지만, 때로는 파렴치한 커플도 있으니까요. 최근에는 스마트폰으로 촬영도 가능해서. 너무 노골적일 때는 일단 내리게 합니다."

직원이 얼굴을 찡그렸다. 나는 있는 말 없는 말로 그녀의 노고를 다독이고 칭찬한 후, 직원의 표정이 누그러지는 것을 기다려 질문했다.

"그중에는 곤돌라 안에서 음주나 흡연을 하는 녀석들도 있겠군요."

"그러게 말이에요. 방금 말씀드린 대학생 2인조가 그 전형이에요. 멀쩡한 얼굴로 빈 캔을 곤돌라 안에 놔두지를 않나, 안에는 연기 냄새가 심하지 않나, 음료수를 흘려 바닥은 끈적끈적하고. 동료가 주의를 줬더니 취한 건지 난동을 피우더군요. 동료는 저기……."

직원이 관람차 탑승장으로 올라가는 8단 정도의 계단을 가리켰다.

"저 위에서 밀쳐져 떨어졌어요. 다행히 타박상으로 끝났는데 얼마간은 꼼짝도 못했으니까요. 우리들도 손님에게 꿈을 파는 장사다 보니 가능한 소동을 일으키고 싶지는 않아요. 큰 부상이 아니라면 경찰에 신고하는 일은 없습니다. 그래도 화는 나요. 범인 두 명의 CCTV 영상을 인터넷에 올려버릴까 하고 서로 이야기한 적도 있었을 정도니까요."

직원에게 감사인사를 하고 입구를 향해 걸었다.

극심한 피로 탓에 멍하니 걸어가니 가벼운 경사로를 올라가는 것만으로 숨이 차고 심하게 가슴이 두근거렸다. 애당초 이런 시설은 에너지가 넘치는 이용자를 상정한 곳이다. 심장발작을 일으킬지도 모르는 롤러코스터, 혈관에 엄청난 부담을 주는 핫도그, 혈압을 급상승시키는 여러 기구, 콜레스테롤 덩어리 같은 프렌치토스트, 혈당치를 롤러코스터급으로 만드는 음료수.

원색의 화려한 액체가 유리 케이스 안에서 빙빙 돌며 주문이 들어오기를 기다리고 있었다. 이러한 무서운 빨강과 파랑은 독버섯이나 쏠배감펭이나 푸른점문어, 혹은 화장실용 세제의 전매특허라고 생각했다. 그러나 젊은이나 아이들은 '스카이 프라페'를 손에 들고 즐거운 듯이 사진을 찍고는 호로록 마셨다. 인류의 위험회피능력 유전자는 어딘가에서 완벽하게 훼손된 모양이다.

지나가려 했을 때 눈앞에서 아이가 넘어졌다. 손에서 스카이 프라페 컵이 날아가 발 근처에 굴렀다. 아이가 울었다. 나는 하는 수 없이 컵을 집었다. 달콤한 향기가 났다. 아!

……나는 이 냄새를 알고 있다.

히로토의 의류 케이스 속에 처박혀 있던 청바지에 있던 얼룩의 향기다.

그리 이상한 일은 아니다. 그 청바지 주머니에는 스카이랜드 자유이용권 리본이 들어 있었다. 히로토는 관람차에서 대마를 흡입했지만 부족함을 느끼고 그보다 더 위험한 스카이 프라페를 먹다 청바지에 흘렸을지도 모른다.

다른 옷보다 훨씬 큰 치수의 청바지에.

리미의 말을 떠올렸다. 미쓰타카와 마지막으로 이야기했을 때 그가 말했다고. 태어나 처음으로 히로토를 꾸짖었다고, 그 녀석, 대마를 했다고. 재미삼아 친구와 스카이랜드 관람차 안에서…….

넘어진 채 울고 있는 아이의 코앞에 컵을 두고 서둘러 출입구로 향했다. 접수처에서 잠시 승강이질을 벌였지만, 이윽고 안에서 경비원이 나왔다. 흰머리에, 늘어진 눈꺼풀 안쪽의 눈초리가 범상치 않았다. '정년 후의 형사가 재취업했습니다' 하고 목에 팻말을 걸고 있는 듯했다. 그는 내가 청바지 주머니에서 발견했을 때 촬영해둔 리본 사진을 보더니 바로 질문에 대답해주었다.

"이 밝은 녹색 리본은 작년에 근처에 배포한 할인권을 사용하신 손님들이 하신 거군요."

겉보기와는 달리 귀여운 목소리였다. 무심코 웃음이 터질 것 같아 주위를 보니 스태프들도 모두 웃는 얼굴이 되었다.

"티켓의 구입 방법에 따라 리본의 색이 바뀌는 건가요?"

"네. 어떤 할인권이 얼마나, 어떤 식으로 사용되고, 어떤 놀이기구의 사용 빈도가 높아지는지를 데이터화하기 위해 색을 바꿀 경우도 있습니다. 근처 주민께 배포한 할인권은 이 놀이공원이 개원했을 당시부터 주민들께 배포한 것입니다."

"근처 주민이라는 건 이나기 시……."

"그리고 가와사키 시 다마 구의 인접 지역 분들이 됩니다."

감사인사를 하고 그 자리를 떠났다. 버스를 타고 역으로 돌아오며 생각했다.

이즈시 다케노리의 이야기가 사실이라면, 그 리본은 히로토가 가져온 할인권으로 스카이랜드를 이용한 증거라 할 수 있다. 히로토가 아는 사람에게 받아 누군가와 둘이서……. 관람차를 탄 대학생 2인조. 그리고 아마도 다섯 바퀴를 돌 동안 대마를 마음껏 즐겼을 것이다.

그런 다음 그들은 리미가 말하는 대마의 영향에 의한 '특이한 공격성'에 의해 직원을 밀쳐 다치게 했다. 그대로 그 자리를 떠났지만, 점차 자신들이 한 짓이 두려워졌다. CCTV 영상이 있을 것이니 들키면 큰 일이 벌어진다.

그래서 스카이 프라페를 흘려 얼룩이 생긴 눈에 띄는 청바지를 벗고 어딘가에서 새로운 것을 사서 갈아입었다. 다만 크기로 보건대 그 청바지는 히로토의 것이 아니다. 아마도 함께 있었던 대학생의 것이다.

두 사람은 히로토의 차로 스카이랜드에 갔었을지도 모른다. 벗어둔 청바지가 차에 그대로 있던 것을 히로토가 숨겨두었던 것이다.

유카와 히지리는 몸집이 컸었다…….

유카와는 히로토와의 관계나 스카이랜드에 대해 신경질적으로 속이려 했다. 이즈시는 자신은 '그것'을 한 번만 하고 그만두었지만, 유카와는 계속했었던 것 같고, 히로토가 '그것'의 이야기를 하지 않게 된 것과 비슷한 무렵에 유카와도 이야기하지 않게 되었다고 했었다.

히로토는 아버지에게 스카이랜드 건을 이야기하고 말았다. 그리고 부모님의 과거의 죄를 알고 심한 충격을 받았다. 약물 사용이 어떤 결과를 초래했는지 그는 몸소 깨닫게 되었다. 아버지에게 설득되어 사고 당일, 스카이랜드에 둘이서 사과하러 가기로 했을 것이다. 사과하러 가는 것이니, 케이블카를 타고 주변을 유람할 기분이 들지 않아 버스로 가기로 했다. 그리고…….

유카와는 어떤 타이밍인가에서 이 사죄 건을 알게 되었다. 이즈시가 말하기로는 두 사람 모두 사실은 교통사고 직후에 아오누마 히로토가 죽을 수도 있는 중상을 입었다는 사실을 알고 있었다. 상상하건대, 유카와는 사고가 일어난 것이 스카이랜드 역 앞 버스 정류장이고, 아버지와 함께였다는 사실을 알고 히로토가 '그것'과 관련된 일을 공공연히 밝히려 한다는 사실을 알았다.

그 이후, 그는 히로토의 동향에 주의했을 것이다. 히로토의 부상은 심각했다. 매일 재활 치료를 계속했을 정도였다. 더구나 의식 장애가 있어서, 사고 전후와 그와 관련된 기억을 잃었다. 히로토가 무슨 말을 하더라도 사고 때문에 기억이 혼란한 상태다, 나는 모르는 일이다, 하고 시치미를 떼면 될 거라며 안심했다.

그런 상황에 내가 나타났다. 이즈시는 "하무라 씨 이야기는 히로토에게 들었어요", "자기 집 밴과 여탐정을 보내겠다고" 말했다. 같은 내용을 유카와도 알고 있었을 것이다. '여탐정'이 히로토와 같은 연립에 살기 시작했다는 사실도. 히로토의 일이니 자신이 왜 스카이랜드 역 앞에 아버지와 함께 있었는지를 조사해주기로 했다는 점까지 친구들에게 말했음이 틀림없다.

직원을 다치게 한 것은 아마도 유카와일 것이다. 그 증거가 그 청바지에 남아 있지는 않을까? 적어도 대마를 사용했다는 흔적은 있을 것이다. 누가 입었던 것인지, 그것 역시 조사하면 알 수 있다. 히로토의 기억이 의심을 받는다 해도, 증거가 있으면 이야기는 다르다.

그 청바지가 안채에 있었을 거라고는 유카와도 예상치 못했다. 침실로 사용하는 연립에 있을 거라고 생각한 것이 아닐까. 그렇게 되면 자신의 장래를 망칠지도 모르는 히로토와 청바지, 게다가 여탐정을 한번에 없애버리려면 연립에 불을 붙여 태워버리는 것이 제일이다. 그것도 실화로 보이게 하는 것이 좋다…….

이것으로 대충 이야기의 얼개는 맞는다며 전철을 타고 기치조지로 향하며 생각했다. 하지만 수면 부족과 체력이 고갈된 머리로는 더 이상의 검증은 불가능했다. 이 유카와 범인설, 어딘가에 무리가 있다는 것보다도 무언가 조각이 부족한 듯한 기분이 든다. 그렇게 생각하는 것 자체가 내 신경 펄스가 정체되어 있는 탓일지도 모르겠다.

비틀거리며 백곰 탐정사 외부 계단 앞에 도착했다. 멀리서 12시를 알리는 소리가 울렸다.

공복이었지만 점심보다는 먼저 수면. 그렇게 생각했는데, 계단 아래의 간판 고양이가 나를 발견하고는 식사를 요구하며 엄청나게 항의했다. 더는 한계라고 생각했지만 물을 주고 접시를 씻고 사료를 넣어주었다. 고양이는 얼굴을 접시에 박고 밥을 먹다, 내게 고개를 돌리고는 심하게 코를 흥, 하고 울렸다.

아, 그러세요. 마음에 안 드시나요. 그런가요.

내가 알게 뭐람.

나는 2층 사무소로 들어가 벽장에서 꺼낸 모포를 덮고 소파에 쓰러졌다…….

벨소리가 끈질기게 귓가에 울렸다. 일단 그쳤다가 다시 울리고, 그쳤다가 다시 울렸다. 소파 아래로 손을 뻗어 그 언저리쯤에 던져두었던 스마트폰을 꺼내 어쩔 수 없이 받았다. 전화기 너머에서 도야마 점장이 말했다.

"이제야 받으셨군요."

나는 "으으"라든가 "아아"라든가 하고 대답했다. 도야마는 어이없다는 듯이 말했다.

"벌써 1시 반이에요. 그렇게 많이 자면 두통이 생기지는 않나요?"

쓸데없는 참견이라고 반박하고 싶었지만 목소리가 나오지 않았다. 도야마는 평소처럼 이쪽은 신경 쓰지 않고 멋대로 말했다.

"서점으로 걸려온 전화를 제 스마트폰으로 오도록 해두었는데요. 그랬더니 아까 한 여성에게서 거기가 하무라 아키라 씨의 탐정사냐며, 방문할 테니 장소를 가르쳐달라더군요. 기치조지 역에서 어떻게 오는지 안내를 하고, 서점 건물 2층 안쪽 문이라는 사실도 알렸습니다. 하지만 생각해보니 하무라 씨, 그 사무소 문에 명패를 걸거나 하지 않았잖아요. 걸어두세요. 그렇지 않으면 의뢰인을 놓치게 될 거예요."

도야마는 자기 하고 싶은 말만 하고는 전화를 끊었다. 의뢰인? 하필 이런 때에…….

벨소리가 끈질기게 귓가에 울렸다. 일단 그쳤다가 다시 울리고, 그쳤다가 다시 울렸다.

어쩔 수 없이 받았다. 전화기 너머에서 루우 씨가 말했다.

"이제야 받는구나."

나는 "으으"라든가 "아아"라든가 하고 대답했다. 루우 씨가 어이없다는 듯이 말했다.

"벌써 2시 반이야. 그렇게 자면 나중에 두통이 생기지 않니?"

쓸데없는 참견이라고 반박하고 싶었지만 목소리가 나오지 않았다. 루우 씨는 쾌활하게 말했다.

"사실은 오늘 일 때문에 밴을 빌렸어. 아키라의 방에 남아 있던 짐, 가는 김에 실어다줄까 해서. 차를 돌려줄 상대는 미타카에 살고 있어서 지나가는 길이기도 하고."

"……짐을 2층에서 내려서 차에 싣는 거 힘들지 않아?"

"괜찮아. 이따가 건설 건으로 그 관계자가 도모에 씨와 협의하러 온대. 그분들에게 부탁 좀 하려고. 차에서 내리는 건 우리가 할 수밖에 없겠지만. 이제 남은 거라곤 책장과 이불과 책 세 박스뿐이잖아. 책은 박스에서 꺼내서 조금씩 나르면 되고, 다른 건 둘이서 들면 되니까."

순간 주저했다. 앤티크 책장은 아끼는 것이다 보니 모르는 사람이 나르다 흠집투성이가 되어도 곤란하다. 하지만 원래부터 흠집은 있었다. 그것을 골동품점이 깨끗하게 사포질을 하고 니스 칠을 새로 했다. 때문에 나도 살 수 있는 가격이 된 것이다.

"사실은 나도 결심을 했어."

루우 씨가 느긋한 어투로 말했다.

"아키라가 나가기로 한 뒤 거의 텅 빈 방들을 보니까 스타인벡 장의 시대는 이제 끝났다고 납득이 되더라. 덕분에 그에 대한 일도 잊을 수 있을 듯한 느낌이 들었고. 그랬더니 신기하게도 바로 좋은 집이 나온 거야. 미타카 역 북쪽, 단독주택 부지 내에 있는 별채인데, 주인 분들이 정말 좋은 사람들이라 밴도 빌려주셨어. 자주 사용하는 편이 차에게도 좋다면서. 이번 일이 정리되면 나도 바로 그 밴을 써서 이사할 생각이야."

루우 씨가 말했다.

"그러니 그때는 협조 부탁해."

그녀는 살인곰 서점의 주소를 확인하고, 5시 반 정도에는 갈 수 있을 거라고 하고는 통화를 끝냈다. 나는 다시 눈을 감으며 어째서인지 안심했다. 현안 사항이 하나 정리되었다. 꽁무니가 빠지게 도망치는 것은 아니지만, '스타인벡 장'보다는 사람을 멋대로 유치장에 집어넣는 놈들에게서 거리를 두고 싶었다.

그 대신, 루우 씨의 이사를 도와주게 되었지만. 다시 잠들며 생각했다. 얼마나 커다란 밴인지 모르겠지만, 그 현관에 놓인 대량의 골판지 박스를 한 번이나 두 번 정도로는 나를 수 없을 텐데. 하지만 트럭 같은 것을 부를 생각을 했더니 비용이 발생하지 않는 것만으로도 고마운 일이니 불평은 못 하려나…….

벨소리가 끈질기게 귓가에 울렸다. 일단 그쳤다가 다시 울리고, 그쳤다가 다시 울렸다.

어쩔 수 없이 손을 뻗어 스마트폰을 잡았다. 전화기 너머에서 도마 시게루 경부가 말했다.

"이제야 받는군요."

나는 "으으"라든가 "아아"라든가 하고 대답했다. 도마가 어이없다는 듯이 말했다.

"설마 자고 있었나요? 3시 반이거든요. 멀쩡한 성인이 용케도 낮잠을 주무시는군요."

잠이 덜 깨 흐리멍덩한 머릿속에 반박하고 싶은 말들이 차례차례 떠올랐다. 이쪽은 밤새도록 노력해서 아오누마 리미를 찾아다녔다, 덕분에 아오누마 댁의 이웃에게 미움까지 샀다, 낭독회가 끝나기 전에 살인곰 서점을 나온 탓에 그만큼 시급도 줄어들었다, 교통비와 스카이랜드 입장료 등 내 돈을 얼마나 썼는지 알기나 하냐고. 내가 관람차의 그 곤돌라에 뛰어들지 않았다면 리미는 손 안에 있는 약을 전부 먹었을 것이다. 그사이에 당신은 어디서 뭘 했는데. 나리타나

하네다에서 출국 게이트를 살펴보며 우아하게 커피라도 마셨나.

"어쨌든 아오누마 리미의 신병 확보에 협력해준 사실에 감사드립니다."

도마가 말했다.

"그녀는 사토 가즈히토의 살해는 인정했지만, 그 밖의 질문에는 대답해주지 않더군요. 소지했던 약은 미국에서 처방받았다는 수면유도제였습니다. 옥시코돈은 발견되지 않았는데, 어딘가에 버리지는 않았겠죠."

"……글쎄요."

"일단 이번에는 고생 많으셨습니다. 그 보상이라고 하기에는 좀 그렇지만, 하무라 씨가 보고 싶어했던 아오누마 댁의 감시 카메라 영상 말인데요."

"보여주시는 건가요?"

나도 모르게 몸을 벌떡 일으켰다. 도마가 태연히 대답했다.

"그럴 수는 없기 때문에 군지에게 체크하라고 지시해뒀습니다. 자세한 건 그에게 들으세요."

이 녀석들 정말. 인간을 이렇게까지 이용해놓고는 이쪽을 전혀 믿지 않는군.

"만약 그 영상 속에 등유 난로를 히로토의 집으로 가져가는 아오누마 미쓰에가 찍혀 있지 않다면, 근처 주민을 대상으로 다시 한 번 더 탐문 수사를 해주실 수는 없을까요? 화재의 흥분이 식고, 미쓰에 씨도 돌아가신 지금이라면 진술도 바뀔지 몰라요."

아마도 근처의 누군가가 일단 소동을 진정시키고 싶다는 생각에 '등유 난로를 운반하는 미쓰에 씨'의 목격 정보를 입에 담았다. 그것을 그 목소리 큰 에피소드 도둑인 오바 씨가 마치 자기가 본 것처럼 수사관에게 이야기했다. 실제 난로 색과 목격된 난로 색이 같은 색이었기 때문에 이즈하라를 비롯한 수사관들이 이 목격담을 믿었다.

"자세한 건 군지와 이야기해주세요."

도마는 바로 통화를 끝냈다. 아오누마 리미에게 옥시코돈 밀수입을 인정하게 하고, 자신의 예상이 맞았다는 사실을 증명해, 상사와 마약관리부에게 한 방 먹일 생각으로 머릿속이 가득할 것이다.

그 소망이 이루어질지는 의심스럽지만.

나는 아오누마 댁에 숨어들어간 밤, 마약과 미쓰타카에 대해 아오누마 리미와 이야기했다. 예를 들어, 말기 암환자가 통증으로 괴로워한다 해도 미쓰타카는 마약을 건네거나 하지는 않느냐고 내가 물었을 때 리미가 말했다. 왜 의사가 아닌 그가 그런 짓을 하냐고. 의사라면 정식으로 안전한 모르핀을 처방할 수 있다. 미쓰타카가 나설 필요는 없다…….

벨소리가 끈질기게 귓가에 울렸다. 일단 그쳤다가 다시 울리고, 그쳤다가 다시 울렸다.

어쩔 수 없이 손을 뻗어 스마트폰을 잡았다. 전화기 너머에서 군지 쇼이치가 말했다.

"이제야 받는군요."

나는 "으으"라든가 "아아"라든가 하고 대답했다. 군지가 어이없다는 듯이 말했다.

"설마 자고 있었나요? 이미 4시 반이거든요."

너희들이 사람의 수면을 방해하지 않았다면 이미 오래전에 일어났을 거라고 외치고 싶은 마음을 꾹 참고 말했다.

"그래서? 어땠어? 감시 카메라 영상."

"그게요. 처음부터 끝까지 확인했는데, 일단 아오누마 미쓰에 씨가 등유 난로를 안고 정원을 걷는 영상은 보이지 않더군요."

"역시나."

"하지만 어두워진 다음의 영상은 분별이 잘 안 되니까요. 특히 11월에 들어서는 바람이 심해져서 그 주변 일대가 한밤중에 정전이 되고 그랬거든요. 그때의 영상은 어두운 탓에 절대라고는 단언할 수 없습니다."

"누구도 한밤의 정전 중에 난로를 들고 가거나 하지는 않을 텐데."

"그렇기는 하죠. 그러니까 이 영상, 등유 난로 건으로 다시 한 번 더 이웃들에게 물어볼 구실은 될 거예요. 게다가 좀 신경 쓰이는 점이 있어서요. 이즈하라 씨의 보고서를 보고 알아차린 건데요, 기묘한 우연을 발견한 터라 만나서 설명드리고 싶네요."

군지가 말했다. 스기나미니시 경찰서에 있으니, 한 시간 후에는 백곰 탐정사에 도착할 거라고.

이렇게 된 이상 일어날 수밖에 없다. 나는 퉁퉁 부운 얼굴을 씻고, 젖은 수건으로 몸을 닦고, 옷을 갈아입었다. 놀랄 정도로 배가 고파서 서둘러 먹을 것을 사러 나가기로 했다. 냉장고는 살롱에 있고, 주전자와 작은 냄비가 부엌에 있다. 사무소에서도 불편함 없이 살 수 있을 것 같지만, 역시 작은 냉장고를 사야 하나 생각했다. 전자레인지라든가 프라이팬도. 하긴 그런 식으로 가재도구를 늘리거나 하면 이대로 여기에 눌러앉게 될지도 모른다.

문 옆에 '백곰 탐정사' 팻말을 달아 놓고는 밖으로 나왔다.

짜증나게도 정말로 머리가 엄청 아팠다. 걸으며 생각을 정리하려고 노력했다. 지금까지의 조사를 통해 여러 사람들에게 들은 말이나 그 내용, 그중에는 상당히 신경 쓰이는 것이 있었다. 예를 들면 이즈하라다. 그는 히로토의 죽음을 자살이라고 암시했을 때 이렇게 말했다.

히로토는 교통사고 8개월 후에 이번에는 화재로 사망했다. 이렇게까지 비극적인 사고가 우연히 한 사람에게 연달아 발생했다고 생각하기보다는, 사고가 원인이고 화재가 결과라고 생각하는 편이 정리하기가 괜찮다고.

그런데 왜 이 말이 신경 쓰이는지 그 점을 알 수가 없다.

정신을 차리니 거리에 나와 있었다. 아트레 1층으로 들어갔다. 이미 저녁때라 신선식품 판매소는 물건을 사는 손님들로 혼잡했다. 수입과 지출의 비율을 생각하면, 식비는 최대한 줄여야만 한다. 하지만 집세를 안 내도 되게 되었고, 어쩌면 도야마에게 전화를 건 여자가 의뢰인이 되어줄지도 모른다. 지금 바로 받을 수 있는 의뢰라면 좋을 텐데.

할인하는 돼지고기를 500그램, 계란과 기한이 임박한 채소를 몇 종류 골랐다. 훈제 닭가슴살과 할인하는 피자를 함께 바구니에 넣고 계산대 앞에 줄을 섰다. 계산을 하는 것을 멍하니 바라보며 하품을 하면서 시계를 보았다. 해가 지는 것이 빨라졌다. 아직 5시 전인데 밖은 완전히 어둠에 휩싸였다. 이런 시간에 이사라니, 이웃에게서 민원이 들어오는 것은 아닐까. 전에 근처에 엄청나게 소음에 민감한 할머니가 살았는데. ……앗.

온몸에서 핏기가 가셨다.

군지는 4시 반에 전화를 해서 한 시간 후에 가겠다고 말했다. 루우 씨는 5시 반 정도에는 짐을 가지고 오겠다고 말했다.

이런 불상사가.

24

가능한 빨리 살인곰 서점으로 돌아가려고 발걸음을 서둘렀다. 왼 무릎은 오늘 얌전했지만 정강이가 아팠다. 몸 여기저기가 돌아가며 "노화되었답니다" 하고 말하는 듯하다. 무엇보다 기억력 감퇴가 뼈아프다. 반쯤 졸고 있었다고는 하나 가장 만나게 해서는 안 되는 조합을 더블 부킹해버리다니, 있을 수 없는 실수였다.

도중에 몇 번이나 군지에게 연락을 취하려 했지만 전화를 받지 않았다. 혀를 차며 서점 근처까지 도착한 순간, 사쿠라이에게 연락이 왔다.

"하무라 너, 사람을 너무 막 부리는 거 아니야."

전화를 받자마자 그가 말했다.

"가타기리 류지의 연락처, 알아냈어."

지금은 그럴 때가 아닌데, 아니 그 연락처 오늘 아침에는 정말 필요했는데, 하고 생각하며 감사인사를 했다. 근본적으로는 착한 사람인 사쿠라이는 자신의 전화가 지금은 엄청 민폐를 끼치고 있다는 사실을 꿈에도 생각하지 않는 모양이었다.

"내가 아니라 모치즈키가 알아냈어. 류지라는 녀석은 반년 정도 전 취직을 눈앞에 두었을 때 그때까지의 인간관계를 전부 백지로 돌린 모양이야. SNS도 닫아버렸어."

"대체 왜?"

빨리 이 전화를 끊어야 한다고 생각하면서도 묻고 말았다.

"거기까지는 조사 못했어. 다만 아무래도 가족 내에 불행한 일이 있었나 봐. 류지의 고등학교 농구부 교류 사이트에 그런 화제가 나왔다고 모치즈키가 말했어."

"가족 내 불행? 어떤?"

"글쎄다. 그야 불행이라고 하면 누군가가 죽은 게 아닐까."

류지의 어머니인 가타기리 씨는 그런 이야기는 하지 않았었다. '가족의 불행'이라는 키워드는 성가신 탐정을 쫓아내기에 편리했을 것 같은데.

어쩌면 반년 전의 불행이라는 것이 히로토의 사고일까. 가타기리 류지는 딱 한 번 병문안을 와서 살 수 있을 거라고는 생각 못했다고 말한 뒤로 얼굴을 보이지 않게 되었다고 히로토가 말했다. 히로토가 생각한 것보다도 가타기리 류지는 사고에 충격을 받은 걸까. 내가 만났을 때에는 히로토의 얼굴 상처도 꽤나 좋아진 것일 테지만, 8개월 전에는 훨씬 더 심각했을 것이다. 코가 부러지는 것보다도 낫는 데 시간이 더 걸렸을 것이다. 그러니까 전화는 걸어도 만나려고는 안 한 걸까.

그런 사정을 사쿠라이와 이야기하려고 입을 떼려다가 지금은 그럴 때가 아니라는 사실이 생각났다. 조만간 꼭 나카노의 꼬치구이집에서 답례를 하겠다고 재빨리 말하고 전화를 끊었다. 동시에 서점 앞에 도착했다.

해가 완전히 저물어 주위는 캄캄했다. 얼마 전부터 지익거리며 불평하던 가로등이 드디어 본격적으로 파업을 하겠다고 협박할 생각인지, 점등과 점멸의 반복 시간이 점차 빨라졌다. 이따금 그 불평 속에 생겨난 어둠에 서점이 완전히 휩싸이기도 했다.

애당초 주택가 안에 있는 2층짜리 연립을 개조해서 만든 점포이다 보니, 환경 속에 녹아들어 있다. 다른 말로 하면, 찾기 힘들다. 길 쪽에 살인곰 서점이라는 이름과 책을 안고 나이프를 든 곰 일러스트가 그려진 불이 들어오는 작은 간판이 있고, 그 아래에는 백곰 탐정사라고 더 작게 적힌 팻말이 달려 있다. 휴업 중인 오늘은 불도 켜지 않았다.

겨울은 싫다. 금방 어두워진다.

간판과 1층의 외부등을 켜둘까 하는 생각에 1층 서점의 문을 열었다.

손잡이에 손을 댔을 때 뒤에서 소리가 들렸다. 동시에 나를 향한 살의를 느꼈다. 식은땀과 아드레날린이 솟아났다.

맞아. 만약 이즈시 다케노리가 어제 그 심야의 만남에 대해 유카와 히지리에게 털어놓았다면? 유카와는 거짓말은 서툴러도 머리가 나쁜 것은 아닌 듯했다. 만약 위험회피능력 유전자가 훼손되었다 해도, 내가 스카이랜드와 관람차와 관련된 사건을 알아차렸다는 정도는 예측할 수 있을 것이다. '기치조지, 서점, 탐정'으로 검색하면 일곱 번째 정도에 우리 서점의 홈페이지가 등장한다. 주소뿐만 아니라 서점을 잘 찾을 수 있도록 친절하게 약도도 실려 있다.

내 상상이 옳다면 상대는 냉혹하고 비정한 방화범이다. 가난뱅이 탐정 따위는 주저 없이 해치울 것이다.

손가락 사이로 열쇠 끝이 삐져나오게 주먹을 쥐고, 쇼핑 봉투를 손에서 놓는 것과 동시에 뒤로 돌았다.

아무도 없었다. 근처 주차장의 빛이 외부 계단을 통과해 이쪽을 비추고 있었다. 그 흐릿한 어둠 속에서 바람에 흔들렸는지 땅에 흐릿한 그림자가 생겨났다가 사라졌다. 외부 계단 아래에서 간판 고양이가 나타났다. 낮의 무례함을 사죄할 생각인지, 애교 섞인 목소리로 울면서 꼬리를 바짝 세우고 내 다리에 몸을 비볐다.

온몸에서 숨이 크게 빠져나왔다. 더불어 엄청나게 화가 치밀었다. 어두운 것이 싫고 진정되지 않는다고는 하나, 왜 이렇게 멍청한 착각을 한 걸까. 살인범이 덮치는 거라 생각했지만 알고 보니 고양이. 서스펜스물에서 흔히 쓰이는 진부한 전개가 아닌가. 하여간. 분명 계란이 깨졌을 거다. 이거 어떻게 할래.

"하무라 씨."

비명을 지르며 펄쩍 뛰어올라 뒤로 돌았다. 군지 쇼이치가 깜짝 놀란 얼굴로 서 있었다. 소매는 검은 가죽이고 본체는 갈색이라는, 근무 중인 수사관이라고는 생각되지 않는 코트를 입고, 버버리 머플러를 둘렀다.

"왜 그러세요? 시간에 맞춰 왔는데?"

"……그렇긴 한데."

심장이 쿵쿵 뛰었다. 숨을 너무 많이 들이쉬어서 현기증이 일었다.

"그렇긴 한데? 아무렴 어때요."

군지가 빠른 말투로 말했다. 콧방울을 벌름거리며 잔뜩 흥분한 상태다.

"아까도 말씀드렸는데, 지난번에 하무라 씨에게 보여드린 서류와 관련되어 신경 쓰이는 점이 있어서요. 감시 카메라 영상을 하무라 씨에게 보여드릴 수 없게 되어, 하다못해 다시 한 번 더 서류를 확인하자는 생각에 검은 칠이 된 개인의 이름과 연락처를 재확인했는데요. 그러다 재미있는 사실을 알아차렸습니다. 교통사고 쪽의 서류와 화재조사 서류에 같은 이름이 등장하더군요."

"그게…… 무슨 뜻이지?"

간신히 숨을 골랐을 때, 서점 밖에 차가 정차하는 소리가 들렸다. 나는 몸을 쭉 뻗어 도로 쪽을 보았다. 흰 대형 밴이 서 있었다. 엔진이 멈추고, 문이 열렸다. 루우 씨가 내렸다.

흐악.

이제 한시의 여유도 없다. 나는 서점 문을 열고 군지를 서점 안으로 밀어 넣었다. 밀어 넣으며 "루우 씨" 하고 중얼거렸지만, 잘 안 들렸는지 군지는 밀려서 뒷걸음치면서도 열심히 말했다.

"말하자면 말이죠, 그 교통사고 가해자인 호리우치 히코마. 그의 가족이 써낸 정상참작을 요구하는 탄원서가 있었잖아요. 그걸 적은 가족과 화재 조사의 목격자 중에 같은 이름이."

"아키라, 있니?"

루우 씨가 건물 모서리에서 고개를 내밀었다. 나는 문 사이로 몸을 반쯤 내밀고 손을 흔들었다.

"루우 씨, 미안. 금방 갈게."

루우 씨라는 말을 듣고 군지가 숨을 헉 들이삼켰다. 루우 씨가 저쪽에서 고개를 끄덕였다.

"차에서 짐을 내려야 하니 빨리 와."

그녀가 밴 쪽으로 가는 것을 확인 후, 서점에 쇼핑 봉투와 군지를 밀어 넣고, 계산대 옆 스위치를 켰다. 길에 인접한 간판과 외등, 1층 점포와 외부 복도에 불이 들어왔다. 군지가 이를 악물며 말했다.

"이게 무슨 일이죠? 그녀가 온다는 이야기는 못 들었다고요."

"이삿짐을 가져와준 것뿐이야. 만나고 싶지 않으면 여기 있어. 이야기는 나중에 천천히 들을 테니까."

"잠깐만요, 하무라 씨. 약속하셨잖아요."

나는 군지의 코앞에서 서점 문을 닫았다. 약속은 했다. 확실히. 루우 씨 건에 대해서 도마 경부에게 내가 먼저 이야기하지는 않겠다고. 그뿐이다. 루우 씨에게 군지의 일을 말하지 않겠다고 말한 기억은 없다.

재빨리 밴 쪽으로 향했다. 외등을 켜도 주택가는 충분히 어둡다. 뜰 바로 옆에 세워진 밴의 트렁크 문을 열고 있는 루우 씨의 얼굴은 보이지만, 표정까지는 자세히 알 수 없었다. 안심했다. 아마도 지금의 나는 엄청난 표정을 하고 있을 것이기 때문이다.

"책과 책장과 이불이지? 도모에 씨가 냄비와 솥 그리고 식기를 좀 가져가라기에 적당히 골라왔어. 차나 쌀이나 캔도. 일단 위에서부터 내리자."

"……고마워."

이불 세트를 외부 계단 아래까지 옮겼다. 다이쇼 시대의 책장은 각각 위와 아래를 들고 조심해서 계단 아래까지 옮겼다. 의외로 무겁지 않았기 때문일지도 모르겠지만, 걱정했던 흠집은 보이지 않았다. 그렇다고는 해도 설마 아무 포장도 안 하고 그대로 실어올 거라고는 생각 못했다. 계단에서 손을 놓치기라도 한다면 대참사가 벌어진다.

"먼저 골판지 박스의 책을 가져오자."

루우 씨가 손부채를 부치며 말했다.

"아키라는 업무 때문에라도 책이 든 상자를 드는 일에 익숙할 테지만, 나는 허리가 맛이 갈 것 같아. 뭣하면 박스를 풀고 조금씩 나를까?"

"이 주변에 놔두는 건 좀."

"서점 안에 두면 되잖아."

루우 씨가 코트를 벗으며 서점 문에 손을 대었다. 나는 재빨리 다가가서 코트를 들고 이불 세트가 들어 있는 천 케이스 위에 올리고는 루우 씨의 팔을 잡고 밴 쪽으로 밀었다.

"서점 안에 책을 두면 섞여서 뭐가 뭔지 알 수 없게 되니까. 골판지 박스째로 옮기자."

밴에서 박스를 꺼내 계단 옆에 늘어놓았다. 간판 고양이가 불만인 듯이 나타나서 어슬렁대기 시작했다. 나는 가능한 서둘러서 남은 짐을 계단 아래까지 다 옮겼다. 루우 씨가 숨을 헐떡이며 말했다.

"그렇게 서두르면 근육통으로 움직일 수 없게 돼. 둘 다 이젠 젊지 않으니까 무리하지는 말자."

"괜찮아, 괜찮아."

나는 간신히 평정을 가장했다.

"책장만 2층으로 올리는 걸 도와주면, 남은 짐은 혼자서 조금씩 옮길게. 그러면 밴도 빨리 돌려줄 수 있잖아. 끝나면 기치조지에서 만나서 답례로 밥 살게."

"그건 좋은데, 안은 안 보여주는 거야?"

"아, 안이라니?"

"가게 안. 어떤지 보고 싶었는데."

"아…… 그게 내가 살 예정인 백곰 탐정사의 안 말이지. 들어와, 들어와. 책장을 들고. 2층이야."

"어라, 이 고양이는 뭐야. 여기서 기르는 거야?"

루우 씨의 목소리가 변했다. 그녀의 시선을 뒤쫓았다. 고양이가 두 발로 일어서서 서점 문을 긁어대고 있다. 훈제 닭가슴살이다. 아까부터 이상하게 친한 척한다 했더니, 그 냄새를 맡은 것이다. 그런 것이 틀림없다고 생각하는 동안 루우 씨가 "자, 들어가렴" 하고 서점 문을 열고 말았다. 간판 고양이는 기쁜 듯이 안으로 뛰어 들어갔다. 루우 씨가 미소를 지으며 뭐라 말하려고 이쪽을 돌아보았다가, 다시 서점 안을 보고는 움직임이 굳었다.

서점 안 역시 군지가 내 쇼핑 봉투를 든 채 부동 상태였다. 발 언저리에서는 고양이가 몸을 비벼대고 있었다. 나도 어떻게 해야 좋을지 모른 채 그대로 멈췄다. 길의 가로등이 지익지익 소리를 내다 확 꺼져버려 길 쪽이 어두워졌다.

맨 처음에 움직인 것은 루우 씨였다. 그녀는 말없이 몸을 돌려 밴을 향해 비틀거리며 걸었다. 다음으로 군지가 쇼핑 봉투를 바닥에 떨어뜨렸다. 그 또한 비틀거리며 루우 씨의 뒤를 쫓았다.

나는 가만있지 못한 채 그 자리를 어슬렁거렸다. 진정이 되지 않았다. 멀리서 루우 씨와 군지의 것으로 보이는 대화 소리가 들렸다. 차 엔진 소리는 들리지 않았다. 살인도 폭행도 일어날 것 같지는 않다. 아마도.

어차피 얼마간은 내가 할 수 있는 일이라고는 무엇 하나 없다. 그보다 휘말리고 싶지 않다.

루우 씨가 화가 나서 실어온 짐에 불을 붙이려는 생각을 하기 전에 이사만큼은 먼저 끝내두기로 했다. 루우 씨의 코트를 책장에 올리고, 오리털 이불이 들어 있는 꾸러미를 안고 계단을 올랐다. 올라가며 아차 싶었다. 2층 외부 계단의 불을 켜지 않았다. 주차장 불빛만으로는 부족해, 2층은 어두컴컴했다.

길 쪽에서 끊임없이 뭔가를 호소하는 듯한 말소리가 들렸다. 군지의 목소리였다. 그도 참 특이하다고 생각했다. 루우 씨의 일을 남에게 들키는 것을 엄청 두려워하는 듯하더니 그녀의 뒤를 쫓아가고. 교통사고와 화재 양쪽에 관련이 있는 듯한 사실을 말하고.

양쪽에 공통된 인간이 있다는 이야기였지…….

기묘한 사실이 머릿속에서 연결되었다. 히로토와 대학생 2인조가 관람차에서 나쁜 짓을 했을 때 사용한 것으로 보이는 스카이랜드의 지역 주민용 할인권. 이즈시 말로는 히로토가 "스카이랜드 근처에 사는 친구의 할아버지"에게 받았다고 했다. 처음에 그 말을 듣고 나는 '스카이랜드 근처에 사는 친구'가 있어서, 그 사람의 할아버지에게 받은 거라고 생각했다. 하지만 그 문맥이라면, '스카이랜드 근처에 사는 할아버지가 있는 친구'에게 받았다고 해석해야 하는 것이 아닐까.

스카이랜드 근처에 사는 할아버지를 한 명 안다.

교통사고로 아오누마 미쓰타카를 치어 죽인 호리우치 히코마. 그는 가와사키 시 다마 구 주민이다. 다마 구라고 해도 상당히 넓다. 그가 살고 있는 곳이 스카이랜드에 인접해 있는지 어떤지는 모르겠지만, 만약 그렇다고 한다면……. 교통사고와 화재 조사, 양쪽에 공통되는 이름이 있다는 이야기가 사실이라면…….

죽 신경이 쓰였던 이즈하라의 말을 다시 떠올렸다. 이렇게까지 비극적인 사고가 우연히 한 사람에게 연달아 발생했다고 생각하기보다는, 사고가 원인이고 화재가 결과라고 생각하는 편이…….

우연이 아니라면? 교통사고를 위장해서 히로토를 죽이려다가 실패해서 다시 히로토의 집에 불을 낸 거라면?

계단을 2층까지 다 올랐다. 나는 오리털 이불을 내려놓은 채 어둠 속에서 발을 멈췄다.

아오누마 미쓰타카와 히로토. 두 사람은 호리우치 히코마가 운전하는 차에 치였다. 그것은 의문의 여지가 없다. 군지의 이야기에 따르면, 화재에도 아마 히코마의 가족이 엮여 있다. 그렇다면 히로토와 함께 스카이랜드 관람차에서 대마를 한 대학생은 유카와 히지리가 아니다. 미타카다이에서 일어난 화재조사의 서류에 지방 출신이고, 현재는 세이부이케부쿠로 선 오이즈미가쿠엔에 사는 유카와나 그 관계자의 이름이 실려 있을 거라고는 생각할 수 없다. 절대로 아니라고는 단언할 수 없지만, 조건에 더 부합하는 인간이 있다.

그 인물은 히로토의 절친으로, 하지만 그가 사고로 죽을 뻔하니 살 수 있을 거라고는 생각 못했다고 말한 뒤로는 만나러 오지 않았다. 하지만 화재 직전에 히로토에게 전화를 걸었다. 어떤 약을 먹을 생각인지, 아니면 이미 먹었는지 충분히 물어볼 수 있었다.

대기업에 취업이 예정되어 장밋빛 장래를 약속받은 상황. 실수로라도 약물의 영향 때문에 다른 사람을 다치게 했다는 사실이 알려져서는 안 되기 때문에, 아마도 히로토와 그 아버지에게 자기도 함께 사죄하러 가겠다고 말하고는, 스카이랜드 역 앞 교차로에서 기다리게 할 수 있었던 인물. 즉, 차가 돌진하기 직전에 목표 두 사람을 그 시간, 그 장소에 있게 할 수 있었던 인물.

또한 히로토가 연립 102호에서 잔다는 사실과 그 집의 문이 제대로 닫히지 않는다는 것. 아오누마 댁이 물건으로 넘쳐나기 때문에 히로토의 집에 낡은 등유 난로가 있어도 그다지 부자연스럽지 않다는 것. 다음 날부터 고서점과 유품정리인이 와서 대대적으로 연립을 정리할 거라는 사실을 아마 어머니를 통해 알고 있었다는 것.

이 모든 조건에 부합하는 것은.

가타기리 류지다.

'이게 대체 무슨 일이람' 하고 생각하며 이불을 들어올렸다. 길 쪽에서 웃음소리로도 소리 지르는 것으로도 들리는 남녀의 대화소리가 들렸다. 저쪽은 저쪽대로 큰일이다. 루우 씨는 나를 원망할까. 그녀가 필사적으로 찾던 상대를 조금 빨리 알아냈는데 알려주지 않았다. 루우 씨의 마음보다도 군지의 약점을 잡아 경찰의 정보를 캐내는 것을 우선시했다. 미움을 사도 당연하다.

한숨을 쉬고는 주머니에서 열쇠를 꺼내 어둠 속을 주시했을 때, 등 뒤에서 변덕이 심한 가로등이 갑자기 파업을 중지했다. 불이 들어왔다. 2층 복도도 환해졌다. 백곰 탐정사 앞에 사람이 서 있었다.

가타기리 류지……. 아니, 여자였다. 짙은 감색 코트, 에나멜 펌프스…….

가타기리 씨가 커다란 식칼을 아래로 잡고 나를 노려보고 있었다.

그리고 말없이 덮쳐왔다.

순식간의 일이라 목소리가 나오지 않았다. 나는 반사적으로 오리털 이불을 들어올렸다. 푸욱, 하는 둔한 소리와 함께 칼날이 이불 속에 파묻혔다. 뭐라 말할 수 없는 기분 나쁜 울림과 함께 가타기리 씨가 양손으로 움켜쥔 식칼을 아래로 아래로 움직였다. 나는 온 힘을 다해 이불과 함께 가타기리 씨를 밀쳐냈다. 이불에서 빠져나온 오리털이 날아올라 가로등 빛을 반사하며 한쪽 풍경을 하얗게 바꿨다.

밀쳐진 가타기리 씨가 비틀거리며 난간에 부딪혔다. 그럼에도 식칼은 손에서 놓지 않았다. 그녀는 자세를 바로 잡고는 오른쪽 왼쪽으로 식칼을 휘두르며 나를 향해 다가왔다.

나는 이불 꾸러미를 휘둘렀다. 가타기리 씨가 그것을 식칼로 쳐냈다. 가타기리 씨가 식칼을 휘둘렀다. 그것을 내가 이불 꾸러미로 쳐냈다. 마치 엉터리 댄스를 추는 듯이 우리들은 서로 호흡을 맞추고 팔의 움직임에 신경 쓰면서 다리를 오른쪽으로, 오른쪽으로 움직이고는 회전했다. 얼굴에 깃털이 엄청 달라붙어 숨쉬기 힘들었지만 그런 것을 신경 쓸 때가 아니었다. 천은 계속해서 찢겨나가 점차 작아졌다. 식칼은 크고 날이 정말 잘 들었다.

그러는 와중에 칼날이 두세 번 내 피부를 스쳤다. 피가 튀며 깃털이 상처에 달라붙었다.

반사적으로 비명을 질렀다. 공간을 가득 채운 깃털 너머로 계단이 보였다. 이렇게 된 이상 뛰어내릴 각오로 도망치자고 생각했다. 내 마음을 알아차렸는지 가타기리 씨가 계단과 내 사이를 가로막았다. 머리 위에 깃털이 올라가 있는 그녀는 식칼을 양손으로 제대로 다시 잡고는 씨익 웃었다.

틀렸어. 이번에는 정말 끝이다…….

그 순간, 이사와 우메코와의 싸움에 대해 이야기하는 미쓰에의 목소리가 들린 듯했다.

"그 여자, 다시 한 번 더 때리려 하더라고. 그래서 순간적으로 피하면서 밀친 거지. 계단 위든 뭐든 나는 내 몸을 지키려 했을 뿐. 더 할 말 있어?"

높게 치켜 올라간 식칼을 보았다.

생각하는 것보다 먼저 몸을 낮추고 가타기리 씨의 복부를 향해 머리부터 돌진했다.

25

엘리베이터 문이 열리니 눈앞에 커다란 창문이 있었다. 창문 너머로는 야경이 펼쳐졌다. 동지 날 밤바다의 농밀한 파란색에 흰 다리. 하얗고 빨갛게 달리는 빛무리 같은 차와 배. 빌딩은 각각의 높이에서 어둠처럼 뻗어 있고, 하늘은 지상의 빛을 비추면서 검게 가라앉아 있다.

야경을 옆 눈으로 보며 라운지로 올라갔다. 검은 옷의 남자는 슬며시 내 온몸을 훑고는 "약속하셨나요" 하고 말했다. 그 목소리에는 모멸감과 다소의 불안감이 섞여 있었다.

무리도 아니다. 싸구려 코트에 싸구려 팬츠 슈트, 5년 정도 신은 쇼트부츠라는, 아마도 라운지 개시 이래의 가장 싸구려 옷으로 코디한 데다, 이마에는 반창고, 많이 가라앉기는 했지만 아직도 눈 주위에는 충분히 남에 눈에 띌 만한 출혈 흔적이 있다. 왼팔에는 팔 고정대를 하고 왼발을 절고 있다. 얼마간 미용실에 간 흔적은 없고, 손톱에는 세로줄이 나 있는 상태다.

내가 검은 옷이었다면 상상력을 최대한 발휘해 모든 자리가 예약이 되어 있다고 말하며 이런 불길한 손님을 돌려보냈을 것이다. 칵테일을 마시기에는 아직 시간이 일러 넓은 가게 안에는 들떠 있는 연인과 가게 안쪽 카운터 끝에 양복 차림의 남자, 그 밖에 몇 명밖에 안 보였지만.

그때 카운터에 앉아 있던 여자가 손을 높이 들고 흔들었다. 검은 옷도 나와 동시에 그 모습을 알아차리고 분한 듯이 허리를 숙이며 "이쪽으로" 하며 안내를 했다.

몇 주 만에 보는 에지마 마리카는 머리를 짧게 자르고, 갈색으로 염색했다. 짙은 갈색 터틀넥 스웨터를 입고, 기하학 문양이 새겨진 흰 바지를 입고, 색이 옅게 들어간 선글라스를 끼고, 기른 손톱을 은색으로 칠했다. 처음 만났을 때와 마찬가지로 등을 동그랗게 말고 카운터에 팔꿈치를 대고 있다. 마시고 있던 것은 핑크색의 달콤해 보이는 무언가였다.

"꼴이 그게 뭐야, 탐정."

마리카가 어이없다는 듯이 말했다. 움직일 때마다 농후한 재스민 향기가 풍겼다.

"상대는 그냥 주부였잖아? 엄청 심하게 당했네."

나는 옆 스툴로 기어올랐다. 카운터 안쪽은 한쪽 면이 창으로 되어 있어 야경을 그대로 비췄다. 바텐더는 손님의 시야에 방해가 되지 않도록 한 단 낮은 곳에서 작업을 하는 구조인 듯하다. 이런 곳에서 매일 하계를 내려다보며 술을 마시면 언젠가 어둠을 만날 때마다 "빛이 있으라" 하고 외칠 것만 같다.

"선생님은 건강하신 듯해서 다행이군요."

코스터와 메뉴가 나왔다. 페리에를 주문했다. 마리카가 두 잔째의 달콤한 듯한 무언가를 마시다 목에 걸린 듯했다.

"잠깐만. 탐정인 주제에 페리에?"

"손톱을 기른 모양이군요. 의사면서."

마리카가 자기 손톱을 내려다보며 "흐훙" 하고 웃었다.

"그 일로부터 아직 한 달도 채 안 지났거든. 의사로 복귀하는 건 75일 이상 지난 다음에 할 생각이라."

페리에가 나왔다. 마리카가 칵테일 잔을 들어올렸다. 내가 말했다.

"석방 축하드립니다, 마리카 선생님. 건배."

"웃기시네."

마리카가 재미없다는 듯이 말했다.

"용의는 전면 부정하고 계시는 것 같더군요. 남편분은 모든 걸 다 인정한 듯한데."

"원장 부인이라 해도 내게는 아무런 권한도 없거든. 나는 단순한 의사. 사람들의 고통을 줄이기 위해 최선을 다한 의사에 불과해."

"요통이나 관절통으로 고민하는 환자에게 옥시코돈을 융통했다든가?"

"뭐야 그게."

"통증 완화 케어가 필요한 환자를 날조한 것만으로는 옥시코돈의 양에 한계가 있으니까요."

"탐정 당신, 혹시 마약관리부의 첩자였어?"

"그것만은 결단코 아닌데요."

틈을 주지 않고 내가 말했다. 마리카가 입을 삐죽였다.

"그런 이야기는 아무래도 상관없어. 당신 덕에 그 화재가 히로토의 실화라는 결론이 백지로 돌아갔다고 들었는데. 경찰은 히로토의 친구와 그 모친을 살인과 방화 용의로 체포했다며?"

"잘 알고 계시는군요. 누구에게 들었나요?"

"그거 알아? 뉴스거리가 되면 지금까지 친구라고 생각했던 인간이 내 연락처를 정체를 알 수 없는 기자에게 팔거나 한다는 거. 보석으로 석방된 후에 자칭 저널리스트라면서 이곳저곳에서 연락이 오는 거야. 그래서 스마트폰도 버렸고, 지인에게 편히 전화도 못해. 정보원은 텔레비전 뉴스뿐이야."

"그래서 오늘 저를 부른 건가요?"

"나온 뒤로 3일 동안 심심했거든. 게다가 전에 만났을 때, 다음 날 밤에 한잔 하자고 약속했잖아. 전화를 걸었는데 당신이 안 받아서 흐지부지되었지만, 나는 약속을 지키는 주의거든."

"저는 그렇지 않아요. 보험금 청구 사기와 마약 및 향정신성의약품 관리법 위반으로 체포된 미인 의사는 보석으로 풀려난 지금, 바닷가의 일류 호텔 스카이라운지에서 호화로운 야경을 즐기고 있다는 이야기를 어딘가에 팔아버릴지도."

"바보 같은 소리 마. 히로토 건이야. 어차피 당신, 한몫 거들었을 거 아니야. 자세히 알려줘."

나중에 알게 된 사실인데 가타기리 씨의 풀네임은 가타기리 료코였다. 그때 나는 그녀의 복부를 향해 돌진했다. 내 목숨을 건 태클을 받은 그녀는 버티지 못한 채, 우리는 그대로 계단 아래로 떨어졌다. 가타기리 료코는 머리가 땅을 향한 채 엄청난 기세로 가장 아래 계단까지 떨어졌기 때문에 운이 나쁘면 후두부가 깨져 죽었을지도 모른다.

실제로는 바로 아래 요가 들어 있는 이불 꾸러미가 있어 가타기리 씨의 머리는 그곳에 떨어졌다. 내 몸은 그녀를 쿠션 삼아 튕겨나가서 세워두었던 다이쇼 시대의 책장에 부딪혔다. 그 기세에 책장은 쓰러졌고, 엄청나게 큰 소리와 함께 산산조각이 났다.

군지 쇼이치와 루우 씨가 달려왔을 때에는 가타기리 료코는 식칼을 쥔 채 기절했고, 나는 산산조각이 난 책장의 잔해 한가운데에서 꼼짝도 못했다.

구급차를 타고 게이론 대학 부속병원 응급실로 실려 갔다. 어째서인지 그 구급차에는 손을 맞잡은 루우 씨가 군지와 동승했다. 진단 결과, 내 왼팔 척골에 금이 가고, 왼손가락이 몇 개인가 부러졌다. 다행히도 코는 부러지지 않았다.

두개골에 금은 가지 않았지만, 료코는 머리를 심하게 부딪힌 데다 견갑골과 요골이 부러졌다. 의식을 회복하기까지 3일이 걸렸다. 그 사이에 경찰은 가타기리 류지와 그 외조부인 호리우치 히코마를 취조했다. 먼저 류지가 모든 것을 실토하고, 이어 호리우치 히코마가 자백했다. 상당 부분 내가 상상했던 흐름대로였던 것 같다.

류지와 히로토가 스카이랜드 관람차에서 바보짓을 벌였다. 무서워져서 없었던 일로 하자고 맹세했다. 류지는 히로토의 차에 청바지를 잊어버리고 갔다. 몇 달 뒤, 히로토가 아버지에게 관람차의 일을 이야기하고 만다. 그리고 3월 20일 전날 밤, 히로토는 류지에게 울면서 전화를 건다. 아버지와 함께 내일 아침에 스카이랜드로 사죄하러 간다고. 류지에 대한 것은 말하지 않을 생각이었지만 아버지에게는 말하고 말았다…….

다만 여기서부터가 내 상상과는 달랐다. 류지는 각오를 하고 모든 사실을 어머니에게 밝혔다. 히로토와 함께 스카이랜드에 사죄하러 갈 생각이었다. 하지만 가타기리 료코는 다른 마음을 품었다. 아들의 빛나는 장래를 지키기 위해 그녀는 수단을 고르지 않았다.

류지는 어머니가 시키는 대로 히로토 부자와 스카이랜드 역 앞 교차로의 버스 정류장 옆에서 정오에 만나기로 했다. 가타기리 료코의 부친인 호리우치 이코마는 류지가 아니라, 료코의 간절한 부탁으로 히로토 부자를 차로 치고는, 브레이크와 액셀을 착각한 사고였다고 주장했다. 류지의 '가족의 불행'이라는 것은 외조부가 사람을 쳐서 죽인 사고의 완곡한 표현이었다.

그러나 계획과는 달리 관계가 없는 주부까지 휘말렸고, 가장 중요한 히로토는 살아남았다. 류지는 히로토가 입은 심각한 상처에 충격을 받았다. 아예 자수할까도 생각했다고 한다.

하지만 그런 짓을 했다가는 외할아버지는 어떻게 될까. 지금은 고령자가 저지르기 쉬운 사고라는 결론이 내려졌지만, 사실은 자동차를 사용한 살인이었다는 것이 밝혀지면 외할아버지가 교도소에 가게 된다는 어머니의 말에 류지는 침묵을 지키기로 했다. 그들에게는 다행히도 히로토는 사고 전후의 기억을 잃었다.

하지만 시간은 흐른다. 히로토는 필사적으로 재활 치료를 하고, 원래대로는 아니지만 조금씩 좋아졌다. 게다가 탐정을 고용해 잃어버린 기억을 되찾고 싶다고 말했다.

히로토가 사고 직전에 류지와 약속을 했다는 사실을 기억해내면……. 물증인 그 청바지가 발견된다면……. 대마가 나온다면……. 그것이 류지와 연결된다면……. 한 번 큰 죄로 손을 물들인 가타기리 료코에게는 모든 것이 불안 재료였을 것이다.

완전히 잊고 있었지만, 나는 처음에 미쓰에가 이웃에게 소개할 때 '고서점의 하무라 씨'로 소개되었다. 하지만 화재 후 몇 주가 지나 가타기리 씨를 만났을 때 "아오누마 씨의 연립에 있었던 탐정이죠?"라는 말을 들었다.

아마도 나라는 인간이 블루레이크 플랫에 출몰한 탓에 료코는 아들에게 히로토에게 연락을 해서 사정을 캐내라고 명령했을 것이다. 동시에 이웃으로서 여러 형태로 정보를 수집했다. 때문에 고서점의 하무라가 탐정이기도 하다는 사실을 료코는 알고 있었다. 연립을 정리할 예정도, 미쓰에와 함께 안채도 정리하기 시작했다는 사실도 알고 있었을 것이다.

그 전날 밤, 류지가 히로토에게 연락을 했었다. 히로토는 약을 먹는다는 사실을 류지에게 말한 것이 아닐까. 아들에게 그 사실을 듣고 지금이라면 히로토도 도망칠 수 없다, 이왕 할 거라면 히로토와 그와 관련된 모든 것도 전부 불태워 버리자고 그녀는 생각했음이 틀림없다. 그래도 한 번 교통사고로 죽을 뻔했던 젊은이가 반년 후에 이번에는 방화로 죽었다고 하면 세상의 이목을 끌고 만다. 잘못하면 교통사고에도 의심의 눈초리를 향하는 인간이 나타날지도 모른다. 그러니까 준비해둔 빨간 난로와 수건, 기름통을 사용해서 실화로 보이게 했다. 그리고 이웃의 에피소드 도둑을 조종했다.

"미쓰에 씨가 빨간 등유 난로를 히로토의 집으로 가져갔더라고요."

이런 식으로 말이다. 설사 미쓰에가 그 사실을 부정하더라도 아들과 손자를 잇달아 잃은 고령 여성의 말보다 제삼자의 목격 증언 쪽을 믿을 것이다. 그리고 실제로는 미쓰에도 빈사의 중상을 입었다…….

이것으로 모두 정리가 되었다고 생각했는데, 이번에는 살아남은 탐정이 얼쩡대기 시작했다. 또 처리해야 하는 상대가 생기고 말았다. 고서점, 탐정, 기치조지로 검색을 하면 살인곰 서점이 나온다.

그래서 그날 도야마에게 전화로 들은 대로 2층의 백곰 탐정사 사무소를 방문했지만, 나는 자리를 비운 뒤였다. 그래서 그대로 2층 외부 계단의 어둠 속에 숨어 있었다. 다른 인간이 올 거라고는 생각하지 않았고, 2층으로 가려면 외부 계단을 통할 수밖에 없다. 내가 안 올라오는 데다, 1층에는 아무래도 사람이 있고, 외부 계단에 숨어 있을 만한 장소가 전혀 없었다. 될 대로 되라는 심정으로 나를 덮쳤다.

후에 가타기리 료코가 그렇게 진술했다고 군지가 내게 알려주었다. 식칼을 감추고, 적당히 둘러대고는 일단 물러났다가 내가 혼자가 된 후에 다시 습격한다는 생각은 떠오르지 않았던 모양이다. 그녀도 태생이 범죄자인 것은 아니다. 어쩌면 마음도 머리도 터지기 일보직전이었을지 모른다.

"엄마가 아들을 지키는 건 당연한 일입니다."

가타기리 료코는 거만하게 고개를 빳빳이 들고 취조관에게 그렇게 말했다고 군지에게 들었다.

"나쁜 건 히로토야. 아들에게 나쁜 약을 권하고, 나쁜 짓을 시키고, 더구나 마지막에는 자기만 착한아이가 되어서 폭로하려고 했어. 죽어 마땅해."

자신은 잘못한 것이 없다, 자식을 사랑하는 부모라면 누구나 나와 같은 일을 할 것이라며 재판에서도 그렇게 주장하겠다고 말한 모양이다.

"끔찍하네."

세 잔째로 주문한 진토닉을 마시며 잠자코 이야기를 듣던 마리카가 얼굴을 찡그리며 말했다.

"결국에는 아버지에게도 자식에게도 살인을 시켰으면서 자신은 정의라고 착각하다니. 너무 심한걸. 미쓰타카는 아들에게 속죄를 시키려고 했는데. 안 그래?"

"그러게요. 하지만 마리카 씨는 그걸로 된 건가요?"

나는 남은 페리에를 잔에 따라 단숨에 마시고는 물었다.

"됐다니, 뭐가?"

"미쓰타카 씨가 아들에게 죗값을 치르게 할 생각이었다면, 아마 자신의 죗값도 치를 생각이었던 것이 됩니다. 20여 년 전 살인의 공동 정범이라는 죄를. 당신은 그래도 괜찮은 건가요?"

마리카는 숨을 들이마시고는 추가로 주문했다. 그런 다음 빠른 말투로 말했다.

"왜 내가 신경 쓸 거라고 생각해? 리미가 사토 가즈히토를 죽이든, 그 시신을 미쓰타카가 숨기든 나와는 관계없는 일이잖아."

"말하자면 알고 계셨던 거군요. 두 사람의 범죄를."

"그래, ……뉴스에서 봤어."

마리카가 살짝 미소 지었다. 얼음이 글라스에 닿는 기분 좋은 소리와 함께 그녀 앞에 진토닉이 놓였다.

"아오누마 리미의 체포와 그에 관련된 살인 뉴스가 나온 게 이번 달 7일에서 8일까지. 오늘은 22일. 그 뉴스는 이미 오래전 일입니다. 당신이 석방된 3일 동안에 텔레비전에서 다루어졌을 거라고는 생각되지 않아요."

"그래? 본 것 같은 느낌이 드는데. 그럼 꿈이었나?"

마리카가 검지로 술을 휘젓고는 손가락을 가볍게 빨았다. 좀 떨어진 곳의 카운터 자리에 있는 양복 차림의 남자가 얼굴을 찌푸렸다.

"사토 가즈히토가 사라지기 얼마 전, 그의 집에 멀쩡한 느낌의 여자가 찾아왔다고 합니다. 리미 씨라고는 생각하기 힘들어요. 당시 그녀는 코걸이를 하고 드레드 퍼머를 했으니까요. 더구나 사토 가즈히토는 리미 씨를 덮치기 직전에 이렇게 말했다고 합니다. 네가 경찰에게 모조리 밝히겠다고 했다는 말을 들었다고. 사토 가즈히토에게 그런 거짓말을 불어넣은 인간이 있었다는 겁니다."

"그게 나라는 거야?"

"미쓰타카 씨는 리미 씨에게 위험하니 일본에는 돌아오지 말라고 계속 말했습니다. 사토 가즈히토가 살해당했다는 사실은 알려지지 않았어요. 언제든지 돌아올 수 있었을 겁니다. 그런데 대체 뭐가 위험하다는 걸까요. 어쩌면 당신이 아니었을까요. 미쓰타카 씨는 당신에게서 리미 씨를 지켰던 게 아닐까요?"

마리카는 대답하지 않았다.

"당신은 사촌동생인 다쿠마 원장과 결혼했습니다. 하지만 미쓰타카 씨를 잊지 못했습니다. 스스로도 그렇게 말씀하셨으니까요."

"*신경 펄스를 컨트롤하는 건 엄~청나게 힘든 일이거든. 사랑을 잊을 수 없어서 결혼이 형식적인 것이 되고 말지.*"

"한편 그는 리미 씨를 만나 결혼하고 아들을 낳았습니다. 당신은 부부에게 일을 소개해줬지만 그의 목에 사슬을 건 적은 없다고도 말했습니다. 힘으로 미쓰타카 씨를 따르게 하는 건 자존심이 용납하지 않았던 게 아닐까요. 미쓰타카 씨가 스스로 원해서 따랐다. 그런 식으로 유도하고 싶었던 거죠."

마리카의 목이 위아래로 가볍게 울렁였다.

"사토 가즈히토를 부추겨서 리미 씨를 죽일 예정이었던 게 리미 씨의 역습으로 사태는 변했습니다. 하지만 미쓰타카 씨가 그녀를 도망치게 해서 결국 방해꾼은 사라졌습니다. 이것으로 미쓰타카 씨를 독점할 수 있을 거라 생각했나요? 그가 그걸 바라지 않을 거라는 생각은 못했나요? 그래서 살인이라는 사실을 이용해서 그를 계속 협박했던 건가요? 미쓰타카 씨가 히로토를 데리고 당신 곁을 떠나 미국에 있는 리미 씨와 합류해 그쪽에서 행복한 가족을 시작하지 못하게. 자신 주변에 머무르게 하기 위해서. 살인이라는 소재가 신선함을 잃을 것 같으면, 리미 씨에게 만나러 갈 거라면 마약성 진통제를 비밀리에 가져오라고 미쓰타카 씨를 협박했나요? 어쩔 수 없이 그에 따른 미쓰타카 씨를 이번에는 그 사실로 다시 협박한 건가요?"

마리카가 굳은 옆얼굴로 중얼거렸다.

"협박이라니 말이 심하네, 탐정. 그는 스스로 선택했어. 내가 다소는 도망칠 길을 만들어줬을지도 몰라. 일본에서는 의사라도 입수하기 힘든, 지극히 한정된 환자에게밖에 사용할 수 없는 약을 환자의 고통을 줄여주기 위해 입수한다. 그는 그런 구실이 필요했던 거야."

마리카가 갑자기 밝게 웃으며 글라스 테두리를 손가락으로 만지작거렸다.

"그런 일도 있었을지도 모르겠네. 만약 내가 사토 가즈히토가 리미에게 살해당했다는 사실을 알고 있었다면."

"몰랐다는 건가요?"

"알 수 있을 리가 없잖아."

"그렇다면 히로토가 죽기 전날 밤, 그를 찾아가서 그에게 무슨 짓을 한 거죠? 그에게 무슨 말을 했나요?"

마리카가 코웃음을 치고는 입술을 핥았다.

"나이를 먹을 만큼 먹고는 시시한 질문은 하지 마, 탐정. 남자와 여자가 밀실에 있었던 거야. 단순히 이야기를 했을 리가 없잖아."

위험하게도 마리카의 멱살을 잡을 뻔했다. 히로토는 아직 젊고, 몸도 마음도 심한 상처를 입은 채 상처가 다 낫지 않았다. 그보다 나이가 많은 의사에게는 그것을 배려할 의무가 있을 것이다. 그가 직후에 심하게 가위에 눌렸다는 사실이 마리카와의 관계가 어떤 것인지를 말하고 있다.

"히로토에게 상처 줄 생각은 없었어."

마리카가 넉살 좋게 말했다.

"그쪽이 나를 상처 입히지만 않으면 말이지. 내가 그들에게 얼마나 신경을 썼는지 알아? 미쓰타카에게도 히로토에게도 나를 거부할 권리 같은 건 없어. 전면적으로 나를 받아들이는 게 당연해. 그 당연함을 거절하면 다소는 벌을 받게 되는 거지. 그뿐이야."

"어떤 벌인데?"

"약간의 기억일까. 또는 약간의 수다?"

나는 숨을 삼켰다. 손이 떨렸다. 자칫하면 마리카의 얼굴에 따귀를 날릴 뻔했다.

"히로토에게 말한 거야? 그의 부모가 살인자라고?"

"그 수법에는 넘어가지 않아."

마리카가 득의양양하게 미소 지었다.

"아까부터 말했잖아. 나는 사토 가즈히토가 살해당했다는 사실은 전혀 몰랐어. 하지만 히로토는 알고 있었지. 탐정의 이야기를 듣건대 그렇지 않았을까? 다만 사고의 충격으로 잊어버렸을 뿐. 어떤 계기로 기억을 찾게 되었다면? 불쌍하게도."

마리카는 고양이처럼 기지개를 켜고 하품을 했다.

내 안에 끓어오르는 폭력 충동에 현기증을 느끼며, 나는 스툴에서 미끄러져 내려왔다. 주먹을 카운터 위에 올리고 숨을 골랐다. 마리카는 승리한 듯이 나를 보았다. 나는 말했다. 말하지 않고서는 견딜 수 없었다.

"마리카 선생님, 결국 당신은 마지막까지 거부당했습니다. 미쓰타카 씨의 가족도 히로토의 가족도 되지 못했죠."

마리카의 뺨이 굳었다. 그녀는 스툴을 돌려 나를 똑바로 보고 침을 뱉듯이 말했다.

"너도 말이지, 탐정."

이를 악물고 묵묵히 그 자리를 떠났다. 그대로 그곳에 있으면 말해버리고 말 것 같았다. 당신이 사토 가즈히토가 살해된 사실을 알고 있다는 사실을 증명할 수 있다고. 몇십 번을 부정하든 소용없다고.

기억해냈다. 사토 가즈히토의 앨범을 보면서 그 덧니가 도드라진 미소에서 익숙함과 그리움을 느낀 것은 전에 본 적이 있기 때문이었다.

에지마 병원 본관에서 별관으로 이어지는 복도. 오래된 온천 여관에서나 볼 법한 유리 케이스에 진열되어 있던 항아리나 털이 부스스한 곰 박제, 인체 모형이나 골격 표본……. 그중에 덧니를 드러낸 해골이 철사에 매달려 있었다. 플라스틱 표본이라면 덧니는 없을 것이다. 즉, 그것은 진짜다.

의대생이었던 미쓰타카라면, 시신 처리에 대해 잘 알고 있는 에지마 병원을 이용했을 가능성이 높다. 의료 폐기물에 섞어서 버린다는 것은 나쁘지 않은 생각이다. 미쓰타카가 그 처리에 대해 마리카에게 부탁했든, 아니면 마리카가 나중에 알아차렸든 사토 가즈히토의 시신은 이후 미쓰타카를 지배하에 두기 위해서 필요한 것이 되었다. 그 시신은 미쓰타카와 리미의 범죄를 입증하기 위한 증거였기 때문에 꼭

가지고 있어야 했다. 마리카는 그것을 숨기는 것이 아니라, 많은 사람들의 눈에 띄는 장소에 보란 듯이 장식했다.

하지만 지금 그것이 마리카의 목을 조르려 하고 있다.

도중에 카운터 끝에 있는 양복 차림의 도마 시게루와 눈이 마주쳤다. 갑자기 떠나려는 내 모습에 깜짝 놀란 모양이다. 나중에 알려주자. 마리카가 그 해골을 처분하기 전에 조사하는 편이 좋을 거라고. 하지만 지금은 아무 말도 하고 싶지 않았다.

엘리베이터에 탔다. 무인 엘리베이터는 빠른 속도로 하강했다. 기압이 변해 귀 안쪽이 막혔다. 현실을 차단당한 듯한 기분이었다. 미쓰에나 히로토와 함께 보낸 며칠간은 마법 같은 시간이었다. 때로 인생에 찾아오는 멋진 순간……. 누군가와 무언가를 공유했다고 느껴지는 순간을 그들은 내게 주었다. 그것이야말로 현실이고, 현재의 내 쪽이 환상처럼 생각되었다.

그렇게 생각한 순간, 엘리베이터가 1층에 도착했다. 바닥이 흔들려 나는 침을 삼켰다. 귀가 아프고, 잡음이나 기계음이 깨끗하게 뇌에 전달되었다.

밖으로 나왔다. 올려다보니 빌딩 위에도 약간의 별이 빛나고 있었다. 근처에서 기적 소리가 들렸다. 머리 위에서 바람이 불어 내려왔다. 덕분에 강제적으로 정신이 말짱해졌다. 현실을 직면하게 만들 정도로 차가운 바람이었다. 건조한 공기 속에 그래도 날려버리지 못한 수분이 남아 있었다. 히로토도 미쓰에도 없어진 현실. 결국 그들을 위해 무엇 하나 해주지 못한 무능한 탐정…….

전화가 왔다. 아름답게 빛나는 별에서 눈을 돌려 비틀거리며 받았다. 도야마였다.

"하무라 씨, 내일 시간 있나요?"

"……휴일이었죠?"

"갑작스럽기는 한데 아는 전문업자에게 부탁해서 새로운 욕조를 넣기로 했거든요. 다만 몇 시에 갈 수 있을지는 모른다고 하니 하루 종일 사무실에 있어주세요. 부탁합니다."

"요, 욕조요?"

"그 사무실에서 살 거라면 욕조가 필요할 거라고 도바시와 이야기했거든요. 아무리 근처에 공중목욕탕이 있어도 추우니까요. 공사는 하루 안에 끝날 예정입니다. 그러니 욕실에 쌓아놓은 책이 든 골판지 박스는 치워놓으세요."

목이 메었다. 선택의 여지가 없어서 도망친 피난 장소인 백곰 탐정사 사무소에. 추울 거라며. 나를 위해서.

"그럴 수가. 감사드려……."

"리폼 비용은 천천히 갚으시면 되고요."

도야마가 시원시원하게 말했다. 뜨거워지던 눈과 머리가 순식간에 짜게 식었다.

"……제가 내야 하는 건가요?"

"그야 당연하죠. 누가 들어갈 욕조라고 생각하나요? 비용은 확인하지 않았습니다만, 집세가 없는 만큼 갚는 것도 어렵지는 않을 거예요. 맞다. 생각난 김에 다음번에는 '배관공 미스터리 페어' 같은 것도 괜찮을지 모르겠네요."

"그럼 잘 부탁해요"라는 말과 함께 전화가 끊겼다.

유리카모메 고가 밑을 지나 하마 별궁 옆을 어둠 속에 걸었다. 동지의 바닷바람은 더욱 거세게 싸구려 코트 속으로 파고들어 체온을 빼앗았다. 그래도 치밀어 오르는 웃음을 빼앗을 수는 없었다. 웃으며 생각했다. 이제부터 겨울은 더욱 깊어지고 추위도 더욱 거세질 것이라고.

하지만 해는 조금씩 길어질 것이다.

도야마 점장의
미스터리 소개

미스터리 팬 여러분, 오랜만에 인사드립니다. 분순문고 하나다 도모코 편집장님의 엄명으로 작중에 등장하는 미스터리를 이번에도 소개하게 된 살인곰 서점 점장 도야마 야스유키입니다. 노화 탓에 독서량이 줄어 이야깃거리가 별로 없네요. 지난번에 다룬 책들과 겹치더라도 관대하게 봐주시면 감사하겠습니다.

p.48 《고양이는 알고 있다》: 굳이 말하지 않더라도 유명한 니키 에쓰코의 걸작 고양이 미스터리. 2017년, 도쿄 고서적상업협동조합이 시행한 '고서의 날' 스탬프 랠리는 정말 즐거웠습니다. 73개 점포가 참가. 각 점포에는 스탬프 작가 오시마 나쓰코 씨가 그린 스탬프가 준비되어 있었습니다. 그것도 문학작품에서 따온 특별한 스탬프가 말이죠. 저는 모

든 점포를 컴플리트하여, 경품으로 오시타 우다루의 장편 《목격자는 누구냐》의 스탬프를 받았습니다. 아까워서 쓰지 않고 고이 모셔놨지만요.

p.58 스트랜드 북스토어 : 뉴욕에서 여름휴가를 보낸 도바시 다모쓰의 말에 따르면, 스트랜드 북스토어는 맨하탄의 중심인 브로드웨이에 있는 1500평이 넘는 대형 고서점이라고 하네요. '책 백화점'이라는 느낌으로, 양은 많은데 마니악함은 좀 부족합니다. '미스터리어스 북숍'은 다운타운 구석에 있는 미스터리 전문 신간 & 고서점으로, 미국에서 출간된 미스터리 신간을 모조리 구비하고, 과거에 간행된 엄청 희귀한 책도 다수 구비하고 있습니다. 오너인 오토 펜즐러는 '미스터리어스 프레스'의 편집장이기도 하며, 연구서나 앤솔로지를 다수 편찬하기도 했습니다. 서점 지하에는 미스터리 마니아라면 군침을 흘릴 컬렉션이 놓여 있습니다. 저는 이 서점의 로고가 들어간 오리지널 토트백과 티셔츠를 애용하고 있답니다.

p.59 뉴욕 미스터리 페어 : 로렌스 블록은 서점 주인이자 도둑인 '버니 시리즈' 작가입니다. 《호밀밭의 도둑The Burglar in the Rye》은 뉴욕의 멋진 호텔에서 막이 오릅니다. 뉴욕 브롱크스에서 태어나 자란 로잔은 중국계 여탐정 리디아와 중년 백

인 남성 탐정 빌의 활약을 교차로 묘사합니다. 뉴욕 시경 16분서장 카우프먼이 주인공인 《높은 전압High Voltage》은 체스테인의 걸작 경찰소설입니다. 다민족 도시인지 뉴욕의 경찰들도 다채롭고, 그것이 테러와 싸우는 무기가 됩니다. 이 작품이 출간되었을 때는 세계무역센터가 아직 존재했던 때였죠.

퀸 중에는 "뉴욕은 밤의 압력에 짓눌려 어둡고 조용했다"의 《꼬리 많은 고양이》를 추천합니다. 보스턴에 오래 살아 자신을 "섬으로 유배된 뉴요커"라고 생각하는 아시모프는 《The Big Apple Mysteries》라는 매력적인 앤솔로지를 펴내기도 했습니다. 단편의 명수 슬레사에게는 브로드웨이 연극계를 무대로 하는 《살인자 등장Enter Murderers》이 있네요. 코넬 울리치, 혹은 윌리엄 아이리시는 〈굿바이 뉴욕〉이라는 단편도 썼고요. 웨스트레이크라면 도둑 '도트문더 시리즈'의 《Why Me》가 유쾌합니다. 마이클 코넬리는 로스앤젤레스를 다룬 작품이 많습니다만, 뉴욕을 무대로 미스터리 작가와 여형사가 활약하는 드라마 〈캐슬〉에 캐슬과 포커를 치는 작가 동료로 본인이 등장하기도! 그 인연으로 뉴욕 관련 작가에 넣었습니다. 하하하.

p.60 《소년탐정 칼레》 : 이 책을 읽지 않고서는 미스터리 팬이라 자칭할 수 없습니다. 스웨덴의 여성 아동문학가 아스트리드 린드그렌의 대표작 '소년탐정 칼레 시리즈' 세 작품

중 두 번째 작품. 아동 대상 도서라고 얕보지 마시기를. 복선을 깔아놓는 방법이 절묘합니다.

p.125 렉스 스타우트 등 : 미식가 탐정 네로 울프를 탄생시킨 스타우트의 페이퍼백은 한때 구미의 공항 매점에 반드시 놓여 있었습니다. 《The Nero Wolfe Cookbook》도 우리 서점에서 꾸준히 잘 팔리는 책으로, 고 칼로리 레시피가 가득합니다. 영국 정치가 제프리 아처는 자신의 투자 실패를 소재로 《한푼도 더도 말고 덜도 말고》를 써서 대성공을 거둡니다. 후에 보수당 부총재가 되는데, 콜걸과 관련된 스캔들로 사퇴하게 됩니다. 그것을 또 고소를 해서 승소하는데, 본인 인생 쪽이 소설보다 더 재미있는 것 같네요. 기수 출신인 딕 프랜시스는 경마 시리즈로 큰 인기를 끌었습니다. 사후, 아들이 시리즈를 이어서 쓰고 있습니다. 레지널드 힐의 달질 경감 시리즈는 후편으로 갈수록 두꺼워져서 읽는 것이 점점 힘들어집니다.

p.125 《저주받은 늪의 비밀》 : 작가인 휘트니는 고딕 로맨스로 유명합니다. 일본 출생으로, 미들네임 A는 일본인 이름인 아야메를 말합니다. 남편을 자살로 잃은 작사가가 주인공인 《레인송》은 지금은 사라진 산리오 모던로맨스 시리즈에서 출간되었습니다. 아, 생각해보니 이것도 뉴욕이 무대네

요. 더불어 《저주받은 늪의 비밀》은 인터넷 서점에서 만 엔이 넘는 가격이 붙어 있더군요. 저주받았네요.

p.137 《포트 스타베이션Fort Starvation》 : 서부극에 추리를 접목시킨 프랭크 그루버의 소설입니다. 리처드 위드마크 주연으로 영화화되었습니다(국내 개봉명은 〈여섯 번째의 사나이〉-옮긴이).

p.137 《홀리 테러The Holy Terror》 : 싱가포르 출생, 케임브리지대학교 중퇴, 미국으로 귀화한 작가 레슬리 차터리스가 탄생시킨 사이먼 템플러. 성자로 잘 알려진 이 캐릭터의 중편이 실린 책입니다. 일본에서는 1953년에 일본출판협동주식회사에서 출간된 이색탐정소설선집 중 한 권이죠. 아오누마 미쓰타카 씨에게 판매한 책에는 "프랑스에 루팡이 있으며, 영국에는 성자가 있다"라는 카피가 적힌 투명한 커버였습니다.

p.138 《THX 1138》 : 어디선가 들은 이야기인데, 와카타케 나나미인가 하는 작가가 고등학생 시절 조지 루카스가 쓴 페이퍼백이라는 것을 입수해서, 동급생과 함께 영어 공부삼아 읽기 시작했다고 합니다. 하지만 너무나도 재미가 없어서 좌절. 몇 년 뒤에 단편 영화 〈THX 1138〉이 일본에서 개봉되어 보러갔다네요. 그런데 영화 도중에 자리를 뜨는 사람들이 많은 것을 보고 그 책이 재미없었던 것은 자신의 영

어 실력 때문이 아니라고 확신했대나 뭐래나. 끝까지 다 읽은 아오누마 미쓰타카 씨는 여행지에서 정말로 할 일이 없었던 모양입니다.

p.141 쓰게 요시하루 : 1975년에 발표한 《따분한 집》에 게이오 다마가와 역 근처에 살며, 나카마치 길에 집을 빌리는 주인공이 나옵니다.

p.175 《차가워진 거리》 : 니키 에쓰코라고 하면 본격 코지 미스터리라는 느낌이지만, 이 책은 명문가의 비극을 서서히 밝혀나가는 걸작 사립탐정소설물입니다.

p.214 《작은 집 이야기》 : 이와나미 쇼텐에서 출간된 예쁜 그림책입니다. 벌레를 싫어하고 육체노동도 힘들어하면서 시골에서 살고 싶다고 발작적으로 생각하게 되는 것은 어렸을 적에 읽은 이 그림책 때문일지도 모르겠네요.

p.289 마티 펠드먼 : 양 눈이 툭 튀어나온 얼굴로, 한번 보면 잊을 수 없는 특이한 배우입니다. 거리에서 치와와를 볼 때마다 이 배우가 머릿속에 떠오르죠. 진 와일더가 감독, 각본, 주연을 맡은 〈비밀 문서 소동〉에 셜록 홈스 동생의 파트너로 출연합니다. 참고로 일본어판 성우는 텔레비전 드라

마 〈명탐정 포와로〉에서 포와로 역을 맡은 구마쿠라 가즈오 님. 〈비밀 문서 소동〉은 진 와일더 역을 맡은 히로카와 다이치로의 엄청난 애드리브로 유명하지만, 구마쿠라 가즈오의 목소리와 펠드먼의 얼굴도 제 장기 기억에 제대로 보관되어 있습니다.

p.327 로베르 토마 등 : 토마의 《낯선 여인의 함정》, 섀퍼의 《슬루스Sleuth》, 아이라 레빈의 《데스 트랩》을 3대 미스터리 희곡이라고 단언해도 되지 않을까요? 이노우에 히사시라면 역시 《비》, 온다 리쿠는 《고양이와 바늘》, 쓰쓰이 야스타카라면 《스위트 홈스 탐정》을 좋아합니다만, 《12인의 들뜬 사람들》도 빼놓을 수 없겠네요.

p.328 패트릭 쿠엔틴 등 : 연극과 그것을 연기하는 배우들, 그와 관련된 사람들과 인간관계나 트릭이 중층적이고 복잡하게 엮여 있는 것이 연극 미스터리의 재미입니다. 실력이 부족한 작가가 다루게 되면 오히려 복잡해서 알기 어렵게 되기도 합니다만, 여기서 거론한 작품은 다 빼어나게 재미있습니다. 제 경우는 셰익스피어를 연극 미스터리를 통해 배웠습니다. 연극이 시작하기 전에 무대 뒤에서 '맥베스'란 이름을 입에 담으면 재수가 없다든가. 어떤 식으로 재수가 없는지 굳이 말씀드리자면 대개 살인이 발생합니다.

p.328 샴 고양이 코코 등 : 신문기자 퀄러랜과 샴고양이 코코가 사건을 푸는 시리즈. 전부 읽은 하무라 씨의 말에 따르면, 문제의 작품은《고양이는 접착제 냄새를 맡았다The Cat Who Sniffed Glue》라고 하네요. 새로운 극장에서의 초연과 관련해서는 〈아세닉 앤 올드 레이스〉가 나온다고 합니다. 열 명 넘게 살인을 한 할머니들의 이야기인데, 조셉 케셀링의 스릴러 코미디였습니다. 그 밖에도《고양이는 호루라기를 분다The Cat Who Blew the Whistle》에서는 요정이 우주인이라는 연출의 〈한여름 밤의 꿈〉이,《고양이는 폭탄을 떨어뜨린다》에서는 뮤지컬 〈캣츠〉가,《고양이는 도둑을 뒤쫓는다The Cat Who Tailed a Thief》에서는 입센의 〈헤더 가블러〉가 등장한다고 합니다.

p.329 도이타 야스지 등 : 얼마 전에 방송에서 가부키 배우인 17대 나카무라 간자부로가 '나카무라 가라쿠'를 연기하는 드라마를 보고 말았습니다. 소겐추리문고의 '나카무라 가라쿠 탐정 전집'은 에도가와 란포, 고이즈미 기미코, 마쓰이 게사코의 해설이 첨부되어 있죠. 저는 너무 더워서 머리가 제대로 돌아가지 않는 한여름에 한 편씩 즐겨 읽습니다.《유키노조 변화》는 하세가와 가즈오와 미소라 히바리 주연의 영화를 먼저 보고, 나중에 원작을 읽었습니다. 무대 위에서 복수를 맹세하는 유키노조의 요염한 모습, 관객석에 그 대상이 되는 등장인물이 죽 앉아 있는 오프닝은 엔터테인먼

트로서 완벽합니다. 이런 시퀀스는 연극 미스터리라 가능한 거겠죠.

p.329 〈리허설 포 머더〉 : 〈형사 콜롬보〉를 탄생시킨 리처드 레빈슨 & 윌리엄 링크가 각본을 쓴 동명의 텔레비전 드라마를 연극 무대로 옮긴 것입니다. 참고로 드라마판도 일본에서 〈형사 맥엘로이 살인 리허설〉이라는 제목으로 DVD가 나와 있습니다. 음, 엄청난 제목이로군요.

p.330 《우주에서 온 여자 The Girl from Outer Space**》 등 :** 할리우드의 트러블 컨설턴트 릭 홀먼이 주인공인 사라진 여배우를 찾는 이야기. 가볍게 읽기는 좋은데 이것을 발췌해서 낭독한다는 것은 어려울 테죠. 〈파커 샷건The Parker Shotgun〉은 여탐정 킨지 밀혼이 보물 샷건을 둘러싼 소동에 휘말리고, 〈하우스 콜〉은 사립탐정 네이선 헬러가 행방불명된 의사를 찾는 이야기입니다. 〈정키 크리스마스〉는 헤로인을 해서 맛이 간 남자의 일인칭. 어떤 의미로는 무서운 이야기입니다.

p.332 《잠복 일기》 등 : 1958년 이바라키 현에서 발생한 토막살인사건 수사를 하는 이바라키 경찰과 경시청 형사 2인조에 동행해서 그들을 촬영한 카메라맨 와타베 유키치의 사진집입니다. 요즘에는 이런 취재는 불가능하겠죠. 구로사와

아키라 감독의 형사물을 좋아한다면 엄청 좋아하실 만한 사진집입니다. 뉴질랜드의 아동문학작가 마거릿 마이의 책 중 딱 하나만 크리스마스 선물로 꼽아야 한다면 역시 《트릭스터The Tricksters》일 것입니다. 데이비드 알몬드는 미야자키 하야오 감독이 절찬한 《스켈리그》로 유명합니다만, 크리스마스 선물이라면 《테일 오브 엔젤리노 브라운The Tale of Angelino Brown》도 추천합니다.

p.427 배관공 미스터리 : 텔레비전 드라마 〈엘리멘트리〉에는 무차별 살인의 표적이 사실은 배관공이었다는 에피소드가 있었습니다. 해외 미스터리나 드라마에 배관공이 등장하면, 대개 유부녀의 불륜 상대이거나 합니다. 수도 공사 및 관련 업자까지 포함한다면 셜록 홈스의 〈푸른 홍옥〉을 필두로, 짐 켈리 《차가운 피The Coldest Blood》, R. D. 윙필드 《하드 프로스트Hard Frost》, 아론 엘킨스 《오래된 뼈Old Bones》, 밀정 팔코 시리즈의 《분수 속의 세 손Three Hands in the Fountain》, 마이클 슬레이드 《구울》……. 수 그래프턴의 킨지 밀혼 시리즈 《K는 킬러의 K"K" Is for Killer》에는 하수처리시설이 등장합니다. 후지와라 이오리의 《꾸정모기 백발의 모험》의 주인공은 배관공이었습니다. 〈제3의 사나이〉를 비롯하여 하수도는 오랫동안 영화의 무대가 되었습니다. 그러고 보니 슈퍼 마리오도 배관공이었죠. 영화로는 〈배관공The Plumber〉이 있겠네요. 이건 제목

그대로입니다. 배관공이 헤로인을 괴롭히는 스토커 역할인데, 화장실이 역류하며 오수가 분출되는 엄청 무서운 영화입니다. 참고로 배관공에서는 좀 멀어지지만 주타 히로유키의《하수도 영화를 탐험하다》도 재미있는 책입니다.

MURDER BEAR BOOKSHOP
특별 이벤트 기획
이 자리를 빌려 알립니다

◇◇◇◇◇◇◇◇◇◇◇◇◇◇◇◇◇◇◇◇◇◇◇◇◇◇◇◇◇◇◇◇◇◇◇◇

살인곰 서점 점장
도야마 야스유키가 주최하는

미스터리 요리교실

일본에 번역 출간되지 않은 요리책에서 레시피를 엄선!
여러분과 함께 식자재를 조달해서
실제로 만들고 시식까지 합니다!!
(예상 참가인원 15명, 참가비 2500엔.
기치조지 역 앞에서 집합, 함께 식자재 조달 후,
가장 가까운 장례식장의 조리시설을 빌려 요리할 예정입니다)

◇◇◇◇◇◇◇◇◇◇◇◇◇◇◇◇◇◇◇◇◇◇◇◇◇◇◇◇◇◇◇◇◇◇◇◇

〈예정 요리 리스트〉

* 《The Jeeves Cocktail Book》에서 럼, 다크럼, 화이트럼에 애프리컷 브랜디 등을 섞어 알코올 도수 75도의 럼을 잔에 따르는 'ZOMBIE'라는 칵테일
* 《The Mystery Writers of America Cookbook》에서 킨지 밀혼의 피넛버터와 피클 샌드위치
* 《The Nancy Drew Cookbook》에서 비프 콩소메와 토마토주스, 휩 크림으로 만드는 탐정 수프
* 《Sneaky Pie's Cookbook for Mystery Lovers》에서 개와 고양이와 인간을 위한 크리스마스 덕
* 《Feeding Hannibal : A Connoisseur's Cookbook》 베벌리 씨의 스테이크 & 키드니 파이
(베벌리 씨가 없다면 다른 분도 상관없습니다)

옮긴이 **문승준**
대학에서 일본문학을 전공한 후, 잡지사 기자를 거쳐 출판 편집 및 기획자로 일했다. 추리, 스릴러, 판타지, SF, 연애소설 등 세계 각국의 다양한 소설을 국내에 소개했고 현재는 일본어 전문 번역가로 활동하고 있다. 옮긴 책으로 《무라카미 하루키의 100곡》, 《살인범은 그곳에 있다》, 《고양이가 있는 카페의 명언탐정》, 《그녀와 그녀의 고양이》 등이 있다.

녹슨 도르래

살인곰 서점의 사건파일

1판 1쇄 발행 2020 년 3월 25일
1판 2쇄 발행 2021 년 12월 5일

지은이 와카타케 나나미
펴낸이 문준식

디자인 공중정원
제작 제이오

펴낸곳 내 친구의 서재
등록 2016년 6월 7일 제 25100-2016-000044호
주소 서울시 서대문구 독립문로 8길 54, 112-408 우편번호 03743
전화 070-8800-0215 **팩스** 0505-099-0215
이메일 mytomobook@gmail.com **인스타그램** mytomobook

ISBN 979-11-961843-8-4 03830

http://blog.daum.net/mytomobook
내 친구의 서재 블로그를 방문하시면 더 많은 이야기를 만나실 수 있습니다

이 도서의 국립중앙도서관 출판예정도서목록(CIP)은 서지정보유통지원시스템 홈페이지(http://seoji.nl.go.kr)와 국가자료공동목록시스템(http://www.nl.go.kr/kolisnet)에서 이용하실 수 있습니다.(CIP 제어번호: CIP2020007936)